Fateful Night with a Billionaire

Von Katie McLane

Impressum
1. Auflage, 2024
© Katie McLane – alle Rechte vorbehalten.
Cover: Dream Design – Cover and Art, Renee Rott
Lektorat: Franziska Schenker

Katie McLane
c/o easy-shop, K. Mothes
Schloßstr. 20
06869 Coswig (Anhalt)

info@katie-mclane.de
www.katie-mclane.de

Dieses Werk ist urheberrechtlich geschützt. Jegliche Vervielfältigung und Verwertung, auch auszugsweise, ist nur mit schriftlicher Zustimmung der Autorin zulässig.
Personen und Handlungen sind frei erfunden, etwaige Ähnlichkeiten mit real existierenden Menschen sind rein zufällig und nicht beabsichtigt.
Das Training von Künstlichen Intelligenzen jeglicher Art mit diesem und sämtlichen Werken der Autorin ist untersagt, jetzt und in Zukunft.

Herstellung und Druck über tolino media GmbH & Co. KG, Albrechtstr. 14, 80636 München. Printed in Germany.
Fragen zu Produktsicherheit an: gpsr@tolino.media.

Fateful NIGHT with a BILLIONAIRE

(Fateful Nights 4)

Von Katie McLane

Buchbeschreibung:
Er ist der beste Freund ihres Bruders. Und seit der Highschool ihre heimliche große Liebe.

PIPER: Mit einem unschuldigen Kuss hat Kayden Ward mir damals das Herz gestohlen, aber das weiß er nicht. Und eigentlich sollte das auf ewig mein Geheimnis bleiben. Nach unserem Wiedersehen auf Hudsons Hochzeit geht er mir allerdings kaum noch aus dem Kopf und bei der Verlobungsparty meines Bruders muss ich es mir eingestehen.
Ich will ihn. Noch viel mehr als damals. Wenigstens für eine Nacht. Um diese Sehnsucht zu stillen, die mit jedem Tag heißer in mir brennt.
Nur hätte ich mir niemals vorstellen können, was ich damit lostrete, wohin uns das führt. Oder dass es am Ende auf die härteste Entscheidung unseres Lebens hinausläuft. Unsere Liebe oder seine Freundschaft mit Brooks und den anderen.

Das Finale um die vier besten Freunde, die den Frauen ihres Lebens begegnen.

Über die Autorin:
Gestatten? Katie McLane. Musik im Blut, Pfeffer im Hintern, Emotionen im Herzen, prickelnde Geschichten im Kopf.
Ich lebe mit meiner Familie im Herzen NRWs und schreibe Romance für alle Sinne.
Meine Liebesromane drehen sich um dominante Männer und starke Frauen. Sind voll prickelnder Leidenschaft, überwältigendem Verlangen und absoluter Hingabe. Vereinen intensives Knistern, süße Sehnsucht und tiefe Gefühle. Und sie treffen mit all ihren Emotionen mitten ins Herz - bis zum Happy End.

Playlist

»Under My Skin« – Korolova & Richard Judge
»Tidal Wave« - Nickelback
»Voodoo« - Spada feat. Camden Cox
»All In« - Adelitas Way
»Day of my Life« - 2night & 2907, Andrienko A.
»Hit Me More« - Scott Stapp
»Alive« - Franky Wah x Vintage Culture
»Adrenalize« - In This Moment
»New Beginning« - Paradoks
»What You Do To Me« - Don Broco
»Need To Feel Loved (Tinlicker Remix)« - Reflekt & Delline Bass
»Heart Failure« - Sixx:A.M.
»Sunrise« - Boom Jinx, Oliver Smith
»Everything Burns« - Ben Moody feat. Anastacia
»The Dark Sun« - Passenger 10
»Judas« - Fozzy
»Needing You« – Laura Van Dam
»New Dawn« - Oliver Smith

Oder direkt bei Spotify hören –
»Playlist zu ‚Fateful Night with a Billionaire'«:
https://open.spotify.com/playlist/3VBOzgwrysKau1E
t2uEF8F?si=be5a7be9add34989

Prolog – Piper
Ein halbes Jahr zuvor

Gleich werde ich ihn endlich wiedersehen.

Das bestgehütete Geheimnis meines Lebens.

Mit einem zufriedenen Lächeln werfe ich mein langes, grau gefärbtes Haar über die Schulter zurück und drehe mich vor dem großen Spiegel. Begutachte, wie sexy das Bustier-Kleid von Alexander McQueen an meinem Körper hinab fließt. Seidenchiffon in der Farbe Sugar Pink, Sweetheart-Ausschnitt mit drapiertem Detail, perfekt für die Sommer-Hochzeit von Claire und Hudson.

Ich verlasse mein Zimmer, gebe den Schlüssel zur Aufbewahrung am Empfang ab und schlendere hinaus auf die Terrasse. Gönne mir ein Glas Champagner und entdecke Jacky, die Schwester des Bräutigams, mit ihrem Mann.

Wir plaudern eine Weile, dann entschuldige ich mich und ziehe weiter.

Da bemerke ich meinen Bruder, der mit einer heißen Rothaarigen am Arm durch die Glastüren auf die Terrasse tritt. Sie nehmen sich Champagner und Brooks schaut sich um, bemerkt mein Winken jedoch nicht. Stattdessen laufen sie in die entgegengesetzte Richtung und ich mache ihr Ziel aus.

River.

Und Kayden.

Im Smoking.

Wow!

Bei seinem Anblick klopft es heftig in meiner Brust und meine Gedanken wandern zurück zu meinem 18. Geburtstag. Dem unschuldigen Kuss, mit dem er mir gratuliert und das Herz gestohlen hat.

Kurz entschlossen folge ich meinem Bruder und seiner Begleitung. Beobachte beim Näherkommen, wie er seine Freunde begrüßt und ihnen die Rothaarige vorstellt.

»Hat Hudson sich schon gezeigt?« Brooks nippt am Champagner, schaut River an.

»Nein, aber wir sollen ihn um halb zwölf abholen.«

»Okay.«

Lächelnd bleibe ich wenige Schritte hinter ihm stehen und breite die Arme aus. »Hey, Affenarsch!«

Er drückt Kayden sein Glas in die Hand, dreht sich um. »Hallo, Dumpfbacke!« Dann schließt er mich fest in die Arme, hebt mich hoch und setzt mich wieder ab. »Schön, dich zu sehen, Sis.«

Stimmt, das letzte Mal ist ein paar Monate her.

»Same, Bro!« Ich versetze ihm einen spielerischen Boxhieb auf die Brust und schaue um ihn herum. »River, hi!«

»Piper, wie geht es dir?«

Wir begrüßen uns mit Umarmung sowie Wangenküsschen.

»Bombig, danke. Und dir?«

»Ich kann nicht klagen.«

Anschließend wende ich mich dem Mann zu, der seit fast zwanzig Jahren mein Herz höherschlagen lässt. »Hallo, Kayden!«

»Hey, Pi.«

Er spricht seinen Spitznamen für mich, den ich sogar in meinen Künstlernamen integriert habe, so sanft aus, dass es in meinem Bauch aufflattert.

Sobald er Brooks das Glas zurückgereicht hat, schlinge ich ihm die Arme um den Hals, wie immer. Seine Hand landet auf meinem Rücken, drückt mich an sich, und das intensive warme Gefühle breitet sich in mir aus.

Auch das ist nicht ungewöhnlich.

Doch aus heiterem Himmel verändert sich etwas.

Überdeutlich nehme ich seine Nähe wahr, seine Wange an meiner. Und seinen vertrauten Duft, der heute männlicher und viel zu anziehend auf mich wirkt. Zu allem Überfluss rieselt ein prickelnder Schauer über meine Haut, überwältigt mich beinahe, und aus meinem Bauch lodert Verlangen hoch.

Oh, Scheiße!

Hilflos schließe ich die Augen, möchte ihn nie wieder loslassen.

»Hey, Nerd, lass die Finger von ihr!« Mein Bruder reißt mich aus diesem magischen Moment.

Kayden löst sich hastig von mir, schaut zur Seite.

Und ich funkele Brooks an. »Lass den Baseballschläger stecken, du Großkotz. Ich bin alt genug, für mich selbst zu sprechen.«

»Niemals! Du bist und bleibst meine kleine Schwester. Und jedem, der dich unsittlich anfasst, poliere ich die Fresse.«

»*Ich* entscheide, wer mich anfassen darf.«

»Nicht, solange ich dabei bin.«

In mir kocht der altbekannte Ärger auf, geht mit mir durch. »Dann ist es ja gut, dass wir uns in den letzten zehn Jahren kaum gesehen haben.«

»Was soll das heißen?«

»Meinst du, ich lebe im Zölibat, oder was?«

Er reißt den Mund auf, holt tief Luft, doch in dem Moment streckt seine Begleiterin mir die Hand entgegen. »Hi, ich bin übrigens Summer.«

Stirnrunzelnd ergreife und schüttele ich sie. »Piper. Kennen wir uns?«

»Nein, noch nicht. Ich bin Imageberaterin und seit ein paar Wochen für Brooks' Plattenlabel tätig.«

Als ich die Bedeutung ihrer Worte erfasse, wallt Schadenfreude in mir auf, und ich werfe ihm einen Blick zu.

»Ah! Und Sie begleiten ihn heute, um auf ihn aufzupassen, ja?«

Sie sieht ihn an und schmunzelt. »Ich denke, das wird nicht nötig sein.«

»Außerdem habe ich sie eingeladen. Rein privat.«

Ich starre ihn überrascht an.

Er hebt die Brauen, schaut auch zu seinen Freunden. »Was ist?«

»Privat? Zu Hudsons Hochzeit?« Rivers Skepsis ist deutlich hörbar.

»Hast du ein Problem damit?«

»Wieso sollte ich?«

Ich seufze. »Herrgott, immer das gleiche mit dir. Fahr dein Testosteron runter!«

Da lacht Summer auf. »Das erklärt so einiges.« Sie wendet sich mir zu. »Was halten Sie davon, wenn wir uns die Nase pudern gehen? Und danach sollten wir uns dringend unterhalten.«

»Mit dem größten Vergnügen.« Lächelnd warte ich, bis sie Brooks ihr Champagnerglas in die Hand gedrückt hat, dann laufen wir zu den offenen Glastüren hinüber.

Summer beugt sich zu mir. »Sie schickt der Himmel.«

»Warum?«

»Weil ich mit Ihren Informationen endlich einen Weg finden werde, Brooks zu knacken.«

»Oh, dabei bin ich Ihnen verdammt gern behilflich.«

Wir lachen zusammen, betreten das Innere des Gebäudes.

Und es wird mich hoffentlich davon ablenken, wie sehr die Begegnung mit Kayden mich gerade aufgewühlt hat.

Kapitel 1 – Piper

Ach, verdammt! Wenn ich schon nicht schlafen kann, vertreibe ich mir die Zeit halt anders.

Ich nehme das Smartphone vom heruntergeklappten Tischchen, skippe in der Musik-App bis zu einem bestimmten Song und stelle die Dauerschleife ein. Sogleich ertönt das Intro zu dem EDM-Track, den ich zwei Wochen nach Hudsons Hochzeit komponiert und sofort veröffentlicht habe.

Weil Kayden mir seitdem ununterbrochen im Kopf herumspukt.

Mit einem Seufzen schließe ich die Augen, lehne mich zurück, und meine Gedanken treiben genau dorthin.

Wir haben kein einziges Mal miteinander getanzt oder unter vier Augen geredet, lediglich in größerer Runde.

Da war nur dieser eine Moment, der mich aus der Bahn geworfen hat.

Die Umarmung, seine Nähe, sein Duft ...

Bei der Erinnerung glüht Lust in mir auf und ich flüchte mich in meine seitdem liebste Fantasie, von der ich noch immer nicht die perfekte Version hinbekommen habe.

Ich sehe Kayden genau vor mir, ganz in Schwarz, Jeans und simplem Shirt. Sein bevorzugtes Outfit, seit ich ihn kenne. Dazu der Dreitagebart um die vollen Lippen. Und die haselnussfarbenen Augen, die hinter den Brillengläsern vor Verlangen lodern.

Ich liebe dich, Piper. Schon seit jenem Kuss zu deinem 18. Geburtstag.

Mein Herz schwillt an, ein Prickeln rieselt über meine Haut.
Dann küss mich doch endlich!
Nein, das klingt scheiße.
Ich probiere diverse andere Sätze, aber am Ende läuft es auf etwas Simples hinaus, damit es weitergeht.
Ich dich auch, schon immer.
Er lächelt und nimmt meinen Kopf in beide Hände, beugt sich zu mir und küsst mich.
Die Leidenschaft wächst, wir erforschen einander mit den Händen und ziehen uns gegenseitig aus. Sinken aufs Bett, er küsst sich meinen Hals hinab und –
Eine Berührung an meiner Schulter lässt mich im Sitz hochfahren.
Ich reiße die Augen auf, den Noise-Cancelling-Kopfhörer von meinen Ohren, und starre die Stewardess an. »Ja?«
Sie lächelt sanft. »Entschuldigen Sie bitte, Madame, aber wir befinden uns im Landeanflug. Bitte legen Sie Ihren Sicherheitsgurt an.«
»Natürlich, sorry.« Eilig lege ich den Kopfhörer beiseite und schiebe die Zunge in die Schnalle.
»Danke.« Sie läuft weiter.
Voller Bedauern stoppe ich die Musik auf meinem Handy, deaktiviere die Bluetooth-Verbindung am Kopfhörer und verstaue ihn in dem dazugehörigen Case. Das schiebe ich in meinen Rucksack, der zwischen meinen Füßen steht, und schließe den letzten Reißverschluss.
Mit dem Smartphone lehne ich mich zurück, checke meinen Instagram-Account und like ein paar Kommentare zu meinem gestrigen Set im *Club Space Miami*. Verfahre genauso mit TikTok, YouTube und X, *formerly known as Twitter*. Dann verstaue ich das Telefon in der Oberschenkeltasche meiner Cargo-Hose. Klappe das Tischchen hoch

und schaue über den freien First-Class-Sitz hinweg aus dem Fenster.

Noch befinden wir uns über Wasser, doch Long Island füllt bereits die ovale Luke auf der Steuerbordseite, genauso wie die vorgelagerten Inseln. Und die Maschine sinkt so schnell tiefer, dass der Druck auf meine Ohren steigt.

Ich gähne, um es auszugleichen. Beobachte, wie wir über Long Beach einschweben, das Marschland. Dahinter liegt das letzte Wohngebiet, gezuckert vom Schnee der der vergangenen Woche, und ich schaudere.

Vielleicht hätte ich doch in Kalifornien bleiben sollen, da herrscht wenigstens das ganze Jahr über gutes Wetter.

Die Stimme meines Herzens lacht, laut und höhnisch.

Kurz darauf setzt das Flugzeug auf der Landebahn auf und die Piloten bremsen mit allem, was die Technik hergibt. Lenken es zum Gate, bis zur Parkposition.

Der Aufbruch beginnt.

Ich erwidere den Abschiedsgruß der Stewardess, schultere meinen Rucksack und marschiere über die Passagierbrücke zum Flugsteig. Ziehe den Mantel enger um mich und die Schultern bis zu den Ohren hoch.

Das Smartphone vibriert einmal an meinem Schenkel, doch ich angele es erst vor dem noch leeren Gepäckband heraus, rufe die Nachricht auf.

April: *Bleibt es bei unserer Verabredung heute Abend? Wir freuen uns schon so auf dich!*

Automatisch erscheint sie vor meinem inneren Auge und das Bild zaubert mir ein Lächeln ins Gesicht.

Ich: *Logisch! Bin pünktlich um 20 Uhr da.*

Da das Gepäckband sich in Bewegung setzt, schiebe ich das Telefon zurück in die Hosentasche und halte Ausschau nach meinem Koffer. Manövriere ihn am Ende zum Ausgang, durch die Ankunftshalle und bis zum Taxistand.

Mit einem überheizten Yellow Cab fahre ich nach Hause, checke unterwegs meine E-Mails.

Lia, meine Ansprechpartnerin bei der Künstler-Agentur, mit der ich zusammenarbeite, hat mir noch eine Mail mit der Vorschau für Februar und März geschickt. Darunter weitere Terminanfragen für Mai und Juni.

Okay, darum kümmere ich mich am Montag als Erstes. Gleich nach dem morgendlichen Fitnessvideo und dem obligatorischen Protein-Shake.

Außerdem muss ich das wöchentliche Video erstellen, das ich jeden Mittwoch bei YouTube hochlade, aus einer meiner Vorlagen und dem fertigen Set.

Und dann steht das Beste meiner Arbeit an – die Musik.

Ich stecke das Telefon weg, schaue aus dem Fenster und lächele.

Darin gehe ich auf, es macht mich glücklich. So sehr, dass ich mich sonntags auf den Wochenstart freue.

Nur erwische ich mich in den letzten Monaten immer öfter bei dem Wunsch, es mit jemandem teilen zu können. Die Freude, die Erfolge.

Natürlich taucht Kaydens Gesicht wieder vor mir auf.

Was ein heißes Pulsieren in meinem Bauch auslöst.

Ich versuche, dagegen anzugehen, doch es gibt nichts, was mich davon ablenken könnte. Entsprechend bleibt mir nur, die Schenkel fest aneinanderzupressen und das Pochen in meinem Schoß auszuhalten.

Da mir bis zum Treffen wenig Zeit bleibt, lege ich den offenen Koffer lediglich vor das Fußende meines Bettes, suche mir im Schrank das Outfit für das Treffen zusammen und steige unter die Dusche.

Doch da werde ich von einer meiner Fantasien überwältigt.

Kayden und ich, unter der Dusche, bei wildem Sex.

Sofort klopft meine Klit vor Begierde und die Bilder in meinem Kopf werden dreckiger. Auch das kommt seit der Hochzeit immer häufiger vor.

Möglicherweise, weil ich es bisher nie geschafft habe, diese Sehnsucht mit anderen Männern zu stillen, und ich habe es weiß Gott versucht.

Leider ist mir diese Tatsache erst kurz nach jener Party bewusst geworden und ich habe die Konsequenzen gezogen, mein Sexualleben auf null heruntergefahren.

Bis auf die Situationen, in denen ich selbst Hand anlege, weil ich sonst durchdrehe.

So wie jetzt.

Ergeben hake ich den Duschkopf aus, setze mich auf den Boden und lehne mich gegen die Fliesen. Bündele den Wasserstrahl, spreize die Beine und massiere mich damit.

Mein Kopfkino zeigt mir, wie Kayden mich genau hier kräftig fickt. Mich damit an die Wand nagelt.

Ich schließe die Augen und stöhne leise. Kneife meinen Nippel und winde mich unter dem heißen Strahl, der unaufhörlich auf meine empfindlichsten Stellen einprasselt. Unter diesem Hilfsmittel explodiert meine Lust regelrecht und ich rase auf den Höhepunkt zu. Halte schließlich die Luft an, bäume mich auf und komme.

Keuchend presse ich die Schenkel zusammen, klemme den Duschkopf dazwischen ein. Genieße das heiße Wasser und den abklingenden Orgasmus.

Doch am Ende bleibt erneut dieser bittere Nachklang und ich sinke in mich zusammen.

Verfickte Scheiße, noch einmal, das kann doch nicht alles sein, oder?

Ich schlinge die Arme um mich, denke an Kaydens Lächeln und wie heiß er in dem Smoking ausgesehen hat.

Vielleicht ist es an der Zeit, der Sache auf den Grund zu gehen.

Ein für alle Mal.

*

»Oh, da bist du ja!«

Meine beiden besten Freundinnen seit der Highschool schlängeln sich hinter dem Cocktailtisch hervor und schließen mich nacheinander energisch in die Arme.

»Hey, ihr beiden! Nicht so fest, ihr zerquetscht mich noch.« Ich löse mich lachend von ihnen.

»Stell dich nicht so an, Montgomery, wir haben uns seit Wochen nicht gesehen.« Lanie streicht sich an beiden Seiten das schwarze Haar aus dem herzförmigen Gesicht, das in sanften Wellen über ihre Schultern fließt.

Sie gehen wieder zu ihrer Zweisitzercouch und ich nehme auf dem Sofa Platz, das im rechten Winkel dazu steht.

»Wo ist der Unterschied? Davor haben wir uns oft monatelang nicht gesehen.« Ich lehne mich zurück, schlage die Beine übereinander und klemme meine Handtasche zwischen Seitenlehne und Schenkel.

April hebt die Hand, deutet mit dem Finger auf mich und ihre blaue Augen über der scharf konturierten Nase blitzen vergnügt. »Nach New York zurückzukommen, war deine beste Entscheidung *ever*, wenn du mich fragst.«

»Ob das wohl mit einer ganz bestimmten Person zusammenhängt?« Ihre Frau wackelt herausfordernd mit den Brauen.

Ich zucke mit den Schultern. »Schon möglich.«

Sie schlägt April auf den Schenkel. »Ich *wusste* es!«

»Aua!«

»Mimose.« Im Gegensatz zu ihrem neckenden Tonfall ist Lanies Blick zärtlich.

Fast so liebevoll wie bei ihrer Hochzeit im vorletzten Sommer. In Napili Bay, Maui, wo Lanie geboren wurde und ihre Familie lebt.

In mir steigt ein stummer verträumter Seufzer auf.

»Guten Abend, Madame! Was darf ich Ihnen bringen?«

Ich blinzele und sehe zu der Kellnerin auf, die zwischen Fensterfront und Cocktailtisch steht. »Einen *Rockey's French*, bitte.«

»Gern. Möchten Sie auch etwas essen?« Sie schaut in die Runde.

April lächelt sie an. »Ja, bitte.«

Die Servicekraft nickt und geht.

Kurz fällt mein Blick auf das beleuchtete *Empire State Building*, einer der Vorzüge unserer liebsten Rooftop-Bar *The Skylark*, doch Lanie nimmt den Faden wieder auf.

»Hast du Kayden seit der Hochzeit mal wiedergesehen?«

»Nein, leider.«

»Vielleicht solltest du das ändern.«

»Nächste Woche schmeißt mein Bruder eine Verlobungsparty.«

April reißt die Augen auf. »Nein! Hat es ihn endlich erwischt?«

»Jepp.«

»Kennst du seine Verlobte? Wie ist sie so?«

Ich nicke und berichte ihnen von Summer, wie ich sie auf Hudsons Hochzeit kennengelernt und lose Kontakt gehalten habe. Und wie ich Brooks in den Arsch treten musste, damit er sich seine Gefühle für sie eingesteht, sie zurückgewinnt.

Lächelnd schüttelt April den Kopf und ihre langen

goldblonden Locken wippen. »So viel Romantik hätte ich deinem Bruder nie im Leben zugetraut.«

»Nicht nur du.«

Die Kellnerin serviert mir den Signature-Cocktail, legt uns drei Menükarten hin und läuft zum nächsten Tisch.

Wir nehmen unsere Gläser, stoßen miteinander an und trinken.

»Okay, noch einmal zurück zum eigentlichen Thema.« Lanie stellt ihren Drink auf den Tisch. »Ist Kayden immer noch Single?«

»Zumindest habe ich nichts Gegenteiliges gehört.«

»Also könntest du ihm auf der Party mal ein bisschen näher kommen, die Lage checken.«

»Vor den Augen meines Bruders? Ich bin doch nicht lebensmüde.«

»Der ist hoffentlich anderweitig abgelenkt. Außerdem habe ich kein Wort davon gesagt, dass du ihm an die Wäsche gehen sollst. Reden ist ja wohl erlaubt.«

»Ich weiß nicht ...«

»Ach, Süße!« April beugt sich über die Armlehnen zu mir, ergreift meine Hand und drückt sie. »Dein Herz schlägt seit so vielen Jahren für ihn, vielleicht ist es an der Zeit, es ein für allemal zu klären.«

»Was genau?«

»Ob es ihm genauso geht.«

»Den Gedanken hatte ich bereits. Aber wie, bitte, soll ich das anstellen?«

»Dir wird bestimmt etwas einfallen.«

»Ich werde mich höchstens blamieren.«

»So ein Quatsch!«

»April hat recht, Piper. Du musst ihm ja kein Liebesgeständnis machen, aber du kannst herausfinden, ob er in dir wirklich nur die kleine Schwester seines Freundes sieht. Oder die starke, sexy Frau, nach der sich die heißesten

Kerle umdrehen.«

Mir entschlüpft ein Lachen. »Einen davon könnte ich zur Party mitnehmen.«

»Super Idee! Mach ihn eifersüchtig.«

»Erstens habe ich gerade keinen parat und zweitens ist das eine sehr private Party, da hat eine Bettgeschichte nichts zu suchen. Das haben auch Brooks und seine Buddys immer so gehalten.«

»Oh, Männer-Ehren-Kodex.« April verdreht die Augen, lässt von mir ab.

»Nein, ehrlich. Das ist meine Familie, dahin würde ich nur jemanden mitnehmen, mit dem ich eine Beziehung führe.«

»Dann hoffe ich für dich, dass Kayden ebenfalls allein auftaucht.«

Ich beiße mir auf die Lippe, schaue auf den Lichterglanz von Manhattan hinaus.

Kayden heimlich zu lieben und aus der Ferne anzuschmachten, ist das eine.

Ungefährlich, aber dummerweise auch katastrophal für mein Herz.

Deshalb muss ich meinen Freundinnen leider recht geben – wenn es so bleibt, werde ich niemals von ihm loskommen und anderweitig mein Glück finden.

Allerdings ist es eine vollkommen andere Sache, nach so vielen Jahren die Wahrheit herauszufinden.

Bei dem Gedanken verkrampft sich mein Magen.

Was ist, wenn die Realität mir nicht gefällt?

Und ich nächste Woche den letzten Funken Hoffnung begraben muss?

Egal. Ich muss wissen, was hinter all dem steckt, das neuerdings in mir hochkocht.

Ob es nur eine fixe Idee ist, in die ich mich gerade verrenne, und mit der ich mir die Chance auf eine glückliche

Zukunft verbaue.

Womöglich waren die Zärtlichkeit in Kaydens Stimme sowie seine sanfte Umarmung nichts weiter als Einbildung. Vielleicht interpretiere ich viel zu viel in seine freundliche Art hinein, weil ich einfach nur scharf auf ihn bin.

Fuck, wie ich dieses ungewisse Chaos hasse.

Und den negativen Einfluss, den es auf mein Leben hat.

Nur weil ich endlich die wahre Liebe finden will.

Doch ab sofort ist Schluss damit.

Ich werde die Sache auf Brooks' und Summers Verlobungsparty aufklären und meine Konsequenzen ziehen.

Egal, ob positiv oder negativ.

Ich brauche nur noch einen Plan, wie genau ich das anstellen soll.

Kapitel 2 – Kayden

»Scheiße, ich bin so froh, dass dieses verdammte Drama vorbei ist.« River seufzt.

Wir joggen in lockerem Tempo in den Madison Square Park hinein und beginnen damit unsere dienstägliche Laufrunde. Unser Atem bildet im Halbdunkel der Parkbeleuchtung Wölkchen, aber wenigstens ist es nicht mehr so fürchterlich kalt wie über Weihnachten und den Jahreswechsel hinweg.

»Verständlich. Und ich muss zugeben – an die Management-Assistentin habe ich dabei keinen einzigen Gedanken verschwendet. Wie ist es möglich, dass sie Zugang zu diesen Bereichen hatte?«

»Das ist normalerweise nicht vorgesehen. Hanson hat anscheinend ein paar Aufgaben auf sie abgewälzt und ihr seine Zugangsdaten dafür gegeben.«

Ich nicke. »Und ihr russischer Freund hat sich darüber einen anderen Weg gesucht, der niemandem auffällt. Verdammt clever.«

»Fowler hat mir erzählt, dass dieser Kerl früher schon ähnliche Dinger gedreht hat, man ihm aber nichts nachweisen konnte.«

»Was diesmal hoffentlich der Fall ist.«

»Trace hat dem *NYPD* diesbezüglich sämtliche Daten überlassen, jetzt muss die Staatsanwaltschaft nur noch etwas daraus machen.«

»Hauptsache, er und sein Rechtsbeistand finden kein Schlupfloch.«

»Genau.«

»Wie hat dein Leitungsteam die Angelegenheit aufgenommen?«

River lacht. »Sie waren noch schockierter als ich.« Er berichtet mir von diversen Aussagen.

»Und die offizielle Information, dass du mit June zusammen bist?«

»Oh, erstaunlich positiv.« Auch hier fügt er konkrete Beispiele an.

In mir breitet sich dieses blöde Gefühl aus, eine Mischung aus Frust und Neid auf das Glück meiner drei besten Freunde.

Verärgert schiebe ich es beiseite und konzentriere mich auf seine Worte, klopfe ihm auf die Schulter. »Glückwunsch, alles richtig gemacht.«

»Hoffe ich doch.«

Wir biegen in die zweite Runde ein, begegnen einem weiteren Jogger und ein Stück weiter bemerke ich im Laternenlicht wieder den abgeteilten Freilaufbereich für Hunde. Diesmal hält sich eine Person darin auf und ich erkenne sogleich die weibliche Silhouette mit der weißen Bommelmütze auf dem Kopf.

In meinem Magen breitet sich das angenehme Gefühl aus und wird stärker, je näher wir dem Hundeplatz kommen.

Wir sind fast auf gleicher Höhe, da wendet sie sich mehr in unsere Richtung, lächelt und hebt zum Gruß die Hand.

Was ich beides erwidere.

Im nächsten Moment trifft mich ein Ellbogen in die Seite, ich stöhne auf.

»Alter! Hast du etwa Geheimnisse vor mir?«

Ich warte, bis wir auf den nächsten Weg abbiegen, und schüttele den Kopf. »Das ist Jasmine. Erinnerst du dich an den Hund, den wir vor einiger eingefangen haben? Cooper?«

»Allerdings. Nur hast du mit keinem Wort erwähnt, dass ihr euch näher kennengelernt habt.«

»Ich versuche lediglich, deine Tipps zu befolgen.«

»Wird auch Zeit. Und jetzt will ich sämtliche Details wissen.«

»So viel gibt es da nicht zu sagen. Wir sind uns seitdem einige Male über den Weg gelaufen, haben ein paar Worte gewechselt.«

»Hast du sie angesprochen?«

»Ihr Hund hat den Anfang gemacht.«

»War ja klar.« River schnalzt mit der Zunge. »Aber egal. Und weiter?«

»Na ja, sie hat mich auf einen Kaffee eingeladen, also habe ich zugestimmt. Anfang Dezember habe ich mich mit einem Abendessen revanchiert.«

»Und warum weiß ich nichts davon?«

»Du hattest genug Mist um die Ohren.«

»Scheißegal, Mann, hier geht es um meinen besten Freund.« Diesmal boxt er mich auf den Oberarm. »Und seitdem ist nichts gelaufen?«

Ich zögere. »Doch. Wir haben zusammen Silvester gefeiert. Mit zwei Paaren aus ihrem Freundeskreis.«

»Hast du sie geküsst?«

»Hat sich beim Jahreswechsel so ergeben. Und später noch einmal.«

»Und? Magst du sie?«

»Ich denke, schon.«

»Klingt nicht gerade euphorisch.«

»Ich taste mich langsam heran, okay?«

»Das ist auf jeden Fall besser als der bisherige Zustand. Erzähl mir etwas über sie.«

»Jasmine ist VIP-Flugbegleiterin und viel unterwegs. Ihre Mitbewohnerin kümmert sich um Cooper, wenn sie weg ist. Sie stammt aus Charlotte, hat keine Geschwister und ihre Eltern haben sich scheiden lassen, als sie 14 Jahre alt war. Ach ja, und sie hat sich vor zwei Jahren von ihrem langjährigen Freund getrennt.«

»Himmel, du klingst wie ein Gerichtsmediziner im Film. Total emotionslos.«

»Weil es Fakten sind.«

»Und was sagt dein Herz?«

Das träumt noch immer von Piper.

»Wie gesagt, ich mag sie. Aber gefunkt hat es bisher nicht.«

»Kann ja noch kommen.«

»Genau.«

»Bringst du sie am Samstag zur Verlobungsparty mit?«

»Ich weiß nicht, das ist —«

»Ach, komm schon! Wenn du als Einziger allein auftauchst, macht die Party dir bestimmt keinen Spaß.«

»Woher willst du das wissen?«

»Und es wäre das falsche Signal Jasmine gegenüber. Schließlich hat sie dir schon ein paar ihrer Freunde vorgestellt.«

Etwas in mir sträubt sich, aber ich schiebe das beiseite.

Ich habe River versprochen, Piper aus meinem Kopf zu verbannen, anderen Frauen eine Chance zu geben. Folglich versuche ich es.

So schwierig dieses Vorhaben auch ist - er hat recht.

Ich habe lang genug vergeblich für sie geschwärmt, ich muss von ihr loskommen.

Natürlich ist mir bewusst, dass es eine Zeit lang dauern wird, aber wenigstens habe ich den ersten Schritt gemacht. Und wer weiß, vielleicht stellt sich ja bald heraus, dass jemand vollkommen anderes die richtige Frau für mich ist.

»Also gut, ich frage sie.«

»Jetzt gleich.«

»Wenn du mich dann in Ruhe lässt ...«

»Darüber reden wir dann.«

Den Rest der Runde hält er den Mund und ich nutze die Zeit, mir ein paar Worte zurechtzulegen. Die für meinen Geschmack allesamt steif und gezwungen klingen.

Fuck, reden ist echt nicht meine Stärke.

Trotzdem verlangsame ich schließlich das Tempo, winke Jasmine zum Eingangstor.

Lächelnd kommt sie herüber, begleitet von ihrem Mischling, der zur Begrüßung am hüfthohen Tor hochspringt.

Ich streichele seinen Kopf und hebe den Blick zu ihr.

»Guten Morgen.«

»Morgen, Kayden.« In ihren Augen leuchtet etwas auf, Hoffnung, Erwartung.

Weshalb ich mich aufrichte und ihr einen sanften Kuss auf den Mund gebe.

Danach strahlt sie und ich lächele ebenfalls.

Drehe mich halb um und deute auf River. »Darf ich vorstellen? Das ist River, mein bester Freund.«

»Hallo, ich bin Jasmine.«

Sie streckt die Hand über das Gitter und er schüttelt sie.

»Nett, dich kennenzulernen.«

»Finde ich auch.«

Mit dem Mittelfinger tippe ich gegen den Steg meiner Brille. »Womit wir beim Thema wären, bevor wir weiterlaufen. Hast du Samstag schon etwas vor?«

»Ich habe einen Flug nach Washington, bin aber nachmittags wieder da. Warum?«

»Einer unserer Freunde gibt eine Party und ich wollte fragen, ob du Lust hast, mich zu begleiten.«

River beugt sich vor. »Seine Verlobungsparty, um genau zu sein.«

»Genau.«

Jasmines Lächeln wird breiter. »Da komme ich sehr gern mit. Gibt es einen Dresscode?«

Irritiert runzele ich die Stirn.

Doch in demselben Moment, in dem mir bewusst wird, dass sie sich normalerweise in anderen Kreisen bewegt, springt River bereits ein.

»Zwischen Date und Cocktailparty, würde ich sagen.«

»Okay.« Sie schaut von ihm zu mir. »Treffen wir uns irgendwo? Oder holst du mich ab?«

»Selbstverständlich hole ich dich ab. 19:30 Uhr. Schickst du mir deine Adresse?«

»Ja, klar. Ich freue mich.«

»Ich mich auch. Okay, wir ... müssen dann weiter. Hab eine angenehme Arbeitswoche.«

»Danke, dir auch.«

Mit einem Nicken drehe ich mich halb um.

River hebt die Hand. »Wir sehen uns Samstag.«

»Ja, genau. Bis Samstag.« Jasmine nickt, schaut zu mir und lächelt.

Dann wendet sie sich ihrem Hund zu und wir laufen weiter.

Nach ein paar Sekunden bricht mein Freund das Schweigen. »Sie hat keine Ahnung, wen sie datet, oder?«

»Nein.«

»Warum? Das geht nach hinten los.«

Statt einer Antwort ziehe ich das Tempo an, höre aber noch das Mitleid in seiner Stimme.

»Ach, Kayden.«

*

Fünf Minuten vor der verabredeten Zeit hält die Limousine am gegenüberliegenden Straßenrand, doch ich bleibe noch einen Moment sitzen. Lehne den Kopf an die Stütze und schaue zu dem schmalen Gebäude hinüber. Daneben klafft eine Lücke in der Häuserreihe, in die sich ein Parkplatzunternehmen eingemietet hat.

Ich rufe mir Jasmines Lächeln in Erinnerung und versuche, mich auf den gemeinsamen Abend zu freuen.

Dumm nur, dass meine Gedanken mir seit heute Morgen kaum noch gehorchen.

Natürlich wird Piper auch auf der Party sein und die Vorstellung davon, sie wiederzusehen, sie bei der Begrüßung für zwei Sekunden im Arm zu halten, hat meine Selbstbeherrschung praktisch pulverisiert.

Eine Disziplin, die ich in den letzten Wochen und Monaten so akribisch aufgebaut habe. Am Ende konnte ich endlich dem ständigen Drang widerstehen, ihre Website zu durchstöbern oder ihren YouTube-Kanal auf neue Videos zu checken. Ihre Musik zu hören, obwohl ich eine vollkommen andere Stilrichtung bevorzuge, und mich ihr nah zu fühlen.

Tja, und dann erwischt mein Herz mich nach dem Krafttraining in einem unaufmerksamen, entspannten Moment. Verführt mich, schubst mich mit Leichtigkeit zurück in alte Gewohnheiten.

Herrgott, manchmal möchte ich mich selbst in den Arsch treten für dieses bescheuerte Verhalten.

Da oben wartet eine nette Frau auf mich und freut sich, meine Freunde kennenzulernen. Dementsprechend sollte ich mich endlich zusammenreißen.

Genau.

Entschlossen stoße ich die Luft aus, löse meinen Sicherheitsgurt und steige aus. Überquere die Straße und suche das Klingelschild nach Jasmines Namen ab.

Unvermittelt wird die Tür geöffnet und ich weiche automatisch zurück, um der Person Platz zu machen.

In der nächsten Sekunde erkenne ich sie und lächele.

»Hallo, da bist du ja schon.« Hastig trete ich zu ihr, gebe ihr einen Kuss.

»Ja, ich ... war mir nicht sicher, was du von mir erwartest, also bin ich runtergekommen.«

»Tut mir leid, ich habe nur ein Telefonat beendet.«

Himmel, die Lüge geht mir viel zu leicht über die Lippen.

»Kein Problem. Wollen wir dann?« Sie deutet zum Wagen.

»Ja, natürlich.« Ich biete ihr meinen Arm an, sie hakt sich ein und ich führe sie zur Beifahrerseite der Limousine. Öffne ihr die Tür und schlage sie hinter ihr wieder zu, laufe zur anderen Seite und setze mich auf meinen Platz. Dann nenne ich dem Fahrer Brooks' Adresse und lehne mich zurück.

»Sag mal ... hast du eine Kleinigkeit zur Verlobung besorgt?«

Überrascht schaue ich sie an. »Ja, natürlich. Einen Gutschein für ihr Lieblingsrestaurant.«

»Oh, das klingt toll. Wie hoch ist denn mein Anteil?«

Ich runzele die Stirn. »Das ist schon in Ordnung, du musst dich nicht daran beteiligen.«

»Na ja, aber das macht man doch so, als Paar, oder?«

Mir wird heiß und kalt, ich lächele schnell. »Beim nächsten Mal.«

»Okay. Erzählst du mir dann etwas über die beiden?«

In wenigen Sätzen fasse ich ihr zusammen, wie Brooks und Summer sich kennengelernt haben, wie sie zusammengekommen sind.

Sie seufzt verträumt, umfasst meine Hand. »Das ist ja so romantisch!«

»Ja.«

»Aber du hättest mir ruhig eher sagen können, dass

Brooks Montgomery einer deiner besten Freunde ist.«

»Warum?«

»Na ja, er ist ein Rockstar.«

Der altbekannte Groll steigt aus meinem Bauch auf.

»Ja, und? Was ist so besonders daran?«

Jasmine lacht verlegen. »Für dich ist das normal, aber solche Menschen treffe ich nicht alle Tage.«

»Behandele ihn einfach wie jede andere Privatperson.«

»Okay, ich werde mir Mühe geben.«

»Bist du ein Fan von ihm?«

»Nein.«

»Gut.« Ich drücke ihre Hand. »Dann wird das ja ein ganz entspannter Abend.«

»Wenn du das sagst.«

»Vertrau mir.«

»Und wer sind deine anderen Freunde? Du hast mal erwähnt, dass ihr zu viert seid und euch regelmäßig zum Brunch trefft. Aber mehr weiß ich leider nicht.«

Ich zucke mit den Schultern. »Oh, na ja, so viel gibt es da nicht zu erzählen. River ist mein bester Freund, wir kennen uns seit der ersten Klasse. Hudson und Brooks sind in der Highschool dazugekommen. Das Studium hat uns alle an unterschiedliche Universitäten geführt, dann folgten diverse Berufserfahrungen. Doch seitdem wir alle wieder in New York leben, ist unsere Freundschaft noch stärker geworden.«

»Was machen sie beruflich?«

»Hudson ist Scheidungsanwalt, River CEO in der Hotelbranche.«

»Also seid ihr alle recht erfolgreich.«

»Könnte man so ausdrücken.« Ich lächele höflich.

»Sind die anderen verheiratet?«

»Hudson und Claire, ja. Und sie haben eine süße kleine Tochter, Isabella. River und June sind erst Ende letzten

Jahres zusammengekommen, kennen sich aber von früher.«

»Oh, eine zweite Chance, wie süß! Ich liebe solche Geschichten.« Und schon erzählt sie mir von einer Kollegin, die etwas Ähnliches erlebt hat.

Eine Viertelstunde später steigen wir in der obersten Etage des Wohnhauses aus und laufen hinüber zur Tür von Penthouse B. Dem Lärmpegel nach zu urteilen, ist die Party bereits in vollem Gange.

Jasmine beugt sich zu mir. »Wir sind doch nicht zu spät, oder?«

»In der Einladung stand 19 Uhr, aber ich gehe immer etwas später hin.« Ich lege den Finger auf den Klingelknopf.

Nach wenigen Sekunden öffnet sich die Tür und eine Servicekraft heißt uns willkommen, bittet uns herein und nimmt uns die Mäntel ab.

Der große luftige Wohnraum ist erfüllt von Stimmen und leiser Rockmusik, Gläserklirren und Gelächter. In der offenen Küche gleich neben dem Eingangsbereich kümmern sich einige Servicekräfte um Getränke und Fingerfood, andere servieren.

Ich sehe mich nach Brooks und Summer um, finde sie vor dem Flügel, im Gespräch mit einem anderen Paar. Folglich berühre ich Jasmines unteren Rücken und dirigiere sie hinüber.

Zwei Schritte vorher bleiben wir stehen und warten, bis Brooks uns entdeckt.

Er legt dem Mann eine Hand auf die Schulter. »Bitte entschuldigt, es sind neue Gäste eingetroffen.«

Der sieht von ihm zu uns. »Natürlich. Wir sehen uns später.«

Mein Freund und seine Verlobte wenden sich uns zu.

»Hallo, Kayden.«

Summer tritt mir entgegen und ich umarme sie zur Begrüßung, küsse sie auf die Wange.

»Guten Abend, Summer. Noch einmal herzlichen Glückwunsch zur Verlobung.«

»Danke.«

»Und das ist Jasmine. Jasmine, meine Freunde Summer und Brooks.«

»Guten Abend und vielen Dank für die Einladung.«

Die beiden Frauen schütteln sich die Hand, mein Freund schließt sich an.

»Herzlich willkommen. Kayden hat uns noch gar nichts von dir erzählt.«

»Wir hatten ja auch erst zwei Dates.« Jasmine lacht.

Brooks klopft mir auf die Schulter, schaut mich mit fragendem Blick an.

Ich nicke. »Genau.«

»Umso schöner, dass du heute hier bist.« Summer winkt eine Servicekraft heran, wir nehmen uns alle ein Glas Champagner vom Tablett und stoßen miteinander an.

Nach dem ersten Schluck greife ich in die Innentasche meines Jacketts. »Wir haben euch ein kleines Geschenk mitgebracht.« Ich halte Summer den Umschlag hin, auf dem Logo und Schriftzug ihres japanischen Lieblingsrestaurants prangen.

Sie lächelt erfreut. »Ein Besuch im *Koi*? Fantastisch, wir waren schon ziemlich lange nicht mehr dort. Ganz lieben Dank.«

»Du hast es wie immer perfekt getroffen. Danke, Mann.« Brooks nickt mir zu.

»Gern geschehen.« Ich trinke einen Schluck. »Sind Hudson und River auch schon da?«

»Hudson und Claire stehen da drüben.« Er deutet ans andere Ende des Wohnzimmers. »River und June kommen etwas später.«

»Und? Habt ihr schon ein Datum für die Hochzeit?«

»Ja, Ende Juni. Hat als einziger Termin zu Pipers Plan gepasst.«

Bei Erwähnung ihres Namens wallt heiße Sehnsucht in mir auf.

»Nett von dir, das zu berücksichtigen.«

»Na, hör mal! Ich heirate doch nicht ohne meine Dumpfbacke.«

Ich schmunzele.

»Bis auf Brooks' Ungeduld waren wir ja auch flexibel.« Summer wirft ihm einen liebevollen Blick zu.

»Habt ihr schon eine Location?« Jasmine schaut sie neugierig an. »Die ist bestimmt schwer zu kriegen.«

»Wir schwanken noch.«

»Was steht denn zur Auswahl?«

»Das verraten wir erst mit Versand der Einladungen.« Summer zwinkert ihr zu.

»Oh, natürlich. Tut mir leid.« Wieder lacht meine Begleiterin vor Verlegenheit. »Ihr wollt nicht, dass irgendwelche Infos zu den Fans durchsickern.«

»Das auch, ja.« Brooks trinkt einen Schluck und sieht mich mit einem so seltsam verwunderten Blick an, dass mir schon wieder heiß wird.

Nein, Jasmine passt einfach nicht.

Weder zu mir noch zum Rest meiner Welt.

Es hat keinen Sinn, mir weiter etwas vormachen zu wollen. Das war nur die letzte Bestätigung meines Bauchgefühls.

Ich verberge meine Gedanken hinter einem freundlichen Gesicht und wende mich an seine Verlobte. »Erzählst du uns von seinem Antrag?«

Sogleich leuchtet es in Summers Augen auf und sie schildert kurz ihren Hubschrauberrundflug mit dem spektakulären Ende.

Zu viel Show für meinen Geschmack, aber typisch für den Rockstar.

Und Jasmine stößt einen verträumten Seufzer aus, presst sich die Hand aufs Dekolleté. »Oh, mein Gott, das klingt unglaublich romantisch.«

Natürlich fragt sie auch nach Summers Verlobungsring und die streckt Jasmine ihre Hand entgegen. Ein schmales, rotgoldenes Band mit einem großen, runden Diamanten in der Mitte umschließt ihren Ringfinger. Jasmine bewundert ihn gebührend und wir plaudern noch ein wenig. Dann tauchen die nächsten neuen Gäste neben uns auf und wir verabschieden uns.

Ich führe sie zu Hudson und Claire, die sich gerade von einem Grüppchen abwenden und weitergehen. Wir begrüßen sie, ich stelle ihnen Jasmine vor und wir betreiben ein wenig Small Talk.

Etwas später stoßen River und June dazu, wir machen uns miteinander bekannt und Claire umarmt die neue Frau in unserer Runde direkt.

Kein Wunder, dass Hudson sich in sie verliebt hat, ich habe ihre Art von Anfang an gemocht.

Der schnipst sogar mit den Fingern, deutet von ihr zu River. »Kann es sein, dass ihr schon mal was miteinander hattet? In einem der Sommer, die du in euren Hotels gejobbt hast?«

Mein bester Kumpel grinst. »Dein Anwaltsgedächtnis vergisst wohl nichts.«

»Selten. Habe ich recht?«

»Ja, hast du.«

June schaut von ihm zu Hudson. »Du wusstest auch davon?«

Der nickt. »River hat ziemlich von dir geschwärmt, damals wie heute. Deswegen kam mir dein Name gleich so bekannt vor.«

»Und ich habe immer gedacht, er könne sich kein bisschen an mich erinnern.« Sie verdreht die Augen und lacht.

Dann stellt Jasmine sich vor und am Ende ergreife ich lächelnd Junes Hand. »Endlich lerne ich dich persönlich kennen. Ich hoffe, du hast den ganzen Aufruhr gut überstanden.«

Sie streicht sich eine Haarsträhne aus dem Gesicht und lächelt schief. »Ja, aber auf diese Erfahrung hätte ich gut verzichten können. Und ich möchte mich bei dir bedanken, dass du River so toll unterstützt hast. Ohne dich und deinen Experten hätte einiges schlimmer kommen können.«

»Nicht der Rede wert.«

River nimmt ihre Hand, verschlingt die Finger mit ihren. »Tja, so ist Kayden. Viel zu bescheiden.«

Ich winke ab, leere mein Glas und sehe mich nach einer Servicekraft um.

Unvermittelt reagiert mein Körper wie eine Kompassnadel auf den Nordpol und mein Blick wandert zur Eingangstür.

Da ist sie, gibt ihren Mantel ab.

Mein Herz gerät aus dem Takt, fängt sich und rast weiter.

Glücklicherweise lenkt eine Kellnerin mit Getränketablett meine Aufmerksamkeit auf sich und ich tausche eilig leeres gegen volles Glas. Wende mich wieder der Runde zu.

Ich bemühe mich, dem Gespräch zu folgen, nicke hier und da oder reagiere anderweitig. In Wirklichkeit richte ich mich auf Piper aus, spüre ihre Präsenz, lausche auf ihre Stimme, ihr perlendes Lachen.

Und dann kommt sie endlich herüber.

»Hey, da sind ja die drei Musketiere.«

River wendet sich ihr als Erster zu, begrüßt sie mit

einer Umarmung und stellt ihr June vor.

»Hi, ich bin Piper.«

»Freut mich sehr.« June streckt ihr die Hand entgegen, doch Piper schüttelt den Kopf und zieht sie in eine Umarmung.

»Willkommen in der Runde, auch wenn ich nur halb dazugehöre.« Sie deutet mit dem Finger auf River. »Und ich will nachher in allen Details hören, wie du deine Herzdame gefunden hast. Das ging ja verdammt schnell.«

»Man muss es nur verstehen, wenn sie vor einem steht.«

»Wahre Worte.« Sie wendet sich Hudson und Claire zu.

Was ich nutze, um sie unauffällig zu betrachten.

Zu hochhackigen Stiefeln trägt sie eine enganliegende schwarze Hose aus glänzendem Material, darüber ein türkisgrünes Jackett. Ihre Fingernägel schimmern in derselben Farbe und das lange silbergrau gefärbte Haar fließt ihr glatt über den Rücken.

Gott, sie ist so wunderschön.

Ich bin der Nächste und möchte in ihren graublauen Augen versinken, als sie mich mit merkwürdig intensivem Blick ansieht. »Hallo, Kayden.«

Mein Innerstes wird so weich wie nie zuvor und ich bin dem hilflos ausgeliefert.

»Hi, Pi.« Ich beuge mich vor, umarme sie mit dem freien Arm und schließe für einen kurzen Augenblick die Augen. Atme vorsichtig ihren Duft ein, spüre jede Stelle, an der wir uns berühren.

Und möchte aufstöhnen vor unerfüllter Sehnsucht.

Stattdessen löse mich von ihr und trete zurück. Mein Blick fällt auf ihr Dekolleté, den Spitzen-BH unter der transparenten Bluse.

Oh, Fuck!

Hastig besinne ich mich auf die Situation, räuspere

mich und tippe gegen meine Brille. »Darf ich dir Jasmine vorstellen? Jasmine, das ist Piper, Brooks jüngere Schwester.«

Für einen Moment wirkt sie vollkommen perplex, doch dann fängt sie sich wieder und lächelt. »Hi, Jasmine. Schön, dich kennenzulernen.«

Die ergreift ihre Hand und schüttelt sie. »Danke, finde ich auch.«

Piper tritt zwischen River und Jasmine, schaut in die Runde. »Ich werde erst einmal herausfinden, wer sonst noch da ist. Wir sehen uns später.«

Wir verabschieden uns vielstimmig.

Sie hebt das Glas, dreht sich um und für einen kurzen Moment treffen sich unsere Blicke.

Der Ausdruck in ihren Augen ist ungewohnt.

Ich stutze.

Täusche ich mich oder wirkt sie verletzt? Enttäuscht?

Nein, unmöglich. Aus welchem Grund sollte das der Fall sein?

Irritiert sehe ich ihr nach, runzele die Stirn und wende mich schließlich wieder den anderen zu.

Nur, um Jasmines nachdenklichem Gesichtsausdruck zu begegnen.

Ich zwinge mich zu einem Lächeln. »Möchtest du etwas zu trinken?«

»Danke, ich habe noch.« Sie hebt ihr Glas.

»Okay.«

Wir plaudern ein wenig in der Runde, zerstreuen uns dann allerdings und kommen mit anderen Bekannten ins Gespräch, genießen das kulinarische Angebot.

Nur eins bleibt gleich, ich schaue mich immer wieder nach Piper um.

Unfähig, dem Drang zu widerstehen.

Schließlich verabschieden sich Brooks' Assistent Malik

und sein Mann Adam von uns, und Jasmine legt mir eine Hand auf den Arm.

»Wie wäre es mit frischer Luft?« Mit dem Glas deutet sie auf die Tür zur Terrasse.

»Ist das nicht zu kalt?«

»Ach, einen Moment halte ich das schon aus.«

»Okay, warum nicht.«

Wir gehen hinüber und die Stufen hinauf. Ich öffne ihr die Tür und ziehe sie hinter mir wieder zu.

Die Dachterrasse erstreckt sich über die gesamte Breite der Wohnung, dekoriert mit einigen winterharten Grünpflanzen sowie diversen Laternen mit flackernden Kerzen darin. Am rechten Ende stehen ein paar Loungemöbel, links befindet sich ein runder Metalltisch mit passenden Stühlen, die wirken wie aus einem Pariser Café. Geradeaus entfaltet sich die Aussicht über Chelsea bis zum Flatiron District und Manhattans glitzernden Wolkenkratzern.

Jasmine tritt zum Geländer, schlingt den freien Arm um ihre Mitte.

Ich folge ihr. »Schön hier, oder?«

»Ja.« Ihre Stimme hat einen ernsten Unterton angenommen.

Überrascht sehe ich sie an. »Stimmt etwas nicht?«

»Das sollte ich wohl lieber dich fragen.«

Aus meinem Bauch steigt eine Vorahnung auf.

»Was meinst du?«

»Was ist das mit dir und Piper? Wart ihr mal zusammen?«

Mir entfährt ein Lachen. »Himmel, nein!«

»Wärst du es gern?«

Ertappt klappe ich den Mund zu.

Fange mich wieder, schüttele den Kopf. »Wie kommst du darauf? Ich bin mit ihr aufgewachsen. Sie ist eine gute Freundin, fast wie ein Familienmitglied.«

»Manchmal wird aus so etwas mehr.«

»Nein, wirklich, das ist Quatsch. Brooks hat uns dreien schon vor 15 Jahren Schläge und den Tod angedroht, falls jemand es wagen sollte, seine Schwester anzufassen.«

»Wenn man jemanden liebt, ist das egal.«

In mir wallt Ärger auf. »Jasmine, was soll das? Worauf willst du hinaus?«

»Na ja, ich ...« Sie kaut auf ihrer Lippe, atmet tief durch. »Ich will nur nicht wieder verarscht werden. Oder als Ersatz herhalten.«

»Empfindest du es etwa so?«

»Irgendwie schon.«

Ich schüttele den Kopf. »Meinst du, ich hätte dich sonst mit hergenommen?«

»Keine Ahnung, wir kennen uns kaum.«

»Trotzdem bist du misstrauisch.«

»Was soll ich denn sonst denken, wenn ihr dermaßen vertraut miteinander seid?«

»Das gehört nun einmal zu meinem Leben. Und wenn du ein Problem damit hast, sollten wir überdenken, ob es sinnvoll ist, weiterhin zu daten.«

Jasmine reißt die Augen auf. »Machst du etwa Schluss?«

»Das hier ist unser drittes Date, da kann man wohl kaum von mehr sprechen.«

»Wir haben uns geküsst.«

»Jasmine, bitte. Mach es nicht noch komplizierter.«

»Bedeutet dir das gar nichts?«

Da ich sie nicht anlügen will, schweige ich.

Woraufhin sie ein abfälliges Schnauben ausstößt, herumwirbelt und wieder hineingeht.

Ich sehe ihr nach, wie sie ihr Glas einer Servicekraft aufs Tablett stellt und hocherhobenen Hauptes Richtung Tür marschiert.

Drehe mich um, leere mein Glas und stoße erleichtert

die Luft aus.

Fuck, ich bin ein solches Arschloch.

Kapitel 3 – Piper

Den ganzen Abend über beobachte ich Kayden und seine Begleiterin. Versuche, ihre Körpersprache zu entziffern und herauszufinden, was genau da läuft.

Obwohl es keinen Unterschied macht, dieses Messer steckt fest in meinem Herzen.

Ich bin zu spät gekommen.

Nun gehen sie hinaus auf die schmale Dachterrasse und ich wende mich wieder der Runde zu, in der ich mich seit geraumer Zeit aufhalte. Den drei restlichen Musketieren und den Frauen ihres Lebens.

Gerade wird das Drama zwischen River und June erörtert. Die Geschichte der Erpresserin, welchen Einfluss das auf ihre Liebe und Beziehung hatte.

Ich lausche fasziniert, halte mich aber zurück, schließlich gehöre ich wirklich nur halb dazu.

Irgendwann geht es zu dem Thema über, dass die meisten Männer erst reagieren, wenn es fast zu spät ist. Und Summer dankt mir dafür, dass ich meinem Bruder den Arschtritt verpasst habe, den er gebraucht hat.

Lächelnd hebe ich das Glas. »Immer wieder gern.«

Oh Mann, warum kann es nicht mehr Männer wie River geben?

Männer, die von Anfang an zu ihren Gefühlen stehen.

Okay, besser spät als gar nicht, aber es muss herrlich sein, keine Zweifel zu haben.

Aus dem Augenwinkel bemerke ich, dass die Tür zur Terrasse geöffnet wird, und schaue hinüber. Entdecke Jasmine, die schnurstracks Richtung Tür marschiert.

Nanu. Ärger im Paradies?

Ich blicke zurück zur Tür, doch sie bleibt geschlossen.

Ob ich zu ihm gehen sollte?

Wag es ja nicht, dich da einzumischen!

Mein verletztes Herz duckt sich unter der verärgerten Stimme meines Verstands.

Resigniert klemme ich die freie Hand unter den anderen Ellbogen, nippe an meinem Champagner und richte meine Aufmerksamkeit wieder auf das Gespräch.

Nur, um beim nächsten Klicken der Terrassentür erneut den Kopf zu drehen.

Kayden nimmt sich ein Getränk, sieht sich um.

Eilig schaue ich weg.

Konzentriere mich auf die anderen und spüre, dass er näherkommt.

Unglücklicherweise schiebt er sich in die kleine Lücke zwischen June und mir, sodass wir beide zur Seite weichen, und ich kann mich nicht mehr bremsen.

Mit gespieltem Erstaunen schaue ich ihn an, werfe einen Blick hinter uns. »Wo ist deine Freundin?«

Kurz presst er die Lippen aufeinander. »Sie ist nicht meine Freundin.«

In mir wallt ein seltsamer Gefühlscocktail auf. Erleichterung, Eifersucht, Wut.

»Warum war sie dann hier?«

Er dreht sich zu mir um. »River hat mich dazu überredet, Jasmine mitzubringen.«

Welchen Grund er wohl dazu hatte?

Mein Herz zieht sich vor Schmerz zusammen.

Ihn mit dieser Frau zu sehen hat mir noch einmal schmerzhaft bewusst gemacht, dass ich ihn liebe und wie sehr ich ihn will. Als ich die Wohnung betreten und ihn von weitem gesehen habe, war es sogar so stark, dass ich ihn verführen wollte.

Nur eine Nacht, um diese brennende Sehnsucht zu stillen.

Stattdessen habe ich nun die Gewissheit, die ich nie haben wollte.

Mehr als Freundschaft empfindet er nicht.

Und das tut so verdammt weh, dass es aus mir herausbricht.

Ich hebe eine Braue. »Eigentlich bin ich davon ausgegangen, dass niemand von euch seine Bettgeschichte zu solch einer Party mitbringt. War das nicht immer euer ungeschriebenes Gesetz? Schon allein wegen der gesellschaftlichen Konsequenzen und Erwartungen?«

In seinen Augen funkelt etwas auf. »Vielleicht ist es ja an der Zeit, damit aufzuhören, Erwartungen zu erfüllen. Und zu tun, was man wirklich will.«

»Tu, was du nicht lassen kannst.« Ich sehe zu Claire hinüber, die gerade etwas sagt, höre aber nichts. Nehme einen großen Schluck von meinem Champagner und versuche, mich zu beruhigen.

Erfolglos.

»Okay, raus damit. Was hast du für ein Problem mit mir?«

Ich kämpfe gegen dieses verfickte Chaos an, das sich immer weiter in mir ausbreitet, kann nur den Kopf schütteln.

»Was habe ich dir getan?«

In seiner leisen Stimme schwingen Verwirrung und Ärger mit, was mich noch mehr anstachelt.

»Nichts. Das ist es ja gerade.«

»Was?«

Fassungslos über meine Worte presse ich die Augen zusammen, atme tief durch. »Nichts.«

»Nein, das andere.«

Gereizt erwidere ich seinen Blick. »*Gar* nichts. Und

jetzt entschuldige mich bitte.«

Ich drehe mich um und laufe Richtung Gästebad.

Höre noch die spaßige Bemerkung meines Bruders. »Hey, Nerd! Hast du sie mit deinen Lateinkünsten genervt?«

Dort schließe ich mich ein, stütze mich auf den Waschtisch und betrachte mich im Spiegel. Sehe mir in die Augen und fühle tief in mich hinein.

Herrgott, ich muss es endlich einsehen.

Für Kayden bin ich nur Brooks' nervige kleine Schwester. Auch wenn er es bisher nie gezeigt hat, sogar überwiegend freundlich zu mir war.

Und genau da liegt das Problem.

Bei mir und meinen bescheuerten Gefühlen, derentwegen ich zu viel missverstehe, hineininterpretiere, mich blamiere.

Aber hey, genau das wollte ich doch, oder?

Ein Zeichen. Die Wahrheit herausfinden.

Und die Konsequenzen ziehen.

Was bedeutet, dass ich unter anderem den engeren Freundeskreis meines Bruders meiden werde.

Kein Problem, ich habe schon immer mein eigenes Leben geführt. Meinen Bruder und Summer kann ich ja trotzdem besuchen, falls mir danach ist.

Oder mal ein Treffen nur unter uns Frauen organisieren, vorzugsweise ohne Kaydens Freundin.

Wer auch immer das in Zukunft sein wird, ich will es nicht wissen.

Ist zwar unhöflich und vermutlich unfair derjenigen gegenüber, aber besser für meinen inneren Frieden.

Dann werde ich bald darüber hinwegkommen.

Das Einzige, was ich auf diesem Weg noch überstehen muss, ist Brooks' Hochzeit.

Ach was, das schaffe ich mit links.

Weil ich von nun an ohne Scheuklappen durch die Welt gehen werde. Offen für neue Erfahrungen, andere Männer. Irgendwann wird schon der Richtige dabei sein.

Mein Herz jault, eine depressive Stimmung breitet sich in mir aus und ohne Vorwarnung brennen Tränen in meinen Augen.

Die Vorstellung von einem anderen Leben, als ich es mir bisher erträumt habe, ist gerade kaum auszuhalten.

Verzweifelt stoße ich die Luft aus, schließe die Augen und lasse den Kopf hängen.

Fuck, wie konnte ich nur so dumm sein?

Ich habe mich tatsächlich verrannt.

In die fixe Idee, dass Kayden eines Tages der Mann an meiner Seite sein wird.

Und jetzt bekomme ich die Quittung für diesen Scheiß.

Unvermittelt ertönt ein leises metallisches Geräusch hinter mir und ich fahre herum. Starre die Türklinke an, die sich wieder nach oben bewegt, und lausche.

Draußen entfernen sich langsame Schritte.

Okay, am besten verschwinde ich jetzt.

Hastig wende ich mich meinem Spiegelbild zu, überprüfe mein Aussehen. Betätige die Spülung, wasche mir die Hände und schüttele mein Haar auf. Dann atme ich tief durch, straffe die Schultern und verlasse die Gästetoilette.

Der Gang bis zum Wohnraum ist leer und ich folge ihm, vorbei an der Treppe zum oberen Geschoss und dem verwinkelten Zugang zum Wirtschaftsbereich.

»Piper.«

Mit einem erschreckten Laut halte ich an, fahre herum und das Herz klopft mir bis zum Hals hinauf.

Kayden löst sich aus dem Halbschatten neben der Treppe, tritt auf mich zu. »Alles okay?«

Ich hebe das Kinn. »Natürlich. Warum fragst du?«

»Weil ich dich noch nie so erlebt habe.«

»Tja, ist manchmal so.«

Kurz verengt er die Augen. »Warum bist du sauer auf mich?«

»Das habe ich dir doch schon gesagt.«

»Du übertreibst.«

Ohne, dass ich etwas dagegen tun könnte, brodelt heiße Wut aus meinem Bauch hoch. »Ach, ja?«

»Ja.«

Reg dich ab, es macht keinen Unterschied mehr.

Fick dich!

»Gut, dann übertreibe ich eben. Kann dir egal sein, bin ja nur ich, Brooks' nervige kleine Schwester.«

»Du weißt genau, dass dich schon lange niemand mehr so sieht.«

»Komisch, vor ein paar Minuten hat es sich noch genau so angefühlt.«

»Piper, ich —«

Ich reiße eine Hand hoch. »Spar's dir einfach. Geh zurück und feiere, ich bin weg. Schönes Leben noch.«

Damit drehe ich mich um und marschiere zur Tür, hole meinen Mantel und verlasse die Party.

Jetzt brauche ich dringend eine Tüte Chips, Eis und ein paar Wodka.

Und vielleicht bastele ich mir eine kleine Puppe mit Brille und schwarzen Klamotten, in die ich ein paar lange Nadeln steche.

*

Die nächsten Tage vergrabe ich mich in Arbeit, arrangiere Sets, komponiere.

Treffe mich am Mittwoch auf einen Drink mit Lanie, kotze mich bei ihr aus und genieße für einen Moment ihren Trost.

Doch damit muss es auch gut sein. Ich werde auf keinen Fall zulassen, dass Kayden oder meine Gefühle für ihn weiterhin mein Leben beherrschen.

Entsprechend übermütig fliege ich am Donnerstag für ein Engagement nach Vancouver. Feiere anschließend im VIP-Bereich des Clubs, weise jedoch freundlich jegliche Flirts oder Annäherungsversuche zurück.

So weit bin ich längst noch nicht.

Am Freitag geht es weiter nach Calgary und ich entspanne mich nachmittags im Spa-Bereich des 4-Sterne-Hotels, durchsuche das Netz und diverse Plattformen nach neuen EDM-Tracks. Dann style ich mich für meinen Auftritt und schlüpfe in rosa Spitzendessous. Kombiniere ein enges schwarzes Oberteil, das den Bauch freilässt, sowie bequeme Sneakers zu rosafarbenen, tief auf der Hüfte sitzenden Baggy Pants. Am Ende betrachte mich noch einmal von allen Seiten im Spiegel und lächele zufrieden.

Yeah, Baby, ich bin heiß und sexy! Und wenn dieser Vollidiot mich nicht will, hat er verdammtes Pech gehabt.

Motiviert und bester Laune fahre ich zu dem Nachtclub, in dem ich ab 23 Uhr zwei Stunden auflegen soll.

Verstaue mein Smartphone in der Gesäßtasche und meine anderen persönlichen Sachen in einem abschließbaren Schrank im Backstagebereich. Dann setze ich mich mit meinem Laptop hin und beginne mit meinen Vorbereitungen, der Einstimmung.

Als ich auf die Bühne steige, ist die Stimmung bereits megagut.

Die Leute feiern mein Set und ich tauche mit ihnen in die Melodien ein, den Flow. Und das Glücksgefühl, das mir nur die Musik geben kann.

Kurz vor eins verabschieden sie mich mit lautem Jubel und ich bedanke mich mit einer letzten Verbeugung. Dann klappe ich meinen Laptop zu, wechsele ein paar Worte mit dem Kollegen, der direkt übernimmt, und schwebe förmlich in den Backstagebereich.

Allerdings bin ich so aufgekratzt, dass ich auf keinen Fall schon gehen will, und das Set meines DJ-Kollegen klingt ebenfalls vielversprechend.

Also verstaue ich den Laptop in meinem Rucksack, schließe alles wieder ein und gehe in den Backstage-Waschraum, um mich frisch zu machen. Von dort aus gelange ich hinten herum in den Gang, der an den Waschräumen vorbei bis zur Bar und daneben bis zum Ausgang führt.

Die u-förmige Bar wird an zwei Seiten von durstigen Gästen belagert, die sich nur ein Getränk holen wollen. Doch zur dritten Seite hin, an der man sitzen und zur Tanzfläche hinüberschauen kann, entdecke ich eine Lücke.

Im Rhythmus der Musik schiebe ich mich durch die auch hier tanzenden Menschen. Nehme Lob entgegen, mache Selfies und bade in der positiven Energie.

Am Ziel angekommen, stütze ich mich auf den Tresen und lächele einen der Barkeeper an, sobald er in meine Richtung schaut.

Er kommt zu mir, beugt sich vor. »Was darf's sein?«

»Wodka-Cranberry mit Eis.«

Er nickt, richtet sich auf.

»Der geht auf mich.«

Der Barkeeper wirft einen schnellen Blick zur Seite, nickt erneut und wendet sich seiner Arbeit zu.

Ich seufze stumm, drehe aber lächelnd den Kopf in Richtung der männlichen Stimme. »Danke, ich kann für mich selbst –«

Der Rest des Satzes bleibt mir im Hals stecken.

Erstaunt reiße ich die Augen auf. »Was, zur Hölle, tust *du* hier?«

Kayden zuckt lässig mit den Schultern und mir fällt auf,

wie sexy sich das einfache schwarze Shirt an seinen sportlichen Oberkörper schmiegt. »Mir dein Set anhören.«

Ich rücke näher, um nicht ganz so laut schreien zu müssen. »Willst du mich verarschen?«

»Nein.«

»Das ist doch gar nicht deine Stilrichtung.«

»Nur, wenn du auflegst. Und natürlich deine Songs.«

Mein Mund öffnet sich, doch mir fehlen die passenden Worte.

»Hier, bitte.« Der Barkeeper stellt mir den Longdrink hin und nimmt von Kayden die Verzehrkarte entgegen.

Ich trinke einen Schluck, um mich zu sammeln. Schaue mich schließlich um. »Wo ist deine Bekannte?«

Mit verkniffenem Gesichtsausdruck stellt er sein Glas zurück auf den Tresen, vermutlich der übliche *Old Fashioned*, der Cocktailkirsche und dem Streifen Orangenschale nach zu urteilen, und fixiert mich mit seltsam intensivem Blick.

»Falls du Jasmine meinst, das hat sich schon letzte Woche erledigt.«

»Ach, das tut mir aber leid.«

»Mir nicht.«

»Stimmt, du kannst ja jederzeit eine Neue haben.«

»Und wenn ich das gar nicht will?«

Ich halte den Atem an, jetzt wird es creepy.

»Okay ... worüber reden wir gerade?«

»Sag du's mir.«

Mir entschlüpft ein ungläubiges Lachen. »Ich? *Du* tauchst doch angeblich hier auf, um dir mein Set anzuhören. Was schon merkwürdig genug ist, schließlich sind wir gute 2000 Meilen von New York entfernt.«

»Ich gebe zu, ich wollte auch mit dir sprechen. Ohne, dass uns irgendjemand stört.«

Mein Magen verkrampft sich, doch ich gebe mich

locker. »Wegen letzter Woche? Vergiss es, ist unwichtig.«

»Nein. Wir klären das. Können wir irgendwo ungestört reden?«

Ich hebe eine Braue, setze einen herausfordernden Blick auf. »Sollen wir vor die Tür gehen?«

»Das Hotel wäre mir lieber.«

»Uuh! Zu mir oder zu dir?«

»Es ist dasselbe Hotel.«

Misstrauisch kneife ich die Augen zusammen. »Woher weißt du, wo ich wohne?«

»Ich habe meine Methoden.«

»Wie bitte?«

»Außerdem kenne ich deine Gewohnheiten, du steigst immer in denselben Hotels ab.«

»Jetzt klingst du wie ein Stalker. Oder ein Psychopath.«

Kayden schüttelt den Kopf, wirkt verärgert. »Lass uns reden, das bist du mir schuldig.«

»Ach, ja? Wie kommst du darauf?«

»Du hast mich letzte Woche einfach stehen lassen.«

»Es gab nichts mehr zu sagen.«

»Oh, doch! Und vermutlich schon viel zu lange.«

Seine Worte treffen mich wie ein Boxhieb in den Magen und ich wende mich verletzt meinem Drink zu, nehme einen großen Schluck.

Eigentlich wollte ich die Stimmung genießen, feiern und tanzen.

Stattdessen sackt meine Laune in den Keller durch und ich darf mich auf ein beschissenes Gespräch einstellen, vielleicht sogar eine Demütigung.

Aber gut, ich werde das aushalten.

Ich bin noch nie vor irgendetwas davongerannt und werde auch heute nicht damit anfangen. Lieber höre ich mir gutgemeinte Ausreden und besänftigende Erklärungen an, bin danach ein für alle Mal geheilt.

Entschlossen stürze ich den Rest meines Drinks hinunter. »Okay, bringen wir es hinter uns. Je schneller, desto besser.« Ich trete von der Theke zurück, sehe ihn an. »Ich hole meine Sachen, wir treffen uns draußen.«

Damit drehe ich mich um und schiebe mich durch die Menge. Marschiere in den Backstagebereich, hole mein Zeug und verabschiede mich.

Vor dem Club sind nur wenige Menschen unterwegs und ich finde Kayden ein paar Schritte weiter links, in Winterjacke neben einem Taxi.

Folglich ziehe ich den Reißverschluss meines Daunenmantels bis zum Kinn hinauf und laufe hinüber, zur anderen Seite des Wagens. Ich setze mich auf die Rückbank, knalle die Tür zu und lege den Sicherheitsgurt an.

Der Freund meines Bruders nennt dem Fahrer das Hotel, der nickt und fährt los.

Einen Moment spiele ich mit dem Gedanken, das Gespräch jetzt schon zu eröffnen, entscheide mich jedoch dagegen.

Das ist eine Privatangelegenheit und hat nichts in der Öffentlichkeit zu suchen.

Demnach beschränke ich mich darauf, mich zurückzulehnen, aus dem Fenster zu schauen und mir das kommende Szenario auszumalen. Und es wird mit jedem Durchgang schlimmer, bis ich mir schon vor dem ersten Wort vorkomme wie ein ungezogenes Kind, das nach einer Standpauke mit Hausarrest und Liebesentzug bestraft wird. Eine wirklich erniedrigende Vorstellung, die meine Laune weiter ins Negative treibt.

Die Fahrt ins Zentrum dauert keine zehn Minuten und sobald das Taxi vor dem Eingang des Hotels hält, steige ich aus und eile in die Wärme.

Das elegante Foyer liegt in vollkommener Stille da, menschenleer bis auf einen Mitarbeiter an der Rezeption, und auch die Zugänge zu Restaurant sowie Hotelbar sind verschlossen.

Hinter mir ertönen Schritte auf dem polierten Steinfußboden und ich drehe mich zu ihm um, deute auf die dunklen Glastüren. »Es ist schon alles geschlossen.«

»Meine Suite hat eine Mini-Bar, falls du etwas trinken möchtest«, entgegnet er genauso leise.

Verdammt, eigentlich hätte ich das Gespräch lieber auf neutralem Boden geführt. Aber das Wohnzimmer seiner Suite ist vermutlich die beste Alternative. In meinem Zimmer will ich ihn bestimmt nicht haben.

Oh, und wie du das willst!

Ich nicke und wir gehen zum Fahrstuhl, wo er mir den Vortritt lässt und auf die 10 drückt. Oben laufe ich hinter ihm nach rechts, ein Stück den Flur entlang.

Kayden hält seine Key-Card vor das Lesegerät, öffnet mir die Tür und folgt mir in ein elegantes Wohnzimmer mit dunklem Holzfußboden und hellen Polstermöbeln.

»Darf ich dir die Jacke abnehmen?«

»Nein, danke.« Ich stelle meinen Rucksack auf ein Ende der Couch, streife meinen Mantel ab und werfe ihn darüber.

Ordentlich wie er ist, hängt er seine Jacke über den Stuhl vor dem Schreibplatz an der Wand links davon. »Möchtest du etwas trinken?«

»Sag lieber, worüber du mit mir reden willst.« Mit verschränkten Armen wende ich mich ihm zu, hebe das Kinn.

Er verzieht das Gesicht. »Wenn ich nur wüsste, wo und wie ich anfangen soll.«

»Wenn ich mich recht erinnere, hat dir mein Verhalten missfallen. Vermutlich habe ich dich mit meinen Worten zu deiner Bekannten beleidigt.«

»Eher überrascht.«

»Bisher hatte ich ja auch keinen Grund dazu, dich oder

die anderen daran zu erinnern, keine Bettbekanntschaften zu unseren Partys mitzubringen.«

»Es ging um den Ton, dein Auftreten.«

»Oh, habe ich mich nicht damenhaft genug benommen?«

»Mich haben vielmehr die Gefühle dahinter beschäftigt.«

»Was weißt du schon über meine Gefühle?«

»Nichts. Leider.«

Einen Moment starren wir uns an.

Im nächsten tippt er gegen seinen Brillensteg. »Du warst gereizt, giftig. So wie jetzt.«

»Kann sein.«

»Warum ist Jasmine ein rotes Tuch für dich?«

»Keine Ahnung, ist eben so.«

»Sag mir die Wahrheit.«

»Das ist die Wahrheit.«

»Nur ein Teil davon.«

All die negativen Gefühle vermischen sich in meinem Bauch, fangen an zu brodeln.

»Ich kann sie nicht leiden. Sie ... passt nicht in unseren Freundeskreis.«

»Ist mir schon selbst aufgefallen.«

»Und sie passt nicht zu dir.«

Er hebt die Brauen, kommt näher. »Nein? Wer passt dann zu mir?«

»Woher soll ich das wissen?«

»Obwohl du mich so lange kennst?«

»Das habe ich auch gedacht, und dann tauchst du mit *ihr* auf.«

»Mit wem hätte ich stattdessen zur Party kommen sollen?«

»Was weiß ich, du kennst vermutlich eine Menge Frauen.«

»Aber anscheinend die Falschen.«

Bitterkeit gesellt sich zu dem beschissenen Chaos in meinem Innern. »Oder du bist blind für das, was direkt vor deiner Nase ist.«

In der nächsten Sekunde wird mir heiß.

Verdammt, das hätte ich nicht sagen dürfen.

»Oh, nein, ich sehe sehr gut.« Zwei Schritte vor mir bleibt er stehen, schaut mir geradewegs in die Augen.

Ich schlucke und möchte zurückweichen, doch meine Füße sind wie angewachsen. Seine Nähe überfordert mich.

So sehr, dass mein Hirn die Kontrolle verliert und mein Herz sie an sich reißt.

»Und warum übersiehst du *mich*?«

»Ich sehe dich, Pi.«

»Nein.« Meine Stimme zittert.

»Doch. Seit der Highschool. Schon vor dem Kuss an deinem 18. Geburtstag. Aber seitdem ...«

Das Durcheinander in mir explodiert, mir wird schwindelig und ein fetter Kloß schnürt mir die Kehle zu. »Was?«

Kayden stößt die Luft aus, sein Blick wandert von meinem Mund zu meinen Augen. »Ich hätte es dir längst sagen sollen. Oder vielleicht begehe ich gerade den größten Fehler meines Lebens, ich weiß es nicht. Aber ich kann und will nicht mehr schweigen.«

Mein Herz überschlägt sich beinahe und alles in mir zittert vor Erwartung.

Ich lasse die Arme sinken. »Kayden ...«

Seine Miene wird weich, beinahe zärtlich, und er hebt die Hand an mein Gesicht. Streicht mit den Fingerspitzen über meine Augenbraue, den Wangenknochen.

»Ich wollte immer nur dich, Piper.«

Oh, mein Gott!

Ich presse die Lider zusammen, drücke die Knie durch und kämpfe gegen die hochschießende Schwäche an.

»Vermutlich seit jenem Kuss. Und in den letzten Jahren ist es stärker geworden.« Er schiebt die Hand unter mein Haar. »So stark, dass ich keine andere Frau mehr sehe außer dir. Deswegen komme ich heimlich zu deinen Auftritten, beobachte dich und —«

Hastig reiße ich die Augen auf, kralle die Finger in sein Shirt und ziehe ihn an mich. »Warum hältst du dann nicht endlich die Klappe und küsst mich?«

»Was? Du ...?«

»Scheiße, ja! Für die Details ist später noch Zeit.« Ich stelle mich auf die Zehenspitzen, strecke mich ihm entgegen und packe gleichzeitig seinen Nacken.

Dann prallen endlich unsere Lippen aufeinander, öffnen sich und sobald unsere Zungen sich berühren, explodieren sämtliche Emotionen in meinem Körper. Liebe, Lust, Verlangen, Sehnsucht.

Ich schlinge die Arme um seinen Hals und erwidere den Kuss so leidenschaftlich wie er. Genieße, wie fest er mich hält. Wie perfekt sich alles anfühlt.

Tief aus seiner Kehle erklingt ein genussvoller Laut, der mir ein heißes Prickeln über die Haut jagt, und als er meinen Hintern packt, mich gegen seinen anschwellenden Schwanz presst, ist es vollends um mich geschehen.

Eilig zerre ich ihm das Shirt aus der Hose, berühre seine Haut und streiche seinen Rücken hinauf. Küsse sein stoppeliges Kinn, wandere den Kiefer entlang. »Wo ist dein Schlafzimmer?«

Da schlingt er die Arme um mich, hebt mich hoch und geht los.

Ich klammere mich an ihn, folge mit den Lippen seiner Kinnlinie bis zum Ohr. Knabbere an seinem Ohrläppchen.

Sein Ächzen treibt einen Schwall heißer Luft über meinen Hals, gefolgt von einem Kuss, leichtem Saugen.

Ich seufze auf vor Lust, erschauere, und das Pochen in

meinem Schoß wird immer heftiger.

Schon stellt er mich vor dem Bett wieder auf den Boden und ich nutze die Gelegenheit, ihm das Shirt über den Kopf zu streifen. Er zieht mir das Top aus und wirft es hinterher.

Als Nächstes greife ich nach seinem Hosenbund, öffne Gürtel, Knopf und Reißverschluss. Doch bevor ich niederknien kann, hält er meine Hände fest, und ich sehe atemlos zu ihm auf.

In seinen haselnussbraunen Augen lodert das Verlangen. »Ich habe so lange davon geträumt, dass ich mich kaum noch beherrschen kann. Wenn du mich jetzt anfasst ...«

Kayden wirkt verlegen, beinahe verzweifelt und damit so unglaublich süß, dass mein Herz überläuft vor Liebe.

Ich beiße mir auf die Lippe.

Dass ich so viel in ihm auslöse, überwältigt mich.

»Okay.«

Mit einem erleichterten Lächeln beugt er sich zu mir, küsst mich und lässt meine Hände los. Öffnet meine Baggy Pants, verteilt Küsse auf meinem Dekolleté und den Bauch hinab, bis er kniet. Er schiebt den Stoff meine Beine hinab, hilft mir aus Schuhen, Socken und Hose. Dann erhebt er sich und wir tauchen erneut in einen leidenschaftlichen Kuss, sinken zusammen aufs Bett, rutschen höher.

Dann nimmt er die Brille ab, legt sie auf den Nachttisch und schiebt sich zwischen meine Beine, halb auf mich.

Und es fühlt sich göttlich an, sein Gewicht auf mir zu spüren, seine Haut an meiner.

Ohne Hast befreit Kayden mich von dem BH, nimmt meine Handgelenke und drückt sie über meinem Kopf auf die Matratze. Streicht sanft meine Arme hinab, küsst meinen Hals. Knabbert und leckt, wandert tiefer.

Meine Nippel sind längst hart und ich recke sie ihm

entgegen, lechze nach seiner Berührung. Und als er einen davon endlich in den Mund nimmt, schießen Blitze bis in meinen Schoß. Elektrisieren unzählige Nervenenden, bis ich vor Lust erschauere.

Er beißt behutsam hinein, bis ich mich unter ihm winde und wimmere. Saugt und leckt daran, zwirbelt die andere Brustspitze zwischen den Fingern, tauscht die Seiten.

Berauscht von dieser süßen Folter senke ich die Arme, grabe die Finger in seine Schulter und wühle sie in sein Haar, will mich an ihm festhalten.

Da lässt er von mir ab, löst meine Hände und dirigiert sie zurück über meinen Kopf. Sieht mir in die Augen. »Halt still.«

Mit einem Kuss verschließt er mir den Mund, bevor ich protestieren kann, wandert wieder tiefer. Diesmal zwischen meinen Brüsten hindurch, über meinen Bauch, und seine Hände streicheln über meinen Seiten, bis zum Höschen. Das streift er über meinen Hintern, richtet sich auf und hebt meine Beine. Zieht es mir aus, wirft es zur Seite.

Ich schaue zu, wie er meine Knöchel umfasst und die Innenseiten meiner Beine küsst. Über die Knie, immer weiter Richtung Schoß.

Voller Hingabe spreizt er meine Schenkel, leckt und knabbert abwechselnd an der empfindlichen Haut. Und dann, endlich, senkt er den Mund auf meine empfindlichste Stelle.

Überwältigt von seiner Hitze sauge ich zischend die Luft ein, stöhne unter seiner Zunge. Mein Verlangen schießt regelrecht in die Höhe und ich klammere mich wimmernd an die Bettdecke. Bald schwirren mir die Sinne und er steigert es weiter. Schiebt einen Finger in meine Pussy und reibt mich von innen. Nimmt einen zweiten dazu, leckt mich intensiver, saugt an meiner Klit.

Meine Augen fallen zu und ich beiße mir auf die Lippe,

bewege die Hüften instinktiv gegen seinen Rhythmus. Ein heißes Kribbeln breitet sich in mir aus, begleitet von dem süßen Ziehen, und alles in mir schwillt an.

»Oh, ja!« Ich rase auf den Höhepunkt zu, bäume mich auf. »Ja, Kayden. Ja!«

Mit einem letzten intensiven Saugen schießt er mich ab und ich schreie meinen Orgasmus hinaus.

Sein Stöhnen vibriert durch meinen Schoß und er zieht die Finger aus meiner Pussy. Dringt stattdessen mit der Zunge in mich ein, leckt mich und saugt, bis die Anspannung aus meinem Körper weicht.

Da erst löst er sich von mir, steigt vom Bett.

Ich öffne die Augen, liege heftig atmend da und beobachte voller Begierde, wie er sich endlich auszieht. Er ist schlank und sportlich, mit definierten Muskeln. Von der Mitte seiner Brust breitet sich üppiges Haar aus, worauf ich echt abfahre, aber weiter unten wird es sogar noch besser.

Fuck, ist er gut bestückt.

Kayden bückt sich nach seiner Brieftasche, zieht ein Folienpäckchen daraus hervor und rollt das Kondom über seinen prallen Schwanz. Dann kniet er sich zwischen meinen Beinen aufs Bett, hakt mein rechtes Knie ein und stützt sich neben mir ab. Beugt sich zu mir, küsst mich.

Voller Verlangen erwidere ich seinen Kuss, rieche und schmecke meine Lust.

»Gott, ich will dich so sehr.« Ich umfasse seinen Kopf mit beiden Händen, wühle die Finger in sein Haar.

Aus seiner Kehle steigt ein animalischer Laut auf. »Oh, Piper.«

Seine freie Hand knetet meine Brust. Streicht über meine Seite, den Bauch und zwischen uns. Kurz darauf fühle ich seine Schwanzspitze an meiner Pussy und endlich dringt er in mich ein.

Langsam, bedacht.

Er hakt auch mein anderes Bein ein und ich genieße, wie er mich Stück für Stück dehnt, stöhne in seinen Mund.

Einen Moment presst er sein Becken gegen meines, dann hebt er den Kopf und nimmt mich in langen kraftvollen Stößen. Fickt mich mal schneller, mal intensiver, ohne den Blick abzuwenden. Ändert zwischendurch den Winkel, sodass er auch meine Perle oder den G-Punkt stimuliert, und küsst mich immer wieder.

Diesmal bahnt sich der Orgasmus anders an. Sachter, dafür umso durchdringender. Wie ein tiefgehender Rausch, der mich in ungeahnte Höhen hinaufträgt.

Ich klammere mich an Kayden, keuche und stöhne. Gebe mich voll und ganz hin, ihm und dieser unglaublichen Erfahrung.

Irgendwann gibt er mein linkes Bein frei, schiebt die Hand zwischen uns und hebt den Kopf. Legt den Finger auf meine empfindlichste Stelle und umkreist sie zärtlich.
»Komm mit mir!«

Seine Stimme klingt rau, atemlos und trotzdem so bestimmt, dass ein lustvoller Schauer wie eine Welle durch meinen Körper läuft, mich mitreißt.

Er reibt mich kräftiger, steigert das Tempo und kurz darauf ist es um mich geschehen.

Mein Atem stockt, ich zerspringe und zwei Stöße später folgt er mir zum Höhepunkt.

Wir stöhnen und keuchen, küssen uns, pressen die Becken gegeneinander.

Sein Schwanz pulsiert tief in mir und ich spanne sämtliche Muskeln an, um alles von ihm zu spüren.

Wie zur Antwort stößt er erneut in mich, reibt mich und ich reite eine zweite Welle.

Kayden gibt auch mein anderes Bein frei, stützt sich auf beide Ellbogen und schiebt die Hände unter meine Schultern.

Ich segele von meinem Höhepunkt hinab, getragen von seiner Umarmung, einem unendlichen Kuss und seinen sanften, schaukelnden Stößen.

»Piper.« Sein warmes, zärtliches Raunen trifft mitten in mein Herz. »Ich liebe dich so sehr.«

»Oh, Gott, und ich liebe dich. Mehr, als ich in Worte fassen kann.« Berührt schlinge ich Arme und Beine um ihn, presse ihn an mich. Spüre in meinen Körper hinein, mein Herz.

Etwas hat sich verändert.

Als ob alle Teile von mir nach dieser Explosion neu zusammengefügt wurden.

Meine Welt steht kopf und es fühlt sich wundervoll an.

Dramatisch, schockierend, erschütternd richtig.

Die Intensität meiner Gefühle überwältigt mich und ohne Vorwarnung steigen mir Tränen in die Augen, erfüllt mich eine Erkenntnis.

So ist es also, nicht nur Sex zu haben, sondern sich mit allen Sinnen zu lieben.

Kapitel 4 – Kayden

In den vergangenen Jahren hatte ich viele Fantasien, in denen Piper die Hauptrolle gespielt hat. Von Liebesgeständnissen über erste Küsse und Berührungen bis hin zu zärtlichem oder dreckigem Sex, an den verschiedensten Orten.

Aber nichts davon, kein einziger Gedanke, hat mich darauf vorbereitet, was ich gerade mit ihr erlebe.

Ich fühle mich wie Schokolade, die unter ihrer Berührung dahingeschmolzen ist. Alles in mir ist warm, flüssig, und ich bin machtlos dagegen.

Nein, ich *will* mich auch gar nicht wehren. Dafür habe ich zu lange auf sie gewartet.

Piper seufzt und löst ihre Beine von meiner Taille, legt sie stattdessen über meine Schenkel. Streichelt meinen Rücken hinab und mit den Fingernägeln an meinem Rückgrat wieder hinauf.

Ein lustvoller Schauer rieselt über meine Haut, ich halte sie fester. Hebe den Kopf und betrachte ihr Gesicht. Die vom Küssen geschwollenen Lippen, darüber die zierliche Nase und ihre ausdrucksvollen graublauen Augen, die mich bis in meine Träume verfolgen.

Gott sei Dank bin ich kurzsichtig. Nicht auszudenken, wenn ich sie beim Sex oder überhaupt aus der Nähe, nur unscharf sehen könnte.

Lächelnd streicht sie mir das verschwitzte Haar aus der Stirn. »Können wir für immer so bleiben? Miteinander verschlungen und verbunden?«

»Ich wäre sofort dabei, aber leider ... müsste ich da

etwas loswerden.«

»Beeil dich.«

»Okay.« Noch ein Kuss, dann umfasse ich das Kondom und ziehe mich vorsichtig aus ihr zurück. Steige vom Bett und laufe ins Bad, um es zu entsorgen.

Doch als ich zurückkehre, ist das Bett leer.

Irritiert nehme ich meine Brille vom Nachttisch, setze sie auf und gehe ins Wohnzimmer. Ich entdecke sie vor der Mini-Bar und ihr Anblick löst erneut heftiges Herzklopfen in mir aus, überschäumendes Glück und ...

Ach, Fuck, ich möchte in die Welt hinausschreien, was ich für sie empfinde.

Abrupt taucht Brooks' Gesicht vor meinem inneren Auge auf, doch ich schiebe das rigoros beiseite.

Er wird es früh genug erfahren.

Und diese Nacht gehört uns allein.

»Kann ich dir helfen?«

In dem Moment ertönt das verhaltene Knallen eines Korkens und sie dreht sich zu mir um »Geh sofort wieder ins Bett, ich bin gleich bei dir.«

»Sehr wohl, Madame.« Ich salutiere und tappe ins Schlafzimmer. Ziehe die Bettdecke an allen Seiten unter der Matratze hervor, schlage sie zurück und werfe das kratzige Dekokissen auf den nächsten Sessel.

Da kommt Piper herein, in den Händen zwei Gläser und eine Flasche Champagner, um dessen Hals sie eine Serviette geschlungen hat.

Mit den Knien steigt sie aufs Bett, hockt sich auf die Fersen, und ich gehe zur anderen Seite. Setze mich nah zu ihr, lehne mich rücklings gegen die Kissen und nehme ihr die Gläser ab.

Sie schenkt vorsichtig ein, wartet mit dem Nachschenken, bis der Schaum sich jeweils gesetzt hat, und stellt die Flasche auf den Nachttisch, sobald die Gläser voll sind.

Dann nimmt sie eines und hält es mir hin. »Auf uns!«

»Auf uns!« Ich stoße mit meinem dagegen.

»Und dass es endlich raus ist.« Nach einem großen Schluck senkt sie die Hand auf ihren Schoß und schüttelt den Kopf. »Ich kann noch immer kaum glauben, was heute passiert ist.«

»Mein größter Traum ist endlich wahr geworden.«

Auf ihrem Gesicht breitet sich ein weiches Lächeln aus. »Ja, meiner auch. Warum hast du nie etwas gesagt?«

»Du hast kein einziges Mal den Anschein erweckt, mehr als einen Bekannten oder Freund in mir zu sehen.«

»Da habe ich meine Gefühle wohl genauso gut versteckt wie du.«

»Jahrelanges Training.«

»Dabei bin ich wegen dir nach New York zurückgekommen.«

Ich hebe die Brauen. »Wirklich?«

Piper nickt, trinkt einen weiteren Schluck. »Keine Ahnung, warum, aber Hudsons Hochzeit ... dich wiederzusehen, die Umarmung zur Begrüßung ... all das hat etwas in mir ausgelöst. Gleich darauf habe ich diesen Track komponiert und veröffentlicht, nach einer Wohnung gesucht und —«

Mein Herz rast los. »Moment. Heißt das, in *Under My Skin* geht es um mich? Uns?«

Sie lächelt verlegen, zuckt mit den Schultern. »Meine Sehnsucht brauchte ein Ventil, aber es wurde immer stärker, hat sich auch in den nächsten beiden Songs ausgedrückt. Und weil meine Freundinnen mich ermutigt haben, wollte ich dir auf der Verlobungsparty mal auf den Zahn fühlen. Ich habe sogar ernsthaft in Erwägung gezogen, dich zu verführen. Tja, und dann kommst du mit dieser Frau um die Ecke. Ich dachte, es zerreißt mir das Herz.«

Ich ergreife ihre freie Hand, beuge mich vor und küsse

die Innenseite ihres Handgelenks, schaue ihr in die Augen. »Wenn du wüsstest, wie sehr ich vor allem in den letzten anderthalb Jahren gelitten habe. Erst Hudson und Claire, dann finden auch Brooks und River die Richtige. Und die einzige Frau, die ich je wirklich geliebt habe, war unerreichbar für mich. Dabei hat River sogar versucht, mich zu coachen. Damit ich andere Frauen überhaupt wahrnehme.«

»Scheiße, ja, etwas Ähnliches habe ich auch hinter mir.« Sie lacht leise. »Und du sagst, River weiß es?«

»Er ist mein bester Freund, anscheinend hat er es längst geahnt.«

»Und ich habe mir immer eingeredet, dass ich mir alles nur einbilde. Deine Blicke, wie du mit mir gesprochen hast ...« Sie schüttelt den Kopf, setzt sich neben mich. »Ich wünschte, ich hätte es eher verstanden.«

Ich lege den Arm um ihre Schultern. »Mir ging es ja genauso. Ich habe es einfach deiner generellen Freundlichkeit zugeschrieben. Weil wir miteinander aufgewachsen sind.«

»Himmel, wir hätten uns so viel ersparen und längst glücklich werden können.«

»Wer weiß, vielleicht musste es ja so kommen.«

»Seit wann glaubst du an Schicksal?«

Ich lache leise. »Spätestens seit der Sache mit River und June. Aber bei den anderen beiden hatte es garantiert auch seine Finger im Spiel. Und nach unserem kleinen Streitgespräch ist alles hochgekocht.«

»Bei mir war es genau andersherum. Ich habe gedacht, das wars, endgültig. Also danke, dass du hergekommen bist.«

»Es war die beste Entscheidung meines Lebens.« Zärtlich küsse ich ihre Schläfe.

Sie lehnt den Kopf gegen meinen Mund. »Absolut.«

Für einen Moment schweigen wir und ich erinnere mich an jenen Zeitpunkt.

Wie ich mich Freitagnachmittag in ihrer Musik verloren habe, anstatt zu arbeiten. Gequält von meiner Sehnsucht und den ständigen Gedanken an unseren Wortwechsel. Wie so oft habe ich ihre Website besucht, ihre Tourtermine durchgeschaut ... und kurz entschlossen den Firmenjet startklar machen lassen.

»Ich habe einfach alles auf eine Karte gesetzt, ich wollte Gewissheit.«

»Apropos Gewissheit ... du hast vorhin erwähnt, du hättest heimlich meine Auftritte besucht, mich beobachtet.«

»Oh, ähm, ja.«

Piper setzt sich auf, schaut mich an. »Was ist da gelaufen?«

»Nichts Besonderes.« Ich tippe gegen den Brillensteg, trinke einen Schluck Champagner.

Da stößt sie mich mit dem Ellbogen an. »Komm schon! Was genau hast du getan?«

In mir sträubt sich etwas, vor Verlegenheit, doch ich springe über meinen Schatten. Ich will keine Geheimnisse mehr haben, vor allem nicht vor ihr.

»Na ja, ich ... habe deine Entwicklung beobachtet. Deine Musik gehört und Videos angesehen, mich über deine Erfolge gefreut. Und vor ein paar Jahren habe ich angefangen, deine Auftritte zu besuchen, wenn du in der Gegend warst. Dabei habe ich mich dir nah gefühlt.«

»Du hättest sagen können, dass du da bist.«

»Ich wollte nicht, dass du glaubst, ich würde dich stalken. Oder kontrollieren.«

»Womöglich wären wir uns dadurch schon früher nähergekommen.«

»Ja, ich weiß. Aber lass uns nicht darüber reden, was

hätte sein können. Ich will einfach nur genießen, dass wir endlich zusammen sind.«

»Du hast recht.« Sie hebt die Hand, streicht über meine Wange. »Dabei habe ich immer gedacht, Brooks wäre der Einzige, der an mich und mein Talent glaubt.«

»Nein. Ich wusste von Anfang an, dass du deinen Weg gehen würdest. Und im Zweifel hätte ich irgendwie nachgeholfen.«

»Womit wir wieder bei deinen Methoden wären, wie du es vorhin im Club genannt hast. Worin, zur Hölle, hast du überall deine Finger?«

Ich lache leise. »Sorry, aber das bleibt mein Geheimnis.«

»Ist irgendetwas daran kriminell?«

»Um Himmels willen, nein. Aber manchmal hart an der Legalität.«

»Trackst du mein Handy?«

»Nein. Es gibt andere Mittel und Wege, an Daten zu gelangen.«

»Du warst schon immer ein Nerd.«

»Stört dich das?«

»Warum sollte es? Ich finde deinen Verstand verdammt sexy.«

»Oh, danke.«

»Und den Rest auch.«

»Hör auf, sonst werde ich noch rot.« Ich tippe vor den Brillensteg.

»Na, verlegen bist du ja schon.«

»Was?«

Piper deutet auf meine Brille. »Die Geste eben. Das machst du meistens, wenn dir etwas unangenehm ist und du davon ablenken möchtest.«

Mir wird heiß. »Scheint, als würdest du mich ziemlich gut kennen.«

»Nein, das wäre übertrieben. Allerdings habe ich dich

als Teenager genauestens beobachtet und später auch nicht damit aufgehört.«

»Also bist *du* die Stalkerin.«

»Bescheuert, oder?«

»Ein bisschen.«

Nachdenklich mustert sie mein Gesicht. »Ich muss morgen nach Winnipeg, doch das weißt du vermutlich.«

»Ja.«

»Kommst du mit?«

»Gern.«

»Was ist mit Sonntag?«

»Fliegen wir zusammen nach Hause.«

»Nein, ich meine euren Brunch.«

Kurz kneift mich mein Gewissen, doch ich schiebe das beiseite.

Piper ist jetzt das Einzige, was zählt.

»Kein Problem, ich schreibe River morgen, dass ich unterwegs bin und nicht kommen kann. Nächste Woche, wenn du in Toronto und Montreal auflegst, ist der Weg nicht so weit, dann schaffe ich es zu dem Treffen.«

Auf ihrem Gesicht breitet sich ein strahlendes Lächeln aus. »Nächste Woche begleitest du mich ebenfalls?«

»Wenn dir das nicht zu lästig ist.«

»Um Himmels willen, nein! Das ist toll.«

»Wunderbar. Und wir sollten schnellstmöglich unsere Kalender abstimmen. Ich möchte so oft wie möglich mit dir zusammen sein.«

»Klingt nach einem verdammt guten Plan.«

»Ich weiß.«

»Aber jetzt sollten wir erst einmal schlafen gehen.«

»Ach, ja?«

»Ja.« Sie ergreift mein Glas, stellt beide auf den Nachttisch. Setzt sich rittlings auf meinen Schoß, nimmt mir die Brille ab und legt sie daneben. Dann umfasst sie mein

Gesicht mit beiden Händen und lächelt. »Aber erst möchte ich einen ausgiebigen Gutenachtkuss.«

*

Wir starten in den nächsten Tag, wie wir den vorherigen beendet haben. Trennen uns fürs Duschen und Kofferpacken, treffen uns beim Frühstück wieder.

Danach fahren wir zum Flughafen und während Piper sich mit Social Media beschäftigt, kümmere ich mich für sie um den Rest. Cancele ihren Linienflug sowie die Hotelreservierung. Miete uns eine Suite in der Nähe des Red River und informiere mich, was die nähere Umgebung zu bieten hat.

Auf dem Weg zur Startbahn nimmt sie meine Hand, verschlingt ihre Finger mit meinen. »Ist es okay, wenn ich den Flug nutze, um mich auf das Set und den Auftritt vorzubereiten? Dann habe ich Zeit für dich, bis wir in den Club müssen.«

»Natürlich.« Ich hebe ihre Hand und drücke einen Kuss auf ihren Handrücken. »Ich finde immer etwas zu tun.«

»Gib es zu, du kannst gar nicht ohne.«

Ich lache leise. »Erwischt.«

»Ist nur die Frage, wonach du surfst. Wirtschaftstrends oder den neuesten Sexspielzeugen.«

»Stehst du darauf?«

Sie wirft mir einen frechen Blick zu. »Finde es doch heraus.«

»Pass auf, was du dir wünschst.«

»Warum?«

»Es könnte in Erfüllung gehen.«

»Okay, dann lass uns bei der nächsten Gelegenheit in einen Sexshop gehen. Mal sehen, was uns beiden gefällt.«

»Abgemacht.«

Nach dem Start wechsele ich auf die andere Seite des Tisches und wir bauen unsere Laptops auf.

Normalerweise bevorzuge ich Ruhe und eine neutrale Umgebung, zumindest für wichtige Aufgaben, die meine volle Konzentration erfordern. Piper hingegen bedeutet die größtmögliche Ablenkung, doch erstaunlicherweise gelingt es mir, zu arbeiten.

Weil ich in ihrer Nähe eine Art inneren Frieden verspüre.

Und dieses wundervolle Gefühl trägt mich durch den gesamten Tag. Beim Sex, sobald wir in der Suite angekommen sind, und dem Bummel durch *The Forks Market*. Beim Lunch, dem anschließenden Spaziergang sowie dem Besuch im Poolbereich des Hotels.

Wie immer verfolge ich später Pipers Set von der Bar aus, was ab sofort ohne Verstecken möglich ist. Und wenn ich mich nicht gewaltig irre, versprüht sie heute mehr Euphorie als sonst.

Auf meinem Gesicht breitet sich ein Lächeln aus, untermalt von all der Liebe in meinem Herzen und dem Glückstaumel, in dem ich mich seit letzter Nacht befinde.

Erstaunlich, wie schnell sich alles geändert hat.

Wie vollkommen, natürlich und richtig es sich anfühlt, ohne Einschränkungen.

Auch heute lasse ich mich auf die Musik ein, genieße das unbeschwerte und positive Gefühl, das sie hervorruft. Zwischendurch spielt Piper sogar den Song, in dem es um uns geht. Feiert ihn mit den Gästen des Clubs, fordert sie zum Mitsingen auf. Formt mit den Händen ein Herz und lässt es in meine Richtung pulsieren, wirft mir eine Kusshand zu.

Ich schüttele nur überwältigt den Kopf und komme aus dem Grinsen kaum heraus.

Gott, diese Frau ist unglaublich.

Und sie gehört endlich mir.

So, wie ich ihr gehöre.

Wie es wohl wäre, mit ihr um die Welt zu reisen? Von Auftritt zu Festival und weiter?

Mein Job ist an keinen Ort gebunden, ich könnte überwiegend unterwegs arbeiten. Und bis auf wenige Ausnahmen könnten meine Mitarbeitenden die Kundschaft übernehmen, um die ich mich noch persönlich kümmere.

Ach was, das Unternehmen gehört mir, ich kann tun und lassen, was ich will. Es muss nur ordentlich organisiert werden.

Aber womöglich hat sie vollkommen andere Vorstellungen von ihrer Zukunft, das war in den letzten Jahren nie Thema.

Schon steigen diverse Fantasien an die Oberfläche, die mich all die Jahre begleitet haben.

Von einem klassischen Familienleben mit ihr als Mutter und Ehefrau, in einem Haus in New York.

Bis hin zum kompletten Gegenteil, bei dem wir mit den Kindern um die Welt reisen und nebenbei Geld verdienen, sie als DJane und ich als *Digital Nomad*.

Bis ich den Kopf schüttele und diese unnützen Gedanken vertreibe.

Das führt gerade viel zu weit. Jetzt geht es erst einmal nur um uns und unsere Liebe. Alles Weitere wird sich finden.

*

Montagmorgen folge ich wieder meiner Alltagsroutine. Fahre früh in Sportkleidung ins Büro, hänge den Kleidersack in mein persönliches Bad und laufe zum Madison Square Park hinüber. Wärme mich auf, mache Dehnübungen. Dann setze ich meine Ohrhörer ein, starte die passende Playlist und jogge los.

Das Wochenende in Kanada war grandios, wie losgelöst von unserem normalen Leben. Deswegen sind wir bis zum Nachmittag dortgeblieben, haben jede gemeinsame Minute ausgekostet.

Umso schwerer ist uns die Trennung vor ihrer Haustür gefallen.

Und mir, die Stille in meinem Penthouse zu ertragen.

Vermutlich wird es die größte Herausforderung sein, den Übergang zu schaffen. Eine Verbindung unserer beider Leben hin zu etwas Neuem, Gemeinsamem.

Unsere Tage könnten kaum unterschiedlicher sein, vom Schlaf-wach-Rhythmus über die Arbeitszeiten bis hin zu Gewohnheiten und Vorlieben. Trotzdem werden wir entsprechende Kompromisse finden, davon bin ich überzeugt. Weil wir es beide wollen.

So laufe ich Runde um Runde, vollkommen glücklich und in Gedanken bei Piper oder in Kanada. Weiche entgegenkommenden Joggern oder anderen Hindernissen aus.

Bis ich Jasmine mitten auf dem Weg bemerke, Cooper neben sich.

Sie hebt die Hand zu einem zögerlichen Winken.

Automatisch drossele ich das Tempo, bleibe schwer atmend vor ihr stehen und ziehe die Ohrhörer heraus. »Jasmine, guten Morgen.«

»Hallo, Kayden.« Auf ihrem Gesicht zeigt sich ein scheues Lächeln. »Wie geht es dir?«

Irritiert runzele ich die Stirn. »So weit gut, danke. Und dir?«

Sie zuckt mit den Schultern. »Ich habe in den letzten Tagen sehr viel nachgedacht.«

»Okay.« In mir steigt ein Verdacht auf.

»Und ich möchte mich bei dir entschuldigen. Ich habe total überreagiert, wegen Piper, das ist mir inzwischen bewusstgeworden. Aber nur, weil ich dich wirklich sehr mag und die Panik vor einer neuerlichen Enttäuschung hochgekocht ist.«

Mein Magen verkrampft sich. »Das kann ich gut verstehen, dafür musst du dich nicht entschuldigen.«

»Nein, aber für meinen Abgang. Wir hatten gerade drei Dates und dass du noch nicht dasselbe fühlst wie ich, ist nicht schlimm, das entwickelt sich bestimmt. Deswegen würde ich dich am Wochenende gern einladen. Hast du Lust, ins Kino zu gehen?«

»Tut mir leid, aber ich bin nicht in der Stadt.«

»Dann vielleicht nächste Woche?«

»Jasmine ...«

»Ja?«

»Das ist keine gute Idee.«

»Warum nicht? Ich möchte nur eine Chance, es wiedergutzumachen.«

Ich atme tief durch. »Es tut mir leid, aber du hast recht. Ich mag dich, als Mensch, trotzdem empfinde ich nicht das Gleiche wie du. Und ich glaube kaum, dass sich daran etwas ändert.«

»Wie kannst du das jetzt schon wissen?«

»Erfahrungswerte.«

»Du willst es nicht einmal versuchen.«

»Nein, tut mir leid.«

Jasmine reckt das Kinn. »Ist das bei dir so üblich? Wenn es nach drei Dates nicht funkt, wird man abserviert?«

»Ich habe da keine Regel, falls du das meinst. Allerdings kann ich sehr gut beurteilen, ob sich weitere Mühen lohnen.«

»Mühen? So nennst du das?« Sie schnaubt.

»Egal, wie ich es bezeichne, die Intention bleibt gleich. Ich möchte weder meine noch deine Lebenszeit damit verschwenden, einem Vielleicht nachzurennen.«

»Du klingst wie ein eingebildeter Snob.«

»Entschuldige, ich bin nur ehrlich zu dir.«

»So ehrlich, wie du in Bezug auf dich selbst warst?«

»Was meinst du?«

»Die Kreise, in denen du dich bewegst. Davon hättest du mir ruhig etwas sagen können.«

»Das ist doch vollkommen unwichtig.«

»Ach was, gib es zu. Du empfindest mich als unter deiner Würde, ich bin dir peinlich.«

»Schwachsinn!«

»Und weil du mich nicht sofort ins Bett bekommen hast, schiebst du fadenscheinige Ausreden vor.«

Erstaunt hebe ich die Brauen. »Ich habe nicht einmal den kleinsten Versuch dahin gehend unternommen.«

»Oder hast du mich am Ende nur zu der Verlobungsparty mitgenommen, um diese Piper eifersüchtig zu machen?«

Mir entfährt ein hämischer Laut. »Das ist lächerlich.«

»June hat sie mit einer Umarmung begrüßt, obwohl sie sich da zum ersten Mal getroffen haben. Mich nur mit einem Handschlag. Genauso wie Claire und Summer.«

»Sorry, aber das kannst du in keiner Weise vergleichen.«

Unvermittelt glitzern Tränen in ihren Augen und sie tritt einen Schritt zurück, schüttelt den Kopf. »So ein verlogenes Verhalten hätte ich niemals von dir erwartet. Vermutlich sollte ich froh sein, dass dein wahrer Charakter sich so früh gezeigt hat.«

Ich beiße die Zähne zusammen und schweige, jedes weitere Wort ist unnötig.

»Bestimmt hast du dir schon die nächste Dumme gesucht. Oder du fickst jetzt diese grauhaarige Bitch.«

In mir breitet sich wütende Kälte aus. »Du vergreifst dich im Ton.«

»Ach, ja? Habe ich recht? Fickst du sie?«

»Niemand redet so über eine Frau aus meinem Bekanntenkreis.«

»Oder fickst du sie alle?«

Mir reißt der Geduldsfaden. »Es reicht! Ich verstehe, dass du verletzt bist und mich beleidigst. Aber das rechtfertigt nicht, wie du über die Menschen sprichst, die zu meinem Leben gehören. Also halt dich gefälligst zurück.«

»Sonst was? Willst du mir drohen?«

»Nein, das ist nicht mein Stil. Man kann keine Gefühle erzwingen oder abstellen, weder bei sich selbst noch bei anderen. Akzeptiere das einfach.«

»Du Heuchler.«

Ich stoße die Luft aus. »Es tut mir leid, wie das alles gelaufen ist. Trotzdem wünsche ich dir, dass du bald den Menschen findest, mit dem du wirklich glücklich wirst. Alles Gute.«

Damit gehe ich um sie herum, stecke mir die Hörer wieder in die Ohren und setze mein Training fort.

Derartige Gespräche sind mir noch nie leichtgefallen. Vor allem die Schmerzhaften, die hart an der Wahrheit entlangschrammen.

Bleibt nur zu hoffen, dass Jasmine es verstanden hat.

Kapitel 5 – Piper

Kayden: *Guten Morgen, meine Schöne. Bist du schon wach? Du fehlst mir.*

Seine Nachricht zaubert mir ein Lächeln aufs Gesicht und mein Herz hüpft vor Freude.
Gibt es etwas Besseres, um in den Tag zu starten?

Ich: *Hey, das ist unfair! Ich habe noch gar keinen Kosenamen für dich.*

Kayden: *Frechheit!*

Ich: *Aber ich vermisse dich auch.*

Kayden: *Gut, zu hören.*

Ich rolle mich auf die Seite, halte das Smartphone gerade vor mich und schicke ihm ein Kussmund-Selfie.

Ich: *Mein Bett ist so leer ohne dich. Und dabei warst du noch nie hier.*

Kayden: *Das sollten wir bald ändern. Und danke für das Bild, jetzt läuft mein Kopfkino auf Hochtouren.*

Ich: *Das war doch harmlos.*

Kayden: *Mehr brauche ich nicht. Noch nie.*

Ich: *Same.*

Kayden: *Du hattest Fantasien von mir?*

Ich: *Das wüsstest du wohl gern, was?*

Kayden: *Definitiv. Allerdings müssen wir das aufs Wochenende verschieben, ich habe gleich einen Termin.*

Ich: *Zu schade. Wie wäre es stattdessen mit ein bisschen Telefonsex? Oder Dirty Talk? Heute Abend?*

Kayden: *Ich rufe dich an. Ich liebe dich.*

Ich: *Ich dich auch, bis später.*

Mit einem glücklichen Seufzer rolle ich mich aus dem Bett und tappe ins Bad.

Erledige hochmotiviert mein Tagesprogramm und widme mich zwischendurch sowie danach einem neuen Song. Die ersten Töne und eine Sequenz haben sich schon gestern in meinem Kopf eingenistet. Kein Wunder, bei diesen unfassbar fantastischen Tagen und Nächten, die ich endlich mit Kayden erleben darf.

Bis zum späten Nachmittag steht der erste Entwurf und ich gönne mir eine Pause. Verlasse mein Apartment, hole mir in der Panineria ein Burrata Sandwich sowie einen großen Cappuccino und schlendere zum Washington Square Park. Dort verspeise ich mein frühes Abendessen auf einer Bank und genieße bei einem Spaziergang die letzten Lichtstrahlen des Tages. Hänge meinen Gedanken und Erinnerungen nach.

Unglaublich, wie viele positive, aber auch gegensätzliche Gefühle mich erfüllen.

Ich bin total verknallt und voll tiefer Liebe.

Sehne mich nach Kayden und bin gleichzeitig relaxt.

Weil wir schon immer zusammengehört haben und es endlich sind.

Ist es das, wovon River gesprochen hat? Die Gewissheit, dass June die Frau seines Lebens ist, hat ihn zur Ruhe kommen lassen?

Interessiert horche ich in mich hinein und finde schließlich ein Gefühl in meinem Herzen, das ich erst nach einiger Zeit benennen kann.

Frieden.

Scheiße, ja.

Neben Liebe und Glück herrschen in meinem Herzen Ruhe und Frieden.

Vor allem, wenn ich an Kayden denke.

Wahnsinn.

Und diese Erkenntnis inspiriert mich direkt zu einem nächsten Song.

Also eile ich nach Hause und mache mich direkt an die Arbeit. Verliere mich in meiner Kreativität und schrecke zusammen, als mein Handy klingelt.

Beim Anblick seines Namens und seines Kontaktfotos breitet sich ein Lächeln auf meinem Gesicht aus.

Ich lehne mich auf dem Bürostuhl zurück und nehme das Gespräch mit laszivem Unterton an. »Hallo, Süßer! Willkommen am heißen Draht zu deiner scharfen DJane.«

Kayden lacht. »Das klingt absolut skurril.«

»Skurril? Wer, bitte, benutzt denn noch solche Begriffe?«

»Okay, dann verrückt, seltsam.«

»Und warum?«

»Keine Ahnung.«

»Ich sehe schon, wir müssen die Stimmung erst einmal auflockern. Soll ich dir erzählen, was ich anhabe?«

»Ich würde es viel lieber selbst sehen.«
»Dann komm her.«
»Ich kann nicht, ich habe später noch ein Online-Meeting mit Asien.«
»Schade, ich hätte dich zu gern ein bisschen angetörnt.«
»Also, ehrlich gesagt ... ist das nicht ganz mein Fall.«
»Hm. Du magst keinen Telefonsex?«
»Nein.«
»Hast du es schon einmal ausprobiert?«
Er zögert. »Ja, ist lange her.«
Kurz wallt Eifersucht in mir auf, doch ich lasse sie vorüberziehen.
Das gehört zur Vergangenheit. Alles, was vor uns war, ist unwichtig.
»Tatsächlich hemmt es mich. Und es für eine feste Zeit zu verabreden, ist noch schlimmer. Wenn schon Dirty Talk, dann live. Damit ich dich anschließend anfassen, deine Haut spüren und schmecken kann.«
In meinem Schoß beginnt es zu pochen, ich seufze sehnsüchtig. »Oh ja, das wäre jetzt genau richtig.«
»Siehst du.«
»Wenn ich so darüber nachdenke, warst du nie ein Mann der großen Worte.«
»Nein.«
»Du bist ein Macher, sonst wärst du beruflich viel weniger erfolgreich.«
»Schon möglich.«
»Hey, wirst du etwa verlegen?«
Wieder ein leises Lachen. »Sag mir nicht, das hast du gehört.«
»Natürlich. Du bist mir so vertraut wie kaum ein anderer Mensch.«
»Eigentlich geht es mir ähnlich.«
»Oh, warte nur ab, bis du alle meine Macken kennst.«

»Ich freue mich schon darauf.«

Ich schnaube. »Das sagst du jetzt.«

»Vermutlich habe ich noch viel mehr davon als du.«

»Hm. Da könnte etwas Wahres dran sein. Ich werde am Wochenende ganz genau hinschauen.«

»Apropos – wann musst du spätestens in Toronto sein?«

»Am späten Nachmittag.«

»Gut, dann lasse ich den Firmenjet für 15 Uhr fertig machen.«

»Treffen wir uns dort?«

»Ich hole dich um 13 Uhr ab und bringe Lunch mit.«

»Perfekt.«

»Hast du einen Wunsch, was das Essen angeht?«

»Überrasch mich.«

Kayden lacht. »Okay. Soll ich uns wieder eine Suite mieten?«

»Quatsch, das lohnt sich überhaupt nicht. Wir brauchen eh nur das Bett, wenn wir da sind.«

»Stimmt. Was ist mit Montreal?«

»Same. Aber du darfst gern recherchieren, was wir da sonst noch unternehmen können.«

»Wird erledigt.«

»Mega. Das wird toll.«

»Und wie war dein Tag?«

Ich erzähle ihm davon und erfahre im Gegenzug, an welchen Projekten er heute gearbeitet hat. Kurz darauf müssen wir uns schon voneinander verabschieden. Tauschen Liebeserklärungen aus und legen auf.

Dann stürze ich mich mit frischer Motivation wieder in die Arbeit.

*

Obwohl ich zwei Minuten vor der Zeit mein Wohnhaus verlasse, steht Kaydens Limousine bereits am Straßenrand. Natürlich.

Ich marschiere hinüber und lächele, sobald er aussteigt. »Hi.«

Er tritt mir entgegen, beugt sich für einen zärtlichen Kuss herab. »Hallo, meine Schöne. Gib mir deinen Koffer.«

Erst jetzt bemerke ich den Fahrer, an den er mein Gepäck weiterreicht, und nicke ihm zu. Folge Kaydens Handbewegung, steige ein und rutsche auf die andere Seite der Rückbank.

Dort erwartet mich ein köstlicher Duft und mir läuft das Wasser im Mund zusammen.

»Mmh, was ist das?« Ich schaue zu ihm, lege den Sicherheitsgurt an.

»Wirst du gleich sehen.« Er zieht die Tür zu, schnallt sich ebenfalls an und klappt die beiden Mittelarmlehnen zwischen uns herunter.

Sobald der Wagen sich vom Bordstein löst, drückt Kayden auf einen Knopf und die Trennscheibe fährt hoch. »So, jetzt sind wir ungestört.«

Ich grinse. »Uuh, hast du etwa schlimme Dinge mit mir vor?«

Er tippt sich mit dem Finger vor den Brillensteg, schüttelt den Kopf. »Später.«

Allein dieses Versprechen bringt mein Blut in Wallung und ich presse erregt die Schenkel zusammen.

Ich glaube, das gefällt mir noch viel besser als Dirty Talk.

Als Nächstes beugt er sich vor und zieht eine Papiertüte zu sich heran. Holt zwei Pappbecher heraus, postiert sie in den Vertiefungen am vorderen Ende der Armstützen und reicht mir eine große Pappschachtel mit Serviette und Holzbesteck. »Das hier ist für dich.«

Anschließend stellt er zwei kleinere Schachteln auf die Lehnen und sich selbst eine Schachtel auf den Schoß.

Vorsichtig klappe ich den Deckel hoch, werde überwältigt von den Aromen und stoße einen freudigen Laut aus. »Oh, mein Gott! Das habe ich schon seit Ewigkeiten nicht mehr gegessen. Warum erinnerst du dich daran?« Begeistert sehe ich ihn an.

»Keine Ahnung. Vermutlich vergisst mein Hirn nur selten etwas.«

Mein Blick gleitet über die French Fries mit dickflüssigem Käse, saftigen Steakstreifen und knusprigen Shrimps am Rand.

Davon habe ich als Teenager Unmengen verschlungen.

Auch er öffnet seinen Deckel und ich erhasche einen Blick auf French Fries mit Pulled Pork. Eines seiner Lieblingsessen.

Voller Heißhunger spieße ich die erste Portion auf die Gabel, puste ein wenig und stecke sie mir in den Mund. Die Geschmacksexplosion ist so gewaltig, dass ich aufstöhne. »Scheiße, ist das gut.«

»Stimmt. Das war mir definitiv entfallen.«

»Ich hätte nicht erwartet, dass es das Diner noch gibt.«

»Der Sohn des damaligen Besitzers hat ihn übernommen und noch vier weitere in New York eröffnet.«

»Ach, ja?«

»Habe ich auch vorhin erst erfahren.«

Ich schüttele den Kopf. »Mit dir ist es echt spannend.«

Wir essen, schwelgen in Erinnerungen und zum Nachtisch gibt es Schokokuchen mit flüssigem Kern und Obstsalat.

Nachdem die leeren Verpackungen in der Tüte verstaut sind, lehne ich mich mit einem zufriedenen Seufzer zurück und streiche mir über den Bauch. »So ungesund habe ich schon lange nicht mehr gegessen.«

»Hey, man muss im Leben auch mal ein Risiko eingehen.«

»Machst du das etwa regelmäßig?«

»Nein. Leider.«

»Ach! Leider?«

Er zuckt mit den Schultern, nimmt meine Hand. »Aber vielleicht versuche ich das von nun an öfter. Zu dir nach Calgary zu reisen und endlich das Gespräch zu suchen, war für mich auf jeden Fall das größte Risiko meines Lebens.«

»Und siehe da, es hat sich gelohnt.«

»Du hast mir nicht den Kopf abgerissen.«

»Nein.«

»Mich nicht zum Teufel gejagt.«

»Dazu gab es auch keinen Grund.«

»Zum Glück.«

»Komm her!« Über die Armlehnen hinweg packe ich seine Jacke und ziehe ihn zu mir, um ihn zu küssen.

Und er erwidert es, schiebt die Finger in mein Haar, hält meinen Kopf.

Dummerweise drosselt der Fahrer deutlich das Tempo, biegt ab und meldet sich schließlich über die Sprechanlage. »Wir haben den Flugplatz erreicht, Mr. Ward.«

Ich seufze. »Verdammt.«

»Ja.« Er küsst meine Unterlippe, nimmt sie kurz zwischen die Zähne und hebt schließlich den Kopf. »Merk dir, wo wir stehen geblieben sind.«

Kurz darauf hält der Wagen, der Motor erstirbt.

Wir steigen aus und treffen uns vor dem Kofferraum, wo der Fahrer unser Gepäck auslädt.

Kayden reicht ihm die Papiertüte. »Bitte entsorgen Sie das bei der nächsten Gelegenheit.«

»Natürlich, Sir.«

»Danke.« Er umfasst den Teleskopgriff seines Trolleys

und streckt die andere Hand nach meinem aus.

Ich schüttele den Kopf und lächele. »Ich weiß, dass du gute Manieren hast, aber das schaffe ich bestens allein.«

»Okay.«

Nebeneinander laufen wir zu dem Privatjet, der in den Firmenfarben von *KW Investment Management* gestrichen ist und dessen Logo auf der Heckflosse prangt. Steigen ein und begrüßen die Flugbegleiterin.

Die verstaut unsere Koffer und ich gehe schon mal zu dem Vierertisch, weil Kayden ein paar Worte mit dem Pilotenteam wechseln will.

Nach dem Start trinken wir Kaffee und unterhalten uns über den Verlauf der Woche, obwohl wir fast jeden Abend wenigstens kurz miteinander telefoniert haben. Vergleichen unsere Kalender für die nächsten Monate, bis zu Brooks' Hochzeit.

Was mir ein flaues Gefühl im Magen verursacht.

Ob wir unsere Beziehung bis dahin offiziell gemacht haben?

»Was hältst du davon, wenn wir schon am Mittwoch nach Puerto Rico fliegen und erst am Montag zurückkommen? Ich habe Mitte März bis jetzt nur einen Termin, den ich verschieben kann, und auf diese Weise könnten wir ein paar Tage Urlaub machen.«

»Das fände ich traumhaft. Mein letzter richtiger Urlaub ist schon eine Ewigkeit her.«

»Geht mir genauso.«

»Dabei könntest du das vermutlich viel einfacher einrichten als ich.«

»Wozu? Es macht keinen Spaß, allein wegzufahren.«

»Nein, stimmt.« Mit einem Seufzen schmiege ich mich an seinen Arm. »Ich wünschte, ich hätte dich immer bei mir, wenn ich unterwegs bin.«

»Ich werde mitfliegen, so oft es sich einrichten lässt.

Und für die Tage dazwischen ...«

»Ja?«

»... habe ich etwas für dich.« Kayden steht auf und greift über den Tisch hinweg nach seiner Jacke. Zieht etwas aus der Innentasche, wirft sie zurück und setzt sich wieder. Lächelnd hält er mir ein flaches viereckiges Samtkästchen hin.

»Was ist das?«

»Mach es auf.«

Ich nehme es, drücke den Klappdeckel hoch und schnappe nach Luft. »Oh, mein Gott!«

»Gefällt es dir?«

Mit den Fingerspitzen streiche ich vorsichtig über das zartgliedrige, silbrig glänzende Armband, in der Mitte verbunden durch ein mit Diamanten besetztes Unendlichzeichen. »Und wie!«

»Soll ich es dir umlegen?«

»Gern.«

Er hebt das Armband von dem passgenauen Kissen, öffnet den Verschluss und ich halte ihm mein linkes Handgelenk hin. Danach nimmt er mir das Kästchen ab, legt es geschlossen auf den Tisch.

Und ich strecke den Arm aus, betrachte den Schmuck verliebt. »Es ist wirklich wunderschön.«

»Ich habe es gestern durch Zufall in einem Schaufenster gesehen und musste sofort an dich denken. So trägst du immer ein Zeichen meiner unendlichen Liebe bei dir.«

Ich schaue ihn an, überrascht von seinen fast schon poetischen Worten, und mein Herz läuft über vor Liebe. »Das ist so lieb von dir. Danke.«

Er zuckt mit den Schultern, tippt vor seinen Brillensteg.

»Aber du weißt, dass ich solche Geschenke keineswegs erwarte, oder?«

»Nein, ich weiß. Du hast früher schon über die

Klischees der High Society geschimpft.«

»Und womit? Mit Recht! Das ist doch heutzutage alles überholt. Wir Frauen machen selbst Karriere, verdienen unser eigenes Geld und kaufen uns davon, was wir wollen. Nur ein bestimmtes Schmuckstück natürlich nicht, das können wir uns nicht selbst an den Finger stecken.«

»Welches?«

»Na, einen Verlobungsring. Da bin ich dann ein klein wenig altmodisch. Dessen ungeachtet brauche ich keine große Party, mir würde sogar eine Hochzeit in Las Vegas reichen.«

»Ohne deine ganzen Freunde?«

»Ja, okay, die würde ich vermutlich mitnehmen. Aber nimm nur die Hochzeit von Hudson und Claire. Das reinste Schaulaufen der Reichen und Schönen.«

»Deine Eltern würden sich vermutlich etwas in der Art wünschen.«

»Brooks darf ihnen das gern geben, kein Problem. Bei mir müssten sie darauf verzichten, sorry.«

Kayden lacht leise. »Ich bewundere deine Stärke und deinen Mut. Das habe ich damals schon getan, als du zur Universität gegangen bist. Deinen Berufswunsch klar vor Augen.«

»Du hast dasselbe getan.«

»Ich glaube, dein Weg war ungleich riskanter. Ist es im künstlerischen Bereich immer, auch wenn du Talent besitzt.«

»Tja, Talent ist eben nur ein Teil des Ganzen, höchstens ein Drittel. Der Rest ist harte Arbeit.«

»Das habe ich bei euch beiden gesehen.«

»Du schuftest genauso für deinen Erfolg.«

»Ja, ich glaube, das wurde mir schon in die Wiege gelegt.«

»Wie geht es deinen Eltern eigentlich? Ich weiß gar

nicht, wann ich sie zuletzt gesehen habe.«

»Oh, alles bestens. Beide arbeiten noch, aber Dad zieht sich langsam aus der aktiven Geschäftsleitung zurück. Und Mom nimmt nur noch einzelne Projekte an, die sie als Herausforderung empfindet.«

»Hat sie nicht auch deine Geschäftsräume gestaltet?«

»Stimmt. Du warst noch nie da, oder?«

»Nein. Vielleicht sollte ich dir mal einen geschäftlichen Besuch abstatten. Mein Vermögen könnte ein bisschen Wachstum vertragen.«

Er runzelt die Stirn. »Dein Anteil an der Bank?«

»Ach was, ich meine das, was ich bisher verdient habe.«

»Kein Problem, wir können bei Gelegenheit einen Termin ausmachen.«

»Gut. Aber jetzt genießen wir erst einmal die gemeinsame Zeit.«

»Nichts lieber als das.« Damit senkt er den Kopf und küsst mich.

*

»Siehst du die Kuppel dort drüben? Auf der Île Sainte-Hélène?« Ich deute durch das Fenster unseres Hotelzimmers Richtung Sankt-Lorenz-Strom. Die gesamte Stadt liegt unter einer dicken Schneeschicht, die im Licht des Sonnenuntergangs leuchtet oder glitzert.

Kayden tritt hinter mich, legt mir die Arme um die Taille und das Kinn auf meinen Kopf. »Der Biodome des Biosphären-Museums.«

»Stimmt, du stalkst mich ja.«

»Würde ich niemals tun.«

Lächelnd streiche ich über die dunklen Härchen auf seinen Unterarmen, die mich am Bauch kitzeln. Schmiege mich an seinen starken, heißen Körper, der mir nach einem Bummel durch die Altstadt von Montreal so viel Lust und mehrere Höhenflüge bereitet hat.

»Wie auch immer – genau da lege ich heute Abend auf. Als dritte von vier DJanes.«

»Tatsächlich? Nur Frauen?«

»Jepp. Ein besonderer Abend im Rahmen der Valentins-Woche.«

»Du warst schon einmal dort, ich kann mich an das Video erinnern. Sehr beeindruckende Location.«

»Warte, bis du auf der Terrasse stehst, fast im Zentrum der Kuppel.«

»Wann erwarten sie dich?«

»18 Uhr.«

»Dann sollten wir uns langsam fertigmachen.«

Ich beuge mich zur Seite, sehe ihn von unten herauf an. »Kommst du mit mir unter die Dusche?«

»Genau das wollte ich dich auch gerade fragen.« Er löst sich von mir, beugt sich hinab und nimmt mich auf die Arme.

Mit einem erschreckten Aufschrei halte ich mich an seinem Hals fest und lasse mich ins Bad tragen.

Später nehmen wir uns ein Taxi, das uns bis zum Haupteingang der geodätischen Kuppel bringt. Da die Sonne längst untergegangen ist, wird sie bereits von blauem und weißem Licht in Szene gesetzt.

Als Erstes muss ich zum Begrüßungstreffen des Veranstalters, deshalb verabschieden wir uns mit einem Kuss und Kayden macht sich auf den Weg zur Bar, die oberhalb der Terrasse aufgebaut wurde.

Nach der Begrüßung folgen Fotos mit der Presse und Interviews für den YouTube-Kanal des Veranstalters sowie die anderen sozialen Medien. Um 19 Uhr ist die erste Kollegin dran und wir anderen mischen uns unter die Gäste.

Beim zweiten Set kann ich meinen Freund dazu überreden, ein bisschen mit dem Publikum zu feiern, sofern man das überhaupt so nennen kann. Ganz hinten schmiegen wir uns aneinander, wiegen uns zum Rhythmus der Musik und küssen uns gelegentlich.

Der verliebte Teenie in mir überstrahlt sogar die Liebe und ich nutze die Euphorie für meinen eigenen Auftritt. Erlebe ihn dadurch intensiver.

Ich stehe hier an einem der beeindruckendsten Orte der Welt, umgeben von der bunt beleuchteten Kuppel, über der die Mondsichel am schwarzen Himmel leuchtet, und umschwirrt von Kameradrohnen. Vor mir feiern die Menschen meine Musik und oben an der Bar sitzt die Liebe meines Lebens.

Es ist perfekt, genau so habe ich es mir in meinen Teenagerträumen schon vorgestellt. Und ich wünschte, es könnte auf ewig so bleiben.

Doch da ist auch mein Gewissen, das mich zwickt.

Weil zwischen uns und unserem endgültigen Glück noch ein Hindernis steht.

Und ich kein bisschen einschätzen kann, wie er darauf reagiert.

Kapitel 6 – Kayden

»Du bist so still.«

Ich blinzele, kehre in die Realität zurück und schaue Piper an. »Sorry, ich war in Gedanken.«

»Habe ich gesehen. Und wo?«

Unwillig verziehe ich das Gesicht. »Ich habe mich gefragt, wie es nachher sein wird, beim Brunch.«

»Wegen Brooks.«

»Ja.«

»Darüber habe ich auch schon nachgedacht. Aber nur kurz.«

»Und dann?«

»Ehrlich, mein Bruder geht mir am Arsch vorbei. Das ist *mein* Leben und ich will es genießen. Mit dir.«

»Er ist einer meiner besten Freunde.«

»Das weiß ich. Natürlich werden wir es allen sagen, irgendwann. Aber wir sind gerade mal eine Woche zusammen.«

Mir wird ein wenig leichter ums Herz. »Du hast recht.«

»Immer.« Sie zwinkert mir zu, nimmt meine Hand. »Hast du nach dem Brunch etwas vor? Oder kommst du zu mir?«

»Gern.«

»Cool. Dann können wir mein Bett ja endlich angemessen einweihen.«

Die Vorstellung davon, dass ich der erste und letzte Mann in jenem Bett sein werde, gefällt mir. Auch wenn mir klar ist, dass sie es erst wenige Monate besitzt. Und was davor war, zählt eh nicht mehr. Das interessiert glücklicherweise weder sie noch mich.

Nach der Landung bringe ich Piper nach Hause und sie nimmt meinen Koffer mit in ihr Apartment. Dann fahre ich mit der Limousine weiter nach Midtown West und mit dem Fahrstuhl zur *Castell Rooftop Lounge* hinauf.

An der Bar vorbei betrete ich den Gastraum, quittiere die namentliche Begrüßung mit einem Nicken und laufe zu unserem üblichen Tisch hinüber.

Hudson und Brooks sind bereits da, in ein Gespräch vertieft.

»Guten Morgen.«

»Morgen, Kayden«, erwidern die beiden und sprechen weiter über irgendwelche Hochzeitslocations.

Ich streife den Mantel ab und hänge ihn an die nächste Garderobe, werfe einen Blick auf die Außenterrasse. Dort stehen tatsächlich ein paar warm angezogene Gäste und unterhalten sich. Vor ihren Mündern bilden sich Atemwölkchen und aus ihren Tassen steigt Dampf auf.

Sofort denke ich an Montreal, wo wir Hand in Hand und mit Kaffeebechern durch die verschneite Altstadt geschlendert sind.

Doch ich schiebe das schnell beiseite, gehe zum Tisch und nehme wie immer neben Hudson auf der ledernen Sitzbank Platz.

Eine Servicekraft serviert meinen Freunden Kaffee, kommt um den Tisch herum und stellt mir lächelnd eine Tasse Cappuccino hin. »Ich war so frei, Ihnen ebenfalls schon etwas zu bringen.«

Ich erwidere ihr Lächeln, angenehm überrascht. »Das nenne ich Service, vielen Dank.«

Sobald sie weg ist, wendet Hudson sich mir zu. »Und? Was gibt es bei dir Neues?«

»Nur das Übliche, keine besonderen Vorkommnisse.« Ich trinke einen Schluck und berichte von der Kooperation mit Asien, die ich gerade anbahne. Erstaunt, wie einfach mir das kleine Ausweichmanöver über die Lippen geht.

Kurz darauf taucht endlich River auf, entspannt und mit einem breiten Lächeln auf dem Gesicht. »Sorry, Leute, ich musste erst eine dringende Sache zu Ende bringen.« Er hängt seinen Mantel ebenfalls an die Garderobe und setzt sich dann auf den Stuhl mir gegenüber.

Brooks klopft ihm auf die Schulter. »Schon klar, Mann. Unsere Ladys gehen vor.«

Die drei lachen und der Rockstar brüstet sich damit, wie oft pro Tag er und Summer ficken, seitdem sie endlich bei ihm wohnt.

Ich verdrehe nur die Augen. Vermeiden

Wenn es etwas gibt, was ich nie getan habe, dann waren es Prahlereien. Erst recht in Bezug auf Sex. Und über Piper würde ich hier kein einziges Wort verlieren, wenn sie von uns wüssten.

Scheiße, nein, niemals!

Das wäre mehr als seltsam, beinahe gruselig.

Was mir nur wieder vor Augen führt, wie verrückt die Situation ist.

Jahrzehntelang habe ich davon geträumt. Mir gewünscht, sie wäre nicht Brooks' kleine Schwester. Und jetzt ...

Zu meiner Erleichterung eilt die nächste Servicekraft heran. Serviert River eine Tasse Kaffee und uns allen ein Glas Champagner.

Der ergreift direkt sein Glas und hält es hoch. »Auf unsere Ladys!«

»Auf unsere Ladys!«, erwidern die anderen beiden.

Schweigend stoße ich mit ihnen an, lehne mich zurück und genieße den feinperligen Veuve Clicquot.

Eigentlich würde ich den lieber mit Piper trinken.

Im Bett.

River eröffnet das nächste Gesprächsthema und wir tauschen uns über die vergangene Woche aus, wobei so manche lustige Geschichte auf den Tisch kommt.

Von Brooks gibt es das Ergebnis einer Entwicklung bei seinem Plattenlabel, wovon er anscheinend bereits letzte Woche erzählt hat.

Er schnipst und deutet mit dem Zeigefinger auf mich.

»Stimmt, du warst gar nicht da. Soll ich dir noch einmal die ganze Story erzählen?«

»Danke, ich habe sie auch so verstanden.«

»Wo warst du überhaupt? So kurzfristig hast du noch nie abgesagt.«

»In Kanada.«

»Echt? Wo? Piper war auch da unterwegs.«

Hitze schießt durch meinen Körper und ich tippe vor meinen Brillensteg.

Erstarre im nächsten Augenblick.

Verdammt! Wissen sie diese Geste womöglich genauso zu deuten wie Piper?

»Ähm, Vancouver. Habe mir ein etwaiges Investment angesehen.«

Er winkt ab. »Du kennst wohl auch nichts anderes als deinen Job.«

Zur Antwort zucke ich lediglich mit den Schultern.

Und wieder werde ich vom Servicepersonal gerettet, das uns den Brunch serviert.

Wir genießen das Essen und plaudern wie immer über unsere Lieblingsthemen. Politik und Wirtschaft. Doch schließlich gleitet es ins Private.

Brooks erzählt von den Hochzeitsvorbereitungen und Summers aktuellem Auftrag.

River berichtet von den letzten Auswirkungen der Unterschlagung sowie den dadurch ausgelösten Entwicklungen. Und Hudson schildert, wie positiv sich Claires Wiedereinstieg in einen Teilzeit-Job auf sie und ihre Beziehung auswirkt.

Nur ich schweige, täusche meine Aufmerksamkeit vor und drifte stattdessen in Gedanken zu Piper. Wobei ich mich sehr bemühe, vor meinen Freunden nicht genauso dümmlich zu grinsen, wie sie damals, sobald sie ihr Glück gefunden hatten. Obwohl es meine Mundwinkel penetrant nach oben zieht.

»Hey, Alter, du sagst ja gar nichts.«

Ertappt sehe ich auf und meinen besten Freund an. »Sorry, aber dazu kann ich nichts beitragen.«

»Wie geht es denn Jasmine?«

»Keine Ahnung.«

Er hebt die Brauen.

Aus dem Augenwinkel bemerke ich, dass Brooks und Hudson einen Blick tauschen, dann sieht der Rockstar mich an.

»Heißt das, ihr seid nicht mehr zusammen?«

»Nein. Und waren wir auch nie.«

»Hast du es beendet?«

»Sagen wir, es hat sich so ergeben.«

»Aber warum? Sie war doch nett.«

Diesmal reiße ich erstaunt die Augen auf. »Willst du mich verarschen? Darf ich dich an deine Reaktion auf ihre indiskreten Fragen zu eurer Hochzeit erinnern?«

Hudson schaut von einem zum anderen. »Habe ich etwas verpasst?«

Ich stoße die Luft aus, schüttele den Kopf und zähle sämtliche ihrer Reaktionen zu Jasmine auf, so geringfügig sie auch waren.

»Euch mag das alles nicht bewusst gewesen sein, aber sie haben nur meine eigene Auffassung bestärkt. Sie passt weder zu mir noch zu meinem Leben.«

Brooks lehnt sich zurück. »Schon gut, du hast ja recht. Und wenn du es in dieser Weise empfindest, lässt sich das nicht ändern. Trotzdem schade, ich habe wirklich gedacht, wir hätten dich auch endlich so weit.«

Automatisch denke ich an Piper und in mir schießen Schuldgefühle hoch.

Fuck.

Wenn er wüsste, dass sie und ich Sex hatten ... mehrfach, leidenschaftlich. Wild und hemmungslos oder sanft und innig.

Ich schlucke. »Nein.«

»Okay, dann halten wir ab Dienstag wieder Ausschau. Und wie wäre es am Wochenende mit einem Besuch im *Nemesis*?«

»Verschone mich damit, okay?« Genervt erwidere ich Rivers Blick, schaue in die Runde. »Und ihr auch. Kümmert euch um eure Frauen und lasst mich einfach in Ruhe. Ich habe die Schnauze gestrichen voll von diesem Scheiß.«

Brooks und Hudson wirken betreten, doch mein bester Freund neigt den Kopf zur Seite, mustert mich misstrauisch.

Verdammt, da ist wohl mein schlechtes Gewissen mit mir durchgegangen.

Folglich atme ich tief durch, entspanne mich aktiv. »Tut mir leid. Ich bin zurzeit ein bisschen gestresst. Außerdem hat Jasmine mir am Montag aufgelauert.« Um sie abzulenken, fasse ich es kurz zusammen.

Hudson seufzt. »Ich bin froh, dass ich nichts mehr mit so etwas zu tun habe. Derlei Frauen habe ich immer gehasst. Sorry, Mann, du hast mein volles Mitleid.«

»Ist unwichtig.«

»Ich hoffe nur, es bleibt auch dabei.« Brooks verzieht das Gesicht.

»Wovon redest du?«

»Denk an mein Groupie-Fiasko in der Rooftop-Bar.«

»Zum Glück stehe ich kaum in der Öffentlichkeit.«

»Ja, aber irgendeinen Weg finden sie immer. Nicht, dass sie dir ein Investment versaut oder Ähnliches.«

Ich winke ab. »Lass uns lieber das Thema wechseln.«

*

»Hey, Hotshot, da bist du ja.«

Mir entfährt ein belustigtes Schnauben und ich betrete ihr Apartment. »Ich bin doch kein Überflieger.«

»Irgendwie schon. Und ein Erfolgsmensch. Das passt also definitiv zu dir.« Piper schließt die Tür hinter mir, tritt vor mich und schlingt mir die Arme um den Hals. »Und heiß bist du allemal.«

Ich lege die Arme um ihre Taille, küsse sie. »Mmh, das höre ich gern.«

»Aber du hast recht. Irgendwie klingt das gestelzt.« Sie küsst mich erneut. »Magst du einen Kaffee? Ich habe es mir gerade im Wintergarten gemütlich gemacht.«

»Lieber etwas Stärkeres.«

Sie runzelt die Stirn. »Ich habe nur Wodka und Cranberry da.«

»Ist mir recht.«

»Klingt nicht gut.«

»Ach, ich bin nur genervt.« Ich streife meinen Mantel ab, sie nimmt ihn und hängt ihn den Wandschrank. Dann ergreift sie meine Hand, führt mich aus dem schmalen Eingangsbereich und vorbei an der offenen Küche. Durchs Wohnzimmer und über eine Stufe in einen rundum verglasten, würfelförmigen Raum. Den Wintergarten.

Darin stehen sechs gepolsterte Armlehnstühle um einen runden Tisch mit schwarz-silbern marmorierter

Glasplatte. An einem Platz steht der aufgeklappte Laptop, daneben liegen Smartphone sowie Noise-Cancelling-Kopfhörer und in der Mitte prangen zwei Kerzen neben einem farbenfrohen Blumenarrangement.

Piper dirigiert mich zum Nachbarstuhl. »Setz dich, ich hole deinen Drink.«

Ich ziehe ihn heraus, lasse mich darauf fallen und den Blick über die Aussicht schweifen, bis hin zur *Bobst Library* und dem *One World Trade Center*, das hinten alles überragt. Höre sie hinter mir hantieren.

Kurz darauf kommt sie zu mir, stellt den Longdrink auf den Tisch und setzt sich auf ihren Platz.

»Danke.« Ich nehme das Glas und trinke die Hälfte in wenigen großen Schlucken. Seufze und lege mit den geschlossenen Augen den Kopf in den Nacken.

»Was ist passiert?«

»Ach, eigentlich nichts Wichtiges.« Ich senke das Kinn wieder, berichte von dem Treffen.

»Pah! War ja klar, dass Brooks das alles total anders wahrgenommen hat. Darauf solltest du nichts geben. Und ich kann verdammt gut nachvollziehen, dass dich diese Verkuppelungssprüche nerven, vor allem jetzt.«

Ich nicke, trinke von dem Longdrink.

»Aber ich finde es echt scheiße, dass du mir gar nichts von Jasmines Auftritt erzählt hast.«

»Tut mir leid, habe ich vermutlich verdrängt. Für mich war das erledigt.«

»Was genau hat sie gesagt? Ich will jedes Detail wissen.«

Folglich grabe ich in meinem Gedächtnis und versuche, das kurze Gespräch möglichst chronologisch und korrekt wiederzugeben.

»Und du hast ihr vorher nicht gesagt, wer du bist?«

»Wozu? Ich als Person bin doch wohl wichtiger als mein Status.«

»Ja, natürlich. Sofern sie dich wirklich mag, könnte ich nach all diesen Infos verstehen, dass sie sich verarscht fühlt. Im anderen Fall ...« Ich zucke mit den Schultern.

»Was noch lange kein Grund ist, mir aufzulauern.«

»Nein.«

»Und dass sie dermaßen ausgeflippt ist, war vollkommen daneben.«

»Absolut. Aber sie wird dich bestimmt kein zweites Mal im Park abfangen.«

»Und was ist mit Brooks' Anmerkung?« Ich fasse ihr sein Groupie-Fiasko zusammen.

Da verdreht sie die Augen und lacht. »Seine Groupies sind echt Hardcore. Das kannst du nicht auf Jasmine übertragen.«

»Ich hätte ihr nicht einmal zugetraut, dass sie mich noch einmal anspricht.«

»Sie war wütend und zickig. Unschön, aber kein Grund, sich weiter Sorgen zu machen, denke ich.«

»In Ordnung.«

Piper ergreift meine Hand, verschlingt ihre Finger mit meinen und zieht sie vom Tisch auf ihren Schoß. »Und sonst alles okay? Meinst du, sie haben etwas bemerkt?«

»Nein.«

»Na, siehst du.«

»Falls doch, wird River mich beim Joggen darauf ansprechen.«

»Ich weiß, dass du ihn nicht anlügen möchtest, aber ... meinst du, er hält dicht, wenn er von uns erfährt?«

»Keine Ahnung. Eigentlich möchte ich ihn auf keinen Fall in diese Zwickmühle bringen.«

»Dann sag ihm das genau so, wenn er dich darauf anspricht. Wir werden es ja offziell machen, nur eben nicht heute, morgen oder nächste Woche.«

»Genau.«

»Wir könnten bei Gelegenheit mal überdenken, wie wir es anstellen wollen. Vielleicht bei einem Essen mit den drei Paaren?«

»Klingt nach einer guten Idee.«

»Wofür dann nur die Zeit zwischen *Coachella Festival* und meiner Südamerika-Tour infrage kommt. Ende April. Oder zwischen der Tour und Brooks' Hochzeit.«

»Ziemlich lange Zeit.«

»Drei Monate? Ich bitte dich!«

Das Gewissen zwickt mich, doch mein Herz hält dagegen.

Warum jetzt schon alle scheu machen?

Mein Mund verzieht sich zu einem schiefen Lächeln. »Du hast recht. Die Wochen werden wie im Flug vergehen.«

»Ganz genau. Also lass uns jede einzelne Minute genießen.«

»Ich weiß auch schon, womit wir anfangen.« Ich ziehe sanft an ihrer Hand, bis sie aufsteht und sich rittlings auf meinen Schoß setzt.

Piper fährt mir mit den Fingern durchs Haar, kreuzt die Arme in meinem Nacken und lächelt frech. »Ich erkenne dich kaum wieder, Ward. Wie war das mit den stillen Wassern und ihrer Tiefe?«

»Das liegt eindeutig an dir.«

»Willst du mir erzählen, dass du es nicht einmal an der Uni so wild getrieben hast wie jetzt mit mir?«

»Jepp.« Ich streiche ihren Rücken hinauf. »Dieser Teil von mir hat definitiv nur auf dich gewartet.«

»Scheiße, das hättest du mir echt eher sagen sollen. Was wir schon alles hätten erleben können.«

In meiner Brust zieht sich etwas zusammen. »Du glaubst gar nicht, wie oft ich mir selbst schon diese Vorwürfe gemacht habe.«

»In den letzten Tagen?«

»Nein, schon immer. Meistens nach einem persönlichen Treffen, da ist jedes Mal alles hochgekocht. Oder wenn ich einen Meilenstein erreicht, mir einen Traum erfüllt habe. Dann warst du der erste Mensch, an den ich gedacht habe, mit dem ich diese Moment teilen wollte. Und wenn es mir schlecht ging, habe ich mich zusätzlich für meine Feigheit geschämt.«

»Klingt furchtbar.«

»Manchmal war es die Hölle, ja.«

Sie seufzt, mustert mein Gesicht, sieht mir schließlich in die Augen. »Das ist vorbei, ein für alle Mal.«

»Versprochen?«

»Ja. Nichts und niemand bekommt uns auseinander.«

»Das wäre der größte Traum meines Lebens.«

»Tja, dann sollten wir auch den erfüllen, wie alle anderen zuvor. Oder die, die noch kommen werden.«

»Guter Plan.«

»Ich weiß. Bekomme ich einen Kuss, um ihn zu besiegeln?«

»So viele du willst, bis an unser Lebensende.« Damit ziehe ich sie an mich, küsse sie. Umfasse ihren Hintern, presse sie gegen meinen Schoß. »Und noch einiges mehr.«

Piper stöhnt in meinen Mund, reibt sich an mir.

Mit einem Knurren umfasse ich den Saum ihren Shirts, ziehe es ihr über den Kopf und werfe es zur Seite. Ihr BH folgt. Dann schließe ich den Mund um ihren Nippel, sauge und knabbere daran. Widme mich genauso ihrer anderen Brust und genieße, wie sie die Finger in mein Haar wühlt. Sich mir entgegen wölbt, sich daran festhält.

Gleichzeitig verstärkt sie Druck und Reibung auf meinen harten Schwanz und ich spüre ihre Hitze durch sämtliche Stoffflagen, was meine Lust sprunghaft ansteigen lässt.

Gierig packe ich ihre Taille, stehe auf und setze sie auf den Tisch. Zerre mir das Shirt vom Leib, werfe es hinter ihr auf die Steinplatte und drücke sie rücklings darauf. Dann lege ich meine Brille neben ihr Laptop, befreie sie von der restlichen Kleidung. Spreize ihre Beine, knie mich hin und vergrabe das Gesicht zwischen ihren Beinen.

Ich liebe es, sie mit Zähnen und Zunge zu erregen, bis sie sich unter mir windet. Bin verrückt nach ihrem Geschmack, dem Duft ihrer Lust und den sinnlichen Lauten, die sie von sich gibt. Und heute törnen sie mich besonders an.

Weshalb ich sie bis zur Klippe hinauf peitsche und von ihr ablasse, ihren Protest ignoriere.

Stattdessen streife ich Hosen, Socken und Schuhe in einem Rutsch ab, angele ein Kondom aus meiner Brieftasche und rolle es über meine Härte. Setze die Spitze an ihren Eingang, sehe ihr in die Augen und versenke mich langsam in ihr.

»Oh, ja!« Sie beißt sich auf die Unterlippe. Tastet mit einer Hand nach der Tischkante und lässt die Hüften kreisen.

Erregt stöhne ich auf, lege mir ihre Beine an die Schultern. Umfasse ihre Taille und nehme sie mit kräftigen Stößen. Steigere langsam das Tempo, betrachte ihr genussvolles Mienenspiel. Streichele sie oder massiere ihre herrlichen Brüste.

Bis unser beider Atem nur noch stoßweise geht und wir kurz vor dem Orgasmus stehen.

Ich spreize ihre Beine wieder, schiebe ihre Knie hoch und ficke sie härter. Beobachte, wie vereinzelte Sonnenstrahlen auf ihrer Haut tanzen, während sie sich vor mir windet, und speichere diesen Anblick in meinem Gedächtnis.

Schließlich lege ich eine Hand auf ihren Unterbauch

und den Daumen auf ihre Klit. Umkreise sie, reibe sie, fester.

Piper keucht, krallt die Finger in meine Hand an ihrem Schenkel und explodiert mit einem unterdrückten Schrei.

Ihre inneren Muskeln zucken und ziehen sich rhythmisch um einen Schwanz zusammen und ich muss sämtliche Beherrschung heraufbeschwören, um sie eine weitere Welle reiten zu lassen.

Erst dann gebe ich die Kontrolle auf, stoße tief in sie und folge ihr zum Höhepunkt.

Danach stütze ich mich auf die Ellbogen, sinke auf sie und küsse sie zärtlich, schaukele über ihren Schoß.

Sie schlingt die Beine um meine Hüften, verschränkt die Knöchel und drückt mich mit den Fersen an sich. Fährt mit den Fingern über meinen Rücken.

Was mich zur Ruhe bringt und die Befriedigung noch vertieft.

Genauso wie ihre generelle Nähe.

Ich seufze glücklich, halte sie fester.

Diese wundervolle Frau hat recht. Wir gehören zusammen, darauf haben wir lang genug gewartet.

Und nun ist es Zeit, das in allen Facetten zu leben.

*

»Morgen, Ward! Alles klar?«

Bester Laune marschiert River über den Gehweg auf mich zu, während hinter ihm das Taxi wieder abfährt.

»Guten Morgen.« Ich richte mich aus der Dehnübung auf, begrüße ihn mit Schulterklopfen. »Du bist ja gut drauf.«

»Hey, es ist Valentinstag und meine Überraschung ist perfekt gelungen.«

Verdammt, das habe ich total verdrängt.

»Was hast du dir denn ausgedacht?«

Zusammen machen wir unser Warm-up.

»Eine einzelne Rose und ein Spiel. *Fifty Nights of Naughtiness*. Ich glaube, wir werden es gleich heute Abend ausprobieren.«

»So lange ihr das nicht im Hotel macht und dabei erwischt werdet ...«

Er lacht, schüttelt den Kopf. »Nein, da halten wir uns zurück, seitdem wir unsere Beziehung offiziell gemacht haben. Aber ich muss zugeben, dass mir diese heimlichen Treffen mit schnellem, dreckigem Sex verdammt fehlen.«

»Wer's mag ...«

»Sonst würden wir es ja nicht tun.«

Wir beenden die Aufwärmübungen und laufen in den Madison Square Park.

Unsicher schaue ich weit voraus, bis zum separaten Hundebereich, und atme erst auf, als wir vorlaufen und niemand dort ist.

»Ob Jasmine es noch einmal versuchen wird?«

Ich werfe River einen Blick zu. »Hoffentlich nicht.«

»Ist verdammt blöd gelaufen, oder?«

»Mh-hm.«

»Meinst du, sie hat was gemerkt? Du weißt schon, wegen Piper.«

Mir wird heiß.

Ich zucke mit den Schultern. »Sie hat mich darauf angesprochen, ja, aber ich habe es als bloße Freundschaft abgewiegelt.«

»Du kommst nicht von ihr los, oder?«

Bei dem bloßen Gedanken an ihr Lächeln wandern meine Mundwinkel nach oben. »Nein.«

»Und sie?«

»Was soll mit ihr sein?«

»Geht es ihr genauso?«

»Willst du wirklich die Antwort darauf hören? Ich will dich nicht in eine blöde Situation bringen.«

»Fick dich, Alter! Wir sind beste Freunde. Also, was ist mit ihr?«

Ich grinse, froh über seine Worte. »Sie empfindet das Gleiche. Und auch seit damals.«

»Oh, Scheiße.«

»Scheiße?« Ich lache leise. »Vielen Dank auch.«

»Nein, so meine ich das nicht. Ich freue mich für euch, vor allem dich, wirklich. Aber ich habe Angst davor, was es mit deiner Freundschaft zu Brooks macht. Unser aller Freundschaft.«

»Keine Angst, wir werden es ihm sagen. Noch vor der Hochzeit, ganz in Ruhe.«

»Okay. Und bis dahin?«

»Haben wir einiges aufzuholen.«

»Ich stelle mir das seltsam vor. So viele Jahre lang habt ihr euch heimlich geliebt und auf einmal explodiert alles.«

In mir wallt Erleichterung auf. Endlich kann ich mit ihm darüber sprechen. »Scheiße, ja, es ist definitiv verrückt. Mehr als diese Gewissheit, die du mit June erlebt hast. Wir sind keine Fremden, die bei null anfangen, sondern kennen einander. Entsprechend tief reichen unsere Gefühle, auf jeder Ebene. Obwohl ich nie im Leben gedacht hätte, dass Liebe sich so anfühlen kann. Gleichzeitig ist es vollkommen irre, dass nach so vielen Jahren all das wahr wird, was ich mir je gewünscht habe. Ich glaube, auf gewisse Weise müssen wir erst einmal damit klarkommen. Nicht, dass einem von uns bewusst wird, dass man sich in eine fixe Idee verrannt hat. Eine übertrieben positive Vorstellung.«

»Ja, das solltet ihr auf jeden Fall für euch geklärt haben, bevor ihr es offiziell macht. Denn wenn es einmal raus ist und sich alle daran gewöhnt haben ... ihr doch wieder auseinandergeht ... ich glaube, dann bringt Brooks dich um.«

»Wenn er es nicht schon vorher tut.«

»Ich vertraue auf seinen Menschenverstand. Obwohl ... lieber darauf, dass wir uns schon lange kennen.«

Ich schüttele den Kopf. »Ja, ich auch.«

»Ich drücke euch auf jeden Fall sämtliche Daumen. Ihr habt es so sehr verdient, glücklich miteinander zu werden.«

»Danke.«

»So, und jetzt reden wir mal über etwas anderes. Sonst klingen wir demnächst nur noch wie Weicheier, die kein anderes Thema mehr kennen als ihre Frauen und Gefühle.«

Grinsend vollführen wir einen Fistbump und ziehen das Tempo an.

Absolvieren unsere üblichen Runden, trennen uns und ich fahre hinauf in mein Büro, um zu duschen.

Als meine Assistentin Alma kurz vor 9 Uhr zur Arbeit erscheint, streife ich meinen Mantel über und gehe hinaus.

»Guten Morgen.«

»Morgen, Kayden. Hast du schon einen Termin?«

»Nein, ich muss nur etwas Dringendes erledigen, bin in einer halben Stunde wieder da.«

»Alles klar.«

Ich verlasse das Gebäude, halte mich links und biege in die nächste Seitenstraße ab. Laufe zwei Blocks und stoße schließlich die Tür zu einem unscheinbaren Geschäft auf, in dem sich noch keine Kundschaft befindet.

Rundherum stehen Blumen aller Farben und Formen, in Töpfen und Vasen, und verströmen ihren betörenden Duft. Vollkommen erschlagen schaue ich mich um.

Zum Glück kommt eine Verkäuferin in Latzschürze aus einem hinteren Raum, lächelt mir entgegen. »Guten Morgen, Sir. Was darf es sein?«

»Ich brauche eine kurzfristige Lieferung, ist das möglich?«

»Wie weit ist es denn bis dahin?«

Ich nenne ihr die Adresse, sie nickt. »Das sollte kein Problem sein, spätestens heute Mittag.«

»Gut. Dann hätte ich gern ein großes farbenfrohes Gesteck für einen runden Tisch und alle roten Rosen, die Sie dahaben.«

»Oh, das sind bestimmt mehrere Dutzend.«

»Ich nehme alle, wie gesagt. Und noch eine Karte, zum Valentinstag. Haben Sie etwas Geschmackvolles? Nicht so Kitschiges?«

»Natürlich, Sir. Suchen Sie sich eine aus dem Ständer dort aus, ich stelle derweil das Gesteck zusammen.«

Kapitel 7 – Piper

»Ja, bitte?«

»Guten Tag, hier ist Jeff von *Starbright Floral Design*. Wir haben eine Lieferung für Ms. Piper Montgomery.«

Erstaunt hebe ich die Brauen. »Okay, dann kommen Sie mal rauf. Apartment 14J. Und bitte klingeln Sie noch einmal, wenn Sie oben sind.«

»Gern, Madame.«

Ich drücke auf den Türöffner, hänge den Hörer in die Gegensprechanlage und laufe zurück in die Küche. Schneide die letzte Tomate und verteile die Stücke auf dem restlichen Salat. Dann hole ich das Dressing aus dem Kühlschrank, schüttele es kräftig und gieße es im Zickzack über meinen Lunch. Stecke die Vollkornbrotscheiben schon einmal in den Toaster und räume die Packung zurück in die Schublade.

Da ertönt der Summer und ich laufe zur Tür, öffne sie.

Vor mir steht ein junger Mann, ein breites Lächeln auf dem Gesicht und in den Händen ein außergewöhnliches Gebilde. Ein ausladender, eckenreicher Körper aus vielen fünfkantigen Glasscheiben, die über Metallstreifen miteinander verbunden sind. Wie bei einem Windlicht gibt es oben eine Öffnung, doch es steckt keine Kerze darin, sondern ein üppiges Blumengesteck in den schönsten Tönen von zartem Rosé bis zu kräftigem Blauviolett.

»Hallo, kommen Sie herein.« Eine Hand noch auf dem Knauf, trete ich zur Seite und öffne die Tür ganz.

»Wo darf ich das Bouquet abstellen? Uns wurde gesagt, es sei für einen runden Tisch bestimmt.«

»Oh, der steht im Wintergarten.« Ich deute hinüber. »Schieben Sie die Kerzen einfach zur Seite.«

»Danke.«

»Guten Tag, Ms. Montgomery.«

Überrascht drehe ich mich zur Tür um und entdecke eine etwas ältere Frau. Neben ihr steht ein niedriger Transportwagen, darauf unzählige Vasen voller roter Rosen.

Ich reiße die Augen auf. »Hi. Ist das ebenfalls für mich?«

»Aber ja.« Sie lächelt.

»Okay.«

Hinter ihr schließe ich die Tür, gehe hinterher und bleibe vor der offenen Küche neben ihr stehen.

»Wo darf ich die Vasen hinstellen?«

»Puh, gute Frage. Wie viele sind es denn?«

»Vierzehn.«

»Gut, dann ...« Ich stemme die Hände in die Hüften, schaue mich um. »Nehmen Sie einfach jede freie Fläche, die Sie finden können.«

»Wird gemacht.«

Der junge Mann kehrt aus dem Wintergarten zurück, stellt das alte Blumengesteck auf die Kücheninsel und hilft seiner Kollegin, die Vasen zu verteilen.

Am Ende hält die mir ein Klemmbrett zur Unterschrift hin, reicht mir einen Umschlag sowie eine Visitenkarte und lächelt. »Wir wünschen viel Freude mit den Blumen. Wenn Sie verwelkt sind, rufen Sie einfach an und vereinbaren einen Termin für die Abholung.«

»Inklusive der Überreste?«

»Natürlich, Madame. Bei uns bekommen Sie den Rundumservice.«

»Okay, vielen Dank.«

»Gern geschehen. Und einen schönen Valentinstag.«

»Danke, Ihnen auch.«

Ich begleite sie zur Tür, kehre in die Küche zurück. Eine der Vasen steht auf der Kücheninsel und ich trete näher, um an den seidigen vollen Blüten zu schnuppern.

Wow, der Duft ist überwältigend.

Lächelnd bestaune ich das prächtige Blumenmeer in meinem Apartment.

Ziehe das Smartphone aus der Hosentasche und wähle seine Nummer.

Nach wenigen Freizeichen meldet er sich und seine weiche, warme Stimme steigert mein Glücksgefühl. »Hey.«

»Du bist echt verrückt, Ward.«

Kayden lacht. »Alles Gute zum Valentinstag.«

»Dir auch, Mr. Valentino. Trotzdem bist du verrückt.«

»Ja, nach dir.«

»Du sollst das doch nicht tun.«

»Warum nicht? Ich möchte dich verwöhnen.«

»Das ist mega kitschig.« Ich seufze. »Aber irgendwie auch total schön. Danke.«

»Sehr gern. Hast du die Karte gelesen?«

»Oh. Nein.« Ich greife nach dem Umschlag, öffne die nur eingeschobene Lasche und ziehe eine Karte heraus. Betrachte einen Moment das kunstvoll gestaltete goldene Herz auf rotem Untergrund und den klassischen Spruch darunter, *Happy Valentine's Day*. Dann schlage ich sie auf und bei seinen Worten breitet sich ein beseeltes Lächeln auf meinem Gesicht aus.

Du bist alles, was ich will und brauche. Mit dir ist mein Leben perfekt.
Ich liebe dich, meine Schöne.
Kayden

Ich wische mir ein paar Tränen der Rührung aus den Augenwinkeln. »Ich liebe dich auch.«

»Perfekt. Wollen wir das heute Abend feiern?«

»Wie? Wo?«

»Ich habe meine Beziehungen spielen lassen und einen Tisch im *Peak* reserviert.«

»Super, da wollte ich schon immer mal hin.«

»Okay, dann hole ich dich um halb sieben ab.«

»Ich habe eine bessere Idee. Ich komme zu dir ins Büro.«

»Wunderbar. Dann bis später, ich muss in ein Meeting.«

»Bis später.«

Ich lege auf, schaue auf die Uhr und überschlage die Zeit, die mir zum Essen und Arbeiten bleibt. Laufe in die Küche, schalte den Toaster ein und decke mir einen Platz am Tisch im Wintergarten. Mein Blick fällt auf das Bouquet in der Mitte und meine Mundwinkel wandern höher. Die Farben der Blumen leuchten förmlich im trüben Februarlicht, heben meine Laune zusätzlich.

Es ist wirklich erstaunlich, wie gut er mich kennt.

Oder wenig überraschend, nach all den Jahren.

Nach dem Lunch gehe ich wieder an die Arbeit und stelle mir eine Erinnerung ein, wann ich unter die Dusche muss. Anschließend style ich mich und schlüpfe in ein kirschrotes Midikleid aus Rippstrick. Das langärmlige Designerstück besticht mit wattierten Details an Schultern und V-Ausschnitt sowie einem oberschenkelhohem Schlitz, perfekt für einen solchen Anlass. Dazu kombiniere ich die passenden Strickstiefel, stecke das Wichtigste in eine kleine Handtasche, werfe meinen schwarzen Kaschmirmantel über und mache mich auf den Weg.

Das bestellte Yellow Cab ist pünktlich, kommt gut durch den Feierabendverkehr und setzt mich vor 18 Uhr an der 5th Avenue ab. Gleich gegenüber dem nördlichen Ende des Madison Square Parks.

Ich stöckele durch das Art-Déco-Foyer des alten,

sanierten Gebäudes und direkt auf die Fahrstühle zu. Fahre in die vierzehnte Etage hinauf und betrete den Empfangsbereich von Kaydens Investment-Firma.

Der Bereich ist in elegantem Grau und Weiß gehalten, das helle, rötlich schimmernde Parkett glänzt unter den Deckenleuchten im Industriedesign und am Fenster rechts stehen zwei Cocktailsessel im Retrolook an einem Kaffeehaustisch mit Pariser Charme.

Oh ja, das entspricht dem Schick, an den ich mich von wenigen Gelegenheiten erinnern kann, die ich bei den Wards zu Besuch war. Immerhin ist Kaydens Mutter Französin und noch immer gefragte Innenarchitektin mit einem untrüglichen Geschmack.

Am Empfang melde ich mich an und die junge Frau deutet zu der offen stehenden weißen Doppeltür mit Sprossenfenstern. »Dort entlang, bitte. Immer geradeaus bis zum Ende. Ich sage Alma Bescheid.«

»Danke.« Ich laufe hinüber und betrete einen verwinkelten Flur.

Der Stil bleibt gleich, nur die Farben ändern sich. Helles Parkett, beigegrüne Wände und davor vereinzelte Sessel in gedecktem Orange, Apfelgrün sowie Rauchblau. Dazwischen sorgen diverse Zimmerpflanzen für eine freundliche Atmosphäre.

Auf dem Weg erwidere ich gelegentliche Blick aus den noch besetzten Büros, folge am Ende dem Linksknick und gelange in einen kleinen Vorraum.

Hinter dem Schreibtisch erhebt sich eine Frau mit dunklen Korkenzieherlocken, die ich auf mein Alter schätze, und umrundet ihn.

»Guten Abend, Ms. Montgomery. Kayden erwartet Sie bereits.« Sie deutet auf die offene Bürotür. »Darf ich Ihnen etwas zu trinken anbieten?«

»Nein, danke.«

Sie nickt und betritt das Büro. »Kayden? Dein Besuch ist da.«

»Danke, Alma.«

Lächelnd tritt sie zur Seite und ich gehe an ihr vorbei.

Kayden kommt mir von seinem Schreibtisch entgegen, legt die Hand an meine Wange und begrüßt mich mit einem sanften Kuss. »Hey, Miss Valentine.«

»Hi.« Genüsslich sauge ich seinen Duft ein, eine Mischung aus ihm, frischgeduschtem Mann und seinem Parfum. Streiche über sein glattrasiertes Kinn. »Wo ist dein Bart?«

»Eigentlich ist das kein Bart.«

»Sondern?«

»Mir ist das tägliche Rasieren lästig, also mache ich das nur zweimal die Woche. Oder zu besonderen Anlässen.«

»Dann lass es ganz bleiben, ich finde dich mit Bart mega heiß.«

»Interessante Option.«

»Und ich mag es, wenn er die Innenseiten meiner Schenkel kitzelt.«

»Ah.«

Ich zwinkere ihm zu, trete zurück und lasse den Blick über seinen maßgeschneiderten Abendanzug gleiten, der seine körperliche Attraktivität unterstreicht. »Gut siehst du aus.«

Er lacht leise. »Welch seltenes Kompliment, danke.«

»Dein Ernst?«

»Ja, tatsächlich.«

Ich schnalze mit der Zunge. »Mit welchen Frauen hast du dich bisher abgegeben?«

»Definitiv den Falschen. Darf ich dir den Mantel abnehmen? Wir haben noch ein wenig Zeit.«

»Ja, danke.« Ich öffne die Knöpfe, wende ihm den Rücken zu und er streift mir den weichen Wollstoff von den Schultern. Dann drehe ich mich um.

Mit unverhohlener Bewunderung betrachtet er mein Outfit, sieht mir in die Augen. »Gott, du bist so wunderschön.«

Ich lächele, streiche mit einer Hand über sein Revers. »Ich liebe es, wie du das sagst. So voller ... Hochachtung und Ehrfurcht. Das habe ich vorher nie erlebt.«

»Anscheinend hast du es nur mit Idioten zu tun gehabt. Jeder Mann hätte dich auf Händen tragen und mit Komplimenten überschütten sollen.«

»Du bist so süß, Ward.« Mein Herz schwillt an vor Liebe.

»Das klingt nach einem Weichei.«

»Überhaupt nicht, du bist die perfekte Mischung. Smarter Gentleman, toller Liebhaber und du hast keine Angst, mir deine Gefühle zu zeigen. Jackpot, würde ich sagen.«

Da lacht Kayden auf, schüttelt den Kopf und geht zum Besprechungstisch, wo er meinen Mantel über einen Armlehnstuhl legt. »Hör auf, sonst werde ich gleich rot.«

Ich zucke mit den Schultern und schaue mich in seinem Büro um.

Wie nicht anders zu erwarten, ist auch hier alles in seinen Lieblingsfarben gehalten. Schwarz, Weiß und Grau. Selbst die Bilder an den Wänden weisen keine weitere Farbe auf. Und es gibt keine einzige Pflanze hier drin.

»Magst du keine Blumen? Die würden dein Büro etwas gemütlicher machen.«

Er schnaubt. »Ich will hier arbeiten, nicht wohnen.«

»Das heißt, in deinem Zuhause gibt es Pflanzen?«

»Ein paar.«

»Das will ich sehen.« Lächelnd schlendere ich an ihm vorbei zu den bodentiefen Fenstern. Schaue hinab auf den kahlen Park und die Gebäude drumherum, alles hell erleuchtet.

»Und da joggst du zweimal die Woche mit River, ja?«

»Genauso wie allein, an den anderen Arbeitstagen.«

»Ich bewundere deine Disziplin.«

»Alles eine Frage der Routine. Ich brauche das als Ausgleich.« Er tritt hinter mich, schlingt die Arme um meine Taille.

»Ich chille lieber.«

»Machst du gar keinen Sport?«

»Doch, Fitness vor dem Fernseher, mit YouTube-Videos. Aber nur, wenn ich zu Hause bin. Und Lust habe. Ach ja, und ich bemühe mich, einmal die Woche zum Krav Maga zu gehen.«

»Scheint ein überzeugender Schweinehund zu sein.«

»Nicht unbedingt. Ich denke mir nur manchmal, in der Zeit könnte ich arbeiten, komponieren. Besonders, wenn mir eine drängende Melodie im Kopf herumschwirrt.«

»Klingt nach einem interessanten Prozess. Darf ich mal dabei zuschauen?«

Ich stutze. »Eigentlich ist das etwas sehr Privates. Ich habe noch nie jemanden dabei zuschauen lassen.«

»Oh, kein Problem, du musst das nicht tun.«

»Bisher hat sich keine Frage dahingehend gestellt. Ich war nie lange genug mit jemandem zusammen und es gab kein wochenweises Zusammenwohnen oder Ähnliches, bei dem sich die Gelegenheit dafür ergeben hätte. Also, wenn es so weit ist, müssen wir schauen.«

»Mach dir keinen Stress, ich lasse mich einfach überraschen.« Kayden drückt einen Kuss auf meine Schläfe.

Unvermittelt klopft es hinter uns, begleitet von einem Räuspern.

Er löst sich von mir, wir drehen uns um.

Im Türrahmen steht seine Assistentin, im Mantel, die Handtasche über der Schulter und ein verträumt-erfreutes Lächeln auf dem Gesicht.

Als ob sie sich für ihren Chef freuen würde, uns so zusammen zu sehen.

Ich erwidere es.

»Ich mache dann jetzt Feierabend.«

»Natürlich, Alma. Einen schönen Abend mit deinem Mann.«

»Danke, euch auch.« Noch ein Nicken, dann wendet sie sich ab und geht.

Er schaut mich an. »Wir könnten auch schon losfahren und bis zur Reservierung ein Glas Champagner trinken. An der Bar oder in der Lounge.«

»Gern.«

Folglich hilft er mir in meinen Mantel, holt seinen und ruft ein Taxi. Dann verlassen wir sein Büro und schlendern Hand in Hand Richtung Ausgang.

Im Vorbeigehen verabschiedet er sich von den letzten Anwesenden und ermutigt sie, ebenfalls Feierabend zu machen. Wünscht der Empfangsdame gute Besserung für ihr krankes Kind, um das sich gerade die Oma kümmert, und führt mich zum Aufzug.

Ich schmunzele.

Ihn so entspannt in seinem Arbeitsumfeld zu erleben, ist genial. Alles ist vollkommen natürlich und liebevoll, als ob wir schon eine Weile zusammen wären. Ohne einen eifersüchtigen Affenarsch von Bruder im Genick.

Und die unbeschwerte Stimmung setzt sich fort, im Taxi und der Bar, was meine Laune weiter steigert. Mit Kayden ist es herrlich unkompliziert, aufregend neu und intensiv zugleich. Und das möchte ich am liebsten ewig festhalten.

Weswegen ich einige Selfies mit ihm mache, dann eine Kellnerin darum bitte, mit meinem Handy ein paar Fotos von uns zu schießen.

Wir genießen ein Glas Champagner und die Aussicht

auf Hudson Yards.

Fahren schließlich hinauf in die 101. Etage, werden am Pult vom Restaurantleiter begrüßt und zu unserem eingedeckten Tisch geführt.

Der steht direkt in einer Ecke der Fassade und wir haben rundherum freien Blick über die Lichter Manhattans sowie bis auf die andere Seite des Hudsons, nach New Jersey.

»Wow, das ist gigantisch.«

Kayden schiebt mir den Stuhl heran, während ich fasziniert hinausschaue, und ich bedanke mich mit einem Lächeln dafür, sobald er auf dem Platz über Eck sitzt.

Er nickt. »Beim nächsten Mal sollten wir bei Tageslicht herkommen. Oder zum Sonnenuntergang.«

»Verdammt gute Idee.« Ich bedanke mich beim Restaurantleiter für die Menükarte.

Der reicht auch meinem Begleiter eine und verabschiedet sich mit dem Hinweis auf eine Servicekraft, die gleich unsere Getränkewünsche entgegennehmen wird. Wünscht uns einen wundervollen Abend und geht.

Neugierig werfe ich einen Blick in die Karte. Heute Abend wird ein fünfgängiges Valentinstagsmenü serviert, bei dem man diverse Komponenten wählen kann, und mein Bauch trifft jeweils eine schnelle Entscheidung. Obwohl ich am liebsten alles probieren möchte.

»Guten Abend, Madame, Sir.«

Wir sehen zu einem Kellner auf, der am Fenster neben Kayden einen Kühler mit Ständer abstellt. Der zieht eine Flasche Champagner aus dem Eis, um sie uns zu präsentieren.

»Ein Gruß des Hauses.«

Mein Freund nickt. »Vielen Dank.«

Der junge Mann öffnet die Flasche vorsichtig, schenkt uns ein und verstaut sie wieder im Eis. Legt das weiße

Serviertuch darüber und geht.

Lächelnd halte ich Kayden das Glas entgegen. »Ich liebe es, dass du Beziehungen hast. Sie sind das halbe Leben.«

Wir stoßen miteinander an und kaum haben wir die Gläser abgestellt, ertönt eine weitere Stimme.

»Kayden! Wie schön, Sie bei uns begrüßen zu dürfen.«

Ich mustere den halb ergrauten Mann zwischen uns, dessen Bärenstatur einen schwarzen Anzug ausfüllt.

Kayden steht auf, dreht sich zu ihm um und begrüßt ihn mit Handschlag. »Hallo, Scott. Ja, jetzt habe ich endlich die richtige Frau dafür. Darf ich vorstellen? Piper Montgomery.«

Ich strecke ihm die Hand entgegen, die er ergreift und schüttelt.

»Scott Libbs, Betriebsleiter des *Peak*. Herzlich willkommen, DJane Pi.«

Überrascht hebe ich die Brauen. »Sie kennen mich?«

Er lässt meine Hand los, zuckt mit den Schultern. »Meine Stellvertreterin hat Sie gleich erkannt, sie ist ein großer Fan von Ihnen.«

»Das freut mich, richten Sie ihr liebe Grüße aus.«

»Das werde ich, danke. Und weil sie mir auch ein paar Bilder von Ihren Auftritten gezeigt hat, würde ich mich freuen, wenn wir bei Gelegenheit über eine Kooperation sprechen könnten.«

»An was haben Sie da gedacht?«

»An einigen Wochenenden verwandeln wir unsere Eventbereiche in einen Boutique Nightclub, das *Peakaboo*. Dort bieten wir spezielle Shows an sowie exklusive Sets von New Yorker DJanes und DJs. Ich denke, Sie wären auf jeden Fall ein Highlight.«

Ich lächele erfreut. »Das klingt gut.«

»Hätten Sie eine Visitenkarte für mich?«

»Natürlich.« Ich greife nach meiner Handtasche, ziehe das flache Messingetui mit dem Logo meiner Universität heraus und reiche ihm eine. »Darauf sind alle Kontaktdaten der Agentur, die sich um meine Engagements kümmert, und meiner dortigen Ansprechpartnerin.«

»Wunderbar, ich melde mich.« Er nimmt die Visitenkarte, hält sie kurz hoch. »Und nun genießen Sie den Abend im *Peak*.«

»Vielen Dank.«

»Danke, Scott.« Kayden nimmt wieder Platz und lächelt. »Wie war das gerade mit den Beziehungen?«

Ich lache leise. »Ich hätte nichts dagegen, ein wenig von dir zu profitieren.«

»Kein Problem.«

»Oh, und bevor ich es vergesse. Wie sieht es mit einem Investment für mich aus?«

»Sag mir Bescheid, welche Summe du zur Verfügung hast, ab welchem Zeitpunkt und wie lange du darauf verzichten kannst, dann kümmere ich mich darum.«

»Perfekt.« Ich lege meine Hand in seine und drücke sie. »Aber damit ist jetzt Schluss, dieser Abend gehört nur uns beiden.«

Er hebt sie an seinen Mund, küsst meine Knöchel. »Nichts lieber als das, meine Schöne.«

*

Zwei Tage später reißt mich das Handy durch das Aufleuchten des Displays aus meiner Konzentration, was ich ignoriere.

Doch wer auch immer es ist, er oder sie lässt nicht locker.

Beim dritten Mal nehme ich genervt meinen Kopfhörer ab und das Smartphone zur Hand. Runzele die Stirn und tippe auf den grünen Hörer.

»Brooks. Was gibt's?«

»Hast du Lust auf einen Kaffee? Ich bin ganz in deiner Nähe.«

Sogleich fallen mir die vielen Rosen in meinem Wohnzimmer ein, mir wird heiß und kalt.

Scheiße, was mache ich denn jetzt?

»Hallo? Bist du noch da?«

»Oh, ähm, ja, tut mir leid. In Gedanken hänge ich noch in dem Set fest, das ich fürs Wochenende überarbeite.«

Er lacht leise. »Sorry. Aber wenn du schon mal raus bist, kann ich doch kurz vorbeikommen.«

Verzweiflung kocht in mir hoch und ich möchte ihm ein Nein entgegenschreien, doch zum Glück reagiert mein Hirn verdammt schnell.

»Wenn du mich schon unterbrichst, kann ich mir auch eine richtige Pause gönnen. Treffen wir uns im *Claudette*, an der anderen Ecke des Blocks?«

»Kein Ding, in einer Viertelstunde bin ich da.«

»Super, dann bis gleich.«

Hastig speichere ich mein Projekt, springe auf und eile ins Schlafzimmer. Tausche die bequemen Klamotten gegen Jeans und flauschigen Pullover. Schlüpfe in Stiefel und Mantel, werfe die letzten Sachen in meine Handtasche. Dann eile ich aus meiner Wohnung und unten den Gehweg entlang Richtung Osten.

Erst vor der Kreuzung verringere ich das Tempo, atme tief durch und versuche aktiv, mich zu entspannen. Überquere zwei Straßen und betrete das französische Bistro.

Eine junge Frau begrüßt mich am hölzernen Empfangspult, das eher wirkt wie ein altes Regal. »Hallo, wie geht es Ihnen? Wie kann ich Ihnen helfen?«

»Oh, ich bin mit jemandem verabredet.« Ich knöpfe den Mantel auf, lasse den Blick von rechts nach links durch die gut besuchten Sitzbereiche schweifen und bemerke am Ende ein Winken.

»Ah, da ist er ja.« Ich deute zu der Bar auf der linken Seite.

»Natürlich, Madame. Ich wünsche einen angenehmen Aufenthalt.«

»Danke.«

Lächelnd laufe ich hinüber, begrüße meinen Bruder mit einem Wangenkuss und hänge meinen Mantel an die nächste Garderobe. Anschließend schiebe ich meinen Hintern auf den freien Hocker neben ihm. »Hast du schon bestellt?«

»Ich war so frei.«

»Welchen Umständen verdanke ich denn diese spontane Zusammenkunft?«

»Ich bin mit Summer zum Abendessen in Greenwich verabredet, aber mir ist die Decke auf den Kopf gefallen. Und da wir uns seit der Verlobungsparty weder gesehen noch gesprochen haben, habe ich mir gedacht, rufe ich dich einfach mal an.«

Ich lache auf. »Kann es sein, dass du Hummeln im Arsch hast?«

Ertappt verzieht er das Gesicht. »Mir fehlt die Bühne.«

»Dann soll dein Label dir spontan ein paar Auftritte klarmachen.«

»Ich will doch die Zeit mit Summer genießen.«

»Sie reißt dir wegen ein oder zwei kleinen Clubkonzerten in New York bestimmt nicht den Kopf ab.«

»Und die Hochzeitsvorbereitungen?«

»Brooks! Das sind nur wenige Stunden, nachts, am Wochenende.«

Er stößt die Luft aus, schüttelt den Kopf. »Vielleicht hast du recht.«

»Natürlich habe recht.«

Vor uns taucht der Barkeeper auf, strahlt mich an. »Ist der Cappuccino für Sie, Madame?«

»Ja, danke!«

Er stellt ihn mir hin, meinem Bruder einen doppelten Espresso und ein kleines Tablett in die Mitte. Darauf befinden sich ein altmodisches silbernes Milchkännchen sowie eine passende Zuckerdose und andere Zuckersorten in Papiertütchen.

Neugierig strecke ich die linke Hand danach aus, ziehe es näher und betrachte die Auswahl.

Da stößt Brooks einen leisen Pfiff aus. »Sieh mal einer an!«

Sanft umfasst er meinen Unterarm, dreht ihn ein Stück in seine Richtung.

Wie erstarrt sitze ich da, erleide einen Schweißausbruch und folge seinem Blick zu meinem Handgelenk.

»Schönes Stück. Und bestimmt teuer. Hast du etwa einen reichen Verehrer?« Grinsend wackelt er mit den Augenbrauen.

Sofort rast mein Herz los.

»Als ob ich den bräuchte, um mir Schmuck zu kaufen.«

»Was du eher selten tust, so weit ich mich erinnere. Außerdem stammt das Armband von *Tiffany's*.«

»Seit wann hast du Ahnung von so etwas?«

»Reiner Zufall. Ist mir ins Auge gesprungen, als wir wegen der Eheringe dort waren.«

»Aha. Darf ich mir jetzt Zucker nehmen?«

Er lässt mich los. »Sei doch nicht so zickig. Ich möchte nur wissen, wie es dir geht.«

»Super, danke.« Ich öffne die Dose und schaufele mir einen Löffel Zucker in den Kaffee. Klappe den Deckel wieder zu, rühre um und versuche, meinen Puls zu beruhigen.

»Du hast niemanden erwähnt.«

»Es gab noch keine Gelegenheit dazu.«

»Also seid ihr noch nicht lange zusammen. Wann lerne ich ihn kennen?«

»Himmel, Brooks, wir sind noch ganz am Anfang.«

»Wow, und dann schon so ein Geschenk. Da scheint der Blitz aber eingeschlagen zu sein.«

Ich seufze genervt.

»Wissen Mom und Dad davon?«

»Brooks!« Wütend starre ich ihn an. »Lass es! Wenn es etwas zu erzählen gibt, werdet ihr es erfahren.«

»Was macht er beruflich?«

Statt einer Antwort schüttele ich den Kopf, trinke von meinem Kaffee.

»Nur ein kleiner Hinweis.«

»Nein.«

»Warum nicht? Ist er ein Mafiaboss? Oder verheiratet?«

Ich hebe eine Braue.

»Komm schon! Was gibt es da zu verheimlichen?«

»Das ist meine Privatsache, also halt dich gefälligst da raus.«

»Du stellst dich vielleicht an.« Er nimmt seinen Espresso, testet mit einem Nippen die Temperatur und trinkt in zwei Schlucken.

»Sagt der, wegen dem ich allen Grund dazu habe.«

»Ich will dich nur beschützen, das weißt du.«

»Und wer beschützt mich vor dir?«

Empört öffnet er den Mund, doch ich winke nur ab und nehme einen Schluck Cappuccino. »Und jetzt wechseln wir das Thema oder ich bin direkt wieder weg.«

Im ersten Moment wirkt er beleidigt, nickt dann aber und bestellt sich den zweiten doppelten Espresso.

Und ich atme langsam tief durch.

Das war knapp.

*

In der zweiten Februarhälfte habe ich zwei Engagements in Arizona und eine Woche später drei in Texas, weshalb Kayden jeweils ein paar Termine verschiebt und wir in seinem Firmenjet hinfliegen.

Das Klima in den südlichen Staaten ist eine willkommene Abwechslung zum kalten Schmuddelwetter in New York und ich blühe in der angenehmen Wärme förmlich auf. Und weil es weder in Phoenix noch in Tucson etwas für uns Interessantes zu sehen gibt, genießen wir die gemeinsame Zeit, im Bett oder am Pool. Reden über unsere Vergangenheit oder Gott und die Welt. Albern herum oder vergnügen uns in der Horizontalen. Doch egal, was wir tun. Wir sind ganz beieinander, im Moment, und blenden den Rest der Welt aus.

Traumhafte Auszeiten von der Realität, von denen ich jede Sekunde auskoste. Dafür vernachlässige ich gern meine Social-Media-Kanäle und fahre meine Aktivitäten insgesamt herunter.

Wobei mir bewusst wird, dass ich dort nur so viel Zeit verplempert habe, weil ich nichts Besseres zu tun hatte. Bekämpfung von Langeweile, sozusagen. Doch seitdem Kayden endlich zu meinem Leben gehört, ist das alles unwichtig geworden.

Und ja, ich denke ernsthaft darüber nach, diesen Teil meines Jobs an die Agentur abzugeben.

Nach dem Donnerstagsauftritt in Dallas fliegen wir gleich weiter nach Houston, weil Kayden um 10 Uhr New Yorker Zeit ein Online-Meeting hat, an dem er zwingend teilnehmen muss.

Ich bleibe lieber noch eine Weile im Bett liegen, erschöpft und befriedigt von ausgiebigem Morgensex. Lausche seinen Geräuschen im Bad und später dem

Start seines Meetings.

Nach ein paar Minuten klinke ich mich jedoch aus dem Fachgespräch aus, schleiche unter die Dusche. Wobei mir eine neue Song-Idee kommt. Nur ein paar Töne, ein Effekt, aber ein vielversprechender Anfang.

Zurück im Schlafzimmer schlüpfe ich in Jeans und Shirt, bestelle uns beim Zimmerservice ein spätes Frühstück. Richte das Bett her, mache es mir darauf gemütlich und klappe meinen Laptop auf.

»Alles klar, dann war es das für heute. Euch allen einen erfolgreichen Arbeitstag und ein schönes Wochenende.«

Ich horche auf, sehe zum Durchgang und kurz darauf taucht Kayden dort auf.

»So, erstes Meeting erledigt.«

»Super. Frühstück müsste auch gleich da sein.«

In dem Moment klopft es an der Eingangstür der Suite und er läuft hinüber, um zu öffnen.

Ich folge ihm, schaue dem Kellner zu, wie er das freie Tischende für uns deckt, und nehme schließlich Platz.

Kayden verabschiedet ihn mit einem Trinkgeld, schließt die Tür und setzt sich zu mir.

»Wann ist dein nächstes Meeting?«

»14 Uhr Eastern Standard Time. Aber bis dahin muss ich noch ein paar Dinge erledigen und vorbereiten.« Er trinkt einen Schluck von seinem großen Cappuccino.

»Kein Problem, ich will ebenfalls arbeiten. Mir schwirrt da etwas im Kopf herum.«

»Leistest du mir Gesellschaft?«

Ich nehme mir ein Croissant, zupfe ein Ende davon ab. »Ich dachte, du hasst Ablenkung.« Lächelnd stecke ich mir das zartbuttrige Stück Backwerk in den Mund.

»Normalerweise schon, aber du scheinst da eine Ausnahme zu sein. Neulich im Flugzeug, das hat mir gefallen.«

»Okay, versuchen wir es. Aber wenn dich die Töne aus

meinem Kopfhörer stören, musst du das sagen.«

»Einverstanden.«

Dementsprechend räumen wir nach dem Frühstück den Tisch ab und ich baue meinen Laptop am anderen Kopfende auf.

Wir vertiefen uns in unsere jeweilige Arbeit, doch manchmal fühle ich mich beobachtet, schaue auf und begegne seinem Blick. Oder ich gebe dem Drang nach, ihn zu betrachten, und kurz darauf sieht er mich an und lächelt.

Was mich allerdings genauso wenig ablenkt, sondern eher beflügelt. Als er sich ein Headset aufsetzt und beim nächsten Online-Meeting einloggt, ist der Song bereits zur Hälfte fertig.

Ich glaube, daran könnte ich mich gewöhnen.

Trotzdem mache ich eine kreative Pause, surfe nach neuen Tracks und Nachrichten aus der gesamten Musikwelt. Wobei eine alte Idee wieder lebendig wird.

Es gibt diverse Sängerinnen und Sänger, mit denen ich mir eine Kollaboration vorstellen kann, und ich finde zwei bekannte Stimmen, die perfekt zu ein paar unveröffentlichten Songs passen könnten.

Ob Brooks sie zufällig kennt? Und mir den Kontakt vermitteln kann?

Spontan greife ich nach meinem Handy und schreibe ihm diesbezüglich eine Nachricht. Dann schicke ich Lia eine E-Mail, um einige weniger berühmte Musikschaffende offiziell über die Agentur anzufragen.

Kurz darauf vibriert das Handy in meiner Hand, mit ihrem Namen auf dem Display.

Eilig nehme ich die Kopfhörer ab, springe auf und laufe ins Schlafzimmer, schließe die Tür hinter mir.

»Hallo, Lia. Wie gehts?«

»Hey, Piper. Alles bestens, und dir?«

»Besser geht es nicht.«

»Du bist ja gut drauf.«

»Jepp.«

»Gibt es dafür einen speziellen Grund?«

»Jepp.«

»Ähm ... okay.«

»Was kann ich für dich tun?«

»Deine E-Mail habe ich gesehen, darum kümmere ich mich heute noch. Aber wir haben auch eine Anfrage für dich bekommen.«

»Für eine Kollabo?«

»Nein, für eine Art Exklusivvertrag.«

Ich bleibe am Fenster stehen, schaue zur griechisch-orthodoxen Kathedrale auf der anderen Straßenseite. »Okay, schieß los.«

»Ein Scott Libbs hat sich gemeldet, COO eines Restaurants namens *Peak*, in New York.«

»Den habe ich letzte Woche kennengelernt.«

»Gut. Also, er möchte dich bis zum Jahresende ein- bis zweimal pro Monat buchen, für seine Nightclub Lounge. Je nachdem, was dein Kalender zulässt. Du sollst jeweils drei Stunden auflegen und bekommst 15.000 Dollar.«

Ich schnappe nach Luft. »Pro Gig? Wow! Und wo ist der Haken?«

»Du darfst so lange in keinem anderen New Yorker Club auflegen, er will dich exklusiv featuren.«

»Hm.« Nachdenklich kaue ich auf meiner Lippe.

Abgesehen von der sicheren Gage wäre ich auf jeden Fall ein Wochenende pro Monat zu Hause, müsste nur einen Abend arbeiten und hätte ansonsten Zeit für Kayden. Oder ich verdopple das, dann kann ich mir ein freies Wochenende pro Monat leisten. Auf diese Weise hätte unsere Beziehung fast ein Jahr Zeit, sich zu entwickeln. Und wir könnten schauen, wohin es uns führt,

Zukunftspläne schmieden.

»Na, und? Was sagst du?«

»Klingt auf jeden Fall interessant.«

»Aber?«

Ich überschlage ein paar Ideen und Zahlen im Kopf, nicke. »Kein Aber. Sag ihm, er soll 20.000 daraus machen. Zwei Wochenenden mit je einem Auftritt, mal Freitag, mal Samstag. Dann bin ich dabei.«

»O-kay. Willst du kürzer treten?«

»Ein wenig. Kommt darauf an, was reinkommt. Und die Festivals sind außen vor.«

»Gibt es einen Grund dafür? Bist du krank? Droht dir ein Burn-out?«

Lia klingt so besorgt, dass ich auflache. »Ach was, wo denkst du hin? Es ging mir nie besser. Meinst du, ich wäre sonst so gut drauf?«

»Aber was ...« Sie stockt. »Bist du etwa verliebt?«

Ich höre das Grinsen in ihrer Stimme, lächele ebenfalls. »Viel besser. Der Mann, dem seit Jahren mein Herz gehört, hat mir endlich gestanden, dass er mich genauso liebt.«

»Oh, mein Gott! Das ist ja so süß!«

»Ja, ist es.«

»Der Wahnsinn. Herzlichen Glückwunsch.«

»Danke.«

»Okay, dann schreibe ich Mr. Libbs ebenfalls noch heute.«

»Super.«

»Alles klar. Viel Erfolg heute in Houston und morgen in San Antonio. Wir lesen uns nächste Woche.«

»Bis dann.«

Wir legen auf, ich schiebe das Smartphone in meine Hosentasche und verschränke die Arme vor der Brust. Betrachte den Himmel und die Wattewolken, die langsam dahinziehen.

Dieser Exklusivvertrag hätte einen weiteren Vorteil, von dem ich seit ein paar Jahren träume. Ich könnte mehr Zeit ins Komponieren investieren und endlich an Chart-Hits feilen. Um irgendwann mit Calvin Harris oder David Guetta gleichzuziehen.

Auf meinem Gesicht breitet sich ein strahlendes Lächeln aus.

Anscheinend hat Brooks' Verlobungsparty eine Kette von entscheidenden positiven Entwicklungen losgetreten.

*

Nachdem ich am ersten Märzwochenende in Washington und Philadelphia auflege, habe ich das zweite Wochenende komplett frei.

Deshalb überlegen wir auf dem Rückflug, was wir unternehmen könnten, schließen aber jegliche Spritztour aus, immerhin reise ich schon genug durch die Weltgeschichte.

»Also machen wir uns ein gemütliches Wochenende bei mir.« Kayden nimmt meine Hand, schiebt die Finger zwischen meine.

»Genau.«

»Wir könnten auf den Spuren unserer Vergangenheit wandeln. Alte Lieblingsplätze aufsuchen.«

Ich stoße mit der Schulter gegen seine. »Keine schlechte Idee, Ward. Das wird bestimmt lustig.«

»Außerdem könntest du schon Donnerstagabend zu mir kommen, dann arbeite ich am Freitag im Homeoffice und mache um 14 Uhr Feierabend.«

»Hat schon Vorteile, der Boss zu sein, oder?«

»Definitiv.«

Folglich packe ich an besagtem Nachmittag einen kleinen Koffer und meinen Rucksack. Stehe vor der

Verabredeten Zeit auf dem Gehweg und springe zu ihm in die Limousine.

Kayden begrüßt mich mit einem sanften Kuss. »Hallo, meine Schöne!«

»Hey.« Ich seufze, betrachte sein Gesicht. »Endlich ist die Ewigkeit ohne dich vorbei, du hast mir so gefehlt.«

»Ich vermisse dich auch jeden Tag. Obwohl wir telefonieren und schreiben.«

»Wie haben wir das nur die ganzen 15 Jahre ausgehalten?«

»Frag mich etwas Leichteres.«

»Okay, wie war dein Tag?«

Er lacht leise, schüttelt den Kopf. »Nicht besonders ereignisreich.« Kurz fasst er mir seine Termine und Aufgaben zusammen. »Und bei dir?«

»Oh, ich habe tolle Neuigkeiten.«

»Ach, ja?«

»Mh-hm. Scott Libbs hat sich gemeldet.«

»Will er dich engagieren?«

»Ja, und noch viel mehr.« Ich zähle die Konditionen des Exklusivvertrages auf, den ich heute elektronisch unterschrieben habe.

»Das heißt, du reist weniger und wir hätten hier mehr Zeit füreinander.«

»Genau.«

»Aber ... wirst du das nicht vermissen?«

»Überhaupt nicht. Ich habe da nämlich ein paar Ideen.« Begeistert umreiße ich meine Pläne, die ich seit zwei Wochen vorantreibe, denn Mr. Libbs hat meiner Forderung schon am nächsten Tag zugestimmt.

Kayden lächelt liebevoll, mustert mein Gesicht. »Du bist so voller Tatendrang und Leidenschaft, wenn du von deiner Musik sprichst. Und glücklich.«

»An meinem Glück hast du einen riesigen Anteil.

Außerdem habe ich Mr. Libbs ja erst über dich kennengelernt.«

»Sag mir, welche Kontakte du brauchst, und ich stelle sie her. Deine Wünsche sind mir Befehl.«

»Das ist echt süß von dir.«

Er legt die Hand in meinen Nacken, zieht mich näher und kommt mir entgegen. Hält aber vor meinem Mund noch einmal inne und raunt: »Ich würde alles für dich tun, Piper.«

»Wirklich?«

»Ja. Alles.« Dann presst er die Lippen auf meine und küsst mich voller Verlangen.

Zu schade, dass wir schon kurz darauf am Straßenrand halten.

»Wir sind da, Sir.«

»Danke.«

Wir steigen aus, nehmen meinen Koffer aus dem Kofferraum und betreten den Gehweg.

Kayden deutet mit dem Kinn in Richtung der hinter uns liegenden Straßenecke. »Wir müssen nur noch kurz unser Abendessen abholen.«

»Was gibt es denn?«

»Lass dich überraschen.«

Ich folge ihm bis zu dem zweistöckigen weißen Gebäude mit den blauen Markisen über den Erdgeschossfenstern und hinein. Stehe erstaunlicherweise in einem japanischen Restaurant.

Eine elegante Frau empfängt uns mit einem angedeuteten Lächeln. »Ah, Mr. Ward. Guten Abend.«

»Guten Abend, Mrs. Mizuki. Ist meine Bestellung fertig?«

»Selbstverständlich. Wir hätten sie Ihnen aber auch geliefert.«

»Ich weiß.«

»Ich hole sie eben.« Damit wendet sie sich ab und läuft zwischen den fast vollständig belegten Tischen hindurch nach hinten. Dort befindet sich die L-förmige Sushi-Bar, an der man ebenfalls sitzen kann, und dahinter wirbeln mehrere Köche in schwarzer Kluft mit Händen und Messern.

Sie wechselt ein paar Worte mit einem von ihnen, erhält eine Papiertasche mit dem Logo des Restaurants darauf und kehrt zu uns zurück.

»Bitte sehr, ich wünsche guten Appetit.«

»Danke.« Kayden nimmt die Tüte entgegen, reicht sie mir und ergreift wieder den Teleskopgriff meines Trolleys.

Wir verabschieden uns, verlassen das Restaurant und laufen zurück, bis zum dritten Gebäude. Dort hält er seine Key-Card vor das Lesegerät, der Summer ertönt, und zieht die Tür auf, lässt mir den Vortritt.

Auf dem Weg zum Fahrstuhl holt er die spärliche Post aus seinem Postfach und schüttelt den Kopf. »Herrgott, wann hören die endlich auf, Papier zu verschwenden?«

»Ich habe auch alles auf digital umgestellt und erhalte trotzdem Werbemailings.« Ich drücke auf den Rufknopf. »Ich glaube, da sitzen überall noch Leute vom alten Schlag, die aus Trotz Briefe verschicken.«

Er gluckst. »Ja, wer weiß.«

Kurz darauf steigen wir in die Kabine, er tippt einen Code ein. Dann fahren wir hinauf in die fünfte Etage und betreten einen Vorraum, aus dem es nur zwei Wege gibt. Die Feuerschutztür zum Treppenhaus rechts und die Sicherheitstür zum Penthouse geradeaus.

Hier verwendet Kayden Karte und Code, eine grüne LED leuchtet auf und ein vernehmliches Klacken ertönt, dann ein Summen. Er drückt die Tür auf, das Licht schaltet sich ein, und lässt mir erneut den Vortritt.

»Willkommen in meinem Zuhause.«

Ich betrete den dunklen Holzfußboden, registriere die offene Küche rechts und stelle die Tüte auf der langen Kücheninsel ab. Wende mich dem luftigen Treppenhaus zu und betrachte das Kunstwerk aus Glas und Metallfäden, das von der obersten Decke herunter hängt.

»Wow, das sieht aus wie ein riesiger Schwall Luftblasen im Meer.«

»Ich glaube, das soll es auch darstellen.«

»Hat deine Mom dein Apartment ebenfalls eingerichtet?«

»Zum Teil.« Er schiebt meinen Koffer neben die offene Holztreppe. »Soll ich dich erst einmal herumführen?«

»Gern.«

»Gib mir deinen Mantel.«

Ich stelle meinen Rucksack neben den Koffer, streife den Mantel ab und er hängt ihn mit seinem in den Wandschrank. Dann gehen wir als Erstes nach links zu den Gästezimmern. In die andere Richtung vorbei an der Küche und ins riesige Wohnzimmer mit Essbereich, wo die hohen Sprossenfenster auf die Straße hinausgehen. Natürlich ist bis auf das dunkle Holz, das sich zum Teil in den Möbeln wiederfindet, alles in seinen Lieblingsfarben gehalten. Aufgelockert durch rauchblaue Kissen und weitere Accessoires sowie grüne oder blühende Gewächse.

»Unglaublich, du hast tatsächlich Pflanzen.«

»Habe ich doch gesagt.«

»Ich weiß, aber ich habe gedacht, du verarschst mich.«

»Würde ich niemals tun.«

Mit gehobener Braue wende ich mich ihm zu. »Ach, nein? Früher hast du das zu gern getan.«

»Das war vor dem Kuss.« Lächelnd ergreift er meine Hand, führt mich zurück in den Eingangsbereich und die Treppe hinauf.

Rechts herum gelangen wir in sein Schlafzimmer und

im Schein der Nachttischlampen werfe ich einen Blick zu der Fensterfront aus Sprossenfenstern in schwarzen Metallrahmen. »Ist das da eine Terrasse?«

»Ja, die kleine, nach hinten raus.«

»Wohin geht der Blick?«

»Zum *Western Union Building*.«

»Ich glaube, das kann ich von meiner Terrasse aus ebenfalls sehen, nur von der anderen Seite.«

»Ist mir auch schon aufgefallen.«

Als Nächstes zeigt er mir das Bad mit einer freistehenden Badewanne vor den bodentiefen Sprossenfenstern. Läuft am Treppenhaus vorbei zu einer weiteren Fensterfront und durchquert dabei einen offenen Raum, wie auf einer Galerie. Am linken Kopfende befindet sich ein voll eingerichteter Arbeitsplatz mit drei Monitoren, den Blick in den Raum gerichtet. Auf der anderen Seite steht eine geschwungene, lederne Relaxliege, auf der vermutlich wir beide Platz hätten.

»Diesen Bereich nutze ich als Arbeitszimmer oder zum Entspannen. Und hier geht es auf die große Terrasse.« Er betätigt einen Wandschalter und draußen flammen ein paar dezente niedrige Leuchten auf, in dessen Licht ich Loungemöbel sowie einen Esstisch für zwölf Personen und einen riesigen Barbecue-Grill aus Edelstahl erkenne.

»Hast du den schon einmal benutzt?«

»Den Grill? Nein. Was Partys angeht, sind Haus und Terrasse noch jungfräulich.«

Ich schnalze mit der Zunge, hebe den Blick und entdecke das *One World Trade Center*, schätzungsweise zehn Blocks entfernt.

Lächelnd schaue ich ihn an. »Inspirierende Aussicht. Ich denke, hier lässt es sich gut arbeiten.«

»Wenn du dort sitzt, auf jeden Fall.« Er deutet mit dem Kopf zu der Liege.

Ich nicke, schürze die Lippen.

Wenn er wüsste, zu welch dreckigen Gedanken mich das Möbelstück animiert.

Kapitel 8 – Kayden

Voller Vorfreude laufe ich die Treppe hinauf und zu meinem Schlafzimmer. Nehme beide Porzellanbecher in die linke Hand, drehe am Knauf und öffne die Tür. Lehne sie an, schleiche zum Bett und stelle die Tassen leise auf dem Nachttisch ab. Dann hocke ich mich hin und betrachte Piper.

Sie liegt halb auf dem Bauch, je ein Kissen unter dem Kopf und im Arm, die Decke bis zu den nackten Schultern hochgezogen. Das dämmrige Licht des Morgens fällt durch die Terrassenfenster sowie das zusätzliche Dachfenster an der Wand zum Bad und schimmert verführerisch auf ihrem Haar, der weichen Haut. Und anscheinend hat sie sich kein bisschen bewegt, seitdem ich mich zum Joggen hinausgeschlichen habe.

Ich stütze mich an der Matratzenkante ab, beuge mich vor. Küsse sanft ihre Schulter, den Blick auf ihr Gesicht gerichtet.

Ein leichtes Zucken, mehr passiert nicht.

Also streiche ich ihr Haar zur Seite und presse die Lippen auf ihren Nacken. Atme tief ihren Duft ein, lecke über ihre Haut, knabbere sanft daran.

»Mmh, nicht aufhören.«

Ihr verschlafenes Murmeln zaubert mir ein Lächeln ins Gesicht.

»Aber dann wird der Kaffee kalt.« Noch ein Kuss auf ihren Nacken.

»Mir egal.«

»Ach ja?« Ich küsse sie unter dem Ohr.

»Mh-hm.«

Mit dem Mund gleite ich über ihre Kinnlinie. »Welch eine Verschwendung.«

»Es gibt Wichtigeres.«

»Und das wäre?«

Piper dreht das Kinn und ihre Lippen finden meine, für einen zärtlichen Kuss.

Danach hebe ich den Kopf, betrachte ihr Gesicht.

Sie schlägt die Augen auf, blinzelt und erwidert meinen Blick. »Du schmeckst salzig.«

»Ich war joggen.«

»Habe ich gar nicht mitbekommen.«

»Ist mir aufgefallen.«

»Wie spät ist es?«

»Zu früh für dich.«

»Hm. Kommt darauf an, was du mit mir vorhast.«

Ich setze einen unschuldigen Gesichtsausdruck auf. »Na, Kaffee trinken.«

»Mehr nicht?« Sie zieht einen Schmollmund, dreht sich auf den Rücken und streckt die Arme über den Kopf, wobei die Decke hinabrutscht und ihre Brüste enthüllt.

Bei dem Anblick rauscht mein Blut südwärts.

»Du könntest mit mir duschen.«

»Danach.«

»Wonach?«

»Himmel, Ward, jetzt komm endlich her.« Damit packt sie mein Shirt und zieht mich auf sich.

Nach der Dusche trockne ich mich ab und laufe ins Schlafzimmer, hole frische Kleidung aus den Schränken. Die Boxer Pants habe ich gerade übergestreift, da kommt auch Piper herein. Ein Handtuch um ihr Haar geschlungen, eines über ihren Brüsten festgesteckt.

Sie läuft zu ihrem Koffer, der noch unangetastet neben

der Kommode steht. Öffnet ihn, klappt ihn auf und kniet sich davor. Ein paar Sachen legt sie neben sich auf den Boden, sucht aber weiter.

Ich steige in meine Jeans. »Soll ich dir eine Schublade in der Kommode freiräumen? Oder in meinem Schrank? Ist mittelfristig ohnehin der logischste Schritt.«

Ein leises Lachen erklingt. »Sehr effizient, Ward. Aber ja, das ist eine gute Idee. Und hast du auch ein Shirt für mich, in dem ich hier chillen und schlafen kann? Das habe ich vergessen.«

»Kein Problem, nimm dir eines von meinen. Kommode, oberste Schublade.«

Sie steht auf, geht hinüber und schaut hinein. »Hey, was ist das denn?«

»Was?« Ich ziehe das schwarze T-Shirt über, drehe mich zu ihr.

Lächelnd hält sie mir das Trikot der *New York City Skyliners* hin, das meinen Namen und die Nummer 111 trägt. »Ich wusste gar nicht, dass du ein Fan der *Skyliners* bist.«

Ich zucke mit den Schultern, streiche den Saum meines Shirts glatt und schließe die Hose darüber. »Mir gehören zehn Prozent.«

»Wie bitte?« Sie reißt die Augen auf.

»Was ist?«

»Du bist Mit-Eigner der *Skyliners*?«

»Seit ein paar Jahren, ja. Ist eine rentable Investition. Warum?«

Sie schnaubt. »Unfassbar. Du hast das mit keinem Wort erwähnt.«

»Warum sollte ich?«

»Um mich mal zu einem Spiel einzuladen?«

»Wenn ich das gewusst hätte ...«

»Du hast dir doch sonst alles von früher gemerkt, aber

nicht, dass ich ein *Skyliners*-Fan bin?«

Mit einem Schmunzeln gehe ich zu ihr und küsse sie. »Vielleicht habe ich mich ja gerade deswegen dort eingekauft.«

Ihr Mund klappt auf, doch sie bleibt stumm, starrt mich nur an. Dann kneift sie die Augen zusammen. »Wo hast du die Finger noch überall mit drin?«

»Geschäftsgeheimnis.« Noch ein Kuss, dann hole ich die Tassen vom Nachttisch und verlasse das Schlafzimmer.

Ich laufe die Treppen hinunter, kippe den kalten Kaffee weg und spüle die Tassen heiß aus. Stelle eine unter die Ausgabe des Vollautomaten und wähle Cappuccino.

In dem Moment höre ich das Piepen und Entriegeln der Wohnungstür. Drehe mich um und sehe, wie meine Haushälterin eintritt.

Überrascht bleibt sie stehen. »Mr. Ward!«

»Guten Morgen, Abbie.«

»Haben Sie Urlaub? Soll ich Dienstag wiederkommen?«

»Nein, ich arbeite heute im Homeoffice. Wäre gut, wenn Sie dort zuerst sauber machen.«

»Natürlich, kein Problem.« Sie schließt die Tür hinter sich, geht zum Garderobenschrank und kehrt ohne ihren Mantel zurück. »Haben Sie alles fürs Wochenende? Oder soll ich noch etwas für Sie erledigen?«

»Nein, alles in Ordnung, danke.«

»Gut, dann werde ich mal –« Von oben erklingen Schritte und sie dreht sich zum Treppenhaus um.

Piper kommt auf Socken die Treppe hinabgelaufen, in bequeme Hosen sowie das Trikot gekleidet und den Handtuchturban noch auf dem Kopf. Entdeckt Abbie und kommt lächelnd näher. »Guten Morgen.«

»Abbie, das ist Piper Montgomery, meine Freundin. Abbie kümmert sich um meinen Haushalt.«

»Schön, Sie kennenzulernen.« Piper streckt ihr

die Hand entgegen.

»Oh ...« Abbie ergreift und schüttelt sie. »Guten Morgen, Ms. Montgomery.«

Danach schaut sie mich fragend an. »Wohnen Sie jetzt zusammen? Soll ich ab sofort mehr einkaufen?« Ihr Blick gleitet zurück zu Piper. »Und haben Sie irgendwelche Wünsche?«

Die hebt abwehrend die Hände. »Ich bin erst einmal nur bis Sonntag hier.«

»Aber demnächst öfter, hoffe ich.« Ich tausche volle gegen leere Tasse, drücke erneut auf Start und stelle ihr den Cappuccino auf die Kücheninsel. Zusammen mit der Zuckerdose.

»Soll ich Ihnen Frühstück machen? Vielleicht ein Omelett?«

Piper seufzt auf. »Oh, das klingt himmlisch!«

Ich nicke. »Wie früher? Mit allem, was geht?«

Auf ihrem Gesicht breitet sich ein Lächeln aus. »Du sagst es, Ward.«

»Also dann, Abbie. Zwei Omelettes mit allem, was der Kühlschrank hergibt.«

»Wird sofort erledigt. Bitte setzen Sie sich.« Freudestrahlend läuft sie zum Kühlschrank, räumt darin herum und taucht mit einem Arm voll Zutaten wieder auf.

Wir nehmen unseren Kaffee und gehen zum Esstisch hinüber, setzen uns.

Piper trinkt einen Schluck, wirft einen verstohlenen Blick Richtung Küche, aus der rege Geschäftigkeit herüberschallt, und beugt sich vor. »Kommt Abbie auch am Wochenende her?«

»Nein.«

»Gut. Nicht, dass sie uns im Bett erwischt.«

Ich tippe vor den Steg meiner Brille. »Mist! An so etwas habe ich noch gar nicht gedacht. Da kommen wohl ein paar Veränderungen auf mich zu.«

»Stört es dich?«

»Nicht im Geringsten.« Ich strecke den Arm aus, ergreife ihre Hand und sehe ihr in die Augen. »Ich fühle mich, als würde mein Leben jetzt erst wirklich beginnen. Und ich freue mich auf jede Kleinigkeit, die es zu bieten hat.«

*

»Wo willst du überhaupt hin?«

»Zurück in unsere Jugend, wie ich es vorgeschlagen habe.«

Piper runzelt die Stirn, schaut links aus dem Fenster. »Ich weiß nicht einmal, wo wir sind.«

»Du hast zu lange in L.A. gelebt.«

»Und einiges verpasst, ja.«

Das Yellow Cab fährt auf der 10th Avenue Richtung Norden, passiert das *Mount Sinai West* Krankenhaus.

Eilig beuge ich mich vor. »Wir sind da, bitte halten Sie an.«

Der Fahrer setzt den Blinker, fährt in eine Parklücke und nennt mir den Betrag. Ich bezahle per Kreditkarte, reiche ihm ein Trinkgeld und winke Piper nach draußen.

Auf dem Gehweg ergreife ich ihre Hand, führe sie an der nächsten Ecke nach rechts.

Sogleich deutet sie auf den Eingang der *Fordham University* schräg gegenüber. »Hey, Moment mal! Da ist doch unsere Highschool.« Ihre Hand schwenkt nach rechts.

»Ganz genau.«

Sie lacht auf. »Ich war seit dem Abschluss nicht mehr hier.«

»Denkst du, ich?«

Einen halben Block weiter bleiben wir vor dem sechsstöckigen Gebäude stehen, hinter dem überdachten Eingang, und schauen daran empor.

In der ersten Etage wehen brandneue Flaggen mit dem Schulnamen, davor stehen zwei junge Bäume, ansonsten hat sich von außen kein bisschen verändert.

Sie seufzt. »Gott, wie viele Stunden habe ich in den Kursräumen gesessen und von dir geträumt. Vor allem in meinen letzten Jahren, als du schon an der Universität warst.«

»Und ich habe wie ein Wilder studiert, um mein Hirn beschäftigt zu halten. Mich von dir abzulenken.«

»Erzähl doch nicht! Du hast damals schon alles aufgesaugt, was dich interessiert. Ein Wunder, dass da noch Platz für mich war.«

»Du berührst eine vollkommen andere Ebene in mir. Wenn ich an dich denke, dich fühle, ist das ein eigener Wortschatz. Vor allem, seitdem wir zusammen sind.«

»Ach, ja?« Sie zieht sanft an meiner Hand, bis ich sie ansehe. »Aber du redest mit mir wie sonst auch.«

Verlegen stupse ich meine Brille den Nasenrücken hoch. »Das ist nur in meinen Gedanken.«

»Warum? Flüstere mir deine Gedanken doch mal ins Ohr.«

Ich schüttele den Kopf, schaue die Straße hinauf. »Wollen wir weitergehen?«

»Hey.« Sie tritt vor mich, legt die Hand an meine Wange und bringt mich mit sanftem Druck dazu, sie anzusehen. »Das muss dir nicht peinlich sein. Ich *liebe* deine empathische Seite. Jedes Mal, wenn Brooks dich damit aufgezogen oder sich darüber lustig gemacht hat, hätte ich ihm am liebsten die Nase gebrochen.«

»Er war nicht der Einzige.«

»Ich weiß, da gab es schlimmere Typen in eurem Jahrgang.«

Ich nicke.

»Hast du eigentlich noch Kontakt zu einigen von ihnen?«

»Ich nehme gelegentlich an den Ehemaligentreffen teil.«

»Und? Was ist aus ihnen geworden?«

»Das, was ihre kleingeistigen Hirne ihnen erlaubt haben. Nichts Weltbewegendes.«

Auf Pipers Gesicht breitet sich ein höhnisches Lächeln aus. »Sie haben keine Ahnung, was du erreicht hast, oder?«

»Nein.«

»Aber du empfindest eine gewisse Genugtuung bei dem Gedanken, wie weit du sie hinter dir gelassen hast.«

Ich zucke mit den Schultern, schmunzele. »Schuldig.«

»Wag es ja nicht, deswegen ein schlechtes Gewissen zu haben.«

»Niemals.«

»Sehr gut.«

»Und was ist mit den Leuten aus deinem Jahrgang?«

»Erinnerst du dich an April und Lanie? Meine besten Freundinnen?«

»Vage. Habt ihr noch Kontakt?«

»Natürlich! Und sie sind inzwischen verheiratet.«

»Mit wem?«

»Einander.«

Erstaunt hebe ich die Brauen. »Davon habe ich nie etwas mitbekommen.«

»Das hat sich erst während des Studiums entwickelt. Dafür sind sie inzwischen umso glücklicher. Vorletztes Jahr haben sie geheiratet, auf Maui. Es war traumhaft.«

»Und wie hältst du es mit den Ehemaligentreffen?«

»Ich ignoriere sie.«

»Wollen wir beim nächsten Mal zusammen hingehen? Wir wären das perfekte Homecoming-Paar.«

Da wirft sie den Kopf nach hinten und lacht.

»Das wäre definitiv eine Überlegung wert. Allein schon die blöden Gesichter der Weiber, die es vielleicht inzwischen auf dich abgesehen haben.«

»Gesellschaftliche Ereignisse meide ich ebenfalls, größtenteils.«

»Sehr schlau.«

»Nur den Einladungen meiner Mutter muss ich folgen.«

Mein Smartphone vibriert, ich ziehe es aus meiner Gesäßtasche. »Als hätte sie es gehört.«

»Bestell ihr Grüße.«

Kurz kneife ich die Augen zusammen. »Ist es okay, wenn meine Eltern schon von uns wissen?«

»Von mir aus.«

Ich nehme das Gespräch an. »Hey, Mom.«

»*Salut*, mein Junge. Wie geht es dir? Was machst du?«

»Ich bin unterwegs. Wieso, was gibt es denn?«

»Oh, dann will ich nicht weiter stören. Ich wollte nur wissen, ob du nächsten Sonntag zum Abendessen kommst.«

»Tatsächlich bin ich ein paar Tage im Urlaub.«

»Urlaub! Du! Ist bei dir alles in Ordnung?«

Mir entfährt ein Lachen. »Es geht mir bestens, danke.«

»So klingst du auch. Ist etwas passiert? Ein besonderer geschäftlicher Erfolg?«

»Nein, das ist rein privat.«

»*Sacrebleu*! Hast du dich verliebt?«

»Viel besser.«

»Wer ist sie?«

»Wie wäre es, wenn wir nicht Sonntag, sondern Montag zum Abendessen kommen? Dann könnt ihr sie kennenlernen. Oder besser – wiedersehen.«

»Das heißt, wir kennen sie.«

»Ja. Und ich soll euch Grüße ausrichten.« Ich lächle Piper zu, sie erwidert es.

»Nun spann' mich doch nicht dermaßen auf die Folter!«

»Keine Chance, Mom. Wir sehen uns Montag in einer Woche. 18 Uhr?«

»Ja.«

»Gut. Dann grüß Dad von mir. Und habt ein schönes Wochenende.«

»Aber ich —«

»Bye, Mom.« Damit lege ich auf, sperre das Display und schiebe das Telefon zurück an Ort und Stelle.

»Scheiße, bist du gemein.«

»Das ist meine Rache für all ihre Verkuppelungsversuche. So, und jetzt lass uns weitergehen.«

Wir schlendern vorbei an der *St. Paul Church* und weiter Richtung Central Park, doch an einer Ecke dirigiert sie mich ohne Vorwarnung in eine andere Richtung.

»Wohin willst du?«

»Wenn ich mich recht erinnere, war zwei Straßen weiter eine Bäckerei. Dort gab es himmlische Obsttörtchen und Käsekuchen.«

»Sagt mir nichts.«

»Diese Vorliebe habe ich erst im vorletzten Jahr an der Highschool entwickelt, aber es gab sie zu meinem 18. Geburtstag.«

»Daran kann ich mich erinnern, die waren wirklich gut.«

»Sag' ich doch. Übrigens habe ich euch vier damals nur eingeladen, damit *du* dabei bist.«

»Ich hätte dir auch so gratuliert.«

»Per Telefon, oder was?«

»Irgendeinen Vorwand hätte ich bestimmt gefunden, aber ich war froh über die Einladung zur Party. Das war unauffälliger.«

»Stimmt.«

Zwei Blocks weiter halten wir uns rechts, überqueren den Broadway, und sie deutet auf eine Reihe von Fenstern.

»Das müsste sie sein.«

Sobald wir nah genug dran sind, stößt sie einen kleinen Freudenschrei aus und beschleunigt ihre Schritte.

»Oh, mein Gott, es gibt sie wirklich noch.«

Piper zieht mich hin und hinein. Vorbei an einer Selbstbedienungstheke mit Gebäck und einfachen Kuchen bis zur geschlossenen Kühlvitrine voller Torten und Törtchen.

Mit großen Augen steht sie da und starrt auf die Auswahl wie auf den Heiligen Gral. »Mist, ich kann mich nicht entscheiden.«

»Ja, die sehen alle sehr lecker aus.«

»Ach, scheiß drauf.« Sie tritt vor und wartet, bis die Leute vor ihr fertig sind. Dann bestellt sie von allem ein Stück zum Mitnehmen und dazu zwei große Becher Cappuccino.

Mit einer Schachtel und den Bechern in einer Tragepappe verlassen wir die Bäckerei.

»Und was hast du jetzt vor?«

»Wir gehen dorthin, wo ich sie am liebsten gegessen habe.«

Folglich spazieren wir in den Central Park, setzen uns auf die nächste freie Bank, die sogar zum Teil in der Sonne steht, und machen uns über die Leckereien her.

Jeder von uns isst jeweils die Hälfte eines Törtchens, dann wird getauscht und für Käsekuchen sowie Schokoladenmousse-Torte hat man uns zum Glück Einweglöffel in die Schachtel gelegt.

Dazu genießen wir unseren Kaffee, bewerten den jeweiligen Geschmack und schwelgen in Erinnerungen an die Schulzeit. Wobei fast jeder Blick in die Vergangenheit uns weitere Erlebnisse ins Gedächtnis ruft, die wir mental längst aussortiert hatten.

Am Ende lehnen wir uns zurück und seufzen in stillem Einvernehmen. Satt, zufrieden und erfüllt von einer gewissen Melancholie.

Ich schaue sie an. »Auf was hast du jetzt Lust?«

Piper schürzt nachdenklich die Lippen.

Und grinst unvermittelt. »Schaukeln.«

Mir entfährt ein ungläubiges Lachen. »Was?«

Sie springt auf, räumt unseren Abfall zusammen und läuft zum nächsten Mülleimer. Sieht sich nach mir um und winkt mich heran. »Nun komm schon!«

Also stehe ich auf, gehe zu ihr und ergreife ihre ausgestreckte Hand.

Wir schlendern Richtung Zentrum in den Park und erreichen schließlich den *Heckscher Playground*, auf dem reger Betrieb herrscht.

Sogleich dirigiert Piper mich zu den Schaukeln, von denen tatsächlich eine frei ist. Lässt meine Hand los, läuft hinüber und wirft sich förmlich hinein.

»Schubst du mich an?«

»Meinst du, ich kann das?« Ich umrunde das Gestell und positioniere mich hinter ihr.

»Gib dir gefälligst Mühe, Ward.« Sie hebt die Beine und schwingt nach vorn. Winkelt sie an, beugt sich vor und schwingt nach hinten.

Ich gebe ihr einen sanften Stoß.

»Ordentlich, Ward! Was soll denn dein Kind mal von dir denken?«

»Mein Kind? Wie kommst du ausgerechnet darauf?«

Sie schwingt zu mir, ich lege die Hände auf ihren unteren Rücken und gebe ihr Schwung.

»Okay, *unser* Kind. Besser?«

Mein Herz hüpft und in meinem Bauch bricht ein wildes Flattern aus. »Oh ... ja. Vielleicht.«

»Vielleicht?«

»Bisher habe ich mir kaum Gedanken darüber gemacht.«

»Also, ich glaube, ich hätte gern zwei Kinder. Auch wenn ich meinen Bruder manchmal verfluche und er mir oft auf den Sack geht – ich bin froh, dass ich nicht allein bin.«

»Und ich war froh, mit niemandem teilen zu müssen. Vor allem nicht meine Eltern.«

»Ich möchte auf jeden Fall mehr Zeit für meine Kinder haben und trotzdem Musik machen. Auf Festivals oder zu besonderen Events auflegen.«

»Und wir fahren alle mit.«

Unvermittelt senkt sie die Beine und bremst bis zum völligen Stillstand.

Ich runzele die Stirn. »Bist du schon fertig?«

Piper steht auf, dreht sich um und winkt mich zu sich. »Komm her, setz dich.«

»Nein, ich bin zu alt dafür.«

»Keine Widerrede.«

»Was hast du denn vor?« Ich gehe zu ihr und nehme auf dem u-förmigen Gummisitz Platz, ohne den Blick zu unterbrechen.

»Ich setze mich zu dir.« Sie tritt dicht vor mich, packt die Ketten und zieht sich hoch. Schiebt ihre Beine zu beiden Seiten an meinen Hüften vorbei und sinkt rittlings auf meinen Schoß.

Automatisch schlinge ich die Arme um sie und halte mit den Beinen die Balance, schwinge leicht vor und zurück.

Nachdenklich streicht sie mir durchs Haar. »Sei ehrlich, Ward. Wie denkst du über eine gemeinsame Zukunft?«

»Tatsächlich habe ich neulich darüber nachgedacht, wie wir deine DJ-Karriere und meine Firma unter einen Hut bekommen. Ich möchte dich auf jeden Fall so oft wie möglich begleiten, die meiste Arbeit kann ich online erledigen.«

»Du würdest dich wirklich nach mir richten?«
»Natürlich. Warum denn nicht?«
»Weil das die wenigsten Männer tun wollen. Da müsste stattdessen ich alles aufgeben, um die Beziehung zu retten.«
»Ich bin kein Macho, Pi, das weißt du.«
»Ja.«
»Jeder Mensch hat dasselbe Recht auf Selbstverwirklichung und es gibt immer eine Lösung, wenn man nur will. Und was eine gute Beziehung ausmacht, habe ich schon bei meinen Eltern gesehen. Ich will, dass du glücklich bist, denn dann bin ich es auch. Wenn das bedeutet, dass wir mit den Kindern zu Festivals reisen, okay. Sie können nur davon profitieren. Und wir auch. Wir gestalten unser Leben, wie wir es uns wünschen. Alles andere spielt keine Rolle.«
»Nicht einmal das Geld?«
Ich seufze. »Ach, Piper, ich besitze Milliarden. Wenn ich sie nicht für dich, uns oder unsere Familie ausgebe, wofür dann?«
Ihre Augen weiten sich. »Wow, das ...« Perplex schüttelt sie den Kopf. »Du machst mich fertig.«
»Warum?«
»Na ja. Du redest von uns und unserer Familie, als ob es bereits Realität wäre. Und dann haust du mir mal eben deinen Kontostand um die Ohren.«
»Sorry, falls ich dich damit überfahren habe.«
»Nein, das ... ist schon okay. Es ist nur unglaublich, wie normal sich alles anfühlt. Die Nähe, das Vertrauen zwischen uns. Die Sicherheit unserer Gefühle.«
»Genau das ist ein wichtiger Punkt. Ich weiß, dass du mich wirklich liebst. Meiner selbst willen, nicht weil ich Geld und einen gewissen gesellschaftlichen Status mitbringe.«

»Ja, das tue ich.«

»Und ich liebe dich, weil du genau so bist, wie du bist. Wild, stark, dickköpfig. Auf deine Träume fokussiert. Du folgst deinem Herzen, das ist das Wichtigste.«

»Tust du das denn auch?«

»Ja, schon immer. Und damit habe ich meine Eltern bereits einige Male in die Verzweiflung getrieben. Obwohl sie es waren, die mich ständig dazu ermutigt haben.«

Ich halte in der Schaukelbewegung inne, ziehe sie eng an mich. »Deswegen gab es nie eine andere Frau außer dir. Nichts Ernsthaftes, so oft ich es auch versucht habe. Der Platz in meinem Herzen hat immer dir gehört und das wird sich niemals ändern.«

Unvermittelt schwimmen ihre graublauen Augen in Tränen. »Und du sagst, Reden ist nicht deine Stärke?« Sie legt die Hände um mein Gesicht. »Ach, Kayden, du bist perfekt, das habe ich damals schon gewusst. Mit dir konnte es niemand aufnehmen. Egal, wie sehr sie mein Herz erobern wollten. Weil du bereits dort warst. Und das wird sich genauso wenig ändern.«

Sie beugt sich zu mir, küsst mich und schlingt die Arme um meinen Hals.

Und ich presse sie an mich, erwidere den Kuss voller Zärtlichkeit.

Bis sich dicht neben uns jemand räuspert.

Wir fahren auseinander, schauen in die entsprechende Richtung.

Dort steht ein Mann, ein vielleicht sechsjähriges Kind an der Hand, und beide starren uns angeekelt an. »Wir sind hier auf einem Spielplatz, können Sie das nicht zu Hause machen? Das ist abstoßend! Und ein schlechtes Vorbild für die Kinder.«

Da mir keine passende Antwort einfällt, sehe ich Piper an, die ähnlich ratlos wirkt.

»Lass uns abhauen«, flüstert sie, greift nach oben und zieht sich an den Ketten hoch.

Sobald sie vor mir steht, erhebe ich mich und ergreife ihre Hand.

Wir laufen los, halten aber in sicherem Abstand an und sehen uns noch einmal nach dem Mann um.

Dann schauen wir uns an und brechen in Gelächter aus.

*

Ein Klopfen an meiner offen stehenden Bürotür reißt mich aus der Konzentration. »Kayden? Hast du eine Minute?«

Ich blinzele, sehe über die Monitore hinweg zur Tür. Dort steht Kevin, mein Vertriebsleiter, und er wirkt nicht glücklich.

»Natürlich.« Ich runzele die Stirn, stehe auf und laufe zum Besprechungstisch. »Bitte, setz dich.«

Wir nehmen über Eck Platz und ich drehe den Stuhl in seine Richtung.

»Okay, schieß los.«

Einen Moment druckst er herum, atmet dann aber tief durch und strafft die Schultern. »Bitte entschuldige, aber ich weiß nicht genau, wo und wie ich anfangen soll. Es ist eine ungewohnte Situation.«

»Sprich es einfach aus.«

»Also ... ich habe vorhin mit einem meiner wichtigsten Kunden telefoniert. Der wollte wissen, welche Trends es aktuell im Investmentbereich gibt, er wolle mal etwas Nachhaltiges ausprobieren, auch wenn es sein Geld länger bindet. Also meinte ich, ich würde mich dahingehend informieren, mit dir beraten und ihm anschließend eine Übersicht zusammenstellen.«

Ich nicke. »Ja, und?«

»Er hat gelacht und gefragt, ob du überhaupt den Kopf für solche Themen frei hättest. Es seien neuerdings Gerüchte im Umlauf.«

»Über mich?«

»Ja.«

»Und welche?«

»Das habe ich ihn auch gefragt. Die sollen privater Natur sein.«

Sofort denke ich an Piper und mir wird heiß.

»Worum geht es genau?«

»Mein Kunde hat selbst nur vage Hinweise gehört, nichts Genaues, aber man redet über dich. Nicht gerade angenehm.«

»Verdammt.«

»Genau.«

»Hat er durchblicken lassen, dass ihn das stört?«

»Nein. Er meinte, ihm sei die öffentliche Meinung herzlich egal. Hauptsache, er muss nicht irgendwann aus den sozialen Medien erfahren, dass wir unseren Job nur noch unzureichend erledigen und die Anleger wegen uns ihr Geld verlieren. Aber einige andere Kunden könnten das negativ auffassen.«

»Okay. Danke, dass du mich informiert hast. Bitte sprich mit deinen Leuten und sensibilisiere sie für das Thema. Und sobald es weiterführende Informationen gibt, melde dich. Ich kümmere mich derweil von anderer Seite darum.«

»Alles klar.« Kevin erhebt sich und verlässt mein Büro.

Ich kehre an den Schreibtisch zurück, nehme mein Smartphone. Entsperre das Display und scrolle, bis ich den entsprechenden Namen gefunden habe.

Nach vier Freizeichen meldet er sich wie immer mit einem knappen »Jap!«

»Ich brauche deine Hilfe.«
»Was gibts?«
Ich schildere ihm die Situation.
»Okay, ich melde mich.«

Dann ist das Gespräch schon wieder unterbrochen und ich lege das Telefon weg.

Gehe zum Fenster neben meinem Schreibtisch, verschränke die Arme vor der Brust und starre hinaus.

Wer auch immer versucht, mir zu schaden, hätte sich keinen besseren Zeitpunkt aussuchen können. Denn jetzt muss ich nicht mehr nur mein Unternehmen und mich schützen, sondern auch Piper.

Und unser Geheimnis.

Kapitel 9 – Piper

Am Mittwoch fliegen wir in Kaydens Jet nach Puerto Rico und quartieren uns für drei Tage im besten Hotel ein, das in der Nähe des *El-Yunque*-Waldgebietes zu bekommen ist.

Ich bin froh, dass er mich gleich Montagabend über die Gerüchte informiert hat. Allerdings gibt es bis zum Abflug keine Neuigkeiten und ich kann ihn davon überzeugen, dass wir diese Sache erst einmal ignorieren sollten. Damit sie uns nicht den wertvollen Urlaub versaut.

Und ja, es gelingt mir, seine gesamte Aufmerksamkeit auf mich zu konzentrieren.

Wodurch er sich merklich entspannt und mit mir bis ins letzte Detail genießt, dass es für kurze Zeit nur uns beide gibt. Kein Wort von unseren Jobs, Freunden oder Familien.

Freitagvormittag fahren wir mit einem Leihwagen mitten in den Regenwald. Das nationale Naturschutzgebiet, das bekannt ist für seltene Bäume und Vögel sowie den Wasserfall *La Mina*. Dort treffen wir auf ein Produktionsteam, das meine Agentur gebucht hat. Leider sprechen sie nur Spanisch, aber das ist kein Problem. Die beiden Fremdsprachen habe ich auch an der Universität weitergeführt und seither regelmäßig gebraucht.

Zusammen laufen wir über einen anspruchsvollen Trail zu der Brücke mit dem besten Ausblick auf das Naturschauspiel. Dort baut das Team die Technik nach meinen Wünschen auf, sodass ich den Wasserfall im Rücken habe. Dazu zwei Monitorboxen, je eine feste und mobile Kamera sowie eine Kameradrohne.

Sobald alles startklar ist, machen wir eine Trinkpause, besprechen den Ablauf und schon geht es los.

Kayden zieht sich an ein Ende der Brücke zurück, lehnt sich an einen der Pfosten und schaut mir bei der Arbeit zu. Womit er mein Glücksgefühl mal wieder so sehr befeuert, dass mein Mund sich zu einem Dauerlächeln verzieht.

Wirklich erstaunlich, welche Auswirkungen seine Anwesenheit hat.

Das Set dauert etwa eine Stunde, dann wird alles wieder eingepackt und nach einer weiteren Trinkpause laufen wir zu den Fahrzeugen.

Zurück im Hotel packen wir unsere Sachen und fliegen nach Saint Martin, wo ich am nächsten Tag beim *SXM Festival* auflegen werde. Im Herzen der Veranstaltung, der Happy Bay.

Für den Aufenthalt bis Montag hat er eine Suite in einem nahegelegenen Luxus Resort gebucht und wir lassen den ersten Abend bei einem Essen auf der privaten Terrasse ausklingen.

Am Ende sitzen wir bei gedimmter Beleuchtung da, lauschen den Geräuschen der Nacht und dem leisen Wellenrauschen des privaten Sandstrandes ganz in der Nähe.

So herrlich entspannt war ich schon lange nicht mehr und ich erwische mich immer wieder dabei, dass ich Kayden beobachte, während wir vermutlich jeder den eigenen Gedanken nachhängen.

Unvermittelt streckt er über den Tisch die Hand nach mir aus. »Weißt du eigentlich, wie stolz ich auf dich bin?«

Mein Mund verzieht sich zu einem Lächeln. »Ach, ja? Worauf genau?«

»Zum einen darauf, dass du unbeirrt deinen Traum verfolgt und verwirklicht hast. Trotz anfänglicher Rückschläge.«

»Aufgeben war noch nie eine Option, oder?«

»Nein.« Er lächelt. »Und das sehe ich jedes Mal, wenn du auflegst. Egal, ob in einem Club, bei einem Festival oder in deinen Videos. Du sprühst vor Leidenschaft und Energie, weil du die Musik und deinen Job liebst. Und ich glaube, die Summe dieser Punkte macht dich so erfolgreich.«

Ich nicke. »Und die harte Arbeit, nicht zu vergessen. Ohne die kommt niemand weit.«

»Stimmt.«

»Deswegen haben wir uns diese Auszeit auch reichlich verdient.«

»Ja.«

»Dann sollten wir sie auch feiern und ausnutzen.«

»Und wofür?«

»Für alles, was uns Spaß macht.« Ich löse meine Hand aus seiner, stehe auf und streife die Träger meines Kleides ab. Öffne den Reißverschluss, lasse es zu Boden gleiten und steige hinaus. Dann lege ich es über meinen Stuhl, entledige mich der Unterwäsche sowie Schuhe und deute zu unserem privaten Pool.

»Wie wär's mit einer Abkühlung, Ward?«

Sein hungriger Blick gleitet über meinen Körper, hinauf zu meinen Augen. »Gute Idee.«

Er steht auf, streift Schuhe sowie Kleidung ab, legt die Brille auf den Tisch.

Ich nutze die Zeit und steige in den Pool. Sobald mein Blick auf seinen halbsteifen Schwanz fällt, breitet sich ein Prickeln in meinem Unterleib aus und ich lecke mir voller Vorfreude über die Lippen.

Wie ein griechischer Gott läuft er die Stufen ins Wasser hinunter, das ihm nur bis unter die Brust reicht. Kommt auf mich zu und ich weiche bis zum nächsten Beckenrand zurück.

Dort schlinge ich ihm die Arme um den Hals und ziehe ihn für einen leidenschaftlichen Kuss zu mir herab. Umspiele seine Zunge, sauge daran, knabbere an seiner Unterlippe.

Kaydens Hände streichen über meine Seiten hinauf und unterziehen meine harten Nippel der denkbar heißesten Folter. Von da aus schießen erregende Blitze in meinen Unterleib, setzen sämtliche Nervenenden unter Strom.

Das Verlangen nach ihm senkt sich schwer in meinen Schoß, bündelt sich in meiner Klit und lässt sie heftig pochen.

»Berühr mich«, flüstere ich und küsse ihn tiefer. Schlinge ein Bein um seine Hüfte, um es ihm zu erleichtern.

Er umfasst mein Knie, streicht höher, zu meinem Hintern und darüber.

Mit jedem Stück pulsiert es kräftiger in meinem Schoß und ich dränge mich enger an ihn, fiebere seinem Finger entgegen.

Dann erreicht er endlich den Eingang zu meiner Pussy, umkreist sie, dringt nur mit der Spitze in mich ein. Zieht sich zurück und gleitet weiter. Umkreist meine empfindliche Perle, reibt mich tiefer, dringt ein Stückchen in mich ein und wiederholt das Ganze.

Frustriert stöhne ich auf, will mehr von ihm spüren.

Und er bringt seinen Mund an mein Ohr. »Warum so ungeduldig, meine Schöne?«

»Weil ich dich will.« Sanft kratze ich über seine Schultern.

Da legt er einen Arm um meine Taille, hebt mich höher.

Automatisch schlinge ich auch das andere Bein um ihn.

Er zieht die Hand von meinem Schoß zurück, schiebt sie unter meinem Bein hindurch und wieder zu meinem

Lustzentrum. Reibt und fingert mich im gleichen Rhythmus, wie seine Zunge mit meiner tanzt.

Gott, ist das gut.

»Gib mir mehr!« Ich klammere mich an seinen Nacken, presse die Brüste gegen seine Muskeln.

Schon dringt er mit zwei Fingern in mich ein, reibt mich von innen. Nimmt den Daumen an meiner Klit dazu, steigert Tempo und Intensität. Bis er mich fickt.

Ich stöhne in seinen Mund, kralle mich an ihn und gebe mich der Lust hin, die er in mir anheizt. Nicht lange, und alles in mir schwillt an, schießt das süße Ziehen in meinen Körper. Dann halte ich die Luft an und explodiere mit einem heiseren Schrei, direkt an seinem Mund.

Kayden stöhnt erregt, küsst mich. Zieht die Finger aus meiner Pussy und umfängt auch mit dem Arm meine Taille. Dann presst er mich an sich und schiebt sich Richtung Treppe.

Die Bewegungen verursachen eine köstliche Reibung an meiner noch sensiblen Klit, die meine Erregung hochhält. Vor der Terrassentür lässt er mich runter, greift sich ein Handtuch aus dem Korb und rubbelt meinen Körper trocken. Anschließend trocknet er auch sich selbst ab, während ich schon wieder an seinem Hals hänge und ihn küsse.

Am Ende öffnet er die Tür, dirigiert mich hinein und schließt sie wieder. Stolpert küssend mit mir zum Bett, schubst mich sanft darauf und greift nach seiner Brieftasche, die auf dem Nachttisch liegt.

Ungeduldig sehe ich ihm dabei zu, wie er ein Kondom herausholt, das Folienpäckchen aufreißt und sich das Gummi überstreift.

Endlich!

Ich spreize die Beine, strecke ihm die Arme entgegen.

Doch er schüttelt den Kopf, packt meine Knöchel und

streckt meine Beine aus. Packt meine Knie, dreht mich auf den Bauch und kniet sich über mich.

Schon gräbt er die Finger in meinen Hintern, knetet ihn. Streicht mit den Daumen über meine Pussy und tiefer, bis ich aufstöhne und die Hüften hebe.

Er bringt seinen Schwanz in Position und dringt ohne Umschweife in mich ein. Beugt sie vor, stützt sich neben meinen Schultern ab und fickt mich.

Ich schließe die Augen. »Mmh, ja!«

Er spielt mit dem Tempo, beugt sich herab und küsst meine Schultern oder beißt sanft in meinen Nacken. Nur, um sich danach aufzurichten und umso kraftvoller in mich zu stoßen.

Fuck, wie ich es liebe, wenn er sich voll und ganz der Leidenschaft hingibt.

Stöhnend kralle ich die Finger in die Bettdecke, stemme ihm den Hintern entgegen.

Mehr Aufforderung braucht er nicht, um mich schnell und hart zu ficken.

Und ich heiße das Prickeln willkommen, das meinen Orgasmus ankündigt. Das Ziehen und Anschwellen. Die stetig steigende Lust.

Er stützt sich neben mir auf den linken Ellbogen, ergreift meine Brust. Die andere wandert unter meinen Bauch und zu meinem Schoß.

Zielsicher findet er meine Klit, reibt sie in festen Kreisen.

Vergräbt die Nase in meinem Haar, presst den offenen Mund an meinen Nacken und sein heißer Atem auf meiner Haut jagt mir einen Schauer über den Rücken.

Ich rase dem Höhepunkt entgegen, wimmere, keuche.

Und explodiere.

Wenige Stöße folgt er mir mit einem kehligen Stöhnen. Presst sein Becken gegen meinen Hintern, pulsiert in mir.

Fickt und reibt mich weiter, schenkt mir einen weiteren Orgasmus und sinkt schließlich halb auf mich.

Kayden löst die rechte Hand von mir, verschlingt die Finger mit meinen und bedeckt meine Haut mit zärtlichen Küssen.

Wir kommen zur Ruhe und ich genieße sein Gewicht auf mir, die Geborgenheit seiner Arme.

Da lacht er leise und drückt erneut die Lippen auf meinen Nacken. »Ich dachte, wir wollten uns abkühlen.«

Ich grinse. »Ups.«

»Wir können ja noch einmal in den Pool springen.«

»Für die zweite Runde? Ich bin dabei.«

»Gib mir eine halbe Stunde.«

»Okay. Ist noch Champagner übrig?«

*

»Ziehst du nachher noch einmal das rote Kleid von unserem Valentins-Date an?«

Überrascht wende ich den Blick vom Flugzeugfenster ab, schaue ihn an und hebe eine Braue. »Ich glaube kaum, dass es die richtige Wahl für ein Abendessen bei deinen Eltern ist.«

»Zu gewagt?«

»Definitiv.«

»Schade. Ich hätte dich zu gern anschließend vernascht.«

Ich lache auf. »Wir werden eine andere Gelegenheit dafür finden. Versprochen.«

»Okay.«

»Aber da wir gerade davon reden – ist das eine hochoffizielle Sache? Muss ich im Abendkleid erscheinen?«

»Um Himmels willen! Zieh an, worauf du Lust hast und worin du dich wohlfühlst.«

»Du gehst wie immer in Jeans und Shirt?«

Da lächelt er schuldbewusst. »Für meine Eltern nehme ich ausnahmsweise ein Hemd.«

»Gut. Ich bin wirklich auf ihre Gesichter gespannt.«

»Und ich erst.« Er hebt unsere ineinander verschlungenen Hände an den Mund und küsst meinen Handrücken. »Übrigens kann ich erst am Freitagabend nach Atlanta nachkommen, der Termin ließ sich nicht verschieben.«

»Kein Problem. Und aus New Orleans fliegen wir direkt zurück?«

»Ja, tut mir leid. Wenn ich schon wieder nicht zum Brunch auftauche, werden sie garantiert misstrauisch.«

Ich zucke mit den Schultern. »Schon okay. Wenn wir nächste Woche nach Europa fliegen, haben wir ja wieder ein paar Tage für uns.«

»Eigentlich zu wenig.«

»Wie sieht es denn mit dem *Coachella Festival* aus?«

»Ich warte noch auf eine Rückmeldung. Wenn mein Klient der Verschiebung zustimmt, kann ich direkt zum ersten Wochenende mitfliegen, aber zwischendurch muss ich arbeiten.«

»Darin haben wir bereits Übung, kein Problem.«

»Ich liebe es, wie unkompliziert es mit dir ist.«

»Wir leben nur das, was du letzte Woche auf der Schaukel erwähnt hast. Es gibt immer eine Lösung, wenn man will. Und wo ist das Problem, seine Tagesabläufe ein wenig aufeinander abzustimmen?«

»Welch ein Glück, dass wir da beide flexibel sind.«

»Nicht wahr? Stell dir nur vor, ich hätte starre Arbeitszeiten in einem Unternehmen.« Ich schüttele mich.

Kayden lacht auf. »Du? Niemals!«

»Genau.«

Vom *Teterboro Airport* bringt er mich mit der Limousine

nach Hause, verabschiedet sich mit einem Kuss und will in gut drei Stunden wieder da sein.

Okay. Das ist genug Zeit, um nervös zu werden.

Ich packe meinen Koffer aus, sortiere die getragene Kleidung für Wäscherei sowie Waschmaschine und reiße anschließend die Schiebetüren meines begehbaren Kleiderschranks auf.

Scheiße, was soll ich anziehen?

Immerhin stellt Kayden mich heute offiziell seinen Eltern vor, nach nur vier Wochen.

Und ich wünschte, ich könnte dasselbe mit ihm und meinen Eltern tun.

Mein Magen verkrampft sich, doch ich schiebe das eilig beiseite.

Heute geht es nicht um Brooks oder meine Familie, sondern um Kayden.

Also sehe ich die Kleidung durch, die dem Anlass entspricht, und wähle eine silbergraue Stoffhose. Dazu ein farblich passendes Satintop und als krönenden Abschluss einen blau-bunten Blazer mit Schalkragen und ausgestelltem Saum, der als moderne Kunst durchgehen könnte.

Nach der Dusche schlüpfe ich in meinen Bademantel und setze mich an den Tisch im Wintergarten, um meine Fingernägel farblich anzupassen.

Gegen die steigende Nervosität gönne ich mir einen Wodka-Cranberry, dann Cappuccino und Schokolade. Doch am Ende stehe ich mit offenem Trenchcoat und hibbelig auf dem Gehweg, weil ich es kaum erwarten kann.

Überpünktlich hält der Wagen schließlich vor mir an, ich springe schnell hinein und weiter gehts zur Upper East Side.

Kayden lässt die Trennscheibe zum Fahrer hochgleiten und drückt mir einen sanften Kuss auf die Lippen. »Du siehst bezaubernd aus.«

»Meinst du wirklich, das Outfit ist angemessen?«

»Mach dir keinen Kopf, es ist nur ein Abendessen.«

»Herrgott, Ward, sei doch nicht so cool! Du stellst mich deinen Eltern vor.«

Da lacht er auf. »Ich bin genauso nervös, glaub mir.«

»Wie beruhigend. Wissen sie von deinen Gefühlen für mich?«

»So weit ich mich erinnern kann, habe ich ihnen nie davon erzählt. Obwohl meine Mutter mich oft genug mit Fragen gelöchert hat, wann ich denn endlich mal eine nette Frau kennenlerne.«

»Oh, Mann, da sind unsere Eltern wohl alle gleich.«

»Mom hat verschiedentlich gemeint, ich wirke einsam. Und Dad hat mich sogar mal zu einem Männergespräch gebeten, nach dem Studium. Ob ich vielleicht körperliche Probleme hätte oder homosexuell sei. Mich nicht trauen würde, mit ihnen zu sprechen.«

»Und was hast du ihnen dann geantwortet?«

»Dass alles in Ordnung sei, es aber bisher keine Frau wert gewesen wäre, sie ihnen vorzustellen. Vermutlich haben sie mich inzwischen als extrem wählerisch abgestempelt.«

»Oder dass du besondere Neigungen hast, die jede Frau irgendwann verjagen.«

»Apropos Neigungen ...«

Ich hebe eine Braue. »Ja?«

»Ich musste vorhin ein bisschen Zeit totschlagen und habe in New Orleans eine Erotik-Boutique entdeckt. Den Bildern nach zu urteilen ein Geschäft ohne dieses kalte Supermarktflair.«

»Aha?« Auf meinen Lippen breitet sich ein Schmunzeln aus. »Und in New York gibt es so etwas nicht?«

»Bisher habe ich nichts Niveauvolles gefunden, aber so genau habe ich mich noch nicht damit beschäftigt.«

»Okay, dann schauen wir uns den Laden am Samstag mal an. Und ich frage April, wo sie und Lanie hingehen.«

Er lacht leise. »Himmel, wer hätte gedacht, dass ich mich jemals mit dir über Sex Shops und Toys unterhalten würde.«

»Hey, über Toys haben wir noch kein einziges Wort verloren.«

»Und jetzt ist leider auch der falsche Zeitpunkt dafür.«

»Ja, zu schade. Aber ich finde es gut, dass du dem offen gegenüberstehst. Brooks würde vermutlich abfällig mit den Händen wedeln, weil ein richtiger Mann so etwas nicht nötig hat.«

»Seiner Meinung nach ist es für eine Frau auch das höchste der Gefühle, mit einem Rockstar ins Bett zu gehen. Allein deshalb muss sie schon einen Orgasmus haben.«

Ich pruste los. »Oh, jetzt reden wir sogar über Orgasmen.«

»Obwohl ich sie viel lieber mit dir erlebe.«

»Oh, und ich erst.« Lächelnd beuge ich mich zu ihm, lege die Hand an seinen Hinterkopf und ziehe ihn für einen Kuss zu mir.

In dem Lautsprecher zwischen den Vordersitzen knackt es. »Wir sind gleich da, Sir.«

Kayden knurrt leise, vertieft den Kuss aber noch einmal, hebt schließlich den Kopf. »Was haben diese Limousinen nur an sich, dass wir am Ende knutschen und es abbrechen müssen?«

»Zumindest eine anregende Wirkung. Vielleicht sollten wir uns mal eine ohne Fahrer mieten, damit wir ungestört darin rummachen können.«

»Klingt heiß.« Noch ein Kuss. »Sollten wir auf jeden Fall ausprobieren.«

Der Fahrer drosselt das Tempo, biegt ab und hält kurz

darauf am Straßenrand. Die Trennscheibe gleitet nach unten, er dreht sich zu uns um. »Soll ich Sie wieder abholen, Sir?«

Kayden schüttelt den Kopf. »Danke, aber wir wissen noch nicht, wie lange es dauert. Haben Sie einen schönen Feierabend.«

»Danke, Mr. Ward, Ihnen auch.«

Wir steigen aus, treffen uns auf dem Gehweg.

»Bereit?« Er hält mir seine Hand hin.

»Klar.« Ich ergreife sie, laufe mit ihm die Stufen zur Eingangstür hinauf und er drückt auf den Klingelknopf.

Neugierig schaue ich mich um. »Bist du hier aufgewachsen? Ich kann mich nur an die Einrichtung erinnern, aber an kein Gebäude dazu.«

»Ja, bin ich. Und ich glaube, du warst nur wenige Male hier, als Brooks noch auf dich aufpassen und dich mitbringen musste.« Er lächelt breit. »Da fandest du Jungs doof und hast uns mit deinem Mädchenkram genervt.«

»Du hast mein vollstes Mitgefühl. Nicht.«

Wir grinsen uns an, da öffnet sich die Tür und vor uns steht seine Mutter. So hübsch und mit französischem Chic, wie ich es immer in Erinnerung hatte.

»Kayden, da bist du ja.« Ihr Blick wandert zu mir und sie neigt den Kopf zur Seite, kneift kurz die Augen zusammen. »Mein Sohn sagte, wir kennen uns bereits, aber ich bin mir nicht sicher ...«

»Guten Abend, Mrs. Ward. Ich glaube, unser letztes Treffen war vor über zwanzig Jahren. Ich bin Piper Montgomery.« Ich strecke ihr die Hand entgegen.

»Natürlich! Brooks' Schwester.« Sie schüttelt meine Hand.

»Genau.«

Unvermittelt öffnet sie den Mund, schaut Kayden an. »Wie hast du es letzte Woche formuliert? Es ist besser als Verliebtsein?«

Er lacht leise. »Könnten wir bitte erst einmal hereinkommen?«

»*Pardon*, natürlich.« Sie macht einen Schritt zur Seite, winkt uns herein und ich schaue mich um.

Wow, schon das elegant-moderne Foyer trägt ihren unvergleichlichen Stil.

Dann schließt sie die Tür, kommt zu uns. »*Mon Dieu*, jetzt verstehe ich!«

Überrascht sehe ich von ihr zu Kayden.

Der runzelt die Stirn. »Was meinst du?«

»Seit deinem Studium hatte ich immer wieder mal das Gefühl, dass du unglücklich verliebt bist. Du hast zwar bisweilen von einer Freundin oder Bekannten gesprochen, aber nie von etwas Ernsthaftem. Weil du immer Piper geliebt hast, *n'est-ce pas*? Außerdem hast du in all den Jahren oft von ihr und ihrem Werdegang erzählt.« Sie deutet mit dem Finger auf ihn. »Getarnt mit Informationen zu deinen drei Freunden.«

»War es wirklich so offensichtlich?« Er tippt gegen seinen Brillensteg.

»Nein. Aber jetzt fügt sich alles zusammen.« Sie lächelt mich an, breitet die Arme aus. »Herzlich willkommen in der Familie, liebe Piper. Ich bin Désirée.«

Überrascht lasse ich Kaydens Hand los, erwidere die Umarmung. »Das ist aber lieb, danke.«

Als sie sich von mir löst, schwimmen ihre Augen in Tränen. »Ach, ich freue mich ja so.« Ihren Sohn zieht sie ebenfalls in die Arme. »Endlich bist du glücklich.«

Ich beiße mir auf die Lippe, betrachte die beiden gerührt.

Mit einem zittrigen Seufzer tritt sie zurück. »Kommt, das müssen wir sofort Chris erzählen.«

»Einen Moment.«

Kayden wendet sich mir zu. »Gib mir deinen Mantel.«

Er hilft mir hinaus und hängt ihn an die Garderobe, seiner folgt.

Désirée betrachtet mich lächelnd. »*Très chic*, du hast Geschmack.«

»Oh, danke.«

Ihrem Sohn wirft sie einen herausfordernden Blick zu. »Wie kommst du mit so viel Farbe klar?«

Ich lache, doch er hebt nur die Brauen.

»Bestens.«

Mit einem Kopfschütteln dreht sie sich um und geht voran.

Wir folgen ihr Hand in Hand in den Essbereich, weiter ins Wohnzimmer.

»Chris, *mon chéri*, sieh nur, wen Kayden mitgebracht hat.«

Sein Vater, der mich vom Gesicht und der Frisur her noch immer an Don Johnson erinnert, legt einen aufgeschlagenen Bildband auf den extravaganten Glastisch, erhebt sich aus dem weißen Sessel und tritt uns entgegen. Sieht auf unsere Hände und von mir zu Kayden. »Hat deine Mutter das etwa wirklich ernst gemeint? Du hast eine Freundin?«

»Ja, Dad.«

Désirée legt ihm eine Hand auf den Arm. »Aber nicht irgendeine.« Sogleich erzählt sie ihm, wer ich bin und was dahintersteckt.

Auf seinem Gesicht breitet sich ein faltenreiches Lächeln aus. »Wer hätte das gedacht! Die kleine Piper hat unserem Sohn das Herz gestohlen.«

»Da war sie bereits 18, Dad.«

»Und er hat mir meins geklaut«, ergänze ich mit einem Augenzwinkern.

»Dann war es Schicksal. Ich freue mich sehr für euch.«

Auch er zieht mich in eine herzliche Umarmung, die ich erwidere.

»Danke.«

»Und nenn mich bitte Chris, ich hasse Christian.«

»Gern.«

Er strahlt seine Frau an. »Honey, ruf Patricia an, sie soll eine Flasche Champagner hochbringen. Das muss gefeiert werden.«

»Aber ja!« Sie eilt zum Haustelefon.

»Setzt euch.« Chris deutet auf die Couch, die quer vor dem Fenster steht. »Der Bart steht dir übrigens hervorragend.«

»Danke, Dad.«

Wir gehen hinüber, sinken in die indigoblauen Polster und ich schlage die Beine übereinander. Kaydens Eltern nehmen rechts und links in den Sesseln Platz, wenden sich uns zu und Désirée rutscht bis zur Sitzkante vor.

»Also. Wie lange seid ihr schon zusammen? Und wie ist es überhaupt dazu gekommen?«

Abwechselnd schildern wir unsere Geschichte, stoßen zwischendurch mit ihnen an und am Ende erklingt von ihr ein fassungsloses Schnauben.

»Unglaublich, dass River dich ermutigt hat, diese Frau mitzunehmen, obwohl er von deinen Gefühlen für Piper wusste.«

Kayden und ich wechseln einen ernsten Blick, ich nicke.

Woraufhin er sich räuspert. »Das hat einen bestimmten Grund.«

»Und welchen?«

»Habe ich mal erwähnt, dass Brooks uns dreien mit Prügeln gedroht hat, falls jemand von uns je seine Schwester anfasst?«

Sein Vater schüttelt den Kopf, seine Mutter runzelt die

Stirn. »Ich glaube, nicht. Warum?«

»Letztes Jahr, bei Hudsons Hochzeit, hat mein Bruder leider noch immer dieselben Ansichten durchblicken lassen. Und Summer konnte diesbezüglich anscheinend auch noch keinen positiven Einfluss ausüben.«

»Und weil ich, wie du sagtest, unglücklich gewirkt habe, hat River angeregt, mir Piper aus dem Kopf zu schlagen. Mich endlich wieder mit anderen Frauen zu treffen. Wo das hingeführt hat, seht ihr ja.« Mit einem zärtlichen Lächeln ergreift er meine Hand.

»Deswegen ist die Situation ein wenig ... kompliziert.« Ich lächele schief, schaue Hilfe suchend zu Kayden.

Er sieht seine Eltern an. »Kurz gesagt haben wir eine dringende Bitte an euch. Natürlich werden wir ihm und den anderen sagen, dass wir zusammen sind. Zu einem geeigneten Zeitpunkt, ganz in Ruhe. Aber bis dahin müsst ihr es für euch behalten.«

»Auch gegenüber meinen Eltern, falls ihr sie bis dahin treffen solltet.«

Chris streicht sich nachdenklich über den Mund. »Ist das der richtige Weg? Wäre es nicht sinnvoller, eure Beziehung schnellstens offiziell zu machen?«

»Ich werde das nicht zwischen Tür und Angel verkünden, Dad. Oder bei unserem Sonntagsbrunch. Es wird emotional und laut werden, typisch Brooks. Dafür wollen wir die richtige Situation schaffen, einen geschützten Raum. Mit meinen Freunden und ihren Frauen, einer möglichst beruhigenden Wirkung. Und das ist erst ab Ende April möglich.«

Désirée stößt die Luft aus. »Du meine Güte! Meinst du wirklich, er macht euch schlimmen Ärger? Das ist doch vollkommen idiotisch.«

Ich schnaube. »Ja, ist es. So wie mein lieber Bruder nun einmal ist, was das angeht. Leider.«

»Können Bethany und George denn nicht beschwichtigend auf ihn einwirken?«

»Nein, da sind sie genauso machtlos.«

»Ihr könnt sie trotzdem dahingehend einweihen.«

»Ich befürchte, sie würden darauf bestehen, es ihm sofort zu sagen.«

»In eurer Haut möchte ich nicht stecken.« Chris schüttelt den Kopf, leert sein Glas und stellt es auf den Tisch.

Seine Frau reckt das Kinn. »Vielleicht sollte ich mir den Burschen mal vorknöpfen. Im Gegensatz zu ihm ist Kayden Anstand, Ehre und Seriosität in Person. Einen besseren Mann kann er sich für Piper doch gar nicht wünschen.«

»Ach, Mom. Ich befürchte, so weit denkt Brooks nicht.«

»Ein Jammer.«

»Können wir auf eure Verschwiegenheit bauen?« Ich schaue von ihr zu Chris und zurück. »Bitte?«

Zur Antwort erhalten wir von beiden ein entschiedenes Nicken.

Mich durchflutet Erleichterung. »Danke.«

»Aber ihr müsst uns auf dem Laufenden halten.«

*

»Das Essen war köstlich, Patricia. Vielen Dank.« Kayden lächelt die Haushälterin an und ihr Gesicht erstrahlt vor Freude.

»Das freut mich.« Sie räumt seinen Teller ab, kommt als Nächstes zu mir.

»Ich kann mich nur anschließen. Das Fleisch war butterzart und die Soße ...« Ich seufze genießerisch. »Ein Gedicht!«

»Vielen Dank, Miss Piper. Trinken Sie auch Kaffee zum

Dessert? Oder lieber etwas anderes?«

»Cappuccino wäre perfekt.«

»Gern.«

Sie räumt das restliche Geschirr ab, schiebt den Wagen in den Flur hinaus und zum Aufzug.

Ohne Vorwarnung greift Kayden in seine Gesäßtasche. »Herrgott, wer will mich denn so dringend sprechen?«

Er zieht sein Smartphone hervor, schaut auf das Display und seine Gesichtszüge werden ernst. »Entschuldigt, das Gespräch muss ich annehmen.«

Eilig schiebt er den Stuhl zurück, marschiert Richtung Foyer. »Hast du etwas herausgefunden?«

Stirnrunzelnd sehe ich ihm nach, doch mehr als ein Murmeln ist von der anderen Seite des Hauses nicht zu hören.

»Stimmt etwas nicht?«

Ich wende mich Désirée zu, zucke mit den Schultern. »Keine Ahnung, tut mir leid.«

Wir setzen das Gespräch fort und kurz darauf kehrt Kayden zurück, nimmt wieder Platz.

Neugierig schaue ich ihn an. »Alles okay?«

Er erwidert meinen Blick ernst, obwohl sein Mund lächelt. »Ja, natürlich. Es ging nur um Information für meinen ersten Termin morgen. Wo waren wir stehen geblieben?« Er sieht von mir zu seinen Eltern.

Folglich belasse ich es dabei, wir plaudern weiter, trinken Kaffee.

Bis Kayden demonstrativ auf die Uhr sieht. »Die Limousine wird gleich da sein.«

Hm, da er doch eine bestellt hat, will er anscheinend ungestört sein.

Seine Mutter seufzt. »Zu schade, es war so ein schöner Abend.«

»Fand ich auch.« Ich lächele.

»Wann kommt ihr wieder?«

»Oh, gute Frage. Was sagst du dazu?«

Kayden zuckt mit den Schultern. »Ich werde Ostern hier sein aber du wirst vermutlich zu deinen Eltern müssen.«

Voller Bedauern verziehe ich das Gesicht. »Ja, stimmt.«

»Und danach müssen wir mal sehen, wie wir es einrichten können.«

Désirée streckt den Arm über den Tisch und tätschelt seine Hand. »Es wäre schön, wenn bis dahin nicht wieder Wochen ins Land gehen. Wir haben Zeit und sind flexibel, ihr könnt uns gern an einem Abend unter der Woche besuchen.«

»Erst kommt Ostern und danach sehen wir weiter, Mom.« Er erhebt sich, holt unsere Mäntel und hilft mir hinein, sobald ich stehe.

Dann verabschieden wir uns von seinen Eltern, verlassen Hand in Hand ihr Haus und laufen zum Gehweg hinunter.

Der schwarze Wagen des Limousinenservice parkt bereits am Straßenrand und Kayden hält mir die Tür auf. Geht um das Heck herum, setzt sich zu mir auf die Rückbank.

Der Fahrer dreht sich um. »Guten Abend, Sir. Fahren wir zu der Adresse, die Sie vorab angegeben haben?«

»Genau. 20 East 9th Street.«

»Okay.« Damit wendet er sich ab, startet den Motor und fährt los.

Kayden drückt auf den Knopf, die Trennscheibe gleitet nach oben.

Aufmerksam mustere ich sein ernstes Gesicht. »Was ist los? Wer hat dich angerufen?«

Er beißt die Zähne so fest aufeinander, dass die Kiefermuskeln hervortreten, sieht mich schließlich an.

Die Besorgnis in seinen haselnussfarbenen Augen beunruhigt mich. »Sag schon.«

»Mein Hacker hat sich gemeldet.«

»Und? Was hat er herausgefunden?«

»Es ist Jasmine.«

»Wie bitte?«

»Er meinte, sie hat ein paar Posts auf ihrem Instagram-Account verfasst. Über mich und mein mieses Verhalten.«

In mir wallt Wut auf.

»Das will ich sehen.« Ich stelle meine Handtasche auf den Schoß, ziehe mein Handy hervor und entsperre den Bildschirm. Dann öffne ich die entsprechende App und gebe Kaydens vollen Namen als Suchbegriff ein.

Sogleich wird mir eine Seite mit Bildern angezeigt, allen voran Selfies von Jasmine, und ich tippe auf das Erste. Danach gehe ich direkt zu ihrem Account und scrolle nach unten, bis über den Weihnachtspost hinweg. Von da an überfliege ich ihre Beiträge, die überwiegend mit ihrem Job als VIP-Stewardess zu tun haben.

Und natürlich zeigt sie ihr Outfit für das Silvester-Date. Sie erwähnt keinen Namen, schwärmt aber von dem attraktiven Geschäftsmann, den sie über ihren entlaufenen Hund im Madison Square Park kennengelernt hat. Dass sie Schmetterlinge im Bauch hat, wenn sie an ihn denkt. Sich mehr wünscht.

Entsprechend euphorisch ist ihr Text am nächsten Tag.

Den ich geflissentlich ignoriere, sobald ich das Wort *geküsst* in der ersten Zeile lese.

Weiter geht es mit mehr Selfies in Uniform, doch dann erscheint ein Bild von ihr, das sie mit verheultem Gesicht zeigt. Der Text darunter ist kurz.

Eiskalt abserviert. Von einem elendigen Lügner.

Die nächsten Beiträge dieser Art lauten ähnlich. Sie zieht über Kayden her, nennt auch seinen Namen.

Beschuldigt ihn, ihr nichts von seinem Status erzählt und sie stattdessen auf einer Promi-Party vorgeführt zu haben. Das naive Weibchen, das er mit seinem Charme um den Finger gewickelt, gevögelt und noch auf der Party abserviert hat.

Irritiert schaue ich ihn an. »Ich dachte, du hast nicht mit ihr geschlafen.«

Er zieht die Brauen zusammen. »Behauptet sie das?«

Ich nicke und lese ihm die Texte von drei Beiträgen vor, die mit ihm zu tun haben und am Ende einen Haufen wirksamer Hashtags enthalten. Entsprechend viele Likes und tröstende wie wütende Kommentare stehen darunter.

»Oh, und hier der Letzte, von gestern. *Wegen Menschen wie Kayden Ward existieren Vorurteile gegenüber der High Society von New York. Kalt, rücksichtslos und nur auf die eigene Befriedigung bedacht. Null Rückgrat, keinerlei Gefühl oder soziales Gewissen. Wenn einer der reichsten Männer dieser Stadt auch so mit seinen Kunden umgeht, tun die mir leid. Fuck you, Kayden.*«

Er hämmert seine Faust auf das Sitzpolster zwischen uns. »Verfluchte Scheiße.«

»Hey, mach dir keinen Kopf darüber. Du hast gesagt, dem Kunden war es egal.«

»Ihm, ja. Aber was ist mit den anderen? Was sie über mich persönlich sagt, ist schon mies genug. Nichtsdestoweniger geht es hier auch um meine Firma und daran hängen Arbeitsplätze, Existenzen.«

»Hast du nicht morgen ein Gespräch mit deinem Kundendienstleiter? Um zu hören, was die anderen Auftraggeberinnen und Auftraggeber dazu meinen?«

»Ja. Und ich muss die PR-Agentur kontaktieren, mit der wir zusammenarbeiten.«

»Kann dein Hacker nicht etwas tun?«

»Ich habe ihn bereits darauf angesetzt.«

»Was für eine verfickte Scheiße.«

Kayden stößt die Luft aus, sieht mich an und ergreift meine Hand. »Tut mir leid, dass ich dich da mit hineinziehe. Du hast nichts damit zu tun.«

»Das ist totaler Bullshit! Wir gehören zusammen, sind ein Team, und was dich betrifft, geht auch mich etwas an. Also wage es ja nicht, mich jemals außen vor zu lassen, hast du verstanden?«

»Okay.«

»Gut.«

»Ich kann ja verstehen, dass ich sie verletzt habe. Worauf ich gewiss nicht stolz bin. Aber eine solche Aktion ist das Allerletzte. Fehlt nur noch, dass die Presse darauf anspringt und mich in die Öffentlichkeit zerrt. Ich halte mich nicht ohne Grund aus allem heraus und bedeckt.«

»Ja, das wäre fatal.« Ich scrolle weiter durch ihren Account, breche jedoch bald ab und wende mich dem Mann an meiner Seite zu.

Der starrt ins Leere, spielt mit den Kiefermuskeln und wirkt so wütend, verzweifelt, dass sich mein Herz vor Mitgefühl zusammenzieht.

»Hey«, raune ich sanft. Warte, bis er mich ansieht.

»Kommst du noch mit zu mir? Damit ich dich ein wenig ablenken kann?«

Er presst die Lider zusammen, stößt die Luft aus und schüttelt den Kopf. »Sei mir nicht böse, aber dieser Mist versaut mir jegliche Stimmung.«

»Böse? Du spinnst, Ward. Ich habe jedes Verständnis, für dich und die Situation.«

»Danke.« Er hebt meine Hand an den Mund, küsst meinen Handrücken.

»Und vergiss niemals, dass ich dich liebe, okay?«

Auf seinem Gesicht breitet sich ein schiefes, aber dankbares Lächeln aus. »Ich liebe dich auch, meine Schöne. Und daran wird sich nie etwas ändern.«

Kapitel 10 – Kayden

Zwei Tage später werfe ich spätabends die Apartmenttür hinter mir ins Schloss, hänge meinen Mantel in den Garderobenschrank und laufe ins Wohnzimmer hinüber. Öffne den Barschrank, schenke mir einen Whisky ein und setze mich damit auf die Couch.

Verärgert starre ich einen Moment in die goldbraune Flüssigkeit, nehme einen großen Schluck und lasse ihn in meinem Mund warm werden. Dann schlucke ich ihn in zwei Teilen hinunter, presse die Lider zusammen und spüre dem Brennen nach, bis sich die Wärme in meinem Magen ausbreitet.

Herrgott, dieser ganze Mist zerrt an meinen Nerven.

Noch einmal nippe ich an dem Whisky, ziehe mein Smartphone hervor und lese zum x-ten Mal die Nachricht meines Hackers. Eine kurze Liste von Dingen, die er als effizient erachtet, um Jasmine Einhalt zu gebieten. Unterteilt in drei aufeinander aufbauenden Phasen mit unterschiedlichen Auswirkungen, denen ich in Gedanken eine vierte Kategorie hinzugefügt habe. Die mit den härtesten Maßnahmen, falls die vorherigen nicht fruchten.

Normalerweise bin ich kein rachsüchtiger Mensch, aber irgendwann ist das Maß voll.

Also treffe ich eine Entscheidung und tippe meine Antwort.

Ich: *Start Phase 1. Tu, was nötig ist.*

Er ist online, liest die Antwort und bestätigt es mit dem

Daumen-hoch-Emoji.

Ich schließe die App, die über einen sicheren VPN-Tunnel läuft, und öffne stattdessen die Kontaktliste.

Bleibe an Brooks' Namen hängen und stocke.

Zum vermutlich tausendsten Mal kreiert mein Hirn unterschiedliche Szenarien. Von »Ich habe es schon immer geahnt, ich freue mich für euch« bis hin zu »Wir sind keine Freunde mehr und wenn du sie noch einmal anfasst, mache ich dich fertig«.

Fuck, welche Horrorvorstellung.

Dabei würde es schon reichen, Piper zu verlieren. Diese Aussicht ist ...

Nein, Schluss damit. Ich werde sie nicht verlieren.

Und nach einer emotionalen Aussprache wird er vermutlich erst einmal eingeschnappt sein, es dann aber akzeptieren.

Mit einem Blinzeln kehre ich in die Realität zurück, schiebe die Gewissensbisse beiseite und atme tief durch, scrolle weiter. Tippe auf Pipers Namen, den grünen Hörer und halte mir das Telefon ans Ohr.

Schon nach dem zweiten Freizeichen meldet sie sich.

»Hey. Alles okay? Du bist spät dran.«

»Tut mir leid, war ein beschissener Tag.«

»Klingt, als wäre das Feedback der Kundschaft negativ ausgefallen.«

»Zum Teil, ja. Du weißt, wie es bei den oberen Zehntausend abläuft, sie sind alle auf Diskretion bedacht.«

»Was sagt deine PR-Agentur?«

»Die verfasst ein entsprechendes Mailing, das am Freitag rausgeht. Dass wir gegen die Urheber und deren Verleumdungen vorgehen. Blabla.«

»Und was genau tust du?«

»Ich habe unsere Rechtsanwälte eingeschaltet und ...«

»Ja?«

Ich zögere. »Ansonsten kümmert sich mein Hacker darum.«

»Hoffentlich im Rahmen der Legalität.«

»Er weiß, worauf es ankommt, und ich lasse ihm da freie Hand.«

»Au Mann.«

»Mach dir keine Gedanken, ich regele das.«

»Hoffentlich ohne Kollateralschäden.«

»Lass uns lieber von etwas Erfreulichem reden. Wie war *dein* Tag?«

Ihr bezauberndes Lachen perlt aus dem Lautsprecher. »Ziemlich ereignislos. Ich habe größtenteils komponiert und meine Sets für diese Woche angepasst. Ansonsten die gleiche Prozedur wie jeden Tag. Social Media, Sport, duschen, essen.«

»Eine Dusche mit dir wäre jetzt genau das Richtige.«

»Mh, ja, mit extra heißem Wasser. So dampfig, dass die Glasscheiben beschlagen.«

»Gott, ich wünschte, du wärst hier.«

»Ich habe dir schon mal angeboten, jederzeit zu mir zu kommen.«

»Ich will nicht nur mit dir ficken und danach wieder gehen.«

»Ach, Ward. Du machst es komplizierter, als es ist. Schleich dich halt am nächsten Morgen aus meinem Bett. Oder noch besser, weck mich für heißen Sex und geh dann.«

Mir entfährt ein Lachen.

»Was denn? Besser kann ein Tag doch gar nicht starten.«

»Du bist wunderbar, weißt du das?«

»Hm. Ich glaube, das hast du schon einmal erwähnt.«

»Ich wünschte, ich hätte dich jeden Tag um mich.«

Piper seufzt. »Ja, so geht es mir auch oft. Deshalb

könnten wir das Thema ernsthaft angehen, sobald alle Bescheid wissen.«

Mein Herz galoppiert los. »Dein Ernst?«

»Klar, warum nicht? Oder siehst du das anders?«

»Nein. Ich bin bereit für den nächsten Schritt.«

Fuck, ja, das bin ich wirklich.

»Umso besser.«

»Danke, du hast mir den Tag gerettet.«

»Immer gern, Ward.«

»Okay, dann gehe ich jetzt unter die Dusche und ins Bett.«

»Heiße Träume!«

»Danke, ebenfalls.«

»Oh, da mach dir mal keine Sorgen. Und bis übermorgen suche ich mir einen aus, den wir in die Tat umsetzen.«

»Mit dem größten Vergnügen.«

»Sehr gut. Und jetzt gute Nacht.«

»Schlaf du später auch gut. Ich liebe dich.«

»Ich dich auch, Ward. Wir sehen uns in Atlanta.«

*

Piper beim Auflegen zuzusehen, ist für mich pure Entspannung. Ablenkung vom Alltagsstress oder Schlimmerem, das Eintauchen in eine andere Welt.

Als ich vor drei oder vier Jahren damit angefangen habe, war ich getrieben von einer akuten Sehnsucht. Nach ihr, einer Zuflucht, einem persönlichen Zuhause.

Und enttäuscht von mir selbst, weil ich wegen meiner Gefühle für sie wieder einen Beziehungsversuch in den Sand gesetzt hatte.

Sie lebte in Los Angeles, kam mehr als selten nach New York. Und mich trieb die Angst um, dass ich vergessen könnte, wie sie aussieht. Ihre Musik zu hören oder mir ihre Videos anzusehen, reichte nicht mehr.

Natürlich war mir bewusst, dass ich ein Risiko einging.

Wie sollte ich meine Anwesenheit erklären, falls sie mich zufällig entdeckte?

Oder schlimmer noch, falls mir Brooks dort über den Weg lief.

Aber es war mir egal. Ich machte weiter.

Weil ich schon an jenem ersten Abend bemerkte, wie gut mir ihre Nähe tat.

Und nun sitze ich zum hundertsten Mal an der Bar eines Clubs, genieße meinen Lieblingscocktail und fühle den Flow. Die Energie, die von der Bühne und aus den Lautsprechern quillt. Das positive Gefühl, das ihr Anblick in mir auslöst.

Seit Calgary ist es anders, um vieles intensiver. Ich bin kein unbeteiligter Zuschauer mehr, der Piper aus sicherer Entfernung bewundert.

Nein, unsere Welten sind bereits zu einem signifikanten Teil miteinander verschmolzen und das spiegelt sich auch in ihren Auftritten wider.

Sie ist nicht mehr nur in ihrem Tunnel, sondern sich meiner Anwesenheit bewusst. Das kann ich sehen und fühlen. Es ist, als ob uns ein unsichtbares Band verbindet, das immer stärker wird.

Außerdem wandert ihr Blick verdammt oft zu mir, schickt sie mir einen Kuss oder eine liebevolle Geste. Was sich wie eine Berührung anfühlt, ein sanftes Streicheln.

Okay, ich bin offiziell verrückt.

Vor allem nach ihr.

War ich immer.

Damals mit einem bitteren Beigeschmack, heute einer herben Süße. Wie warme Schokolade, die durch meine Haut sickert und sich um mein Herz legt.

Schmunzelnd schüttele ich den Kopf und diese Gedanken ab.

Das klingt mehr nach einem Teenager im Vollrausch als nach mir.

Erstaunlich, welche Wirkung sie auf mich hat.

Um meine Gedanken in eine andere Richtung zu lenken, ziehe ich mein Smartphone aus der Tasche und öffne erneut den Onlineshop der Erotik-Boutique, die wir morgen in New Orleans besuchen wollen.

Wir haben bereits einen gemeinsamen Blick auf das Angebot geworfen, aber Piper meinte, sie wolle die Sachen lieber aus der Nähe sehen. Das sei viel spannender.

Zum Glück ticken wir da ähnlich, trotzdem treibt mich eine gewisse Neugier durch die Seiten. Ein reifes Interesse dafür, was uns beiden Spaß machen könnte.

Obwohl ich zugeben muss, dass ihre Lust für mich an erster Stelle steht, mich selbst stimuliert. Und je mehr ich sie anmache, ihr Verlangen anstachele, desto höher meine eigene Erregung.

Auf der Bühne meldet Piper sich per Mikro zu Wort. Kündigt ihren letzten Track an, bedankt sich beim Publikum fürs Mitfeiern und verabschiedet sich bis zum nächsten Mal. Vielleicht schon beim *Coachella Festival*.

Danach geht sie unter Jubel von der Bühne und taucht später neben mir an der Bar auf.

»Hey, Süßer, ist der Platz noch frei?« Sie wackelt vielsagend mit den Augenbrauen.

Ich erwidere die Geste und grinse. »Klar, Süße. Oder du setzt dich gleich auf meinen Schoß.«

»Uuh, du bist ja ein ganz Schlimmer.« Sie schwingt ihren aufregenden Hintern auf den Hocker und bedankt sich für den Wodka-Cranberry, den ich ihr bestellt habe. »Auf einen erfolgreichen Abend.«

Wir stoßen miteinander an und trinken.

»Übrigens habe ich über diese Boutique nachgedacht.«

»Wozu du während der Arbeit Zeit hast!«

»Das sind überwiegend so anspruchslose Abläufe, dass mein Hirn denken kann.«

»Und zu welchem Schluss bist du gekommen?«

»Dass ich auf jeden Fall ein anregendes Massageöl ausprobieren möchte. Oder eine Massagekerze.«

»Okay.«

»Und du?«

Ich beuge mich zu ihr. »Mich törnt an, was dir Spaß macht.«

»Ach, ja?« Sie kommt meinem Mund entgegen. »Ich liebe es, wenn du mich leckst.«

Mein Blut rauscht südwärts. »Stets zu Ihren Diensten, Madame.«

Sanft drückt sie die Lippen auf meine, öffnet sie.

Unsere Zungen treffen aufeinander und ein lustvoller Blitz schießt durch meinen Körper.

Am Ende hebt sie den Kopf und lächelt. »Lass uns abhauen.«

Während der Fahrt ins Hotel schauen wir uns heiße Dessous an, die der Onlineshop der Boutique ebenfalls zu bieten hat.

Und im Laden ist dieser Bereich am nächsten Tag unser erstes Ziel.

Über eine Stunde beschäftigen wir uns eingehend mit dem Angebot und kehren mit einer Art Basisausstattung sowie ein paar aufregenden Wäschestücken für Piper zurück ins Hotel.

Kurz vor dem Auftritt nimmt sie mich zur Seite, flüstert mir ins Ohr. »Übrigens trage ich den Slip ouvert mit der Perlenkette im Schritt.«

Das Blut strömt heiß in meinen Unterleib und ich öffne den Mund.

Doch bevor ich ihr sagen kann, dass die kommenden Stunden damit garantiert zur größten Folter werden, lächelt sie mich an und macht sich auf den Weg zur Bühne.

Also sitze ich an der Bar und nippe an meinem Drink, erregt von den Gedanken an jenes schwarze Spitzenhöschen.

Ob es sie so antörnt, wie die Verkäuferin es versprochen hat?

Ist sie bereits feucht und kann nur noch an das eine denken?

So wie ich?

Und wie wird es sich anfühlen, sie durch den Slip zu ficken, wenn die Perlenkette meinen Schwanz reibt?

Nach ihrem Gig fahren wir mit einem Taxi zum Flughafen und ich bemerke, dass sie unruhig auf dem Polster hin und her rutscht.

Umgehend werde ich hart.

Auf dem Weg zur Startbahn nimmt Piper meine Hand und schiebt sie zwischen ihre Beine. Drückt meine Finger fest gegen ihren Schritt und die Perlenkette, reibt sie darüber und stöhnt. »Scheiße, ich halte das nicht mehr lange aus.«

»So schlimm?«

Sie hebt eine Braue. »Für eine Stunde, ein anregendes Abendessen, absolut heiß. Aber drei oder vier Stunden sind die reinste Folter.«

»Oh, für mich genauso, glaub mir.« Meine Stimme ist rau vor Verlangen.

Mit einem unterdrückten Stöhnen presst sie die Schenkel zusammen, beißt sich auf die Lippe.

Folglich halten wir den Start irgendwie durch.

Starren voller Ungeduld auf die Anschnallzeichen.

Doch sobald sie erlöschen, lösen wir die Gurte, springen auf und eilen nach hinten, ins Bad.

Ich schiebe sie hinein, knalle die Tür zu und verriegele sie.

Ziehe meine Brieftasche hervor und werfe sie auf den Waschtisch.

Sie streift sich mit den Füßen die Sneakers ab, steigt aus ihrer weiten Hose.

Und als ich noch das Folienpäckchen heraus angele, ist sie bereits bei mir.

Öffnet meine Hose, schiebt sie mir mit den Pants über den Hintern und massiert mich, bis ich das Kondom befreit habe.

Eilig rolle ich es über meine Härte, packe ihre Taille und hebe sie auf den Waschtisch.

Sie spreizt die Beine, ich schiebe die nasse Perlenkette beiseite und dringe mit einem kräftigen Stoß in sie ein.

Wir klammern uns aneinander, stöhnen auf und in der nächsten Sekunde gräbt sie die Nägel in meinen Hintern.

»Fick mich, Ward. Schnell und hart. Ich brauche Erlösung.«

Zu mehr als einem animalischen Laut bin ich nicht mehr fähig.

Ich komme ihrem Wunsch nach, küsse sie, kneife ihre Nippel durch Shirt und BH.

Und die Perlenkette tut ihr Übriges, uns beide in den Himmel zu katapultieren.

Am Ende stehen wir eng umschlungen da, pulsieren und keuchen.

Und ich vergrabe die Nase hinter ihrem Ohr, sauge tief ihren Duft ein, seufze innerlich.

Fuck, diese Frau ist unglaublich.

Nein. Das mit uns ist unglaublich.

Und ich werde alles dafür tun, es bis an mein Lebensende festzuhalten.

*

Gedankenverloren genieße ich das Rührei mit krossem Speck und Grilltomaten, da trifft mich ein Tritt vors Schienbein.

Reflexartig zucke ich zusammen, sehe auf und in Rivers Gesicht.

Der grinst übertrieben, lässt die Mundwinkel wieder hinabsacken und schüttelt kaum merklich den Kopf.

Im ersten Moment runzele ich die Stirn, doch dann wird mir klar, was er meint.

Verdammt.

Hastig senke ich den Kopf, kämpfe gegen das dümmliche Grinsen an und schiebe mir eine Gabel voll in den Mund.

Zum Teufel noch mal, ich wünschte, Brooks wüsste es bereits.

River räuspert sich. »Bleibt ihr Ostern alle in New York?«

»Als ob unsere Familien uns an diesem hohen Feiertag vom Haken lassen würden.« Brooks lacht. »Meine Eltern freuen sich riesig, endlich mal mit allen zusammen zu feiern. Und glaub mir, unsere Hochzeit wird Thema Nummer eins sein.«

»Du hast mein vollstes Mitleid. Und fährt einer von euch danach in den Urlaub?«

Ich sehe auf und gerade noch, wie Hudson den Kopf schüttelt. »Leider nicht, es stehen Unmengen Gerichtstermine auf dem Plan. Nächste Woche dafür kein einziger. Und Claire arbeitet sich neben ihrem Job gerade durch das Angebot der Preschools.«

Brooks runzelt die Stirn. »Was ist mit Isabellas Nanny?«

»Es geht um die erste Förderung, das kann Anne gar nicht leisten. Sagt sie übrigens selbst. Sind ja auch nur zwei

Vormittage in der Woche.«

»Hm. Vielleicht sollte ich mich auch einmal mit diesem Thema auseinandersetzen.«

Ich hebe die Brauen. »Ich dachte, ihr wolltet die Familienplanung erst nach der Hochzeit angehen.«

»Tun wir auch. Trotzdem will ich mich bestmöglich darauf vorbereiten.«

River lacht leise. »Scheiße, dass wir nicht gewettet haben, wann du damit anfängst. Die letzten tausend Dollar waren wirklich leicht verdient.«

»Fick dich, Monroe.« Brooks grinst. »Vielleicht sollten wir eine Wette abschließen, wann du deiner Lady einen Heiratsantrag machst.«

»Sorry, aber da bin ich mehr als realistisch. Auf jeden Fall noch in diesem Jahr. Vielleicht in dem Urlaub, den wir gerade planen.«

»Wohin soll es denn gehen?«

Mein bester Freund erzählt von der Motorradtour durch den Indian Summer in Kanada, die er schon immer mal machen wollte. Bis hin zu den Niagarafällen.

»June war noch nie dort und ich spiele mit dem Gedanken, ihr da die Frage aller Fragen zu stellen.«

Auf meinem Gesicht breitet sich ein Lächeln aus.

Die beiden sind toll zusammen und anscheinend genauso füreinander bestimmt wie Piper und ich.

Schon sehe ich ihr Gesicht vor mir, wie ich mich vorhin in der Limousine von ihr verabschiedet habe, die sie nach Hause bringen würde. Und in meiner Brust breitet sich dieses warme Glücksgefühl aus.

»Apropos Wasserfälle. Piper hat ein neues Video veröffentlicht, geniale Location in Puerto Rico.« Brooks schildert es bis ins Detail.

Mein Herz galoppiert los, doch ich bemühe mich um Gelassenheit und esse den letzten Bissen Rührei.

»Aber wisst ihr, was total seltsam war? Wie immer hat auch eine Drohne Aufnahmen gemacht. Und zu beiden Seiten liefen Leute herum. Nur am Rand der Brücke stand jemand, der sah original aus wie unser Nerd.«

Ich stocke, hebe den Kopf und sehe ihn an. »Was?«

Alle Augen richten sich auf mich, mir wird flau im Bauch.

River lacht los. »Wie soll das denn gehen?«

Hastig stimme ich mit ein, was in meinen Ohren übertrieben künstlich klingt. »Ach was, ich sehe aus wie jeder zehnte Amerikaner.«

»Stimmt auch wieder.« Brooks zuckt mit den Schultern, wirkt trotzdem skeptisch.

Meine Gedanken rasen, doch ich winke ab. »Keine Ahnung, was du da gesehen hast.«

»Wo warst du denn an dem Tag?«

Jetzt bricht mir der kalte Schweiß aus, Lügen hat keinen Sinn. »Im Urlaub.«

Er hebt die Brauen. »Urlaub. Du.«

In dem Moment öffnet sich ein Ausweg vor meinem inneren Auge. »Allerdings.«

»Und wo? Vielleicht in der Karibik? Du hast ein bisschen Farbe bekommen.«

»Nein, in Key West, falls es recht ist.«

»Seit wann fährst du in den Urlaub?«

»Seitdem mir ein gewisser Scheiß um die Ohren fliegt.«

River runzelt die Stirn. »Was ist los?«

Ich lege das Besteck auf dem Teller ab, sehe in die Runde. »Jasmine schlägt zurück.«

Nach meiner kurzen Schilderung schüttelt Brooks den Kopf, scheint endlich überzeugt. »Ich habe dich gewarnt.«

»Unfassbar!« River schnaubt. »Das hätte ich ihr nie und nimmer zugetraut.«

»Oh, gekränkte Frauen sind zu allem fähig, ich spreche

da aus Erfahrung.«

»Erwägst du eine Klage?«

Ich schaue Hudson an. »Eigentlich will ich nur meine Ruhe, aber unsere Anwälte sind informiert. Trotzdem versuche ich es erst einmal auf einem weniger medienwirksamen Weg.«

»Der da wäre?«

»Meine Kontakte kümmern sich.«

»Ah.« River schmunzelt. »Hoffentlich reicht das.«

»Ich denke, das wird sie zum Schweigen bringen.«

»Falls du Hilfe in Sachen Außenwirkung brauchst, ruf Summer an.«

Ich nicke Brooks zu. »Danke, das habe ich bereits im Hinterkopf.«

»Weiber, echt.« Mit einem Grummeln ergreift er sein Champagnerglas, hält es uns hin. »Trinken wir auf unsere Freundschaft. Das ist es, was am Ende des Tages wirklich zählt.«

Wir stoßen mit ihm an und ich trinke den Rest in einem großen Schluck aus.

Schaue zur Bar, hebe die Hand und ordere eine neue Runde.

Ich muss unbedingt mein Gewissen zum Schweigen bringen.

Kapitel 11 – Piper

Eine knappe Stunde, nachdem wir Kayden vor dem *Monroe Pearl* abgesetzt haben, steige ich vor dem *Jamie's* aus einem Taxi und eile hinein.

Zwischen den vollbesetzten Tischen hindurch schlängele ich mich bis zum hinteren Bereich, wo meine beiden besten Freundinnen am angestammten Platz unseres Lieblingsrestaurants mit kalifornischer Küche auf mich warten. Begrüße sie mit festen Umarmungen sowie Wangenküsschen und plumpse auf den Stuhl. »Welch ein Stress.«

»Hast du verschlafen?« April rutscht auf ihren Platz auf der Sitzbank.

»Nein, aber die Nacht war kurz.«

Lanie grinst. »Sag ihm, er soll dich schlafen lassen.«

»Garantiert nicht.«

»Läuft ja anscheinend bestens bei euch.«

Ich seufze verträumt. »Und wie!«

»Guten Tag, Madame, was darf ich Ihnen bringen?«

Ich schaue zu dem Kellner auf. »Als Erstes einen großen Cappuccino und zweimal *Eier Benedict*, bitte.«

»Sehr gern. Und haben Sie sich auch schon entschieden?«

April nickt. »Wir schließen uns an.«

»Danke.« Damit wendet er sich ab und geht.

Lanie beugt sich vor. »Wir wollen alles wissen, was seit unserem Telefonat passiert ist.«

Ich lache auf. »Okay, lass mich überlegen. Also ...«

Angefangen mit meinem Wochenende bei Kayden, erzähle ich von unserer gemeinsamen Zeit. Wie genial es zwischen uns ist, wie schnell es sich entwickelt. Dabei genießen wir unser Essen, ordern den nächsten Gang.

»Wow, nach vier Wochen schon bei seinen Eltern, das nenne ich schnell.« April verzieht anerkennend das Gesicht.

»Eigentlich kennen wir uns ja schon.«

»Nicht auf diese Weise.«

»Nein.«

»Außerdem haben wir keine Anlaufphase gebraucht.«

»Wozu auch, nach all den Jahren.«

»Und wir holen all das nach, was wir schon eher hätten haben können.«

»Alles?« Sie wackelt mit den Augenbrauen.

»Oh, ja. Alles. Gestern, in New Orleans, waren wir in einer Erotik-Boutique. Echt schöner Laden.«

»Sag mir nicht, ihr braucht Hilfsmittel.«

»Wo denkst du hin! Nein, wir haben nur ein paar neckische Sachen gekauft. Anregendes Massageöl, eine Massagekerze und einen Fingervibrator.«

»Habt ihr den bereits ausprobiert? Mir der Idee haben wir auch schon gespielt.«

»Noch nicht. Aber dafür meinen neuen Slip ouvert mit Perlenkette.«

Lanies Augen weiten sich. »Und? Wie trägt der sich?«

»Das ist echt heiß, aber auch die reinste Folter! Weil wir im Anschluss gleich zum Flughafen gefahren sind, für den Rückflug hierher, habe ihn zum Auftritt angezogen. Und Kayden kurz vorher davon erzählt. Ich glaube, die Vorstellung hat ihn genauso angetörnt wie mich die Perlenkette. Auf jeden Fall konnten wir im Flugzeug die Finger nicht voneinander lassen. Der Ritt war verdammt geil, schnell und heftig.«

Wir kichern zusammen und April drückt meine Hand. »So ist es richtig, Süße! Erlaubt ist, was Spaß macht.«

»Wo geht *ihr* denn gern hin? Kayden meinte, er habe keinen niveauvollen Laden in New York gefunden.«

»Vermutlich hat er nur in Manhattan gesucht, aber ihr müsst nach Brooklyn.« Sie nennt mir eine Adresse im südwestlichen Teil.

Ich tippe sie direkt in meine Notizen-App, lege das Smartphone wieder weg und spieße ein Stück Melone auf.

Lanie isst einen Löffel Joghurtcreme. »Ich finde es übrigens super, dass seine Eltern euch unterstützen und die Klappe halten.«

»Ja, das ist toll.«

»Wann wollt ihr es denn offiziell machen?«

»Entweder zwischen dem *Coachella Festival* und meiner Südamerika-Tour oder danach, Ende Mai. Auf jeden Fall vor der Hochzeit.«

»Was meinst du? Wird dein Bruder ausflippen?«

»Ich hoffe, nicht. Wir haben uns überlegt, ihn, Summer und die beiden anderen Paare zum Abendessen zu Kayden einzuladen. Da haben wir die nötige Ruhe und sind unter uns.«

»So, wie ich Brooks kenne, wird es bestimmt laut werden.« April verzieht das Gesicht.

»Ich dachte, Summer hat einen guten Einfluss auf ihn.«

Ich schüttele den Kopf. »Das hoffe ich zumindest. Er hat sich ja auch verändert, aber dieses Thema ist seit Hudsons Hochzeit nicht mehr aufgekommen. Entsprechend schlecht kann ich das einschätzen.«

»Au Mann.«

»Ja. Ihr glaubt gar nicht, wie froh ich bin, dass Kayden mich so oft begleitet. Dort müssen wir keine Angst haben, erwischt zu werden, und können unsere Gefühle frei ausleben.«

»Fliegt er nächste Woche auch mit nach Brüssel und Amsterdam?«

Ich nicke. »Zum Glück. Und dann muss ich Ostern allein zu meinen Eltern und das verliebte Paar ertragen.«

Diesmal ergreift Lanie meine Hand. »Das wird schon, Süße. Nächstes Jahr feiert ihr alle zusammen. Ach was, schon auf der Hochzeit ist alles wieder gut.«

»Oder er lädt uns aus.«

»Das wird er nicht wagen.«

»Nein, vielleicht nicht. Aber es könnte in eine Eiszeit ausarten.«

»Scheiße, was geht nur in diesem Blödmann vor?« April tupft sich mit der Stoffserviette den Mund ab und legt sie sich wieder auf den Schoß. »Damals habe ich das ja noch verstanden, aber du bist inzwischen erwachsen.«

»Und Kayden ist von den vier Musketieren auf jeden Fall der Beste«, pflichtet Lanie ihr bei.

»Das hat seine Mom auch gesagt.«

»Weil es so ist. Das sollte auch jemand wie Brooks kapieren.«

»Dein Wort in Gottes Ohr.«

Lanie kichert. »Ich glaube, der ist da der falsche Ansprechpartner.«

»Stimmt. Für Brooks ist der Teufel zuständig.« Ich halte ihr die Faust hin, sie stößt mit ihrer dagegen und auch April vollführt den Fistbump mit mir.

Danach plaudern wir über die Jobs meiner besten Freundinnen, bestellen uns noch ein paar Leckereien und wenden uns dem neuesten Gossip der Stadt zu.

Wobei mir Kaydens Probleme einfallen.

Ich stelle die Tasse zurück auf den Unterteller. »Sagt mal, habt ihr auch etwas von den fiesen Gerüchten um Kayden gehört?«

Die beiden sehen einander, dann mich an.

April schüttelt den Kopf. »Nein. Worum geht es denn da?«

Ich erzähle von Jasmines Posts, den Verleumdungen und welchen Einfluss das bereits auf die Kunden von *KW Investment Management* hatte.

»Warte, ich zeige es euch.« Ich nehme mein Telefon, entsperre das Display und starte die Instagram-App. Gebe ihren Namen ein, den ich mir neulich gemerkt habe, und tippe auf ihren Account.

Die Seite aktualisiert, ich schaue auf die ersten Fotos und reiße die Augen auf. »Was ist das denn?«

»Stimmt etwas nicht?«

Irritiert scrolle ich langsam durch die dreispaltige Beitragsübersicht, mustere die Flut von pornographischen Bildern. Auf jedem davon ist Jasmine in Posen zu sehen, die vermutlich hart an der Grenze der Richtlinien vorbeischrammen, da sie noch online sind. Und auf einigen ist sie mit einem Mann aktiv.

»Wow, das hätte ich nie von ihr gedacht.«

»Was ist denn los?«

Ich schaue kurz auf, blättere bis zu den älteren Bildern, die ich bereits kenne. Lege den beiden mein Smartphone hin und deute darauf. »Das sind ihre Beiträge, in denen sie Kayden verleumdet. Das ist echt üble Nachrede und definitiv gelogen. Über ein paar Küsse sind sie niemals hinausgekommen. Und jetzt schaut euch das an.« Ich schiebe die Beitragsübersicht wieder nach unten.

»Hm, sieht schon ungewöhnlich aus, dieser Bruch.« Lanie zuckt mit den Schultern. »Aber vielleicht ist das ihr wahres Gesicht.«

»Oder sie ist Opfer dieses Hackerangriffs geworden.«

Mit gerunzelter Stirn schaue ich zu April. »Wovon redest du?«

»Habt ihr das nicht mitbekommen? Vor zwei oder drei Tagen gab es einen Hackerangriff auf Instagram, den kaum jemand wahrgenommen hat. Erst durch die Beschwerden von Hunderten New Yorker Frauen ist man darauf aufmerksam geworden. Anscheinend wurden anhand ihrer bisherigen Fotos mithilfe einer KI diese Pornoversionen generiert, die Accounts damit geflutet. Das Problem ist nur, dass selbst der Meta-Konzern es nicht schafft, die Bilder zu löschen oder den Zugriff wiederherzustellen. Stattdessen ploppen regelmäßig neue Bilder auf, werden sogar von anderen Usern geteilt und verbreitet. Ich meine, es gäbe auch eine Art Bekennerschreiben. Von wegen gefährliche KI, Sicherheitslücken, unabsehbare Folgen und so weiter.«

Lanie starrt ihre Frau an. »Das ist ja krass.«

Ich öffne den Mund, um etwas zu erwidern, doch in dem Moment steigt eine Erinnerung in mir auf.

Ansonsten kümmert sich mein Hacker darum.
Hoffentlich im Rahmen der Legalität.
Er weiß, worauf es ankommt, und ich lasse ihm da freie Hand.

Nein, das ist Quatsch.

Ich räuspere mich. »Bleibt zu hoffen, dass sie es bald in den Griff. Ich habe keinen Bock darauf, demnächst solche Bilder von mir im Internet zu sehen.« Schnell stecke ich das Smartphone zurück in meine Handtasche.

»Ich auch nicht.« Lanie schüttelt sich. »Ich glaube, ich brauche noch einen Kaffee.«

Ich lache auf. »Gute Idee. Und dazu einen Schoko-Lava-Kuchen.«

*

Noch während wir beisammensitzen, ändern wir unsere Zugangsdaten für die sozialen Medien. Lassen uns darüber aus, welcher Fluch diese Plattformen inzwischen sind, und stimmen überein, dass man lieber Abstand davon halten sollte, beruflich wie privat.

Worüber ich noch einige Zeit nachdenke und schließlich eine Entscheidung treffe.

Montagmorgen telefoniere ich deswegen mit Lia, berichte ihr von der Hackeraktion und tue das, was längst überfällig ist.

»Natürlich können wir uns um deine Accounts kümmern. Ich lasse gleich ein Vertragsangebot erstellen.«

»Super, danke.«

»Welchen Umfang soll das Ganze denn haben?«

»Nur das Nötigste. Neue Musik, Videos, offizielle Bilder von Festivals.«

»Und die Interaktion mit den Fans?«

»Dürft ihr auch gern machen. Wenn etwas Wichtiges dabei ist, auf das ich selbst reagieren muss, könnt ihr mir ja Bescheid geben.«

»Was ist mit YouTube?«

»Darum kümmere ich mich weiterhin selbst, alles andere wäre zu umständlich.«

»Okay, kein Problem. Und ich schicke dir gleich den aktuellen Kalender. Inklusive der Termine fürs *Peakaboo*, bis Jahresende.«

Da es sonst nichts zu besprechen gibt, beenden wir das Telefonat und ich laufe in die Küche, um mir einen Cappuccino zu machen. Schaue beim Warten zum Fenster hinaus und fühle mich erleichtert.

Dieser ganze Mist ist ein weiterer Grund, ein wenig Abstand vom Rampenlicht zu nehmen.

Zurück am Laptop öffne ich die E-Mail mit den Terminen und übertrage sie in meinen Kalender. Erfreulicherweise sind auch zwei Zusagen für Kollaborationen dabei und sie haben beide nach dem *Coachella Festival* Zeit. Perfekt.

Folglich buche ich mein New Yorker Lieblingsstudio, plane die konkreten Termine, schicke sie an Lia zurück.

Und weil ich schon einmal dabei bin, rufe ich Brooks an.

»Guten Morgen, Dumpfbacke!«

»Sieh an, der Affenarsch ist ja schon wach.«

»Schon lange.«

Ich lache. »Tu doch nicht so.«

»Frag Summer. Jeden Morgen —«

»Lalala«, rufe ich. »Das will ich gar nicht hören.«

»Dann eben nicht. Gibt es einen Grund für deinen Anruf?«

»Was für eine blöde Frage. Ich habe weder Langeweile noch Zeit zu verplempern, ich muss arbeiten.«

»Also dann, was kann ich für dich tun?«

»Ich hatte dich vor ein paar Wochen nach Kontaktdaten gefragt, erinnerst du dich?«

»Natürlich. Ich habe dir doch geschrieben, dass ich zwei davon nicht näher kenne.«

»Und die anderen?«

»Habe ich angerufen, deine Kontaktdaten weitergegeben. Haben Sie sich noch nicht gemeldet?«

»Nein.«

»Unzuverlässiges Pack. Ich kümmere mich darum.«

»Danke.«

»Und sonst so?«

»Alles cool.«

»Wie war dein Urlaub in der Karibik?«

»Urlaub? Ich habe gearbeitet. Erst ein Videodreh in Puerto Rico und dann das *SXM Festival* auf Saint Martin.«

»Sag' ich doch, Urlaub.«

Ich seufze. »Und das von einem Workaholic, der die Finger keine drei Tage vom Klavier lassen kann. Nicht mal auf Antigua.«

»Das Video vom *La Mina* Wasserfall war übrigens super.«

»Netter Ablenkungsversuch, aber danke.«
»Hast du es dir schon angesehen?«
»Flüchtig, warum?«
»Weil da ein Typ rumstand, der aussah wie Kayden.«
»Was?« Mir wird schwindelig. »Wo denn?«
»Am Rand der Brücke. Die Kameradrohne hat ihn eingefangen, war aber zu weit weg.«

Kurz presse ich die Augen zusammen, gebe mich lässig. »Echt? Nein, ist mir nicht aufgefallen. Hast du ihn mal gefragt?«

»Allerdings.«

»Und?«

»Er hat gemeint, er habe ein Allerweltsgesicht.«

»Na, wenn er das sagt, wird wohl was dran sein. Falls er es doch gewesen wäre, hättest du ihm eine von mir verpassen können, dass er nicht Hallo gesagt hat.«

»Ist ja zum Glück nicht so.«

»Was soll das denn heißen, zum Glück?«

»Ach, Piper, du kennst doch meine Meinung dazu.«

»Ich weiß, dass du übertreibst, ja.«

»Ganz im Gegenteil, ich —«

»Halt die Klappe, Brooks. Wird Zeit, dass du erwachsen wirst. Ich bin es nämlich längst.«

»Trotzdem, du bist meine Schwester.«

Ich stoße die Luft aus, schließe die Augen und massiere mit zwei Fingern meine Nasenwurzel. »Ich dachte, durch Summer seist du etwas vernünftiger geworden. Entspannter.«

»Das hat nichts miteinander zu tun.«

Mein Herz wird schwer, die Hoffnung sinkt. »Okay, lassen wir das. Ich muss weitermachen. Meldest du dich wegen der Kollabos?«

»Mach' ich. Wir sehen uns Sonntag.«

Stimmt ja.

»Genau. Bis dann. Und grüß Summer.«
»Bis dann.«

*

Donnerstagabend holt Kayden mich nach Feierabend mit der Limousine ab und wir fahren zum *Teterboro Airport* weiter. Und ja, gegen Ende der Fahrt fangen wir an zu knutschen, müssen aber wie gewohnt abbrechen. Total bescheuert.

Kaum haben wir die Reiseflughöhe Richtung Brüssel erreicht, serviert die Stewardess uns Getränke und kündigt das Abendessen an, das Kayden bestellt hat.

Neugierig schaue ich ihn an. »Was gibt es denn Leckeres?«

»Lass dich überraschen.«

»Blödmann.«

Er nimmt meine Hand, küsst die empfindliche Innenseite meines Handgelenks. »Ist nur eine leichte Kleinigkeit, schließlich wird die Nacht kurz und wir sollten beizeiten schlafen gehen.«

»Du meinst, die Lehnen zurückklappen.«

»Nein, der hintere Bereich kann auf verschiedene Weisen umgebaut werden, wir bekommen ein richtiges Bett.«

Auf meinem Gesicht breitet sich ein Lächeln aus. »Das eröffnet ja ungeahnte Möglichkeiten.«

»Mh-hm. Aber erst wird gegessen.«

Kurz darauf tischt die Stewardess uns eine große Platte Sushi auf und wir genießen die köstliche Auswahl, während wir über unsere Woche reden.

Ich berichte von meinen neuen Terminen und den Kollaborationen, er schildert die Neuigkeiten aus seiner Firma.

»Ich musste zwar das eine oder andere persönliche Gespräch führen, aber insgesamt haben unsere Kundinnen und Kunden das Mailing positiv aufgenommen.«

»Das ist doch super.«

»Ja, darüber bin ich mehr als froh.«

»Und Jasmine?«

»Nichts Neues.«

»Interessant.«

»Wieso?« Er legt die Stäbchen weg, wischt sich den Mund ab und wirft die Serviette dazu.

»Na ja, erst so viele Posts und nun kehrt Ruhe ein? Angenehmer Zufall, oder?«

Da sieht er mich an, kneift die Augen kurz zusammen. »Worauf willst du hinaus?«

Ich beuge mich zu ihm. »Steckst du dahinter?«

»Wohinter?«

»Dem Hackerangriff.«

»Tut mir leid, aber ich weiß nicht, wovon du redest.«

»Wirklich nicht? Oder tust du nur so?«

»Piper, was ist los?«

Ich ziehe mein Smartphone hervor, öffne Instagram und rufe Jasmines Account auf. Die meisten KI-Bilder sind verschwunden, doch die letzten füllen noch die obersten beiden Reihen. Demonstrativ halte ich es ihm hin.

Er nimmt das Telefon, schaut sich die Fotos an und seine Brauen schießen nach oben.

Wirkt *wirklich* erstaunt.

Irritiert runzele ich die Stirn und beobachte ihn, wie er die Beiträge aufruft, hindurch scrollt und die App wieder schließt. Nehme das Handy entgegen.

»Also?«

»Was, also?«

»Steckst du dahinter?«

»Ich habe nichts damit zu tun.«

»Und dein Hacker?«

»Keine Ahnung.«

»Ist doch verdammt auffällig, oder?«

Ich halte seinen Blick fest, hebe die Brauen.

Eine Weile erwidert er es, dann zuckt sein Kinn minimal nach oben. »Er hat Vorschläge gemacht, ich habe ihm freie Hand gelassen.«

»Aber das —«

»Piper!« Nun beugt er sich zu mir, sodass unsere Gesichter nur noch eine Handbreit voneinander entfernt sind. »Das ist lediglich ein Schuss vor den Bug.«

»Was ist mit den anderen Frauen, die es genauso betrifft?«

»Ich nehme an, das galt der Tarnung.«

»Das sind Kollateralschäden.«

»Nein. Er hat Anweisung, alles wiederherzustellen, sämtliche Spuren zu verwischen.«

»Das Internet vergisst nie.«

»Doch. Wenn man weiß, wie.«

»Und wenn sie dadurch ihren Job verliert?«

»Was, wenn in meiner Firma mehr als ein Mitarbeitender seinen Job verliert? Da trifft es erst recht Unschuldige.«

»Du machst es dir ziemlich einfach.«

»Von wegen! Ja, es ist blöd gelaufen, aber ihre Reaktion war vollkommen überzogen. Wenn sie mir persönlich die Hölle heißgemacht, mich beschimpft, verfolgt oder mit Scheiße beworfen hätte – okay. Damit hätte ich leben können. Ihre Art der Rache schadet jedoch meiner Firma und den Angestellten, für die ich eine Verantwortung trage. Desgleichen für Menschen, die mir nahe stehen. Also tue ich, was ich tun muss, um sie zu schützen. Notfalls mit unpopulären Entscheidungen. Punkt.«

Ich presse die Lippen zusammen, erwidere seinen Blick. Er hat recht, das weiß ich.

Und ich finde ihre Reaktion genauso überzogen und unfair.

Ginge es um Brooks, hätte ich es nachvollziehen können. Kayden hingegen hat sie weder schlecht behandelt noch gedemütigt, dafür wäre er auch nicht der Typ.

Vermutlich zieht sie diese Show ab, weil sie herausgefunden hat, wer Kayden ist. Und da wiegt es anscheinend zehnmal so schwer, dass es zwischen ihnen nicht gepasst hat.

Ergeben stoße ich die Luft aus, schüttele den Kopf. »Früher hätte man so etwas unter vier Augen geregelt.«

»Oder um 12 Uhr mittags, auf der leergefegten Hauptstraße vor dem Saloon, an beiden Hüften ein Colt.« Um seine Mundwinkel zuckt es.

»Sie hätte dir eine Ohrfeige verpassen sollen und gut.«

»Sehe ich ähnlich.« Er nimmt meine Hand. »Wie gesagt, es war ein Schuss vor den Bug. Und ich hoffe sehr, dass sie die Sache jetzt ruhen lässt.«

»Ja, ich auch.«

»Falls nicht ...«

Ich hebe die freie Hand. »Ich will es gar nicht wissen. Wenn sie weitermacht, hat sie jegliche Konsequenzen verdient. Das ist verdammt schlechter Stil.«

»Wie gehst *du* denn mit so etwas um?«

»Wenn ich an ihrer Stelle gewesen wäre?«

Er nickt und ich richte den Blick ins Leere. »Keine Ahnung. Ich hätte den Kerl beschimpft und ihm eine verpasst. Wenn es jemand wie Brooks gewesen und es schmutzig geworden wäre, oder sehr verletzend für mich, hätte ich ihm die Eier abgerissen.«

»Autsch.« Er verzieht das Gesicht.

»Ja, genau, merk dir das.«

»Keine Angst, so weit wird es niemals kommen.«

»Sicher?«

Mit liebevollem Blick legt er die Hand an meine Wange, schaut mir tief in die Augen. »Ich habe eine halbe Ewigkeit damit vergeudet, dir meine Gefühle zu verschweigen. Du machst mich glücklich, mit dir bin ich vollständig. Und das möchte ich dir in gleicher Weise zurückgeben. Meinst du wirklich, da würde ich dich jemals wieder gehenlassen? Geschweige denn verletzen, abservieren oder Ähnliches?«

Ich hebe die Brauen.

»Nein. Niemals. Sorry, du wirst mich nicht wieder los.«

»Versprochen?«

»Ich schwöre, beim Grab meiner *mamie*.«

In mir wird alles weich. »Ich habe deine französische Granny sehr gemocht, auch wenn ich sie nur wenige Male gesehen habe. Sie hat mir sogar ein paar Tipps gegeben, wie ich mich gegen euch vier durchsetzen soll.«

»Vermutlich die Sache mit den Eiern.«

Ich lache auf, gebe ihm einen Klaps aufs Bein. »Du Blödmann. Sie war toll.«

»Ja, das war sie. Und ich schätze, meine Mutter könnte auch so eine *mamie* werden.«

»Das fände ich cool. Sie, Mom und ich, wir würden unsere Kinder zu den besten Menschen erziehen, die es auf der Welt gibt.«

»Und was ist mit mir? Habe ich da nicht auch ein Wörtchen mitzureden?«

»Hm, mal sehen, wie du dich führst.«

»Oh, komm her, meine wilde Schöne.« Damit packt er mich am Nacken und zieht mich für einen leidenschaftlichen Kuss an sich.

Kapitel 12 – Kayden

Nach nur fünf Stunden Flug landen wir gegen 10:30 Uhr Ortszeit auf dem *Brussels Airport* und begeben uns zur VIP-Einreisekontrolle.

Piper ist müde, grummelig und friert in der diesigen Kälte, weswegen ich ihr den Arm um die Schultern lege und sie kurz an mich ziehe.

»Möchtest du gleich wieder ins Bett?«

»Nein, erst später. Auf diese Weise überstehe ich den Abend besser.«

»Okay, dann steigen wir in die Badewanne.«

Sie stöhnt auf. »Oh, Gott, das wäre großartig.«

Lachend schüttele ich den Kopf und löse mich von ihr, nehme unsere Reisepässe aus der Jackentasche und trete an den Schalter. Dort lege ich die Dokumente auf den Tresen und wechsele ins Französische. »Guten Morgen, Monsieur.«

Mit stoischem Gesichtsdruck mustert er mich. »Guten Morgen. Haben Sie etwas zu verzollen?«

»Nein.«

»Grund Ihres Aufenthalts?«

»Beruflich.«

»Wann verlassen Sie das Land wieder?«

»Morgen, Richtung Amsterdam.«

Der Mann senkt den Blick auf die Einreiseformulare, die Alma im Vorfeld für uns ausgefüllt hat. Schaut Piper an und runzelt die Stirn. »Sind Sie krank, Madame?«

Automatisch öffne ich den Mund, um für sie zu antworten.

»Nein, Monsieur, nur müde. War ein kurzer Flug mit zu wenig Schlaf«, antwortet sie in ebenfalls fließendem Französisch.

»Hm. Und Sie sind DJ?«

»Korrekt.«

»Wo treten Sie heute Abend auf?«

»Im *Jeux d'Hiver*, 22 Uhr.«

»Schönes Gebäude. Historisch.«

»Mir gefällt es auch sehr gut, ich war schon einige Male dort.«

»Gut, gut.« Er legt die Formulare zur Seite, stempelt unsere Pässe und klappt sie zu. Hält sie mir hin und nickt.

»Einen schönen Aufenthalt.«

»Danke.« Ich nehme sie, stecke sie in die Innentasche meiner Jacke.

Ein letztes Lächeln, dann ergreifen wir unser Gepäck und verlassen den Bereich, das Gebäude.

Davor wartet bereits eine Limousine auf uns und ich nenne dem Fahrer die Adresse des Suitenhotels, das mit dem Auto keine zehn Minuten von dem Nachtclub entfernt ist. Und es befindet sich in einer Straße voller alter Villen.

Piper bleibt erst einmal auf dem Gehweg stehen und lässt den Blick über die Gebäude schweifen. »Wow, ein wunderschöner Stil.«

»Meine Mutter schwärmt auch für die europäische Architektur um 1900, Paris ist voll davon.« Ich bedanke mich beim Fahrer für den zweiten Koffer und bestätige ihm die Uhrzeit für die Fahrt zum Nachtclub. Ziehe die Teleskopgriffe heraus und trete neben sie.

»Stammt deine Mutter aus Paris?«

»Ja.«

Sie seufzt. »Ich war im April das letzte Mal dort.«

»Wir können gern bei Gelegenheit hinfliegen, Mom

weiß bestimmt ein paar Geheimtipps für uns, wohin wir unbedingt gehen müssen.«

»Oh, das wäre perfekt, wenn ich schon kein Engagement dort habe.« Sie übernimmt ihren Koffer und folgt mir zum Eingang.

Dort checke ich über einen Sicherheitscode ein, den ich per E-Mail erhalten habe. Öffne die Tür und halte sie ihr auf. »Da vorn ist der Aufzug, wir müssen in die oberste Etage.«

»Okay.«

Wir durchqueren den Flur, der bis auf Hüfthöhe mit braunem Marmor ausgestattet und oberhalb davon weiß gestrichen ist. Außerdem hängen hier die ersten Kunstdrucke bekannter belgischer Maler, Vermeer neben Magritte und Bruegel.

Die kenne sogar ich, der sich null für Kunst interessiert.

Ein zum Glück moderner Fahrstuhl bringt uns nach oben, wo wir einen ähnlichen, aber kleineren Flur betreten. Auch die Sicherheitstür zu unserer Suite öffne ich mit dem Code.

Dahinter erwartet uns ein Luxusapartment mit eigener Küche, dessen Zimmer mit einer Mischung aus antiken sowie modernen Möbeln ausgestattet und mit Kunst vollgestopft sind. Echte Gemälde, Fotos und Drucke. Bücher, Bildbände und Skulpturen auf den Tischen oder Regalen. Dazu einzigartige bis ausgefallene Lampen, Vasen sowie anderweitige Dekorationsgegenstände.

Doch das Highlight ist anscheinend etwas völlig anderes.

»Oh, mein Gott!« Piper lässt ihren Koffer mitten im Weg stehen und eilt zu dem riesigen Erkerfenster im Wohnzimmer, das im zentralen Punkt spitz zuläuft und auf die Straße hinausgeht. Darunter befindet sich eine maßgefertigte Sitzbank mit dicken Polstern und ausgefallenen

Kissen. Ergänzt durch einen Cocktailtisch und eine Skulptur, die auf einem Ende der Bank sitzt.

»Das ist grandios.« Sie zückt ihr Smartphone und macht Fotos. Dreht sich zu mir um und seufzt. »Zu schade, dass wir morgen wieder abreisen.«

Ich zwinkere ihr zu. »Auch hier können wir noch einmal herkommen.«

»Ich wusste, dass ich mir genau den richtigen Typen geangelt habe.« Lächelnd kommt sie zu mir, legt die Hände um mein Gesicht und küsst mich zärtlich.

»Die Frage ist wohl eher, wer hier wen geangelt hat.«

»Wie bitte?«

»Ich bin doch zu dir gekommen, um dich endlich für mich zu gewinnen.«

»Dann haben wir uns halt gegenseitig geangelt. Wo ist das Bad?« Ihr Rucksack landet auf einer der beiden halbrunden Couchen und sie läuft zum anderen Ende der Suite, wo sich Schlafzimmer und Bad befinden.

Da ich die Räume aus der Website-Galerie kenne, gehe ich lieber in die Küche und überprüfe, ob sich im Kühlschrank das befindet, was ich bestellt habe.

Wasser, Champagner, Sushi, Obst, Pralinen.

Daneben steht der Kaffeevollautomat und auch dafür ist alles vorhanden.

Perfekt.

»Kommst du, Ward? Ich lasse Badewasser ein.«

»Ja, Darling.« Grinsend nehme ich eine Flasche Champagner aus dem Kühlschrank, zwei Gläser aus dem Schrank und schlendere ins Bad.

Dort steht sie in Dessous und funkelt mich an. »Wenn ich eins hasse, dann ist es dieses Wort.«

Ich lache auf. »Okay, verstanden.«

Da es keine andere Möglichkeit gibt, stelle ich Flasche und Gläser auf dem Waschtisch ab. Laufe Richtung Wohnzimmer und schnappe mir den Metalltisch aus dem Erker, trage ihn neben die Badewanne und schließe die Tür. Dann öffne ich den Champagner, schenke ein und platziere alles auf der Tischplatte.

Piper sitzt bereits in der freistehenden Klauenfußbadewanne, das Haar mit einer Spange hochgesteckt, und um sie herum wachsen die Schaumberge.

Folglich entledige ich mich ebenfalls schnellstmöglich meiner Kleidung, steige hinter ihr hinein und seufze auf. »Oh, ja, das ist angenehm.«

»Ich liebe es, zu baden, und nutze das bei jeder Gelegenheit aus. Erst recht, wenn das Wetter so ekelhaft ist.« Sie rutscht zu mir, lehnt sich gegen meine Brust.

»Du hast doch auch eine Badewanne, oder?« Ich reiche ihr ein Glas, nehme meines.

»Ja, aber in L.A. hatte ich keine. Bei dem Klima auch überflüssig. Deswegen habe ich bei meinem jetzigen Apartment extra darauf geachtet. Aber deine finde ich viel besser. Sie ist so schön groß, perfekt für uns beide, und die Aussicht ist auch nett.«

»Sie und ich stehen dir immer gern zur Verfügung.«

»Ich komme darauf zurück.«

Wir trinken von unserem Champagner und kurz darauf hat der Wasserstand eine angenehme Höhe erreicht, sodass sie den Hahn abdreht.

Das Rauschen verstummt, es kehrt Ruhe ein und ich lehne den Kopf rücklings an den Wannenrand, schließe für einen Moment die Augen.

Piper legt den Kopf an meine Schulter und die freie Hand an meinen Schenkel, streicht langsam auf und ab. »Übrigens habe ich am Montag mit Brooks telefoniert.«

Mein Magen verkrampft sich. »Hm.«

»Eigentlich ging es um Kontakte, die er herstellen wollte, doch dann hat er mir erzählt, er hätte dich auf dem

Video aus Puerto Rico gesehen. Und dich darauf angesprochen.«

»Ja, hat er. Beim Brunch.«

»Warum hast du mir nichts davon gesagt?«

»Keine Ahnung, habe ich verdrängt.«

»Er hat geklungen, als ob er dir die Ausrede mit deinem Allerweltsgesicht nicht abgenommen hätte.«

»Eigentlich habe ich gedacht, ich konnte ihn überzeugen.«

»Ich habe noch ein wenig nachgelegt.« Sie erzählt mir von ihrer Reaktion. »Und natürlich sind wir wieder auf dieses beschissene Thema zu sprechen gekommen.«

»Und? Was sagt er?«

»Im Grunde ist es ihm egal, dass ich erwachsen bin. Ich bleibe immer seine Schwester, die es zu beschützen gilt. Und das geht mir höllisch auf den Sack.«

Ich denke an jenen Brunch und seine Bemerkung bezüglich des Videos.

Ja, ich war sorglos. Habe nicht bedacht, dass die Drohnen mich filmen könnten und er sich logischerweise die Beiträge seiner Schwester ansieht.

Wie lange also, bis wir nachlässig werden und er tatsächlich dahinterkommt?

Und was passiert dann?

Gereizt nehme ich einen großen Schluck Champagner. »Ehrlich gesagt fühle ich mich verdammt unwohl mit unserer Geheimnistuerei. Auch wenn es im Augenblick keine Alternative gibt.«

»Dann lass uns das Essen für Ende April ansetzen und alle einladen, angefangen mit Brooks. Davor sind wir auf dem *Coachella Festival*, danach fliege ich nach Südamerika.«

»Und lässt mich mit deinem angefressenen Bruder in New York zurück.«

»Haha.«

»Nein, schon okay. Ich lebe hoffentlich noch, wenn du zurückkommst.«

»Hast du keine Gelegenheit, zwischendurch zu mir zu fliegen?«

»Im Moment sieht das leider schlecht aus. Es stehen Projekte an, aus denen ich mich nicht herausziehen kann. Vielleicht muss ich sogar nach Asien.«

»Schade.«

»Tut mir leid.«

»Hey, du musst dich nicht für deinen Job entschuldigen. Wir machen eben das Beste daraus.«

»Genau.«

»Also – wie wollen wir das Essen angehen?«

»Gute Frage. Ich werde nach Ostern mit Abbie darüber sprechen. Sie soll alles so organisieren, dass wir ab einem gewissen Zeitpunkt allein sind.«

»Ganz ehrlich – sobald Brooks begreift, dass außer den Paaren nur du und ich da sind, wird er misstrauisch.«

»Aber anders geht es nicht.«

»Ich weiß. Leider habe ich gerade auch keine bessere Idee.«

»Ich werde nachher im Club mal darüber nachdenken. Und mich an Ostern mit meinen Eltern unterhalten, vielleicht haben sie einen Vorschlag dazu.«

»Okay. Oh, und sei heute Nacht vorsichtig. Sämtliche Auftritte werden gefilmt.«

»Scheiße, dann muss ich mich ja verstecken. In der letzten Ecke an der Bar.«

»Du kriegst das bestimmt hin.«

»Und falls nicht?«

»Ich rede mit dem Team, sobald wir da sind. Du willst nicht gefilmt werden und musst im Zweifel unkenntlich gemacht werden.«

»Wenn das möglich ist ...«

»Dafür sorge ich.«

*

Das *DGTL Festival Amsterdam* findet auf dem denkmalgeschützten Gelände einer ehemaligen Werft statt. Heutzutage beheimaten die Docklands neben Wohnanlage, Hotels, Theater, Cafés und Restaurants auch ein Kunstmuseum sowie ein Kulturzentrum. Dort finden regelmäßig Veranstaltungen aller Art statt und das *DGTL* als Mischung zwischen Musik und Kunst.

Vor dem Abflug nach Europa habe ich mir die Website der globalen Eventreihe angesehen, die vor mehr als zehn Jahren in Amsterdam gegründet wurde. Deshalb weiß ich ungefähr, was mich auf dem Gelände erwartet. Trotzdem bin ich beeindruckt von den effektvollen Bühnen und Installationen im rauen, industriellen Setting. Genauso wie von der Nachhaltigkeit des Angebots und des Konzepts.

Da Piper nur einen USB-Stick mit ihrem Set mitbringen muss und die Technik komplett gestellt wird, fahren wir am späten Nachmittag in die Docklands. Treiben mit dem Besucherstrom zum und über das Gelände, schauen uns die Exponate an, essen, trinken und genießen die Musik.

Das Herz des Areals bildet eine riesige Glashalle, die aussieht wie ein geschwungenes Satteldach, das direkt auf dem Boden beginnt, und an ein Gewächshaus erinnert. Das Klischee der Niederlande, wie mir mal ein Geschäftspartner erzählt hat.

Dort wird Piper um 20 Uhr auflegen, das Sundowner-Set.

Eine halbe Stunde vorher müssen wir uns bei der dortigen Organisation einfinden und während sie die Details zu ihrem Auftritt abklärt, habe ich Gelegenheit, mich umzusehen.

An unserem Kopfende der Halle befindet sich die gesamte Technik, an den oberen Seiten wurde jeweils eine lange Reihe von LED-Panels installiert, die zum anderen Kopfende hin in ein Halbrund übergehen. Und in der Mitte hängt ein rundes Gerüst, das innen und außen mit den gleichen Panels bestückt ist.

Die untergehende Sonne scheint vom westlichen Ende Richtung Pult und auf den aktuellen DJ, der mit verspiegelter Sonnenbrille seine eigene Musik feiert, genauso wie das Publikum. Die Stimmung ist, wie überall auf dem Gelände, grandios. Entspannt, positiv, offen, locker. Signifikant anders als in den Clubs, die ich in den letzten Jahren besucht habe.

Piper kehrt von der Besprechung zurück und bedeutet mir, mich zu ihr zu beugen.

»Du kannst im Backstagebereich bleiben, da sind noch andere. Oder du schaust mir von der Seite aus zu, aber dann musst du hinter der Abschirmung bleiben.«

»Okay.«

»Und die Kameraleute wissen auch Bescheid.«

»Perfekt.«

»Hier ist dein Bändchen, falls du mal raus musst. Für die Künstler gibt es sogar einen eigenen Bereich mit Waschräumen.« Sie deutet in die entsprechende Richtung, hält mir ein goldenes Silikonarmband hin, auf dem VIP steht, und zeigt mir ihres.

Ich streife es über und nicke.

»Okay, ich muss hoch.«

»Viel Spaß.« Ich beuge mich erneut zu ihr und küsse sie sanft.

»Danke. Bis später.« Kurz legt sie die Hand auf meine Brust, dreht sich um und begibt sich zur Bühne.

Pünktlich zum Wechsel taucht eine junge Frau mit Mikrofon neben dem DJ auf, macht eine Abmoderation und animiert das Publikum zu einem letzten Applaus.

Kurz darauf kommt er von der Bühne und die Moderatorin kündigt Pi mit einer wahren Lobeshymne an, woraufhin die Gäste ihr eine würdige Begrüßung zuteilwerden lassen.

In meiner Brust breitet sich Stolz aus und ich schiebe lächelnd meine Finger in die vorderen Jeanstaschen. Höre über die Lautsprecher, wie sie selbst die Leute begrüßt, sogar mit ein paar Brocken Niederländisch, wenn ich es richtig einordne, und dann geht es mit gewohnter Energie los.

Unvermittelt vibriert das Handy in meiner Gesäßtasche und ich ziehe es hervor, schaue auf das Display.

Brooks.

Fuck!

Schnell verlasse ich die Halle, entferne mich Richtung Hafenbecken. Lege mir mit rasendem Herzen eine Geschichte zurecht und hasse mich selbst dafür.

Ich nehme das Gespräch an und drücke mir den Finger ins andere Ohr. »Hey, Mann. Ist es dringend?«

»Alter, wo bist du?«

»Oh, ich bin in ein Festival geraten.«

»Um die Uhrzeit?«

»Ich bin in London.«

»Ich wusste gar nicht, dass da gerade eines stattfindet.«

»Keine Ahnung, ist so ein Straßending.«

»Was machst du überhaupt da?«

»Was wohl? Arbeiten. Die Gründer des Start-ups, für das ich mich interessiere, haben vorgeschlagen, herzukommen.«

»Hm.«

»Also, was gibt es? Ich habe nicht lange Zeit.«

»Du bist verdammt kurz angebunden.«

Das Misstrauen in seiner Stimme wird immer stärker

und mir mit jeder Sekunde heißer.

»Sorry, Brooks, aber das ist geschäftlich.«

»Anscheinend hast du die Nachrichten in unserer Gruppe nicht gelesen. Wir wollen den Brunch ausnahmsweise auf morgen vorverlegen. Deine Antwort fehlt als einzige.«

Am Rande des Geländes habe ich endlich genug Freiraum und der Geräuschpegel hier draußen ist auf ein angenehmes Maß geschrumpft. Also nehme ich den Finger vom Ohr, gehe die letzten Schritte zur Absperrung und seufze.

»Tut mir leid, habe ich wirklich nicht bemerkt. Aber leider schaffe ich das nicht, ich fliege erst morgen Abend zurück. Schreibe es gern auch in die Gruppe.«

»Hm, da kann man wohl nichts machen. Dann treffen wir uns mal wieder ohne dich.«

»Okay.«

»Bist in letzter Zeit ja verdammt oft unterwegs.«

»Und es geht vermutlich noch eine Weile so weiter.«

»Aha. Und das ist wirklich geschäftlich?«

Ich lache gegen meine Gewissensbisse und seine Zweifel an. »Was denn sonst?«

»Da könnte es mehrere Gründe geben.«

»Bei mir? Sehr witzig. Okay, wir sind am Ziel angekommen, ich muss auflegen. Frohe Ostern.«

»Dir auch, bis dann.«

Gleich darauf ist die Verbindung unterbrochen und ich nehme das Telefon vom Ohr. Starre aufs Hafenbecken hinaus, die Zähne zusammengebissen und die Finger ums Smartphone gekrampft. Kämpfe gegen den Scheiß an, der in mir hochkocht.

Krieg endlich den Arsch hoch, Alter. Bevor dir wirklich etwas um die Ohren fliegt.

Scheiße, seit wann bin ich so zögerlich?

Ich sehe meine Freunde vor mir, wie wir beim Brunch auf unsere Freundschaft anstoßen.

Im nächsten Moment ist da Piper, wie sie lächelt, mich küsst.

In meiner Brust breitet sich ein scharfer Schmerz aus.

Fuck, wovor habe ich Angst?

Wir lieben uns, für uns gibt es nur einen Weg.

Nach vorn.

Doch je länger es dauert, desto schlimmer wird es.

Erneut beißt mein Gewissen zu.

Hoffentlich hält eure Freundschaft das aus.

Der Gedanke, der Verräter in der Runde zu sein, der alles zerstört, tut weh.

Und lässt meine Emotionen überkochen.

Voll verzweifelter Wut trete ich vor den Absperrzaun. Einmal, zweimal. Rüttele daran. »So eine verfickte Scheiße!«

Im selben Atemzug wird mir bewusst, dass die Leute um mich herum ruhiger geworden sind, und ich drehe mich um.

Ein Typ mit kahlgeschorenem Kopf löst sich aus einer Gruppe und kommt ein paar Schritte näher, sagt etwas.

Ich runzele nur die Stirn, er spricht auf Englisch weiter.

»Alles okay, Mann? Brauchst du Hilfe oder so was?«

»Nein, danke.« Mit einem schiefen Lächeln hebe ich beide Hände, atme tief durch. »Geht schon wieder, danke.«

Er nickt, mustert mich ein letztes Mal und kehrt zu seinen Leuten zurück.

Fuck, ich brauche einen Drink.

Ich sehe mich um, entdecke einen Getränkestand und laufe hinüber. Warte ein paar Minuten, bis ich dran bin, bestelle mir zwei Becher Bier, weil es nichts Härteres gibt, und leere einen davon, so schnell ich kann.

Mit dem anderen gehe ich zu einem riesigen Lichtwürfel, der auf einem Podest aufgebaut wurde, und setze mich auf eine der Stufen. Nehme mein Smartphone wieder zur Hand, öffne unseren Gruppenchat und lese die letzten Nachrichten.

Okay, bringen wir es hinter uns.

Ich: *Sorry, komme erst Samstagabend zurück.*

Zwei Minuten warte ich, dann schreibe ich weiter.

Ich: *Was haltet ihr von einem Abendessen bei mir? Mit euren Frauen. Am letzten Wochenende im April? Als kleine Entschädigung, weil ich aktuell so oft unterwegs bin.*

Wieder warte ich ein paar Minuten, trinke von meinem Bier und versuche, mein wild hämmerndes Herz zu beruhigen.

Allerdings passiert nichts, bis er leer ist, also sperre ich das Display und schiebe das Telefon in meine Gesäßtasche. Bringe den Pfandbecher zum Getränkestand und kehre im Licht der letzten Sonnenstrahlen zurück in den Backstagebereich der Glashalle.

Die Stimmung ist bestens und die Leute feiern die Musik, untermalt von einer fließenden Lichtshow auf den LED-Panels.

Doch ich habe nur Augen für die Liebe meines Lebens.

Fuck, ich brauche sie jetzt, so nah wie möglich.

Folglich steige ich am Rand auf die Bühne, positioniere mich hinter der Abschirmung und schaue ihr aus wenigen Schritten Entfernung bei der Arbeit zu, die gleichzeitig ihre Leidenschaft ist.

Piper wirft mir einen Blick zu, lächelt und hält sich eine Muschel der Kopfhörer ans Ohr. Dreht an Reglern, macht irgendwelche Feineinstellungen und zelebriert den Übergang zum nächsten Song. Legt den Kopfhörer zurück an ihren Hals, singt den Text mit und animiert die Leute zum Mitfeiern.

Scheiße, das ist der Song, in dem es um uns geht.

In meiner Brust wird es warm und mein Herz schwillt an vor Liebe, genauso wie meine Sehnsucht nach ihr.

Ja, wir müssen das mit Brooks regeln, denn das zwischen uns wird mit jedem Tag intensiver.

Und ich will mich nicht mehr verstecken müssen.

Nie wieder.

*

»Gott, Pi, ich brauche dich.«

Ich schaffe es nicht mal mehr, das Hotel zu betreten. Drücke sie stattdessen neben der Tür gegen die Wand und küsse sie, als ginge es um mein Überleben.

Sie stöhnt in meinen Mund, bohrt die Fingernägel in meinen Rücken und reibt sich an mir.

Was mir ein hungriges Knurren entlockt, denn mein Schwanz ist schon hart, seitdem das Taxi den Ausgang des Festivalgeländes verlassen hat.

Ich packe ihren Hintern, schiebe eine Hand zu ihrem Schenkel und schlinge mir ihr Bein um die Hüfte.

»Lass uns raufgehen«, murmelt sie an meinem Mund, küsst mich wieder. »Bevor wir erwischt und eingelocht werden.«

»Fuck.«

»Ja.«

Widerwillig ziehe ich mich zurück und die Key-Card aus der Hosentasche, halte sie vor das Lesegerät. Die Automatiktüren öffnen sich und wir laufen Hand in Hand zum Aufzug, wo wir weiterknutschen.

Es ist mitten in der Nacht und wir sind berauscht.

Von stundenlangem Feiern und Tanzen, dem einen oder anderen Getränk, aber vor allem von uns.

Wir haben uns von der Stimmung anstecken lassen, einer Mischung aus Euphorie, Entspannung und Liebe. Uns nicht mehr zurückgehalten, sondern den Gefühlen freien Lauf gelassen, wie so viele andere auch. Erst waren es nur vereinzelte Berührungen oder Küsse, doch daraus wurde schnell mehr und die Leidenschaft ist hochgekocht.

Oben angekommen eilen wir möglichst leise zu unserer Suite.

Ich öffne die Tür und im selben Moment fällt Piper mir um den Hals.

Küssend taumeln wir in den Wohnbereich, fallen beinahe über die Couch.

Ich werfe die Tür zu, dirigiere sie ins Schlafzimmer.

Wo wir uns gegenseitig die Klamotten vom Leib reißen.

Dann schubse ich sie aufs Bett, spreize ihre Knie und lecke sie voller Hingabe.

»Gott, du schmeckst so süß.« Eilig werfe ich meine Brille auf den Nachttisch, schiebe die Zunge in ihre Pussy und sauge an ihr.

Mit einem hellen Stöhnen bäumt sie sich auf, gräbt die Finger in mein Haar. »Kayden!«

Ich steigere die Intensität, ersetze meine Zunge durch einen Finger und reibe sie von innen. Knabbere an ihrer kleinen empfindlichen Perle, necke ihre geschwollenen Labien. Dringe mit einem zweiten Finger in sie ein, nehme sie ganz in den Mund und sauge. Erhöhe den Rhythmus an beiden Stellen.

Nicht lange und ein Beben läuft durch ihren Körper. Ihr Atem stockt, sie erstarrt und kommt.

Eilig ziehe ich die Finger zurück, lecke sie, schmecke ihre Lust.

Bis die Anspannung nachlässt.

Ich wandere ihren Körper hinauf, streichele mit den Lippen über ihren Bauch.

Verschlinge ihre Brüste, beiße ihre Nippel.

Küsse sie.

»Fuck, Piper, ich bin süchtig nach dir.«

Ich knabbere an ihrem Hals und lecke dadrüber. Entlocke ihr lustvolle Laute, die mich noch härter werden lassen.

Doch gleich darauf stemmt sie die Hände gegen meine Brust, wirft mich zur Seite und rücklings aufs Bett. Setzt sich auf meinen Bauch und schaut mich voller Begierde an.

»Jetzt bin ich dran.«

Schon küsst sie mich, reibt sich an meinem unteren Bauch, wandert zu meinem Hals und ich grabe die Finger in ihre Schenkel.

»Sag mir, was du fühlst.« Ihr heißer Atem streift meine Haut.

Ich stöhne.

»Nein. Deine Worte. Was spürst du, wenn ich dich berühre?«

Ihre Finger gleiten über meine Brust, kratzen an meinen Nippeln. Sie streicht mit den Lippen über meinen Kiefer, das Kinn. Leckt über meine Lippen und schiebt mir die Zunge in den Mund.

Gierig erwidere ich ihren Kuss, packe ihren Hintern und drücke ihren heißen Schoß gegen meinen Bauch.

Sie stöhnt in meinen Mund, beugt sich zu meinem Ohr.

»Sag es, Kayden. Bitte.«

»Du ...«

»Ja?« Ihre Zunge wandert über meinen Hals.

Meine Selbstbeherrschung wird schwächer.

Ja, verdammt, ich will es ihr sagen.

»Du bringst alles in mir zum Schmelzen.«

Sie gleitet tiefer, umspielt meine Nippel.

»Wie Schokolade in der Sonne.«

»Mmh, jaa.«

Und sie soll wissen, was sie in mir auslöst.

»Du bist die ... herbe Süße in meinem Leben. In mir.«

Mit einem genussvollen Laut schiebt sie sich tiefer, streicht über meinen Bauch.

»Etwas, was ich nur mit dir fühle.«

»Mmh.«

»Weil ich dich liebe.«

»Ja.«

»Und brauche.«

»Ja.«

»Für immer.« Das letzte Wort geht in ein tiefes Stöhnen über, denn sie legt die Hände um meinen Schwanz und nimmt mich in den Mund. »Oh ... Fuck!«

Ich hebe den Kopf und schaue ihr dabei zu, wie sie meine Härte der Länge nach leckt, über die Kerbe und die Eichel, immer wieder. Dann stülpt sie die Lippen über die Spitze, saugt leicht daran und reibt mich mit sanftem Druck.

Meine Erregung schießt nach oben und ich schiebe die Hand in ihr langes Haar, dessen Spitzen über meine Schenkel streichen. Halte sie daran fest, kann mich nicht mehr zurückhalten und bewege vorsichtig die Hüften.

Piper stülpt die Lippen über die Zähne, hebt den Blick und hält meinen fest.

Sanft ficke ich ihren Mund, gleite mit jedem Mal ein Stückchen tiefer.

Keuche auf, weil sie mich fester massiert, auch meine Eier.

Um Kontrolle bemüht beiße ich mir auf die Lippe, kralle die andere Hand in die Bettdecke. »Fuck. Piper. Bitte. Ich will dich.«

Ein letztes Mal saugt sie an mir, leckt meine Länge.

Richtet sich auf und rutscht höher, das Gesicht merkwürdig ernst.

Ich strecke den Arm Richtung Nachttisch aus. »Das Kondom.«

Sie schüttelt den Kopf, positioniert sich über meinen Hüften und greift zwischen uns nach meinem Schwanz. »Ich liebe dich, Kayden. Und ich will dich endlich ganz spüren.«

Schon setzt sie die Spitze an ihre Pussy, den Eingang zu meinem süßen Paradies. Senkt sich auf mich, nimmt meine Härte Stück für Stück in sich auf.

Mich durchläuft ein prickelnder Schauer und ich halte für einen Moment die Luft an. Grabe die Finger in ihre Schenkel und stemme ihr mein Becken entgegen, bis ich sie komplett ausfülle.

Fuck, das ist ... überwältigend perfekt.

Ich stöhne ihren Namen, betrachte sie.

Wie sie die Augen schließt, voller Genuss aufseufzt, sich über die Lippen leckt.

Dann sieht sie mich an, stützt sich auf meinem Bauch ab und schaukelt über meinen Schoß. Erst vorsichtig, bald kräftiger.

Ich streiche ihre Schenkel hinauf, mit der einen Hand über ihren Hintern, mit der anderen zu ihrem Schoß. Schiebe den Daumen zu ihrer empfindlichsten Stelle und massiere sie, reibe sie tiefer.

Was sie sichtlich genießt.

Und mich gewaltig antörnt.

Je fester sie die inneren Muskeln anspannt.

Je intensiver sie mich reitet.

Aber ich will mehr, richte mich auf und küsse sie.

Sie schlingt die Arme um meinen Hals, erwidert es voller Leidenschaft und verlagert das Gewicht. Presst das Becken gegen meines und streckt die Beine nach vorn.

Ich schließe sie in die Arme, spreize die Beine. Spanne rhythmisch die Muskeln in meinem Hintern an und sie schaukelt gegen mein Becken.

Stützt sich bald mit einer Hand hinten auf dem Bett ab, stellt die Füße auf und verstärkt die Bewegungen.

Eilig packe ich ihre Hüften, unterstütze sie.

Doch irgendwann ist es nicht mehr genug.

Für sie genauso wenig, wie ich an ihrem Wimmern und den Bewegungen merke.

Demnach packe ich sie und werfe sie auf den Rücken. Knie mich vor sie, dringe erneut in sie ein und ficke sie. Schnell und intensiv.

Piper kippt das Becken, umfasst ihre Brüste und zwirbelt ihre Nippel.

Stöhnt vor Lust, keucht, und ihre Pussy wird immer enger.

In meinem Unterleib kribbelt es, sammelt sich an meinem unteren Rücken.

Weshalb ich die rechte Hand auf ihren unteren Bauch lege, den Daumen zwischen ihre geschwollenen Labien schiebe und ihre Klit massiere.

Sie öffnet die Augen und schaut mich an, atmet abgehackt.

Legt die Hand über meine, leitet meinen Daumen.

Kurz darauf steigt ein Beben aus ihrem Bauch auf, spannt sie sämtliche Muskeln an, hält inne. Und kommt.

Mit einem heiseren Schrei bäumt sie sich auf, den Blick in die Unendlichkeit gerichtet, und ihr Schoß zieht sich rhythmisch um meinen Schwanz zusammen.

Was den letzten Rest meiner Selbstbeherrschung fortreißt. Das heiße Prickeln schießt mein Rückgrat hinauf und der Orgasmus explodiert.

In meinem Kopf, meinem Körper, meinem Inneren.

Kurz halte ich inne und schließe die Augen, presse das

Becken gegen ihres und ergieße mich in ihr.

Schaue sie wieder an und genieße die Befriedigung auf ihrem Gesicht, stoße und reibe sie zu einem weiteren Höhepunkt.

Dann stütze ich mich zu ihren Seiten auf, lasse mich vorsichtig auf sie sinken und küsse sie.

Sie schlingt Arme und Beine um mich, drückt mich an sich. »Ich liebe dich, Kayden.«

»Und ich liebe dich. So sehr.« Ich schiebe die Arme unter ihren Rücken, halte sie fest und schaukele über ihren Schoß.

Bis sie noch einmal erschauert, in meinen Mund seufzt und auch die letzte Anspannung aus ihrem Körper weicht.

Eine Weile liegen wir so da und sie fährt über meinen Rücken oder durch mein Haar.

Und schließlich hebe ich den Kopf, schaue ihr in die Augen. »Nie im Leben hätte ich gedacht, dass es so sein kann.«

»Was meinst du?« Piper streicht mir ein paar Strähnen aus der verschwitzten Stirn.

»Sex ohne Kondom. Jetzt weiß ich, warum ich das vorher nie wollte.«

Sie hebt die Brauen. »Weil du es nur mit der richtigen Person erleben wolltest?«

»Ja. Mit dir.«

Auf ihrem Gesicht breitet sich ein liebevolles Lächeln aus. »Mir ging es ähnlich. Muss wohl ein Zeichen sein.«

»Offensichtlich.« Ich küsse sie sanft. »Ich wünschte nur, ich wäre dem eher gefolgt.«

»Ach, Kayden.« Mit einem Seufzen umfasst sie mein Gesicht, schaut mich an. »Lass uns nicht mehr darüber jammern, was wir verpasst haben, sondern genießen, wie viel noch vor uns liegt.«

»Du sprichst mir aus der Seele, meine Schöne.«

Kapitel 13 – Piper

Zufrieden mit der abgewandelten Sequenz speichere ich das neue Projekt und hebe den Blick.

Kayden sitzt mir gegenüber, ebenfalls am Laptop, starrt aber aus dem Flugzeugfenster. Sein Gesicht ist ernst und nachdenklich, die Stirn gerunzelt.

Als ob er nach einer Lösung sucht und keine findet.

Mein Magen verkrampft sich, denn ich ahne, worum es geht. Schließlich hat er mir von Brooks' gestrigem Anruf erzählt.

Und dass der im vorgeschlagenen Zeitraum seinen Junggesellenabschied feiern will, Konkretes folgt.

Ich nehme den Kopfhörer ab, lege ihn auf den Tisch. »Alles okay?«

Er blinzelt, sieht mich an. »Hm?«

»Was ist los? Was spukt dir im Hirn herum?«

Da seufzt er und schüttelt den Kopf. »Immer dasselbe.«

»Wir müssen das Essen doch nur auf Ende Mai verschieben.«

»Ich will nicht mehr lügen.«

»Uns bleibt nichts anderes übrig.«

»Am liebsten würde ich es ihm sofort sagen.«

»Dann komm morgen mit zu meinen Eltern.«

Diese Vorstellung scheint ihn zu schockieren, seine Augen weiten sich.

»Nein, das ist wirklich nicht der richtige Rahmen. Was wäre, wenn deine Eltern mich für unsere Liebe und den Verrat verurteilen und rausschmeißen? Dir ebenfalls verbieten, mit mir zusammen zu sein? Ich will nicht der

Grund dafür sein, dass du dich mit deiner Familie verkrachst.«

Dass er in solchen Bahnen denkt und sich unbegründet bereits Vorwürfe macht, tut mir im Herzen weh.

»So schätze ich meine Eltern nicht ein.«

»Und wenn doch?«

»Die würden sich auch wieder beruhigen. Ich bin schon immer meinen eigenen Weg gegangen und damit höre ich jetzt ganz bestimmt nicht auf.«

Kayden presst die Lippen aufeinander, wirkt verzweifelt.

Weshalb ich mich vorbeuge, den Arm ausstrecke und seine Hand ergreife. »Hey. Wir schaffen das schon. Ich werde morgen mal die Fühler ausstrecken, okay?«

»Okay.« Er streicht mit dem Daumen über meine Finger. »Trotzdem wünschte ich, wir hätten es bereits hinter uns. Dieses Gefühl ist furchtbar.«

Nachdenklich neige ich den Kopf, mustere ihn. »Was genau setzt dir so zu?«

»Keine Ahnung. Möglicherweise hat sich Brooks' Sichtweise schon zu tief in mir eingebrannt. Ich fühle mich wie ein Verräter.«

In meiner Brust breitet sich ein dumpfer Schmerz aus.

Was hat mein bescheuerter Bruder da nur angerichtet?

»Wenn er davon erfährt, sind wir bereits drei Monate zusammen. Das wird er uns vielleicht niemals verzeihen.«

»Meinst du nicht, dass eure Freundschaft das aushält? Klar wird er sauer sein, aber irgendwann ...«

Er schiebt die Finger der anderen Hand unter seine Brille, massiert sich die Nasenwurzel und schließt die Augen. »Ehrlich, ich weiß es nicht.«

»Hat er das eigentlich all die Jahre thematisiert?«

»Nein. Sobald du dein Studium begonnen hattest, haben wir nur noch sehr selten darüber gesprochen.«

»Klar, da musste er ja nicht mehr auf mich aufpassen. Aus den Augen, aus dem Sinn.«

»Aber bei Hudsons Hochzeit war es auf einmal wieder wichtig. Eigentlich immer, wenn wir uns in den vergangenen Jahren getroffen haben. Und jedes Mal hat er uns daran erinnert, die Finger von dir zu lassen. Dabei gab es, meiner Meinung nach, nie einen konkreten Anlass bei uns dreien.«

»Nein, das stimmt. Allerdings war es auf der Hochzeitsparty unterschwellig anders, sowohl zwischen uns, als auch von der Stimmung her. Und ich glaube, dass er da schon in Summer verliebt war. Demnach Dinge wahrgenommen hat, für die er sonst unempfänglich war.«

»Hm. Ja, mag sein.«

»Vielleicht sollte ich ihm morgen mal klarmachen, dass wir alle erwachsen geworden sind. Und du nie so ein oberflächlicher Frauenheld warst wie er oder die anderen.«

»Dann wird er misstrauisch.«

»Du weißt doch, was ich meine.«

Er stößt die Luft aus. »Warum muss dieser Scheiß nur so kompliziert sein?«

»Ich sitze zwar nicht zwischen den Stühlen, so wie du, aber mich trifft es ähnlich hart. Und genau deswegen werde ich ihm mal wieder meine Meinung sagen.«

»Worüber?«

»Na, dass ich erwachsen bin und er sein scheinheiliges Gehabe sein lassen soll.«

»Meinst du, das hilft?«

»Keine Ahnung. Da er es letztens erneut angesprochen hat, ist das jetzt der perfekte Aufhänger für mich. Vielleicht bringt es ja was, das Thema im Beisein meiner Eltern und Summer anzuschneiden. Damit ihm bewusst wird, wie idiotisch er sich inzwischen verhält.«

»Irgendwie kann ich mir kaum vorstellen, dass

es funktionieren soll.«

»Wo ist deine Positivität, Ward? Hör auf, alles schwarzzumalen.«

»Ich bin Realist und kenne Brooks schon mein halbes Leben.«

»Und ich ihn mein ganzes. Diese Hoffnung habe ich trotzdem noch nicht aufgegeben.«

»Okay. Ich drücke dir die Daumen und bin in Gedanken bei dir.«

»Das wird schon.« Noch einmal drücke ich seine Hand, ziehe meine zurück und lächele.

Mit mehr Optimismus als ich tatsächlich verspüre.

Ich glaube, der Tag der Wahrheit wird der schlimmste Tag in unserer beider Leben werden.

Er fährt sich mit den Fingern durchs Haar. »Möchtest du auch noch einen Kaffee?«

»Gern.«

Er dreht sich um und ruft nach der Stewardess.

Am frühen Abend landen wir auf dem *Teterboro Airport* und ziehen unsere Jacken über, sobald die Maschine über das Vorfeld rollt.

Eher als erwartet kommt sie zum Stillstand und der Pilot meldet sich über die Lautsprecher. »Verzeihen Sie, Mr. Ward, aber vor uns wartet ein anderer Privatjet, deshalb können wir erst einmal nicht bis zum Hangar vorfahren.«

Kayden winkt die Flugbegleiterin heran. »Bitte sagen Sie Bescheid, dass wir hier aussteigen.«

»Soll ich Ihren Fahrer informieren, Sir?«

»Nein, danke. Ein bisschen Bewegung wird uns guttun.«

»Natürlich, Mr. Ward.« Damit wendet sie sich ab und geht zum Cockpit.

Ich schultere meinen Rucksack und er seine Laptoptasche, dann gehen wir nach vorn. Bekommen unsere Koffer und verlassen die Maschine.

Der Wagen des Limousinenservices parkt am anderen Ende der Flugzeughalle, also schlagen wir einen Bogen um den anderen Jet und marschieren hinüber.

»Sieh einer an. Der ach so aufrichtige Mr. Ward.«

Kayden bleibt stehen und dreht sich zu der weiblichen Stimme um.

Ich folge seinem Blick, erkenne sie in der dunklen Uniform und hebe erstaunt die Brauen.

»Jasmine.«

»Hatte ich also doch recht.« Zwei Schritte vor ihm bleibt sie stehen, sieht aber mich an. Mit einem so hasserfüllten Blick, dass mir mulmig wird.

»Womit?«

»Dass du sie fickst.« Sie funkelt ihn an. »Du bist ein so mieses Arschloch. Hast mich von vorn bis hinten belogen.«

Er hebt das Kinn. »Pass auf, was du sagst.«

»Sonst was?«

»Reicht es dir nicht, dass du mich öffentlich verleumdet hast? Mit Lügen? Willst du direkt weitermachen?«

»Die ganze Welt soll erfahren, wie du wirklich bist. Was gibt dir das recht, mich so zu behandeln? Dein Geld?«

In mir steigt Wut auf, ihr Verhalten geht echt zu weit.

»Und was gibt dir das Recht dazu, in dieser Weise über mich zu urteilen? Du kennst mich überhaupt nicht.«

»Das, was ich von dir erlebt habe, reicht mir. Nie zuvor hat mich ein Mann dermaßen erniedrigt, nicht einmal mein Ex.«

»Ich habe dich immer mit Respekt behandelt.«

»Und deswegen hast du mich darüber im Unklaren gelassen, wer du bist? Wie deine Gesellschaftsschicht funktioniert? Wozu hast du dich überhaupt mit mir getroffen, wenn du mit einer anderen ins Bett steigst?«

»Hör auf, solche Lügen zu verbreiten, nur weil es mit uns nicht geklappt hat.«

»Was sonst? Schickst du mir die Anwälte auf den Hals?«

»Das behalte ich mir vor.«

Da verzieht sie den Mund zu einem gehässigen Lächeln, wirft mir einen Blick zu und macht einen Schritt zurück. »Wir werden ja sehen.«

Damit dreht sie sich um und läuft zur Treppe des Jets.

»Jasmine!« Er will ihr nachstürmen, doch ich kann ihn in letzter Sekunde davon abhalten.

Verärgert sieht er mich an. »Diesen Scheiß können wir nicht auch noch gebrauchen.«

»Ich weiß.«

»Und meine Firma schon gar nicht.«

»Aber wenn du sie jetzt beschimpfst oder bedrängst, machst du es nur schlimmer. Da drin sitzen vermutlich die Piloten, dann hat sie Zeugen.«

»Fuck!«

»Genau. Rede lieber gleich mit deinem Anwalt, warne ihn vor.«

Er stößt die Luft aus, schüttelt den Kopf. »Du hast recht.«

Ich streiche über seinen Arm. »Lass uns lieber fahren.«

»Okay.« Ein letzter Blick Richtung Flugzeug, dann wendet er sich endlich ab und wir setzen unseren Weg zu der Limousine fort.

Dort lädt der Fahrer unser Gepäck in den Kofferraum, wir fahren los.

Kayden zückt sein Smartphone, ruft seinen Anwalt an.

Und ich schaue durch die Heckscheibe zu dem anderen Flugzeug.

Mit einem verdammt miesen Gefühl im Bauch.

Wozu ist diese verletzte Frau sonst noch fähig?

*

Am nächsten Vormittag steige ich am Riverside Drive aus dem Taxi, bleibe einen Moment auf dem Gehweg stehen und starre zum zehnten Stockwerk des altehrwürdigen Gebäudes hinauf. Über der vorstehenden Dachkante befindet sich das Penthouse, das unsere Eltern seit meinem Studium bewohnen und welches nur noch über zwei Gästezimmer verfügt. Immerhin drei Räume weniger als in dem Townhouse auf der anderen Seite Manhattans, in dem ich aufgewachsen bin.

Mit einem tiefen Seufzer schiebe ich meine Hände in die Manteltaschen.

Natürlich freue ich mich, meine Eltern zu sehen, vor allem an solchen Feiertagen, wenn wir alle zusammenkommen. Trotzdem frage ich mich seit gestern, ob ich mit meiner Einschätzung richtig liege.

Stehen sie auf meiner Seite, wenn es um mein Glück geht?

Oder stimmen Sie Brooks zu, dass keiner seiner Freunde gut genug für mich ist?

Bisher hat es nämlich keinen Anlass gegeben, dieses Thema zu diskutieren.

Wie auch immer – das gedenke ich heute herauszufinden.

Folglich atme ich tief durch und stöckele in die Seitenstraße, wo sich der Eingang des Apartmenthauses befindet. Klingele und melde mich auf die Nachfrage ihrer Haushälterin an.

Im Lift öffne ich den Trenchcoat und überprüfe noch einmal mein elegantes schwarzes Outfit. Ein weiches, knielanges Kleid – oben ein lockerer Pullover mit

Manschettenärmeln, unten ein figurbetonter Rock – und kniehohe Wildlederstiefel mit hohem Absatz. Dazu habe ich schlichten Weißgoldschmuck kombiniert. Sowie Kaydens Armband, das ich eh nicht mehr ablege.

Oben empfängt mich Wanda, die für meine Eltern arbeitet, seit ich denken kann. Sie steht lächelnd in der offenen Tür.

»Guten Morgen, Miss Piper. Frohe Ostern.«

»Dir auch frohe Ostern, Wanda.« Ich gehe an ihr vorbei in den Eingangsbereich, streife meine Jacke ab.

Sie streckt gleich die Hände danach aus. »Geben Sie her, ich hänge ihn auf.«

»Danke. Ist Adam auch da?«

Da lacht sie auf. »Natürlich!«

»Wie bitte? Du reißt deinen Mann aus dem wohlverdienten Ruhestand?«

»Na, einer muss das Essen doch servieren.« Sie hängt meinen Mantel über einen Bügel, schließt den Garderobenschrank. »Außerdem fällt ihm zu Hause nur die Decke auf den Kopf. Erst recht an solchen Feiertagen.«

»Du hast recht, da soll er dir lieber zur Hand gehen.« Ich schultere meine Handtasche. »Sind alle im Wohnzimmer?«

»Auf der Terrasse.«

»Danke.«

»Was darf ich Ihnen zu trinken bringen?«

»Einen großen Cappuccino, falls die anderen nicht schon beim Champagner sind.«

»Nein, noch nicht.« Sie lächelt. »Kommt sofort.«

»Danke, Wanda.«

Ich laufe nach links, durch den restlichen Flur und das offene Wohnzimmer. Vorbei am Essbereich rechts und geradeaus auf die Terrasse hinaus.

Meine Eltern stehen mit Brooks und Summer

zusammen, alle entsprechend elegant gekleidet und mit einer Tasse oder einem Glas in der Hand.

Für einen Augenblick sehe ich Kayden und mich ebenfalls in der Runde, bester Laune und ohne Anfeindungen, doch das schiebe ich schnell beiseite.

»Guten Tag, zusammen. Frohe Ostern.«

Sie unterbrechen das Gespräch, wenden sich mir zu und erwidern den Gruß.

»Oh, Piper, wie gut du aussiehst.« Mom drückt Dad ihre Tasse in die Hand. Tritt mir entgegen und schließt mich in die Arme.

»Danke, du aber auch.« Die Pailletten auf ihrem rosegoldfarbenen Oberteil rascheln leise, als ich die Umarmung erwidere.

Sie richtet sich auf, ohne mich loszulassen, mustert mein Gesicht. »Und so glücklich.«

Ich lächele nur. »Die neue Frisur steht dir verdammt gut.«

Sie fährt sich über das wellige, halb ergraute Haar, das nun ihren Hals umspielt und vorn komplett nach rechts gestylt ist. »Vielen Dank. Ja, es war mal wieder Zeit für ein bisschen frischen Wind.«

»Also, mir hat es vorher genauso gut gefallen.« Mein Vater reicht ihr beide Tassen und begrüßt mich ebenfalls mit einer Umarmung. »Hallo, meine Kleine. Frohe Ostern.«

»Hallo, Dad.« Ich streiche über das Revers seines offenen Jacketts. »Du kannst wohl zu Hause auch nicht aus deiner Banker-Haut, was?«

»Ich bin schon froh, dass er die Krawatte weggelassen hat.«

Ich werfe meiner Mutter ein Lächeln zu und drehe mich zu Brooks' Verlobten um. »Hey, Summer.«

»Hallo, Piper.«

Wir umarmen uns herzlich, dann bedenke ich meinen Bruder mit einer halben Umarmung und einem Wangenkuss.

»Wann änderst du eigentlich wieder deine Haarfarbe? Du siehst aus wie ein Klon von Mom.«

»Schnauze, Affenarsch. Du reißt die Klappe schon wieder ziemlich weit auf, nachdem ich dir geholfen habe, die Frau deines Lebens zurückzugewinnen.«

»Das hat rein gar nichts miteinander zu tun.«

»Ach, nein? Mir war deine demütige Haltung auf jeden Fall lieber.«

Er grinst. »Oh, da ist aber heute jemand empfindlich.«

»Könnte daran liegen, dass wir uns in diesem Jahr bereits zu oft gesehen haben.« Ich stelle mich zwischen Mom und Summer. »Und bis zum Jahresende wird das nicht besser.«

Meine zukünftige Schwägerin hebt eine Braue und schaut misstrauisch von mir zu Brooks. »Was läuft da zwischen euch schon wieder schief?«

Der reckt beide Hände in einer entschuldigenden Geste. »Keine Ahnung.«

»Er geht mir nur auf den Sack, wie meistens.«

»Piper!« Mom versetzt mir einen leichten Klaps auf den Arm. »Achte auf deine Wortwahl.«

Erstaunt sehe ich sie an. »Und dieser Möchtegern-Rockstar darf reden, wie es ihm gefällt? Sorry, aber hier bin ich genauso für Gleichberechtigung.«

Mein Bruder plustert sich auf. »Möchtegern?«

»Entschuldigung? Miss Piper?« Wanda taucht neben mir auf, reicht mir den Cappuccino.

»Herzlichen Dank, Wanda.« Ich nehme ihr die Tasse ab und ignoriere Brooks. Ein bisschen Schießpulver brauche ich noch.

Dad räuspert sich. »Summer, du hast gerade von der

Location erzählt, für die ihr euch entschieden habt.«

»Oh, ja.« Sie lächelt mir zu. »Es ist der Botanische Garten in Brooklyn geworden.«

»Gute Wahl.« Ich nippe an meinem Cappuccino.

»Und wir haben nur den letzten freien Termin bekommen, weil die Inhaberin der Hochzeitsplaneragentur den dortigen Leiter kennt und Brooks ihnen beiden VIP-Konzertkarten für nächstes Jahr zugesagt hat.«

»Vitamin B ist eben das halbe Leben. Vor allem in New York.«

»Eine Kleinigkeit, wenn ich dafür meine Braut glücklich machen kann.« Der Blick, den er Summer zuwirft, ist so voller Liebe, wie ich es nur wenige Male gesehen habe. Das ist ausschließlich seiner Löwin vorbehalten.

Automatisch denke ich an Kayden und mein Herz zieht sich vor Sehnsucht zusammen.

Himmel, ich wünschte, er wäre hier.

Ich möchte unsere Liebe vor allen ausleben, unsere Geschichte erzählen.

Und ich möchte, dass er von meinen Eltern genauso in der Familie willkommengeheißen wird, wie ich es bei Désirée und Chris erlebt habe.

Stattdessen muss ich vorgeben, dem Paar zuzuhören. Wie sie abwechselnd schildern, was bereits geplant ist und dass sie nächste Woche das erste Probeessen haben.

»Oh, übrigens, Piper. Ende April hat Brooks seinen Junggesellenabschied geplant, da würde ich auch meine Bachelorette Party feiern. Hast du Zeit?«

Mir fährt ein Stich in den Magen, aber ich lächle höflich. »Kommt darauf an, da startet meine Südamerika-Tour.«

Summer verzieht das Gesicht. »Mist. Darf ich trotzdem noch einmal nachfragen, wenn das genaue Datum feststeht?«

»Ja, klar. Wenn es sich einrichten lässt, komme ich gern.«

»Das wäre wirklich toll, schließlich habe ich dir zu verdanken, dass er doch noch die Kurve gekriegt hat.«

»Wenn das mal bei jedem Thema klappen würde.« Ich werfe ihm einen bösen Blick zu, doch er ignoriert das.

Oder versteht es nicht, würde mich auch nicht wundern.

Mom seufzt. »Die Geschichte würde ich ja zu gern im Detail hören. Bisher weiß ich nur, dass Brooks diesen Song für dich geschrieben, veröffentlicht und dich damit für sich gewonnen hat.«

»Tja, da müssen wir wohl erst mal mit seiner schlechtesten Seite anfangen.« Lächelnd trinke ich einen Schluck Cappuccino.

Mein Bruder verdreht die Augen. »Dass ihr auch immer darauf herumreiten müsst.«

»Weil du mitunter einen Dämpfer brauchst und der Realität ins Auge sehen musst.«

»Außerdem wissen wir sehr gut, wie du bist, mein Junge«, pflichtet Dad mir bei und sieht von ihm zu Summer. »Also, was hat er verbrochen?«

Sie lächelt und erzählt ohne die intimen Details, wie sie sich nähergekommen sind. Wie sie ihm ihre Gefühle gestanden und er sie von sich gestoßen hat, kurz vor dem geplanten Urlaub.

»Und hier komme ich ins Spiel. Von dort aus hat er mich nämlich angerufen, ein Häufchen Elend mit Herzschmerz bis zum Mond.« Ich deute mit dem Finger auf ihn.

Er brummt unwillig. »Übertreib nicht.«

»Dein Ernst? Vor Mom und Dad willst du es abstreiten? Obwohl deine besten Freunde wissen, was da abgelaufen ist?«

»Das ist etwas anderes.«

Unsere Mutter schnalzt mit der Zunge. »Wie gesagt, wir kennen dich verdammt gut. Erzähl weiter, Piper.«

Was ich tue.

Und es bereitet mir eine fast grausame Freude, ihn abermals daran zu erinnern, wie scheiße sich Herzschmerz anfühlt, wenn man jemanden wirklich liebt. Vielleicht ist das später von Vorteil.

Wenigstens wirkt er danach entsprechend bedrückt, wie er Summers Hand nimmt, an seinen Mund führt und küsst.

Was mich schon wieder an Kayden erinnert.

Verdammt.

»Ich weiß, ich habe damals den größten Fehler meines Lebens begangen. Wofür ich vor allen Leuten die Hosen runtergelassen habe.«

Summer lächelt. »Das war ja wohl das Mindeste.«

»Was ich nur dank Piper verstanden habe.« Er sieht zu mir. »Und dafür bin ich dir wirklich dankbar.«

Mein Herz wird weich und warm vor Mitgefühl. »Wie gesagt, immer wieder gern. Obwohl ich hoffe, dass so etwas nie wieder vorkommt.«

»Nein, niemals.«

»Mrs. Montgomery?«

Wir drehen uns zu Adam um, der mit einem zurückhaltenden Lächeln vor den geöffneten Terrassentüren steht.

»Ja, bitte?«

»Meine Frau lässt ausrichten, dass so weit alles bereit ist.«

»Wunderbar, danke.«

Er geht davon und Mom lächelt uns an. »Zu Tisch, bitte, es warten einige kulinarische Köstlichkeiten auf uns.«

Wie immer, wenn eine ungerade Anzahl von Personen anwesend ist, nimmt mein Vater am Kopfende des Tisches

Platz. Ich neben meiner Mutter, Summer gegenüber. Und sobald wir sitzen, serviert Adam ein Glas Champagner, mit dem wir auf den Feiertag anstoßen.

Danach gibt es Wasser und Weißwein zum ersten Gang, würzig-süße *Hot Cross Buns* mit gebeiztem Lachs, einer Honig-Senf-Soße und Salatbouquet.

Dabei wird weiter geplaudert, wobei wir von der anstehenden Hochzeit bald zur Liebesgeschichte von Claire und Hudson kommen. Von da aus zum neuesten Klatsch und Tratsch aus der feinen Gesellschaft New Yorks, wozu auch einige Vermählungen gehören, aus der Vergangenheit sowie in der Zukunft.

Nach einem perfekten rosa Lammbraten, der auf der Zunge zergangen ist, und einer großzügigen Auswahl an Beilagen, lege ich das Besteck auf den Teller und wische mir mit der Stoffserviette den Mund ab. »Unglaublich, wer aus meinem Jahrgang bereits verheiratet ist oder sogar schon Kinder hat.«

»Es gibt eben noch viele, die hauptberuflich Ehefrau eines reichen Mannes sein wollen.« Brooks zuckt mit den Schultern.

»Was ausschließlich an der Erziehung liegt. Auch bei den jungen Männern, die sich eine solche Frau wünschen.« Dad nippt an seinem Rotwein.

»Habe ich noch nie verstanden. Ich will doch kein realitätsfernes Anhängsel, das weder Träume hat noch eigenständig denken kann und selbst in Sachen Musik oder sonstigem Geschmack nur anderen nach dem Mund redet. Hudsons Eltern haben auch oft genug versucht, ihn in diese Richtung zu verkuppeln.«

Mom schnaubt. »Wie gut das funktioniert hat, konnte man ja an Harriet und Jonathan sehen.«

»Zum Glück hat er noch rechtzeitig gemerkt, wie toll Claire ist. Stark, selbstbewusst und eigenständig. Sie hätte

Isabella auch ohne ihn großgezogen. Seine finanzielle Unterstützung hat sie ihm auf jeden Fall um die Ohren gehauen. Weil sie ihn damals schon geliebt hat, wollte sie ihn ganz oder gar nicht.«

Meine Mutter schaut mich an. »Woher weißt du das alles?«

»Oh, ich habe mich auf der Verlobungsparty ausführlich mit ihr unterhalten. Auch darüber, wie verliebt Brooks in seine kleine Prinzessin ist.«

Wir schauen meinen Bruder an, der verlegen abwinkt.

Dad lacht auf. »Dann bin ich ja mal gespannt, wann sich bei euch der erste Nachwuchs ankündigt.«

»Allzu lange wollen wir nach der Hochzeit nicht warten, stimmt's?« Brooks wechselt einen Blick mit Summer, die nickt.

»Wunderbar. Ich freue mich schon auf Enkelkinder.«

»Ach! Und für die gehst du endlich in den Ruhestand?«

Mit einem entschuldigenden Lächeln ergreift er die Hand meiner Mutter und drückt sie. »Nächstes Jahr, mein Schatz. Versprochen.«

»Wer's glaubt.«

Adam und Wanda räumen den Tisch ab, fragen nach Getränkewünschen und am Ende bittet Mom um eine kleine Pause bis zum Dessert.

Sie lehnt sich zurück und sieht zu Brooks. »Wie sieht es denn bei Kayden und River aus? Ist bei denen auch schon die Richtige in Sicht?«

Mir wird heiß und kalt, trotzdem kann ich mich nicht davon abhalten, meinen Bruder zu beobachten.

Der zuckt mit den Schultern. »Kayden hatte letztens wieder Pech, aber tatsächlich hat River vor ein paar Monaten die Richtige gefunden.« Er fasst die dramatische Liebesgeschichte des Paares zusammen.

»Tja, man begegnet sich immer zweimal im Leben.

Mindestens. Und was ist eigentlich mit dir, meine Kleine?«
Dad mustert mich neugierig.

»Was meinst du?« Aus meinem Bauch steigt ein Zittern auf, das ich zu überspielen versuche, indem ich mich zurücklehne und die Beine übereinanderschlage.

»Wann ist es bei dir so weit?« Er weist auf das Verlobungspaar.

»Keine Ahnung, ist aktuell nicht meine Priorität.«

»Was ist mit deinem Verehrer?«

Brooks deutet mit dem Kinn in Richtung meines Handgelenks und ich kann mich nur mit Mühe davon abhalten, die Hand über mein Armband zu legen.

»Ich habe keinen *Verehrer*, das habe ich dir vor ein paar Wochen schon gesagt.«

»Nicht?« Sein Blick ist so herausfordernd, dass mir heiß wird.

Unser Vater seufzt. »Zu schade. Meinst du, es liegt daran, dass du deinen eigenen Weg gehst? Wir haben dich ja immer dazu ermutigt, aber ich kann mir gut vorstellen, dass es die Männer abschreckt. Dein Erfolg, die ständigen Reisen … unter diesen Voraussetzungen kann sich doch keine Beziehung entwickeln.«

»Und erst recht kein Liebesleben«, ergänzt meine Mutter.

Brooks stöhnt auf. »Oh, bitte, Mom! Keine Details, ja? Ich will weder von eurem noch von Pipers Liebesleben etwas hören, das ist … unangenehm.«

Summer verschluckt sich an ihrem Getränk und hustet los, meine Eltern schauen beleidigt.

Doch in mir brodelt alles hoch, bricht aus.

»Und du meinst, ständig in den sozialen Medien sehen zu müssen, in wen du deine Zunge steckst, macht Spaß?« Kurz hebe ich die Hand und schaue meine zukünftige Schwägerin an. »Sorry, Summer.«

»Piper!«

Ich erwidere Moms flehenden Blick, was mich noch mehr aufregt. »Nein, Mom, es reicht. Ich habe die Schnauze voll von seinen bescheuerten Bemerkungen und chauvinistischen Ansichten.«

»Ich bin doch kein —«

Aus dem Augenwinkel sehe ich, dass Summer ihm eine Hand auf den Arm legt, und deute auf ihn.

»Keine Ahnung, was bei eurer Erziehung falschgelaufen ist, aber euer Sohn mischt sich ungefragt in mein Leben ein. Seit zwanzig Jahren. Und mich würde nicht wundern, wenn er dadurch so einiges beeinflusst oder sogar verhindert hat.«

Sie runzelt die Stirn, mustert ihn. »Was hast du getan?«

»Nichts!« Brooks klingt ehrlich entrüstet. »Ich bin ihr Bruder, ich passe auf sie auf.«

»Und wie äußert sich das?«

»Ich halte ihr die falschen Männer vom Leib.«

»Nein, du hältst mir *alle* Männer vom Hals. Indem du ihnen Schläge androhst, sollten sie mich auch nur mit dem kleinen Finger berühren.«

»Das ist lediglich zu deinem Besten.«

»Und du sagst, das tut er noch immer?« Dad schaut von Brooks zu mir.

»Ja! Und er steht sogar dazu. Auf Hudsons Hochzeit hat er Kayden dumm angemacht, als er mich begrüßt hat und —«

»Sie wissen seit zwanzig Jahren, dass du tabu bist. Genauso wie alle anderen meines Highschool-Jahrgangs, deines und denen dazwischen.«

Ungläubig reiße ich die Augen auf. »Wie bitte? Was, zur Hölle, läuft falsch bei dir?«

Nun wird auch mein Bruder sauer. »Wie gesagt, ich beschütze dich vor schlechten Erfahrungen.«

»Nicht jeder Mann ist ein solches Arschloch, wie du es warst. Und anscheinend immer noch bist.«

Summer streckt die Hand aus. »Beruhige dich, Piper. Ich glaube, seitdem wir zusammen sind, hat sich das relativiert.«

»Von wegen! Letztens, am Telefon, hat er denselben Spruch losgelassen.«

»Wirklich?« Sie schaut ihn an, er zuckt mit den Schultern.

Auf meinem Schoß balle ich die Hände zu Fäusten. »Wann geht das endlich in dein stures beschränktes Hirn? Ich bin erwachsen, Brooks. Auch wenn dein Schutz damals gut gemeint war, ich wollte ihn nicht. Und heute kannst du ihn dir erst recht sonst wo hinstecken.«

»So dankst du mir das also?«

»Ich danke dir für nichts. Weil du alles kaputtmachst.«

Unvermittelt brennen Tränen in meinen Augen und ein fetter Kloß schnürt mir die Kehle zu.

Einen Moment starren wir uns stumm an.

Bis Dad sich räuspert. »Tut mir leid, mein Junge, aber da muss ich Piper recht geben. Dein Verhalten ist vollkommen unangebracht und übertrieben.«

»Ich will doch nur, dass sie einen Mann bekommt, der ihrer würdig ist. Keinen Aufreißer, der sie benutzt oder ihr das Herz bricht.«

»Und wie soll ich den kennenlernen, wenn du einen auf Keuschheitswächter machst?«

Da hebt er das Kinn, wird ernst. »Wenn dich jemand wirklich liebt, dürfte das weder Grund noch Hindernis sein.«

Mein Herz hämmert los. »Ach! Und das würdest du plötzlich akzeptieren?«

»Wenn er ein guter Mann ist und dich wirklich liebt, ja. Das werde ich akzeptieren.«

»Pah! Darauf werde ich dich festnageln, falls es mal so weit kommt. Mal sehen, ob du dann zu deinem Wort stehst.«

»Worauf du einen lassen kannst.«

»Gut. Wir haben drei Zeugen.«

»Was trotzdem das eigentliche Problem nicht löst, oder?« Mom beugt sich vor. »Hör auf deine Schwester und lass sie ihr Leben leben. Erfahrungen machen.«

»Als ob sie die nicht längst gemacht hätte.«

Dad schlägt mit der flachen Hand auf den Tisch, alle Blicke wenden sich ihm zu. »Brooks Alexander Montgomery! Musst du immer noch und ständig das letzte Wort haben?«

»Dad ...«

»Nein. Piper hat recht. Werd' endlich erwachsen, auch in diesen Belangen. Dein Verhalten ist mehr als kindisch und ich wüsste nicht, dass wir dich so erzogen haben.«

Brooks beißt die Zähne zusammen, erwidert einen Moment seinen Blick und schaut letztlich zu Summer.

Die nickt und zuckt mit den Schultern. »Da kommen leider deine alten Verhaltensmuster durch, an denen wir so hart gearbeitet haben.«

»Was soll ich denn dagegen tun?«

»In dich gehen, dein Verhalten reflektieren. Piper ist keine 16 oder 18 mehr, sondern eine erwachsene Frau. Mit demselben Recht auf ein selbstbestimmtes Leben wie du oder ich.«

Er hält ihrem Blick stand, stößt schließlich die Luft aus und seine Haltung lockert sich. Sieht in die Runde und am Ende zu mir. »Tut mir leid. Ich werde mich bemühen, dieses Verhalten abzulegen.«

Ich schüttele den Kopf. »Ich möchte dir wirklich gern vertrauen, Brooks. Und ich gebe dir auch diese Chance. Aber ich glaube es erst, wenn ich Beweise sehe.«

Statt einer Antwort greift er nach seinem Glas und leert den Rotwein mit einem großen Schluck.

Mein Herz sinkt, die Enttäuschung steigt höher.

Weswegen ich den Stuhl zurückschiebe, meine Handtasche von der Lehne nehme und aufstehe. »Bitte, entschuldigt mich.«

Damit eile ich ins nächstgelegene Gästebad, verriegele die Tür und stelle mich an den Waschtisch. Atme gegen die Tränen an, kämpfe um Selbstbeherrschung.

Zum Glück stehen Mom und Dad auf meiner Seite. Aber womit habe ich diesen verfickten ignoranten Bruder verdient?

Scheiße, ehrlich! Ich möchte schreien, toben und auf irgendetwas einschlagen.

Vorzugsweise Brooks' überhebliche Visage.

Stattdessen versuche ich, mich zu beruhigen, und zücke mein Smartphone, um Kayden eine Nachricht zu schreiben.

Ich: *Ich brauche dich.*

Es dauert nur wenige Sekunden, dann ist er online.

Kayden: *Wann und wo?*

Wir verabreden, dass er später zu mir kommt. Dann richte ich mich wieder her und verlasse das Bad.

An der Wand gegenüber wartet Summer, die Arme vor der Brust verschränkt.

»Sorry, hat ein bisschen länger gedauert. Bitte.« Ich trete zur Seite, zwinge mich zu einem Lächeln.

Sie schüttelt den Kopf, kommt zu mir und ergreift meine Hände. »Alles okay bei dir?«

Verwirrt runzele ich die Stirn. »Ja, warum?«

»Weil du vorhin ziemlich ... unglücklich gewirkt hast.«
»Kein Wunder, oder?«
»Ja, leider. Es tut mir echt leid, aber ich weiß auch nicht, warum er so stur an dieser seltsamen Einstellung festhält. Bei Hudsons Hochzeit habe ich noch gedacht, das sei ein Scherz, aber wie es aussieht ...«
»Nein, das ist sein voller Ernst.«
»Ich werde mir Brooks mal vorknöpfen und ihm klarmachen, wie idiotisch das alles ist. Und dass er sich damit verdammt tief in die Scheiße reitet, wenn er nicht aufpasst.«
»Hoffentlich hört er auf dich.«
»Ich gebe mein Bestes.«
»Das ist lieb von dir, danke.«
»Und falls du mal jemanden zum Reden brauchst, nicht nur über Brooks ... ich bin für dich da, okay?«
Überrascht von ihrem Angebot schließe ich sie in die Arme. »Du bist wirklich das Beste, was Brooks passieren konnte. Und vermutlich auch dem Rest der Familie.«

*

Am Nachmittag umarme ich meine Eltern und Summer zum Abschied, bedenke Brooks lediglich mit einem Nicken. Dann fahre ich nach Hause, ziehe mir etwas Bequemes an und mixe mir einen starken Wodka-Cranberry.

Nach den vergangenen Stunden habe ich den dringend nötig, um runterzukommen, und es dauert glücklicherweise nicht lange, bis die erste Wirkung einsetzt.

Den zweiten Longdrink nehme ich mit ins Bad, wo ich mich von sämtlichem Make-up befreie und mir alles noch einmal durch den Kopf gehen lasse.

Die Aussprache hat mich aufgewühlt und danach war

die Stimmung ziemlich gedrückt.

Weshalb meine Mutter von ihren diversen ehrenamtlichen Aufgaben erzählt hat, die ihr sehr wichtig sind. Persönlich und für das Ansehen der familieneigenen Bank.

Beim Thema Kinder ist Summer direkt eingestiegen und hat für kommende Gelegenheiten ihre Hilfe angeboten, sofern ihr Job das zeitlich zulässt.

Und natürlich habe auch mich überreden lassen.

Voller Schuldgefühle, weil mir meistens die Zeit dafür fehlt.

Aber jetzt, da ich aufgrund des Engagements im *Peakaboo* mehr Zeit in New York verbringe, könnte ich eigentlich wieder häufiger aktiv werden.

Mit dem leeren Glas kehre ich am Ende zurück in die Küche, fülle es erneut.

Da ertönt endlich die Türklingel.

Ich eile hinüber, drücke direkt auf den Knopf, um die Haustür zu entriegeln, und öffne auch die Tür meines Apartments. Lausche den Motoren des Fahrstuhls, dem Ping und schließlich Kaydens Schritten.

Wenige Sekunden später taucht er mit einem Lächeln vor mir auf. »Hallo, meine Schöne.«

Ohne Vorwarnung schießen sämtliche Emotionen in mir hoch und drohen, mich zu überwältigen.

Eilig packe ich seine Hand und ziehe ihn herein. Werfe die Tür ins Schloss, schlinge ihm die Arme um den Hals und verberge das Gesicht an seiner Brust. Atme seinen vertrauten Duft ein, heiße den Trost seiner Nähe willkommen.

»Hey! Alles okay?« Er drückt mich an sich, die Lippen auf mein Haar.

Woraufhin ich nur den Kopf schüttele und in Tränen ausbreche.

Kayden beugt sich vor, hebt mich auf seine Arme und

geht los. Setzt sich auf die Couch, mich quer auf seinen Schoß und umarmt mich mit links. Die andere Hand schiebt er in mein Haar, massiert mit den Fingerspitzen sanft meinen Hinterkopf.

Was mich so weit beruhigt und entspannt, dass die Tränen nach einer Weile versiegen.

Sanft küsst er meine Schläfe. »Raus damit, was ist passiert?«

Ich atme tief durch, sammele meine Gedanken und berichte von dem Treffen bei meinen Eltern.

»Fuck, etwas in der Art habe ich bereits befürchtet.«

»Und mir fehlen die Worte. Brooks ist total kritikresistent.«

»War er das nicht schon immer?«

Ich höre den bitteren Unterton in seiner Stimme und mir wird das Herz schwer. »Ja, ich weiß. Aber mal ehrlich. Manchmal verstehe ich nicht, wie du mit ihm befreundet sein kannst.«

»Wir vier hängen schon seit 25 Jahren zusammen ab und bis zu seinem musikalischen Durchbruch war seine Arroganz durchaus erträglich.«

»Willst du ihn damit entschuldigen?«

»Nein, natürlich nicht. Ich will damit nur sagen, dass man Freundschaften nicht einfach so aufgibt.«

In meinem Bauch rumort es.

»Sein Verhalten ist keine Lappalie.«

»Das ist mir bewusst. Und ich gebe dir recht, in den letzten Jahren ist sein Ego immer weiter abgehoben und das Verhalten extremer geworden. Vor allem, nachdem er und Summer sich das erste Mal begegnet sind.«

»Dabei habe ich wirklich gedacht, sie hat einen guten Einfluss auf ihn.«

»Hat sie.«

»Nur nicht, wenn es um mich geht.«

»*Noch* nicht. Bestimmt kann sie etwas erreichen, wenn sie jetzt auf ihn einwirkt.«

»Hoffentlich. Und falls er nicht bald die Kurve kriegt, werde ich ihm das nie verzeihen.«

»Bist du sicher? Immerhin ist er dein Bruder.«

»Ja, und? Das gibt ihm noch lange nicht das recht, so respektlos mit mir umzugehen.«

»Nein.«

»Na, also. Diese eine Chance gebe ich ihm. Doch wenn er unbelehrbar bleibt und denkt, er müsse mir alles kaputt machen, war er die längste Zeit ein Teil meiner Familie.«

»Ist das nicht ein wenig radikal?«

»Ich meine das ernst, Kayden. Im Zweifelsfall habe ich kein Problem damit, Brooks aus meinem Leben zu streichen.«

Er schweigt.

Frustriert schließe ich die Augen, atme tief durch.

Ich spüre, dass ihn dieser Scheiß belastet, und habe volles Verständnis dafür.

Trotzdem hoffe ich aus tiefstem Herzen, dass ihm die Entscheidung genauso leichtfallen wird wie mir, wenn es hart auf hart kommt.

Kapitel 14 – Kayden

»Vorsicht!«

River zerrt an meinem Arm, ich fahre zusammen und stolpere in seine Richtung.

Im selben Augenblick laufen zwei andere Jogger knapp an uns vorbei, mein Herz rast los und mir bricht der Schweiß aus.

»Herrgott, Kayden! Hast du dein Hirn ausgeschaltet?«

»Tut mir leid.«

Zittrig laufe ich zur nächsten Bank und lasse mich darauf fallen. Beuge mich vor, stütze die Ellbogen auf die Knie und grabe die Finger in mein Haar.

»Was, zur Hölle, ist los mit dir? So habe ich dich noch nie erlebt.« Er setzt sich neben mich. »Hat es mit Brooks zu tun?«

»Ja.«

»Ist etwas passiert?«

Ich berichte ihm vom Osteressen bei den Montgomerys. Wie er sich laut Piper aufgeführt hat und was es am Ende bedeuten könnte.

»Fuck.«

»Ja.« Ich hebe den Kopf und starre in den Park, ohne etwas zu sehen. Falte die Hände und lasse sie zwischen meinen Knien hängen.

»Ihm ist gar nicht bewusst, was er aufs Spiel setzt.«

»Nein. Aber ich möchte auch nicht der Grund dafür sein, dass Piper mit ihm bricht.«

»Ich denke nicht, dass es speziell mit dir zu tun hat. Vermutlich würde er bei jedem Kerl so reagieren, der ihm nicht passt.«

»Beruhigend.«

»Allerdings. Statt dir Vorwürfe zu machen, solltest du Hoffnung haben. Denn die ist begründet, wenn er diese eine Aussage ehrlich meint.«

»Dass er kein Problem damit hätte, wenn ein guter Mann sie wirklich lieben würde?«

»Genau. Und das trifft auf dich zu. Beides. Du musst ihn nur davon überzeugen.«

Ich schnaube. »Nur.«

»Du kannst auf jeden Fall auf mich zählen, wenn es ernst wird.«

»Danke, aber ich will dich da nicht auch noch mit hineinziehen.«

River boxt mir auf die Schulter. »Fick dich, Ward. Du bist mein bester Freund. Wer, wenn nicht ich, kann ihm bestätigen, welche Gefühle sich in all den Jahren bei dir entwickelt haben? Und selbst er weiß, dass du, was Frauen angeht, anders bist als wir es waren.«

»Meine Mutter wollte ihn sich auch schon vorknöpfen.«

»Das wäre doch mal was.« Er lacht leise. »Und meine würde genauso für dich einstehen, sie freut sich riesig für euch.«

»Du hast es ihr verraten?«

»Unter dem Siegel der Verschwiegenheit natürlich. Du hast ihr schon immer am Herzen gelegen.«

»Pipers Eltern haben Brooks' Verhalten auch verurteilt, aber ich bezweifle, dass ihn das wirklich interessiert.«

»Vielleicht sollten wir den Druck von allen Seiten erhöhen, damit er sein Verhalten überdenkt. Eine Party bei deinen oder meinen Eltern, bei denen sie und die Montgomerys ebenfalls dabei sind.«

»Was soll das bringen?«

»Er wird es nicht wagen, auszuflippen. Geschweige

denn ein schlechtes Wort fallenzulassen, wenn wir alle euch gratulieren und uns freuen.«

Ich versuche, mir eine solche Situation vorzustellen, und am Anfang klappt es auch ganz gut. Doch letztlich schlägt es in eine Horrorvision um.

»Und sobald wir allein sind, kündigt er mir die Freundschaft, schlägt mich windelweich.«

»Schon mal was von Selbstverteidigung gehört? Du bist nicht mehr die halbe Portion von damals.«

»Nein, das fühlt sich alles total falsch an. Lieber machen wir es wie geplant.«

»Sprich noch einmal mit Piper, wie sie darüber denkt.«

»Okay.«

»Und jetzt lass uns weiterlaufen.« River klopft mir auf die Schulter und wir führen unser Lauftraining fort.

»Wie war es überhaupt in Europa?«

»Wunderbar, aber zu kurz.« Ich fasse ihm die Reise in einigen Sätzen zusammen.

»Und leider gab es am Ende noch eine böse Überraschung.«

»Was genau?«

»Jasmine.« Auch das schildere ich kurz.

»Fuck, die nimmt diese Angelegenheit verdammt persönlich.«

»Ja.«

»Meinst du, da kommt noch etwas?«

Ich nicke. »Mein Anwalt ist bereits vorgewarnt.«

»Und deine Hacker?«

»Oh, die erst recht.«

»Was hast du vor?«

»Ich warte ab.«

»Und dann?«

Ich presse Zeigefinger auf Daumen und fahre mir über den Mund, als würde ich einen Reißverschluss zuziehen.

»Okay, verstanden. Aber halt mich auf dem Laufenden.«

*

Freitagabend fliege ich nach L.A., deponiere meine Wochenendtasche in Pipers Hotelzimmer und laufe zu der Location hinüber, in der sie heute Nacht auflegt.

Der Hightech-Megaclub liegt, keine halbe Meile entfernt, im Herzen Hollywoods und ist angeblich das *Must-See* der Stadt. Der Einlass erfolgt über eine Art Garten mit Loungemöbeln zwischen Blumenskulpturen und diversen Wasserfeatures.

Dort schiebe ich mich durch die bereits beträchtliche Anzahl an Gästen, immerhin hat der Club gerade mal eine halbe Stunde geöffnet. Und im Innenbereich sieht es ähnlich aus, weswegen ich es nicht bis zur verabredeten Zeit an die Bar schaffe.

Also schreibe ich Piper, dass ich da bin, und bestelle mir einen *Old Fashioned*. Damit suche ich mir ein ruhiges Plätzchen am Rand, genieße meinen Feierabend und ihr Set.

Die Stimmung ist mehr als ausgelassen, fast schon überdreht, und ich lasse mich bereitwillig hineinfallen, blende alles andere aus.

New York ist weit weg und ich bin froh über zwei Tage Abstand.

Hier zählen nur Piper und ich.

Unser Freundeskreis und unsere Familie existieren nicht, genauso wie die beschissenen Umstände, die uns immer enger umzingeln.

Deshalb denke ich auch zum hundertsten Mal darüber nach, mit ihr wegzugehen. Egal, in welchen Bundesstaat, ich kann überall eine Niederlassung von *KW Investment*

Management eröffnen.

Und zum zweihundertsten Mal ermahnt mich mein Verstand, dass es keine Lösung ist, davonzulaufen wie ein Feigling.

Ach, verdammt, ich wollte doch abschalten.

Ich leere das Glas, hole mir einen neuen Drink und richte meine Aufmerksamkeit auf die Frau, die ich liebe. Die DJane, die trotz der Widrigkeiten ihren geliebten Job erledigt. Wenn auch weniger euphorisch als in den letzten Wochen.

Dem Publikum mag das entgehen, mir nicht.

Seitdem wir zusammen sind, spüre ich jede Nuance von Veränderung in ihrer Stimmung. Wodurch ich mich ihr unglaublich nah fühle, auf allen Ebenen verbunden.

Ein fantastisches Gefühl, das ich niemals erwartet hätte. Obwohl ich mir immer ausgemalt habe, wie überwältigend wahre Liebe sein muss.

Ob River mit June etwas Ähnliches empfindet?

Seine Einstellung bezüglich der Richtigen war klar, die würde ihm schon irgendwann über den Weg laufen. Trotzdem lag er mit seinem Verhalten immer viel näher bei Hudson und Brooks, hat das Leben und unverbindlichen Sex genossen. Deshalb hat mich die frühe Klarheit angesichts seiner Gefühle erstaunt. Aber umso mehr gefreut, dass er von Anfang an mit ganzem Herzen dabei war. Kein Widerstand, Leugnen und Herabspielen. Nur Liebe.

In meinem Kopf breiten sich merkwürdige Bedenken aus.

Himmel, was wäre gewesen, wenn ich um Pipers Gefühle hätte kämpfen müssen?

Wäre es dann schwieriger, mit Brooks' und seiner Einstellung umzugehen?

Würde sie sich trotzdem so sehr gegen ihn auflehnen und einen Bruch in Kauf nehmen?

Ach was, das ist müßig. Diese Frage stellt sich gar nicht.

Kurz vor Ende des Sets kündigt Piper wie immer den letzten Song an, verabschiedet sich. »Und zu guter Letzt noch ein Gruß Richtung Bar, wo ein ganz besonderer Gast auf mich wartet. Die Liebe meines Lebens.« Sie drückt die Finger an ihren Lippen und schickt den Kuss in meine Richtung. »Danke, dass es dich gibt.«

Die Leute reißen die Arme hoch, jubeln, drehen sich teilweise um.

Doch ich stehe nur da, ein dümmliches Grinsen auf dem Gesicht und mit wild hämmerndem Herzen.

Sobald sie von der Bühne geht, schiebe ich mich zur Bar, bestelle uns frische Getränke und warte.

Ohne Vorwarnung prallt jemand seitlich gegen mich.

Ich fahre zusammen und herum, erkenne Piper und lächele.

Sie schlingt die Arme um meine Mitte und reckt sich mir entgegen. »Hallo, du bester aller Männer.«

Woraufhin ich sie zärtlich küsse und an mich drücke. »Hey, Traumfrau.«

»Mmh, das höre ich gern.« Noch ein Kuss, dann löst sie eine Hand von mir und greift nach ihrem Wodka-Cranberry. »Auf unsere Liebe.«

Argwöhnisch stoße ich mit ihr an, ohne sie loszulassen. Stelle das Glas ab und mustere sie. »Du bist besser drauf, als es auf der Bühne den Anschein hatte.«

»Weil ich endlich zu dir konnte. Du hast mir gefehlt. So sehr.« Sie gräbt die Finger in mein Haar, zieht mich für einen weiteren Kuss zu sich herab.

Danach umfasse ich ihr Kinn und betrachte ihr Gesicht, die Augen. »Du hast aber nichts genommen, oder?«

Sie hebt eine Braue. »Dein Ernst?«

»Den einen oder anderen Drink?«

Da schüttelt sie vehement den Kopf. »Kein Alkohol während der Arbeit.«

»Gut.«

»Obwohl ich stark versucht war, diese blöden Grübeleien ruhigzustellen.«

»Wollen wir rausgehen? Da können wir besser reden.«

»Gute Idee.«

Folglich nehmen wir unsere Getränke, ich ergreife ihre Hand und führe sie durchs Gewühl in den Garten.

An einem Springbrunnen finden wir ein wenig Platz, setzen uns eng beieinander auf die gemauerte Kante.

»Keine Reaktion von Brooks, hm?«

»Nein. Womit ich auch nicht rechne, so ist er eben. Nie im Leben würde er nach einem solchen Gespräch den ersten Schritt gehen, geschweige denn, sich entschuldigen.«

»Bei der nächsten Gelegenheit sieht es garantiert anders aus, Summer kriegt das hin.«

Sie zuckt mit den Schultern, trinkt einen Schluck. »Ich kann es eh nicht ändern. Und meine Entscheidung steht.«

Sanft ergreife ich ihre freie Hand, verschlinge die Finger mit ihren. »Hast du über Rivers Vorschlag nachgedacht, unsere Eltern einzubeziehen?«

»Ja, aber ich komme zu keinem Ergebnis.«

»Vermutlich, weil euer Streit noch so frisch ist.«

»Ich habe einfach keinen blassen Schimmer, wie wir es richtig angehen sollen.«

»Weißt du was? Nächste Woche fliegen wir erst einmal nach Coachella, genießen die Tage zwischen den Festival-Wochenenden und gehen in Ruhe alles durch.«

»Konntest du deine Termine verschieben?«

»Alle bis auf zwei Online-Meetings mit Asien. Und am Montag nach dem Junggesellenabschied muss ich für mindestens eine Woche nach Singapur.«

Sie schnalzt mit der Zunge. »Da wird es mit dem

Telefonieren ja noch schwieriger.«

»Wir bekommen das schon hin, meine Schöne.« Ich hebe ihre Hand an meinen Mund und küsse den Handrücken. Mein Blick fällt auf das Armband, das ich ihr geschenkt habe, was meine Zuversicht befeuert. »Und alles andere auch.«

»Genau.« Mit einem Seufzer lehnt sie sich gegen mich. »Wo hast du uns im Coachella Valley eigentlich einquartiert?«

»In einem 5-Sterne-Hotel, Palm Springs, etwa eine halbe Stunde entfernt vom Festival-Gelände. Eine Suite mit grandioser Aussicht und eigener Feuerstelle auf dem großzügigen Balkon.«

»Klingt gut.«

Ich nicke. »Sie haben allerhand zu bieten, nur der Internetzugang kostet extra.«

»Unfassbar!«

Ihre Stimme ist voller Ironie, weshalb ich sie mit gehobenen Brauen ansehe. »Das ist ein Skandal, heutzutage.«

»Du kannst es dir leisten.«

»Das ist nicht der Punkt.«

»Was dann? Fühlt der Nerd in dir sich auf Entzug?«

»Mit dir? Niemals. Es geht mir lediglich ums Prinzip.«

»Ach, Kayden. Wenn nur jedes Problem so belanglos wäre.«

Ja, dann wäre das Leben nahezu perfekt.

*

»Herrgott, was ist nur mit der Welt los?«

Ich schaue von den Wirtschaftsnachrichten in der Smartphone-App auf und Piper an, die über Eck mit mir am Frühstückstisch sitzt und ebenfalls mit dem Handy beschäftigt ist. »Was meinst du?«

Ich greife nach meiner Tasse, trinke einen Schluck Cappuccino und verziehe angewidert das Gesicht.

Verdammt, ich hasse kalten Kaffee.

»In den letzten Jahren passieren ständig Dinge, von denen ich nie gedacht hätte, sie zu erleben. Trump, eine Pandemie, Russlands Überfall auf die Ukraine. Überall wachsende Konflikte, Gewalt, Terrorismus, Amokläufe. Und die Liste wird immer länger.«

Da eine Servicekraft in der Nähe ist, hebe ich schnell die Hand, winke sie heran.

»Manchmal habe ich Angst, die sozialen Medien zu öffnen. Fühle mich total hilflos.«

»Verstehe ich gut. Deswegen halte ich mich da überwiegend heraus.«

Die Kellnerin bleibt lächelnd an unserem Tisch stehen. »Was kann ich für Sie tun, Sir?«

»Ich hätte gern noch einen Cappuccino. Und du, Piper?«

Sie schaut auf. »Noch einen frischgepressten Orangensaft, bitte.«

»Gern.« Damit dreht die junge Frau sich um und geht.

»Ich wünschte, wir könnten etwas gegen diesen ganzen Scheiß auf der Welt tun.«

Ich zucke mit den Schultern. »Leider habe ich dazu auch keine Idee.«

Seufzend winkt sie ab. »Lassen wir das lieber, sonst sackt meine Laune wieder in den Keller.«

»Ich wüsste da die perfekte Methode, um dich abzulenken und mit Glückshormonen zu fluten.«

Sobald sie mich ansieht, wackele ich vielsagend mit den Augenbrauen und grinse.

»Spinner.«

»Wie bitte?«

»Aber danke für das Angebot, vielleicht komme ich darauf zurück, bevor wir zum Flughafen fahren.«

»Sehr gern, Madame.« Ich zwinkere ihr zu und widme mich wieder den Nachrichten.

Bedanke mich zwischendurch für den Cappuccino, lese weiter.

Und zucke bei Pipers Fluch zusammen.

»Was für eine verfickte Scheiße. Dreht dieses miese Weibsstück jetzt völlig durch?«

Mir entfährt ein Lachen. »Wenn ich nicht wüsste, dass man bei deiner Ausbildung noch penibler auf eine gute Ausdrucksweise geachtet hat als bei mir –«

»Sieh dir das an.«

Sie hält mir ihr Smartphone hin, mit geöffneter Instagram-App.

Mein Blick fällt auf das Foto, mir wird heiß und kalt.

Eilig nehme ich es an mich, betrachte das Bild von Piper und mir. Letzte Woche auf dem *Teterboro Airport*, wir sehen uns an, ihre Hand liegt auf meinem Arm.

Ich schaue nach dem Account und in mir schießt heiße Wut hoch.

Jasmine. Natürlich.

Wieder beschimpft sie mich, nutzt härtere Beleidigungen als bei den letzten Beiträgen. Doch dabei bleibt es nicht. Diesmal markiert sie Piper und zieht sie mit hinein.

Tituliert sie als die Bitch, mit der ich in Wirklichkeit ficke. Stellt Vermutungen an, ob ich sie aushalte oder ihre Karriere erst in Schwung gebracht habe. Immerhin ist sie die kleine Schwester von einem Rockstar, auf dessen Verlobungsparty sie mit mir war.

»Fuck, Fuck, Fuck.« Stinksauer gebe ich ihr das Telefon zurück, nehme mein eigenes. »Jetzt reicht's.«

»Was hast du vor?«

»Ich sorge dafür, dass sie ihr mieses Maul hält, ein für

alle Mal.« Ich rufe den entsprechenden Kontakt auf, er meldet sich nach wenigen Klingelzeichen.

»Jap?«

»Dein letzter Auftrag von mir.«

»Die Stewardess?«

»Ja.«

»Was soll ich tun?«

»Mach sie fertig, schnellstmöglich. Und endgültig.«

»Verstanden.«

Damit legen wir auf, ich werfe das Smartphone auf den Tisch und trinke einen Schluck von meinem Cappuccino.

Schaue Piper an und ergreife ihre Hand. »Tut mir leid, dass es so weit gekommen ist. Das hätte ich niemals zulassen dürfen.«

Sie schüttelt den Kopf, erwidert den Druck. »Schon okay, woher hättest du das ahnen sollen?«

»Sie war nett, ich habe mich nicht unwohl gefühlt. Deshalb habe ich mein Bauchgefühl ignoriert und bin Rivers Vorschlag gefolgt, sie zur Party mitzunehmen.«

»Mach dir keine Vorwürfe, das ändert nichts.«

»Aber was ist, wenn Brooks das sieht? Sie bringt uns in Teufels Küche.«

»Dann sagen wir es ihm eben sofort, ist doch egal. Ich rechne eh mit dem Schlimmsten.«

Verzweifelt schließe ich die Augen, stoße die Luft aus.

Dieser Scheiß wird uns um die Ohren fliegen, und zwar gewaltig.

Und ich bin schuld daran, wenn sie und ich einen zu hohen Preis für unser Glück bezahlen müssen.

Oder am Ende alles daran zerbricht.

Kapitel 15 – Piper

»Sehr gut! Das wird ihr hoffentlich eine Lehre sein.«

Ich schrecke aus dem Halbschlaf auf, öffne die Augen und blinzele gegen das helle Wüstenlicht an, das die Sonnenschirme nicht dämpfen können. Blicke über den Pool und das Coachella Valley zum Gebirgszug auf der anderen Seite, hinter dem sich der *Joshua-Tree-Nationalpark* befindet.

Um uns herum herrscht wüstenheiße Stille, die vereinzelt von Plätschern, leisen Stimmen oder Tierlauten unterbrochen wird.

Mit einem Gähnen strecke ich die Arme in die Höhe, setze mich auf und schlage die Beine zum Schneidersitz unter.

»Wem wird was eine Lehre sein?« Ich drehe den Kopf zu Kayden, der auf der Poolliege neben mir liegt, und mein Blick wandert genüsslich an seinem starken Körper empor. Von den Beinen über die Badehose zu seinem durchtrainierten Oberkörper. Die gebräunte, schimmernde Haut, die dunklen Härchen auf seiner Brust.

Am Ende betrachte ich den gepflegten Bart und mittendrin seine vollen Lippen, die so grandios küssen können. Und natürlich seine haselnussfarbenen Augen, in denen immer so viele Emotionen zutage treten, weil er sie nicht vor mir verbirgt.

Diesmal jedoch entdecke ich darin eine Art Befriedigung, gemischt mit Verachtung.

»Jasmine und ihre üblen Nachreden gehören endgültig der Geschichte an.«

»Hat dein Anwalt sie verklagt?«

»Auch.«

Ich runzele die Stirn. »Muss ich dir alle Informationen aus der Nase ziehen?«

»Sorry.« Er lächelt schief, legt das Handy auf den Tisch zwischen unseren Liegen. »Ja, mein Anwalt hat sie verklagt. Und ihren Arbeitgeber gleich mit, weil der im Rahmen seiner Dienstleistung nicht auf die Diskretion und Privatsphäre geachtet hat, mit der er wirbt. Auf der anderen Seite hat mein Hacker dafür gesorgt, dass ihre Accounts in den sozialen Medien dauerhaft gesperrt werden und sie vorerst keine anderen eröffnen kann. Darüber hinaus hat er einige Kunden der VIP-Fluggesellschaft anonym auf die Klage wegen Verletzung der Privatsphäre hingewiesen, woraufhin dort einige Beschwerden eingegangen sind. Das Unternehmen hat die Konsequenzen daraus gezogen, Jasmine gekündigt. Und sie wird zwischen Boston und Washington D. C. auch keine ähnliche Anstellung mehr bekommen.«

In meinem Bauch breitet sich ein seltsames Gefühl aus, eine Mischung aus Erleichterung, Genugtuung und einer Prise Mitgefühl.

Nein, sie hat es nicht anders verdient. Dieses Grab hat sie sich selbst geschaufelt.

Man bedenke, was sie bei einem Mann und seinem Freundeskreis hätte anrichten können, der weniger Einfluss besitzt. Sie hätte alles zerstören können – aus verletzter Eitelkeit.

»Manchmal wünschte ich, mehr Leute, die es verdient haben, würden solche Denkzettel bekommen.«

»Ja, das erleichtert ungemein. Sie ist definitiv zu weit gegangen.«

»Ich bin nur froh, dass du generell kein rachsüchtiger Typ bist. Einige deiner Mitschüler hätten es verdient. Wenigstens im Nachhinein.«

Kayden lacht leise. »Möchtest du den Job übernehmen? Ich stelle gern Kontakte her.«

»Nein, danke. Wenn du damit leben kannst, ist das für mich kein Problem.«

»Und andersherum? Hast du noch ein paar offene Rechnungen, die ich für dich begleichen darf?«

Auf meinem Gesicht breitet sich ein Grinsen aus. »Du klingst wie ein Mafia-Boss.«

»Scheiße, nein! Etwas Ähnliches hat River auch gemeint, als ich ihm in seiner Notlage behilflich war.«

»Muss an deinem friedlichen Image liegen.«

»Ich *bin* friedlich. Bis jemand die Grenze überschreitet.«

»Oh, Mann! Hoffentlich übertrete ich die nicht, falls wir mal heftig streiten.«

»Keine Angst, dann versohle ich dir erst einmal den Hintern.«

Ich hebe eine Braue, fixiere ihn mit herablassendem Blick. »Wer mir den Hintern versohlt, bestimme noch immer ich.«

»Ich könnte dich zur Strafe auch fesseln und so lange lecken, bis du den Verstand verlierst.«

Automatisch erscheinen die passenden Bilder vor meinem geistigen Auge und in meinem Schoß explodiert die Lust, zentriert sich in einem heftigen Pochen.

Die Vorstellung, ihm sexuell vollkommen ausgeliefert zu sein, bringt etwas in mir zum Schwingen, und ich beiße mir auf die Lippe.

Ob er genug Gürtel dabeihat, mit denen wir das ausprobieren könnten?

Ein Lächeln breitet sich auf seinem Gesicht aus. »Sieh an, die Idee reizt dich.«

Ertappt zucke ich mit den Schultern. »Dich nicht?«

»Oh, mit dir gelüstet es mich nach vielen Dingen. Deswegen habe ich auch den Fingervibrator mitgebracht, den wir längst testen wollten.«

Ich stöhne verzweifelt auf, schüttele den Kopf. »Wie sind wir nur von Rache zu Sex gekommen?«

»Über Umwege.«

»Okay, zurück zum Thema. Meinst du, Brooks hat etwas davon mitbekommen?«

Resigniert verzieht er das Gesicht. »Gründlicher kann man die Stimmung nicht killen.«

»Sorry, im Zweifel helfe ich später gern nach. Also, was sagst du?«

»Er hat sich weder bei dir noch bei mir gemeldet. Demnach gehe ich davon aus, dass es an ihm vorbeigegangen ist.«

»Das wäre gut. Für uns und unseren Plan.«

»Den wir noch weiterspinnen müssen.«

Ich lehne mich wieder an das hochgestellte Rückenteil, stelle die Füße auf und lege die Hände auf die Liege. Trommele mit den Fingern auf das Poolhandtuch und schürze die Lippen. »Okay, fangen wir mit dem Datum an. Ich komme nach dem dritten Maiwochenende aus Südamerika zurück, die Hochzeit ist Ende Juni. Wollen wir das Essen gleich für Ende Mai ansetzen?« Ich drehe den Kopf in seine Richtung.

»Moment, ich schaue vorsichtshalber noch einmal in meinem Kalender nach.« Kayden nimmt sein Smartphone vom Tisch, wischt und tippt. »Das passt, ich schlage es direkt in unserer Gruppe vor.« Wieder tippt er. »So, gepostet.«

»Ich bin gespannt, wie lange es mit den Antworten dauert.«

»Hey, es ist Dienstag und mitten am Tag. Sie arbeiten alle, werden den Termin vermutlich heute Abend noch mit ihren Ladys abklären.«

»Bin ich auch deine Lady?«

Er lächelt. »Magst du diese Bezeichnung?«

»Sie klingt eher nach Brooks.«

Da lacht er auf. »Ich glaube tatsächlich, dass er damit angefangen hat.«

»Hm. *Meine Schöne* gefällt mir auf jeden Fall besser.«

»So nenne ich dich nur unter vier Augen.«

»Und vor anderen?«

Sein Blick richtet sich nach innen. »Keine Ahnung. Ich kann mir nicht vorstellen, in unserer Runde so von dir zu sprechen. Und niemals in der intimen Weise, wie die anderen es tun. Vor allem nicht vor Brooks.«

Ich schaudere. »Himmel, nein.«

Eine Weile hänge ich meinen Gedanken nach. Fantasien unserer Zukunft, mal mit einem positiven, mal mit einem negativen Brooks.

Was zu nichts führt.

Mit einem Seufzen setze ich mich auf. »Kommst du mit in den Pool? Ich könnte eine kleine Abkühlung gebrauchen.«

*

Kayden muss zwischendurch nicht nur die eingeplanten Meetings absolvieren, sondern auch einige dringende Angelegenheiten erledigen. Was ich ebenfalls für ein bisschen kreative Arbeit nutze, ohne kann ich eh nicht leben.

Ansonsten genießen wir die gemeinsamen Tage und Annehmlichkeiten des Hotels, meistens zusammen. Massagen und Anwendungen im Spa, das köstliche Essen im Restaurant. Gespräche am Feuer und sogar die Betrachtung der Sterne durch ein professionelles Teleskop, begleitet von einem sachkundigen pensionierten Astronomen aus der Gegend.

Freitagnachmittag machen wir uns auf den Weg zum

Coachella Festival und tauchen ein in diese unvergleichliche Atmosphäre. Lassen uns über das Gelände treiben, bestaunen die aufgestellte Kunst, machen Selfies und genießen unser Glück.

Am Samstag schlafen wir aus, fahren mittags wieder hin. Treffen Bekannte von mir in der Menge, kosten die Stimmung aus.

Nach Sonnenuntergang bin ich mit meinem Set dran und nehme Kayden wieder Backstage mit, der nicht im VIP-Bereich bleiben wollte.

Und es ist der absolute Hammer, unfassbar und wunderschön.

Das DJ-Pult steht unter einem der gigantischen Zeltdächer. An dessen Decke befindet sich eine Stahlkonstruktion für die Lichtanlage, im Mittelstreifen bestehend aus Scheinwerfern und LED-Panels. An den Seiten hängen riesige Discokugeln, die von farbwechselnden Spots und stellenweise Lasern angestrahlt werden.

Eine spacige Atmosphäre, die meine Musik perfekt in Szene setzt und mich in einen euphorischen Flow überführt, zusammen mit dem Publikum. Und der Mann meines Herzens ist ebenfalls bei mir.

Scheiße, ist das Leben geil!

Von mir aus könnte es ewig so weitergehen.

Leider vergeht die Zeit dadurch viel zu schnell und ich verabschiede mich wehmütig bis zum nächsten Jahr. Spiele zum Abschluss und ersten Mal meinen neuesten Track, der ebenfalls mit Begeisterung aufgenommen wird.

Dann muss ich die Bühne schon wieder verlassen, falle Kayden um den Hals und küsse ihn. Er schließt mich in die Arme, drückt mich an sich und ich möchte am liebsten ewig so verharren.

Da dies unmöglich ist, treten wir wieder hinaus und schlendern über das Gelände.

Schauen uns, wie schon am vorangegangenen Wochenende, die Konzerte der Headliner an, die mir heute sogar besser gefallen.

Überhaupt ist die Stimmung an diesem zweiten Wochenende anders. Entspannter, positiver. Oder liegt das auch an mir?

Die Bedrohung durch Jasmine ist gebannt, der Termin für das Abendessen Ende Mai steht, und ich sehe ein Licht am Schluss des Geheimnis-Tunnels.

Das Gelände schließt um Mitternacht, doch wir gehen mit meinen Bekannten noch zu einem der Campingplätze, wo bis in die frühen Morgenstunden weitergefeiert wird.

Am Ende kehren wir vor Tagesanbruch in unsere Suite zurück und machen es uns auf dem Balkon gemütlich, der nach Süd-Osten hinausgeht. Ich kuschele mich in Kaydens Arm, wir trinken Champagner und betrachten das Licht- und Farbspiel am Himmel. Bis die ersten Sonnenstrahlen über die Bergkette tasten, sich vermehren und uns schließlich direkt ins Gesicht scheinen.

Ich lehne den Kopf an seine Schulter und seufze. »Ich glaube, die letzten Tage gehören zu den schönsten meines Lebens.«

»Oh, ja, es war definitiv ein besonderes Erlebnis. Vor allem mit dir.«

Warmes Glücksgefühl und Liebe breiten sich in meiner Brust aus, laufen über und bis in die letzten Zellen meines Körpers.

»Ich war noch nie so glücklich. Und daran bist nur du schuld, Ward.«

»Sorry, not sorry.«

Lächelnd hebe ich den Kopf, betrachte ihn und erwidere seinen zärtlichen Blick. Lege die Hand an seine Wange und streiche mit dem Daumen darüber.

»Danke, dass du mich liebst. Dass du den ersten Schritt

gewagt und es mir gestanden hast.«

Seine Finger streicheln meine Schulter. »Das war die beste Entscheidung meines Lebens. Ich habe es nicht mehr ausgehalten, brauchte endlich Gewissheit.«

»Und wie du weißt, ging es mir ähnlich.«

»Ja.«

»Ich liebe dich, Kayden.«

»Ich liebe dich auch, Piper. Aus ganzem Herzen.«

Ich beuge mich zu ihm und wir versinken in einem liebevollen Kuss.

Schmiegen uns nach einer halben Ewigkeit wieder aneinander, schauen dem Sonnenaufgang zu und genießen den Champagner.

»Und bald werden wir es der ganzen Welt zeigen könne. Kein Versteckspiel mehr, keine Geheimnisse oder Feindseligkeiten.«

»Nein.«

»Alles wird gut.«

Ja, bald ist alles in Ordnung. Und dann können wir unser Glück in vollen Zügen genießen.

*

Die positiven Vibes nehme ich mit in die kommende Arbeitswoche. Arbeite erst mit einer bekannten RnB-Sängerin an dem vorgesehenen Song, danach mit einem Popsänger an einem weiteren. Den Feinschliff der Tracks werde ich während meiner Südamerika-Tour vornehmen. Und die Zeit fernerhin zum Komponieren nutzen, denn sowohl das *Coachella Festival* als auch die Kollaborationen haben mir ein paar neue Ideen beschert, die ich schnellstmöglich in Musik umsetzen will. Und wie ich mich kenne, werden sich durch die dreiwöchige Trennung von Kayden weitere dazugesellen.

Abends kommt er aus dem Büro direkt zu mir, fährt wenige Stunden später nach Hause. Am Freitag bleibt er und wir nutzen jede Minute für Körperkontakt. Egal, ob im Bett, beim Kuscheln auf der Couch oder Sonstiges.

Samstagnachmittag ist es leider wieder vorbei und wir fahren mit meinem Gepäck zu ihm. Dort zieht er sich für Brooks' Bachelor Party um und bestellt eine Limousine, die uns zur *Castell Rooftop Lounge* bringt. Von da aus werde ich zum Flughafen weiterfahren und nach Buenos Aires fliegen. Da Lia mir noch ein zusätzliches Engagement verschafft hat, muss ich zwei Tage eher da sein.

Wie jeden Abend ist der Verkehr mörderisch, doch wir sind früh unterwegs und lehnen uns entsprechend entspannt zurück.

Die ganze Zeit über hält Kayden meine Hand, führt sie schließlich zu seinem Mund und küsst meinen Handrücken. »Wie soll ich es nur drei Wochen ohne dich aushalten?«

»Das hast du früher locker geschafft.«

»Ich bitte dich, das war eine vollkommen andere Situation.«

»Falls es dich beruhigt – ich vermisse dich jetzt schon.«

»Aber wir telefonieren so oft wie möglich.«

»Natürlich. Im Zweifel stehe ich sogar früh für dich auf.«

Er grinst. »Aah, das ist wahre Liebe.«

»Ganz genau. Oder ich rufe dich an, wenn es bei mir abends ist und bei dir morgens.«

»Oh, bevor ich es vergesse.« Eilig zieht er das Smartphone aus der Gesäßtasche seiner Jeans, entsperrt das Display. »Ich schicke dir die Mail vom Hotel weiter. Da steht drin, in welcher Suite ich wohne und unter welcher Nummer du mich da direkt erreichen kannst.«

»Gute Idee.«

Ich warte, bis er fertig ist, und nehme ihm das Telefon eilig aus der Hand, lege es zwischen uns auf die Rückbank. »Aber jetzt will ich den ersten Abschiedskuss.«

Mit einem schweren Seufzer umfasst er meinen Nacken, schiebt die Finger in mein Haar und raunt: »Sag das nicht, meine Schöne. Ich hasse dieses Wort.«

»Dann halt die Klappe und küss mich endlich.«

Er entspricht meinem Wunsch, löst sich nach einer Weile von mir und betrachtet mein Gesicht. »Eigentlich habe ich viel zu wenig Fotos von dir.«

»Ich schicke dir welche von unterwegs.«

»Sehr gut. Ich brauche dringend Bilder, die ich anschmachten kann.«

Herausfordernd hebe ich eine Braue. »Etwa mit viel nackter Haut?«

Da lacht er leise und schüttelt den Kopf. »Um Himmels willen! Erstens müssten wir dafür einen sicheren VPN-Tunnel nutzen und zweitens gibt es andere Methoden, sich in ein Smartphone zu hacken. Nein, da freue ich mich lieber darauf, dich bald wieder berühren, riechen und schmecken zu dürfen.«

»Oh, ja, dafür solltest du dir auf jeden Fall gleich die erste Nacht freihalten.«

»Mit dem größten Vergnügen.« Wieder beugt er sich vor und küsst mich.

Schaut danach aus dem Fenster. »Verdammt, wir sind gleich da.«

»Was steht denn heute Abend auf eurem Plan? Nicht, dass du morgen früh mit einer Tätowierung im Gesicht aufwachst.«

»Scheiße, ja, das hoffe ich auch. Also, wir starten mit Essen und Drinks in der Lounge, danach geht es zum VIP-Heliport an den Hudson Yards und wir machen einen Hubschrauberrundflug. Soweit ich weiß, ziehen wir im

Anschluss durch die Clubs und Bars, aber Genaues habe ich mir nicht gemerkt.«

»Dann wünsche ich euch auf jeden Fall viel Spaß. Lass dich weder provozieren noch ausfragen. Und bleibt sauber.«

»Ich denke, da besteht keinerlei Gefahr.«

»Das wollte ich hören.« Ich ziehe ihn für einen Kuss zu mir.

Da hält der Wagen an einer Ampel und der Fahrer räuspert sich. »Wir sind fast da, Mr. Ward.«

Kayden seufzt, löst sich von mir und fährt sich durchs Haar. »Okay. Bitte versuchen Sie, gleich zu Beginn der Straße anzuhalten.«

Schon geht es weiter, kurz darauf biegt der Wagen ab und findet vor dem *Starbucks* eine Lücke am Straßenrand.

Mein Herz wird schwer und ich sehe ihn mit einem wehmütigen Lächeln an. »Mist.«

»Ja. Mist.« Er nimmt mein Gesicht in beide Hände, küsst mich zärtlich und hebt schließlich den Kopf. »Hab einen guten Flug und schreib, sobald du gelandet bist. Wir bleiben in Kontakt.«

»Mh-hm.«

»Und viel Spaß, hau die Menschen einfach um mit deiner Musik.«

Ich lache auf, kämpfe gegen das feine Brennen in meinen Augen an. »Ich werd's versuchen.«

»Ich liebe dich.«

»Ich dich auch.«

Ein letzter Kuss, ein Lächeln, dann löst er den Sicherheitsgurt und steigt aus.

Die Tür fällt zu, ich sehe ihm kurz nach und presse die Lider zusammen.

Die Sehnsucht ist jetzt schon kaum auszuhalten.

»Sollen wir direkt weiterfahren, Madame?«

»Ja, bitte.« Ich öffne die Augen und mein Blick fällt auf den leeren Platz neben mir.

Im nächsten Moment wird mir heiß und kalt.

Fuck.

»Stopp, ich muss noch einmal raus.«

Ohne eine Reaktion abzuwarten, schnappe ich mir Kaydens Smartphone, löse mit der anderen Hand den Sicherheitsgurt und springe aus dem Wagen.

Schaue mich um, entdecke ihn wenige Schritte weiter vorn, zwischen einem Haufen Leute. »Kayden, warte!«

Er dreht sich um, ich eile hinüber.

»Hier, dein Telefon.«

»Verdammt, das hätte böse enden können. Danke.« Er nimmt es an sich, schiebt es in seine Gesäßtasche.

Kurz sehen wir uns an, fallen uns in die Arme und küssen uns.

Doch leider ist es auch schnell wieder vorbei.

»Du musst weiter, sonst verpasst du deinen Flug.«

»Du hast recht.« Ich trete zurück. »Ich liebe dich.«

»Und ich —«

Im nächsten Augenblick wird er zurückgerissen, das Gesicht voller Verwunderung.

Und hinter ihm erkenne ich den Grund dafür.

Brooks.

Mit wutverzerrter Miene schleudert er Kayden herum, holt aus und verpasst ihm einen Faustschlag ins Gesicht. »Du mieser Verräter.«

Mein Herz hämmert los, ich schreie auf.

Kaydens Kopf und Oberkörper schwingen zur Seite und nach hinten, er taumelt rückwärts.

Erst River fängt ihn ein Stück weiter auf, das Gesicht vor Schock verzerrt.

Brooks setzt ihm nach, hebt erneut die Faust, doch Hudson hält ihn zurück. »Ich bringe dich um.«

River streckt ihm die Hand entgegen. »Beruhige dich, Alter.«

Kayden richtet sich auf, hält sich das Kinn.

Mein Bruder starrt seinen Freund an. »Wie kannst du mir das antun, du Arschloch?«

»Brooks —«

»Nein, jetzt rede ich.« Er reißt sich von Hudson los. »Ich habe euch von Anfang an gesagt, meine Schwester ist tabu. Und jetzt kommst du und fällst mir in den Rücken?«

Kayden hebt die Hände. »Niemand fällt dir in den Rücken, okay?«

»Ach, nein? Ich habe Augen im Kopf.«

»Es ist nicht das, was du denkst.«

»Ja, genau. Du fickst sie *nicht*, spielst *nicht* mit ihren Gefühlen.«

»Nein.«

»Lügner!« Brooks holt aus und schlägt ihn erneut.

Sofort gehen River und Hudson dazwischen.

Ich haste ebenfalls hin, doch Kaydens bester Freund hält mich zurück.

»Hör sofort auf damit, du Arsch«, schreie ich meinen Bruder an.

Der wirft mir einen vernichtenden Blick zu, fixiert wieder Kayden. »Damit ist jetzt Schluss, hörst du? Du wirst Piper nie wiedersehen.«

»Lass uns —«

»Oder wir sind die längste Zeit Freunde gewesen. Beides funktioniert nicht.«

Ich schnappe nach Luft.

»Aber ...«

»Bedeutet dir unsere Freundschaft so wenig, dass du dich an meiner Schwester vergreifst?«

»Nein, verdammt.«

»Gut, dann ist es hiermit vorbei.«

Kayden starrt ihn nur an.

Ich bin genauso perplex. »Brooks ...«

»Halt die Klappe und hau ab, Piper. Das hier ist eine Sache, die nur uns etwas angeht.«

Er streckt Kayden den Finger entgegen. »Sag es. Sind wir Freunde oder nicht? Deine letzte Chance.«

Der wirkt verzweifelt, stößt die Luft aus. »Natürlich sind wir Freunde.«

Seine Worte jagen mir ein Messer in die Brust, mein Unterkiefer klappt nach unten und meiner Kehle entweicht ein ungläubiger Laut.

»Gut.« Brooks schaut mich an. »Du hast seine Entscheidung gehört, also geh jetzt.«

Der scharfe Schmerz rast durch meinen Körper, trifft auf die Wut, die sich nach Ostern nur verkrochen hat, und verbindet sich zu einer explosiven Mischung.

Etwas in mir zerbricht.

Mein Verstand sieht rot, mein Körper übernimmt.

Und erinnert sich an Abläufe, die ich seit Jahren im Krav Maga trainiere.

Mit einem Schrei donnere ich meinem Bruder die Faust auf die Nase, trete ihm in die Weichteile. Er stöhnt auf, krümmt sich und ich setze mit dem Ellbogen auf seinen Hinterkopf nach.

»Du mieses Stück Scheiße hast alles kaputtgemacht. Mit dir bin ich fertig.«

Ich wirbele zu Kayden herum, halte mich im letzten Moment zurück und versetze ihm, über den zusammengesunkenen Brooks hinweg, nur eine heftige Ohrfeige. Reiße das Armband von meinem Handgelenk und werfe es ihm an die Brust.

»Und du bist auch nur ein feiges Arschloch, ich will dich nie wiedersehen.«

Tränen fluten meine Augen, ich trete zurück.

»Da habt ihr euch echt gefunden, einer erbärmlicher als der andere.«

River streckt den Arm nach mir aus. »Piper, beruhige dich, wir kriegen das wieder hin.«

Ich schlage seine Hand beiseite. »Nein. Diese beiden sind für mich gestorben.«

Damit drehe ich mich um, eile zur Limousine und knalle die Tür hinter mir zu. »Fahren Sie, los!«

»Ja, Madame.« Der Motor jault auf, der Wagen verlässt die Parklücke, fädelt sich in den Verkehr ein.

Und ich sinke heulend auf der Rückbank zusammen.

Zittere, schreie und prügele auf die Polster ein.

Doch es hilft nicht, meine gesamte Welt stürzt ein und begräbt mich unter den tonnenschweren Scherben meines alten Lebens.

Kapitel 16 – Kayden

»Da rüber.«

Rivers Hand an meiner Schulter dirigiert mich zu seinem Esstisch, einem Puppenspieler gleich.

»Setz dich.« Er zieht einen Stuhl zurück, drückt mich darauf und geht davon.

Ich starre zur Fensterfront hinaus, registriere das *Empire State Building*, die bunte Beleuchtung auf dem obersten Teil. Nehme diverse Geräusche von rechts wahr, die ich nicht zuordnen kann.

Was passiert hier?

Mein Hirn fühlt sich an wie in Watte gepackt, mein Verstand ist offline.

Dafür brenne ich innerlich.

Vor Scham, Sehnsucht, Herzschmerz.

Du mieses Stück Scheiße hast alles kaputtgemacht.

Ich schließe die Augen.

Großer Gott, was habe ich getan?

»Hier.«

River drückt mir etwas Eiskaltes, Hartes in die Hand.

Ich schaue darauf hinab, sehe etwas Viereckiges, Flaches, das in ein Geschirrtuch gewickelt ist.

Was soll ich damit?

Zwei Sekunden später nimmt er meine Hand und drückt das kalte Ding gegen meinen linken Kiefer.

Schmerzt durchzuckt mich, ich stöhne auf.

Erneut geht er davon, diesmal nach links.

Ich höre Klappern, Klirren, Gluckern.

Dann taucht mein bester Freund wieder auf, stellt zwei

Gläser auf den Tisch und setzt sich über Eck. Schiebt mir eines mit bernsteinfarbener Flüssigkeit hin, nimmt das andere mit klarer Flüssigkeit.

»Trink. Du kannst es gebrauchen.«

Mein Körper gehorcht, stürzt das Getränk mit einem Schluck herunter und stellt das leere Glas wieder ab.

Die Flüssigkeit brennt sich meinen Rachen hinab, durch die Brust und bis in den Magen.

Wieder entfährt mir ein Stöhnen.

Doch meine Hand schiebt ihm das leere Glas zu.

Er steht auf und geht, kehrt mit einem vollen Glas zurück.

Diesmal trinke ich es in kleineren Schlucken und nur wenig langsamer.

Verlange Nachschub.

»Es macht keinen Sinn, dich zu betrinken.«

Nein.

Aber ich brauche einen Neustart.

Damit ich denken kann.

Und du bist auch nur ein feiges Arschloch, ich will dich nie wiedersehen.

Verzweifelt presse ich die Lider zusammen, gebe dem Glas den letzten Schubs.

Er holt die Flasche, schenkt nach und schiebt mir beides hin.

Ich trinke, wieder ein wenig langsamer.

Im Vergleich zum Feuer in meiner Seele ist das Brennen des Alkohols angenehm, genauso wie die Wärme in meinem Bauch, die sich immer weiter ausdehnt.

Im Kopf wird mir ein wenig leichter zumute.

Schon sehe ich Pipers Gesicht vor mir.

Fühle den Schlag, den Hass, ihren Schmerz.

Diese beiden sind für mich gestorben.

Alles in mir windet sich wie ein gefoltertes Tier,

mein Herz jault.

»Willst du reden?«

Ich schaue ihn an.

Reden?

Worüber?

Die Trümmer?

Meine Schuld?

Statt einer Antwort schiebe ich ihm das Glas hin und er füllt es nach.

Ich leere es, wiederhole die Prozedur.

Endlich zeigen die Drinks Wirkung, ich schwanke.

River seufzt, steht auf und nimmt die Sachen vom Tisch. »Komm, ich bringe dich ins Bett.«

Wie eine Marionette lasse ich mich hochziehen, durch den Flur führen, ins Gästezimmer.

Er schaltet die Nachttischlampe ein, stellt Glas sowie Flasche daneben und betrachtet mich. »Brauchst du bei irgendetwas Hilfe?«

Langsam drehe ich den Kopf von links nach rechts.

»Dann sehen wir uns morgen.« Damit verlässt er den Raum und zieht die Tür hinter sich zu.

Das Kühlpad ist inzwischen zu körperwarmem Gel geworden, also lege ich es beiseite und streife mit Mühe meine Jacke ab. Alles schwankt und mein Körper hat Schwierigkeiten mit der Koordination, aber ich schaffe es. Irgendwie.

Ziehe mir den Pullover über den Kopf, bleibe hängen und reiße meine Brille mit.

Werfe sie neben das Pad, befreie mich von Schuhen, Socken, Hose.

Dann kippe ich den letzten Drink, falle rücklings aufs Bett und schließe die Augen.

*

Sobald ich aus dem Schlaf auftauche, dröhnen grässliche Schmerzen in meinem Kopf, vom Kinn bis in den Hinterkopf. Und die Helligkeit auf der anderen Seite meiner Lider macht es schlimmer.

Ich lege mir einen Arm über die Augen, drehe mich zur Seite und stöhne.

Scheiße, mir ist hundeelend zumute.

Du hast es verdient.

Sogleich fluten die Erinnerungen mein Hirn und die Übelkeit verstärkt sich.

Ich drehe mich zurück auf den Rücken und atme mehrmals tief durch, komme aber nicht gegen die Tränen an. Sie quellen unter meinen Lidern hervor, laufen über die Schläfen in mein Haar.

Weshalb ich mir erlaube, einen Moment in meinen Schmerz einzutauchen.

Ja, ich habe es verdient.

Ich hätte die Situation anders lösen müssen.

Viel früher das Gespräch mit Brooks suchen sollen.

Aber ich war feige.

Und ein Arschloch.

Mit einem Wimmern presse ich die Handballen auf meine Augen.

Am Kiefer durchzuckt mich scharfer Schmerz.

Wieder erlebe ich Brooks Schläge, Pipers Ohrfeige.

Sehe sie weglaufen.

Von da an war ich im Schock, kann mich nur noch an zusammenhanglose Fetzen erinnern.

Da meine Blase drückt, rolle ich mich zur Seite, schwinge die Beine über die Bettkante und setze mich vorsichtig auf. Taste nach meiner Brille, schiebe sie auf meine Nase und entdecke auf dem Nachttisch zwei Tabletten neben einem großen Glas Wasser.

Ich schlucke sie, leere das Glas und stemme mich hoch.

Warte und atme tief durch, bis der Schwindel nachlässt, doch die Übelkeit bleibt.

Dabei entdecke ich ein paar Kleidungsstücke sowie eine Plastiktüte auf dem Sessel neben der Kommode. Schleppe mich vorsichtig ins Bad und sammele sie auf dem Weg auf.

Nach der Dusche fühle mich frisch und sauber, aber beschissen.

Ich stopfe meine Klamotten in die Tüte, streife die Sachen von River über. T-Shirt, Pants, Socken. Kehre in den Schlafbereich zurück, ziehe Hose sowie Schuhe an und taste über die vorderen Taschen.

Es ist noch da.

Erleichtert werfe ich auch meine getragenen Socken in die Tüte. Nehme sie, Pullover und Jacke, verlasse das Gästezimmer und laufe mit bedachten Schritten Richtung Wohnbereich.

Ich höre die Stimmen von River und June, verstehe aber kein Wort.

Rieche Kaffee und Speck.

Mein Magen hebt sich.

Sie sitzen am Esstisch und mein bester Freund sieht auf, als ich aus dem Flur trete. Auch seine Freundin schaut mich an und ihre Gesichter lassen nichts Gutes erahnen.

»Du siehst aus wie ein Wrack.«

Ich hänge meine Jacke über eine Stuhllehne, den Pullover darüber, und lasse den Plastikbeutel daneben auf den Boden fallen. »So fühle ich mich auch.« Aufgrund der Schmerzen quetsche ich die Worte zwischen meinen Zähnen hindurch.

»Setz dich, ich hole dir einen Cappuccino.« June steht auf und geht in die offene Küche.

Ich stütze mich auf dem Tisch ab, nehme River gegenüber Platz. »Danke für die Tabletten und die Klamotten.«

»Kein Ding. Möchtest du etwas essen?«

»Nein, danke.«

Hinter mir erklingt das Mahlwerk des Kaffeevollautomaten.

»Was weißt du noch von gestern?«

»Nachdem sie abgehauen ist, kaum etwas.«

Er nickt, trinkt von seinem schwarzen Kaffee. »Hudson und ich haben euch in die Notaufnahme gebracht. Du hast Glück gehabt, lediglich eine Prellung, der Kiefer ist soweit unbeschadet.«

»Fühlt sich eher gegenteilig an, jedes Wort schmerzt.«

»Sei froh, dass Piper dir nur eine Ohrfeige verpasst hat. Brooks hat es schlimmer erwischt. Ordentliche Hodenprellung, Nase gebrochen, leichte Gehirnerschütterung.«

»Mein Mitgefühl hält sich in Grenzen.«

Er hebt eine Braue. »Ich habe dich gewarnt, ihr solltet es ihm eher sagen.«

»Spar dir die Predigt, das ändert nichts.«

»Und jetzt?«

»Keine Ahnung, ich kann noch nicht denken.«

June streicht mir über die Schulter und stellt den Kaffee vor mir auf den Tisch. Setzt sich auf ihren Stuhl. »River hat mir erzählt, was er weiß.«

Ich nicke und nippe vorsichtig an meinem Heißgetränk.

»Komm schon, Mann. Klär uns auch über den Rest auf.«

Also fülle ich die Lücken.

Am Ende stößt June die Luft aus. »Wow, heftige Geschichte. Meint ihr, Brooks kriegt sich wieder ein?«

Ich zucke mit den Schultern. »Eigentlich hatten wir gehofft, dass Summer positiv auf ihn einwirken kann.«

»Hoffentlich verpasst sie ihm dafür noch einen Einlauf.«

River verzieht das Gesicht. »Davon gehe ich aus. Aber ob Piper ihm das je vergibt ...«

»Oder mir ...«

»Du wirst doch wohl um sie kämpfen.«

»Ich liebe sie und will nie wieder ohne sie sein. Aber im Moment kann ich nicht einmal geradeaus denken. Und morgen muss ich nach Singapur. Keine Ahnung, wie ich das alles auf die Reihe bekommen soll.«

»Falls du Hilfe brauchst ...«

»Sage ich Bescheid.«

»Gut.«

June drückt meinen Arm. »Ich kann nachvollziehen, wie Piper sich fühlt. Enttäuscht, verraten, verletzt. Aber ich könnte mir vorstellen, dass sie nur auf ein Zeichen von dir wartet.«

»Was denn für ein Zeichen?«

»Dass du zu ihr stehst, ihr deine Liebe beweist.«

Ich überlege, mit welcher Geste oder Aktion ich das hinbekommen könnte, doch mein Hirn streikt. Deshalb leere ich meine Tasse, schaue sie an. »Okay, dann werde ich mal nach Hause fahren.«

»Ich rufe dir ein Taxi.«

»Nein, danke, ich halte mir eines an.« Ich stehe auf, ziehe Pullover und Jacke über. Prüfe die Taschen auf Smartphone, Brieftasche und alles Weitere, nehme den Beutel. »Euch einen schönen Sonntag.«

»Ich bringe dich raus.« River erhebt sich, geht mit mir zur Tür. »Falls du etwas brauchst, melde dich.«

»Mache ich. Danke. Für alles.«

Er zieht mich in eine Umarmung, klopft mir auf die Schulter. »Halt die Ohren steif, wir kriegen das schon wieder hin.«

Ich nicke nur, verlasse sein Apartment und fahre mit dem Fahrstuhl ins Erdgeschoss hinab. Durchquere das Foyer, halte mich auf dem Gehweg links und trete an der 5th Avenue an den Bordstein.

Ach, Mist, ich muss auf die andere Straßenseite.

Sobald die Fußgängerampel auf Grün schaltet, laufe ich rüber und am Fahrbahnrand langsam Richtung Süden. Werfe immer wieder einen Blick über meine Schulter und hebe schließlich den Arm, gehe rückwärts weiter.

Das Yellow Cab mit dem ausgeschalteten Schild fährt neben mir ran, ich steige ein und nenne dem Fahrer meine Adresse. Starre die ganze Fahrt über aus dem Fenster und versuche, meine Gedanken und Gefühle in Schach zu halten.

Nur um zu Hause zusammenzubrechen.

Ich ziehe das Armband aus meiner Hosentasche, plumpse auf die Couch und starre es Ewigkeiten an.

Wehrlos gegen all die Gefühle, die in mir toben.

Ohnmächtig, weil ich mir das Hirn zermartere und doch keine Lösung finde.

Ich schließe die Hand über dem Schmuckstück, presse die Faust an meinen Mund und die Lider zusammen. Flehe innerlich um eine Eingebung, irgendetwas.

Bis ich voller Verzweiflung aufgebe, zum Barschrank gehe und mir ein großes Glas Whisky einschenke.

*

Am späten Freitagnachmittag steige ich aus dem Infinity-Pool des *Marina Bay Sands Hotel*, gehe zu meiner Liege und trockne mich ab. Mache es mir bequem und lasse den Blick über das gleiten, was ich von meiner Position aus vom Stadtzentrum erkennen kann.

Die letzten vier Tage waren gefüllt mit Sondierungsgesprächen und Geschäftsessen in den besten Restaurants von Singapur. Was ohne die Unterstützung meines Leiters des operativen Geschäfts praktisch unmöglich gewesen und vermutlich die reinste Tortur geworden wäre.

Nur gut, dass mein Angestellter diese Dienstreise kurzfristig einrichten konnte, denn nach meinem Arztbesuch am Montagmorgen war klar, dass ich den Kiefer eine Zeitlang möglichst ruhigstellen und dafür eine Kopf-Kinn-Kappe tragen muss.

Dank der Schmerzmittel und diverser Übungen, die der vom Arzt empfohlene Physiotherapeut mir vor Abflug gezeigt hat, komme ich ziemlich gut zurecht. Trotzdem war ich froh über den heutigen freien Tag und habe ihn genutzt, um den multikulturellen Inselstaat auf eigene Faust zu erkunden. Oder zumindest die wichtigsten Sehenswürdigkeiten.

Und vor jeder Attraktion schoss mir durch den Kopf, wie schön es wäre, Piper bei mir zu haben. Einmal habe ich sogar ein Selfie für sie aufgenommen, die Nachrichten-App bereits geöffnet.

Dann hat mein Verstand mich mit der Wucht einer Abrissbirne in die Realität zurückgeschickt und mir erneut das Herz zerquetscht.

Jetzt zieht es sich gequält zusammen und ich greife voller Sehnsucht nach meinem Smartphone. Suche in den sozialen Medien nach einem neuen Beitrag von ihr. Finde lediglich ein neues YouTube-Video aus Buenos Aires, aufgenommen auf der *Puente da la Mujer*, wie ich in den Untertiteln lese.

Natürlich schaue ich es mir an und betrachte Piper eingehend, sofern die Kameraführung das zulässt. Verspüre jede Sekunde als Stich in meinen Körper.

Auf den ersten Blick wirkt sie ruhig und voll konzentriert. Doch ich sehe die anderen Anzeichen. Die steifen Bewegungen ihrer Arme, die verspannten Schultern, das starre Lächeln. Und vor allem den Kummer in ihren Augen.

Der wachsende Kloß schnürt mir den Hals zu.

Fuck, wie soll ich das jemals wieder gutmachen?

Ich rufe die Galerie auf, scrolle bis zum Februar und schaue mir die Bilder von ihr oder uns an, die sich ab dann häufen.

Jedes einzelne ein Zeichen des Glücks und unserer Liebe. Oder ein Beleg dafür, wie leidenschaftlich es zwischen uns ist.

War!

Wütend beiße ich die Zähne aufeinander und zucke im nächsten Moment vor Schmerz zusammen, stoße die Luft aus.

Nein, ich gebe sie nicht auf, niemals.

Aber ich muss erst diesen Abschluss unter Dach und Fach bringen. Dann kann ich nach Hause fliegen, mich zurückziehen und eingehend darüber nachdenken, wie es privat weitergehen soll. Alles andere wäre weder Piper noch meiner Firma gegenüber fair.

Ich beende sämtliche Apps, lege das Handy auf den niedrigen Tisch neben mir und lehne mich zurück. Schließe die Augen und fokussiere meine Gedanken auf die geschäftlichen Details, die wir in den vergangenen Tagen ausgearbeitet haben.

Gehe nach einer Weile auf mein Zimmer, dusche und bestelle mir beim Zimmerservice weiche Kost.

Beim Abendessen mache ich mir Notizen für das morgige letzte Treffen und bin gerade fertig, als mein Smartphone eine neue Nachricht meldet.

River: *Wie geht es dir da drüben? Kannst du arbeiten?*

Ich: *Halbwegs. Gibt es etwas Neues?*

River: *Nicht wirklich. Brooks hat die Bachelor Party auf Anfang Juni verschoben.*

Bei dem Gedanken an einen unbeschwerten Junggesellenabschied verkrampft sich mein Magen.

Ich: *Daumen-hoch-Emoji*

River: *Und der nächste Brunch ist in drei Wochen, Ende Mai. Klappt es bis dahin wieder mit deinem Kiefer?*

Ich: *Mal sehen, vermutlich.*

River: *Gut. Und dann versöhnt ihr euch hoffentlich.*

Will ich das? Und unter welchen Bedingungen?

Ich: *Es ist eine Aussprache fällig.*

River: *Unter uns allen, ja, das sehen Hudson und ich genauso. Wir haben uns die Tage auf einen Drink getroffen und die Situation besprochen.*

Ich: *Es tut mir leid, dass ich euch da mit hineingezogen habe.*

River: *Auch wenn es uns alle betrifft – der Rockstar ist der Einzige, der ein Problem mit dir und Piper hat. Und Hudson gefällt sein Ausraster letzte Woche genauso wenig wie mir. Vollkommen überzogen und typisch für den alten Brooks. Aufgrund der Entwicklungen, persönlich wie im Privatleben, hätten wir niemals mit einem solchen Rückschritt gerechnet. Höchstens mit dummen Scherzen oder einer Ansage, wie du sie zu behandeln hast.*

Ich: *Das war auch meine Hoffnung.*

River: *Wir kriegen das hin. Ganz bestimmt.*

Ich seufze und massiere mir die Nasenwurzel. Schließe die Augen und sehe sofort Pipers Lächeln vor mir.

Es ist mein sehnlichster Wunsch, sie bald wieder in den Armen zu halten. Dieses glückliche Lächeln zu sehen und zu wissen, dass ich der Grund dafür bin.

Nur den Weg dorthin muss ich mir noch freikämpfen.

Kapitel 17 – Piper

Endlich Pause!

Unter der Mittagssonne am leicht bewölkten Himmel verlasse ich die Promenade und betrete den Strand von Copacabana, Rio de Janeiro. Schlüpfe aus den Flip-Flops, nehme sie in die linke Hand und schlendere zum Spülsaum.

Der helle Sand ist warm und weich zwischen meinen Zehen.

In alle Richtungen wimmelt es vor Badegästen, die sich in den unterschiedlichsten Sprachen unterhalten, und Kinder sitzen oder spielen in der flachen Brandung.

Dann stecke auch ich die Füße ins anrollende Wasser und seufze auf.

Herrlich warm.

Eine Weile stehe ich nur da, betrachte durch meine Sonnenbrille das Meer und den Horizont. Genieße die laue Brise, die sanft an meinem Sonnenhut zupft, das Wellenrauschen, die fröhlichen Stimmen um mich herum.

So wunderschön.

Gott, ich wünschte, er wäre hier.

Mein Herz zieht sich schmerzhaft zusammen, weshalb ich tief durchatme und mich nach links wende.

Vor zehn Tagen ist mein Leben kollabiert und hat meine innere Sonne ausgelöscht. Seitdem erfüllt mich eine seltsam dunkle Kälte und ich habe keine Kraft, dagegen anzukämpfen. Es ist schon hart genug, meine Gedanken im Zaum zu halten.

Zwischen Flughafen, Hotel und Location schlafe ich

die meiste Zeit, um mit dem Stress und meiner emotionalen Erschöpfung klarzukommen.

Ich habe keine Lust, zu essen oder mich um irgendetwas zu kümmern.

Projiziere meine Gefühle in Musik, wenn sie mich zu ersticken drohen.

Und die restliche Energie, die ich noch aufbringen kann, geht für meine Sets und die Videodrehs drauf.

Natürlich wusste ich vorher, welch straffer Plan mich in Südamerika erwartet.

Und dass ich mich im Zweifel auf meine Erfahrungen sowie eine gewisse Routine verlassen kann. Schließlich habe ich seit der Entscheidung, meinen Traum zu leben, hart an meiner Karriere gearbeitet. Ich kenne es also gar nicht anders.

Nun aber bin ich froh, dass wir nach dem gestrigen Dreh am Fuße der Christusstatue einen freien Tag eingeplant haben. Vielleicht kann ich dadurch die permanente unterschwellige Anspannung ein wenig lindern, bevor es morgen nach Bolivien weitergeht.

Und was machst du, wenn du wieder zu Hause bist?

Gute Frage. Heulen?

Das tue ich eh jede Nacht.

Genauso wie beten, dass es bald aufhört.

Ohne Vorwarnung stürzen die Erinnerungen auf mich ein und erschweren mir das Atmen. Läuft in Zeitlupe diese eine Minute in meinem Kopf ab, die alles verändert hat. Und ich spüre den Schmerz in jeder grauenvollen Nuance, in allen Zellen meines Körpers.

Mein Herz jault. Vor Qual, Sehnsucht, Unverständnis.

Warum, zur Hölle, hat Kayden sich aus heiterem Himmel für seine Freundschaft mit Brooks entschieden?

War ihm unsere Liebe von Anfang an weniger wert?

Hat er mich nur hingehalten?

Nein, das ist unmöglich.

Oder?

Jedes Mal wenn ich darüber nachdenke, will es einfach nicht in meinen Kopf gehen.

Wie konnte ich mich dermaßen in ihm und seinen Gefühlen täuschen?

Wir haben über Kinder gesprochen, waren bei seinen Eltern.

Zu deinen wollte er nicht.

Ich zucke innerlich zusammen, beiße die Zähne aufeinander. Suche nach Gründen, die für ihn sprechen, und finde sie.

Er kennt mich, hat mich verwöhnt, sich gekümmert.

Und dich genau damit eingewickelt.

Fuck, ich war so naiv. So unglaublich naiv.

Wie konnte ich nur übersehen, dass hinter der Fassade eines viel zu guten Kerls ein so riesiges Arschloch steckt?

Vielleicht hat Jasmine ja genau das eher erkannt als du.

Und wie dieser Dreckskerl sie zum Schweigen gebracht hat, weiß ich ja.

Voll bitterer Wut bleibe ich stehen, stemme die Hände in die Hüften und schaue aufs Wasser hinaus. Atme gegen die Tränen und die Enttäuschung an.

Egal, wie lange es dauert – ich werde stärker aus diesem Mist hervorgehen.

Ich brauche keinen Mann, um glücklich zu sein.

Und ich will auch keinen mehr.

Ändere ich eben meinen Lebensplan, na und?

Besser als Lügner, Betrüger oder Arschlöcher.

Und Brüder, die sämtliche Grenzen überschreiten.

Scheiße, wenn ich nur an Brooks' arrogante Visage denke, möchte ich direkt wieder hineinschlagen. Mit wachsender Begeisterung.

Und ich schwöre bei Gott – sollte er sich mir noch

einmal nähern und sein blödes Maul aufreißen, kassiert er die nächste Abreibung.

Wobei mir unsere Eltern leidtun, sie haben diesen Ärger nicht verdient.

Deshalb muss ich mich schnellstmöglich mit meiner Mutter treffen und ihr davon erzählen. Damit die beiden verstehen, warum ich nicht zur Hochzeit und auch zu keinem anderen Familientreffen mehr kommen werde, an dem Brooks teilnimmt.

Unvermittelt verrauchen sämtliche negativen Gefühle, überspült mich dieser verfickte Herzschmerz und ich sacke förmlich in mich zusammen. Taumele ein paar Schritte zurück, falle auf meinen Hintern und schlinge die Arme um meine Knie.

Tränen schießen mir in die Augen, quellen unter meinen geschlossenen Lidern hervor. Doch ich beiße die Zähne zusammen und kämpfe gegen das Schluchzen an.

Rufe mir Kaydens Worte ins Gedächtnis und wie ich ihn ohrfeige. Seine Starre, als ich ihm das Armband entgegenschleudere.

Nein, er hat mich von Anfang an verarscht.

Und es wäre besser, das zu realisieren, zu akzeptieren.

Damit mein Herz und meine Seele heilen können.

Irgendwann.

Vielleicht.

*

Den zweiten freien Tag, dem letzten vor dem Tour-Endspurt, verbringe ich in Quito, Ecuador. Oder besser gesagt, in meinem Hotelzimmer.

Ich fühle mich noch schlechter als in der vergangenen Woche, komme nicht aus dem Bett und wälze mich in meinem Elend.

Wie soll ich nur die nächsten Tage überstehen? Den Leuten eine gute Zeit bescheren?

Alles in mir schmerzt und fühlt sich gleichzeitig tot an.

Der bloße Gedanke an Essen verursacht mir Übelkeit und in meinem Bauch herrscht ein unangenehmer Druck, den ich nicht einordnen kann.

Seele und Körper sind anscheinend total durcheinander.

Oder habe ich mir einen Virus eingefangen?

Damit wäre die Katastrophe komplett.

Am nächsten Morgen zwinge ich mich, wenigstens zwei trockene Scheiben Maisbrot zum Frühstück zu essen. Spüle sie mit Tee hinunter und horche in mich hinein.

Da es mir danach ein wenig besser geht, fahre ich beruhigt wieder in mein Zimmer hinauf. Packe meinen Koffer, laufe ins Bad und werfe die Toilettenartikel in die beiden Beutel. Kontrolliere automatisch, ob alles geschlossen und noch genug vorhanden ist. Ob ich gestern Abend die Antibabypille geschluckt habe.

Ja, die entsprechende Tablette der zweiten Reihe fehlt.

Die bunten Taschen landen ebenfalls in meinem Trolley, ich schlüpfe in meine Jacke und drehe eine letzte Runde durchs Hotelzimmer.

Nichts vergessen? Nein. Gut.

Ich schultere meinen Rucksack, ziehe den Teleskopgriff heraus und trete mit meinem Gepäck auf den Flur.

Vor dem Hotel übergebe ich es einem Taxifahrer, steige hinten ein und schaue auf dem Weg zum Flughafen aus dem Fenster. Runzele schließlich die Stirn.

Habe ich wirklich nichts vergessen?

Irgendwie breitet sich ein ungutes Gefühl in meinem Bauch aus.

Doch dann lenkt mich etwas ab und es verschwindet.

Kehrt im Flugzeug zurück und geht.

Wiederholt sich in den folgenden Tagen, wird stärker.

Am letzten Morgen der Tour überfällt es mich direkt nach dem Aufwachen und ich grübele, was meine Intuition mir damit sagen will.

Beim Duschen, meiner Morgenroutine.

Beim Anziehen und Kofferpacken.

Ich kontrolliere die Badartikel und werfe sie in die Beutel. Ziehe den Tablettenblister aus der Papphülle.

Und stutze.

Das mulmige Gefühl wird intensiver.

Automatisch gehe ich im Kopf meine Südamerika-Tour durch. Zähle anhand der kleinen Löcher rückwärts die jeweiligen Städte ab, dann im Geist die Tage der Pillenpause bis hin zu meiner Abreise aus New York.

In meinem Hinterkopf regt sich etwas, meine Gedanken nehmen an Fahrt auf.

Bis sie mit einer Vollbremsung mein Herz zum Stolpern bringen.

Moment.

Das ... kann nicht sein.

Ich hatte keine Periode.

Hitze schießt in meinen Körper, Schwäche lässt meine Knie zittern.

Scheiße.

Fassungslos sinke ich auf den Toilettendeckel. Starre auf die Pillenpackung und wälze meine Erinnerungen, Tag für Tag.

Nein. Keine Blutungen.

Fuck!

In mir schießt Verzweiflung hoch, aber ich kämpfe dagegen an.

Erst muss ich zum Flughafen, da habe ich genug Zeit zum Nachdenken.

Nur mit größter Disziplin gelingt es mir, mich auf das

Einchecken und die Sicherheitskontrolle zu konzentrieren. Dahinter steuere ich den nächsten Coffeeshop an, hole mir einen Cappuccino und ziehe mich damit in den Boarding-Bereich meines Fluges zurück.

Schon stürmt alles wieder auf mich ein.

Verdammt, ich muss jetzt einen kühlen Kopf bewahren.

Weshalb ich mein Smartphone hervorhole und meiner gynäkologischen Praxis in New York eine E-Mail schreibe. Am Montag brauche ich dringend einen Termin.

Und nach der Ankunft in Caracas muss ich mir einen Schwangerschaftstest holen.

Schon sehe ich das positive Ergebnis bildlich vor mir.

Versuche zu erkunden, wie ich mich dabei fühle.

Doch außer Panik und einer leichten Übelkeit stellt sich nichts Eindeutiges ein.

Also atme ich mehrmals tief durch, beginne eine Entspannungsübung.

Da ertönt der Gong und kündigt das Boarding an.

Sobald das Flugzeug nach dem Start eine gewisse Höhe erreicht hat, setze ich meine Kopfhörer auf, lehne mich zurück und schließe die Augen.

Führe eine weitere Entspannungsübung durch und lasse schließlich sämtliche Gedanken zu, die erfreulicherweise nicht sofort in Horrorszenarien ausarten.

Eine Schwangerschaft ist kein Weltuntergang.

Ich bin alt genug, finanziell abgesichert.

Nur kann ich ab einem gewissen Zeitpunkt nicht mehr fliegen, muss entsprechende Engagements absagen. Und Lia gleich nach meinem Arzttermin darüber informieren, keine Auftritte und Ähnliches mehr einzuplanen.

Welch ein Glück, dass ich bis Jahresende die lukrativen Termine im *Peakaboo* habe.

Und Ironie des Schicksals, oder?

Jener Abend schiebt sich in mein Gedächtnis.

Mein Besuch in Kaydens Büro, der Aperitif in der Bar, unser Tisch im *Peak*, in der 101. Etage. Das Gespräch mit Scott Libbs.

Und wie glücklich ich damals war.

Von Kaydens Liebesgeständnis in Calgary bis zu seinem Verrat in New York.

Sofort breitet sich der Schmerz wie eine Schockwelle in meinem Körper aus, gefolgt von Hitze und Eiseskälte.

Doch diesmal wehrt sich mein Herz.

Als ob es mir in den Arsch treten will, weil ich mich jetzt lange genug gequält habe.

Vermutlich hat es recht.

Bald bin ich nicht mehr allein. Trage Verantwortung für ein Kind, das ich mir seit geraumer Zeit wünsche. Vor allem seit –

Nein!

Ich werde jetzt auf keinen Fall in vermeintlich schönen Erinnerungen versinken. Das war nur eine Täuschung und die ist vorbei.

Trotzdem wimmert meine Seele nach ihm und für einen Moment fühle ich mich zerrissen. Zwischen meiner viel zu tiefen Liebe für den Mann meines Lebens und dem Hass, den ich für denselben Kerl empfinde.

Zugegeben, die Abscheu ihm gegenüber ist schwächer und manchmal muss ich mich an seinen Vertrauensbruch erinnern, um ihn aufrechtzuerhalten. Damit ich nicht kapituliere.

Aber nun muss ich nach vorn sehen, eine andere Zukunft planen.

Nur das Baby und ich, kein Vater.

Der hat uns nicht verdient.

Und vermutlich ohnehin kein Interesse.

Mein Magen verkrampft sich.

Kein Kind sollte auf seinen Vater verzichten müssen.

Und vielleicht wäre Kayden ja ein guter –

Nein, Schluss damit!

Er hat sich für Brooks und ihre Freundschaft entschieden, damit jegliches Recht auf sein Kind verwirkt.

Und möglicherweise wird er auch nie davon erfahren.

Vater unbekannt, so wird es in der Geburtsurkunde stehen.

Im Zweifel könnte ich lügen und von One-Night-Stands erzählen. Direkt nach der Schlägerei.

Tja, Mr. Billionaire. Pech gehabt.

Ich brauche keinen Mann in meinem Leben. Weder für Sex, meinen Unterhalt noch ein Kind. Das kann ich bestens allein versorgen.

Dafür baue ich die Kompositionen aus, veröffentliche regelmäßig charttaugliche Hits sowie Sets. Und es gibt unzählige weitere Möglichkeiten, meinen Lebensunterhalt als Musikerin zu bestreiten.

Eine weitere Option wäre, aus New York zu verschwinden.

Das Leben in einer Kleinstadt verursacht geringere Kosten, ist ruhiger und idyllischer. Ein Paradies für Kinder.

Mom und Dad könnten mich regelmäßig besuchen, genauso wie April und Lanie.

Um den Kontakt zu Claire, June und vor allem Summer tut es mir leid, aber diese Kollateralschäden sind leider unumgänglich.

Ja, ich schaffe das. Unser Leben wird friedlich und liebevoll sein.

Automatisch male ich mir ein kleines Haus aus, in dem meine kleine Tochter und ich wohnen werden. Sie wird im Garten spielen, während ich auf der Veranda komponiere, und neben ihr liegt ein Golden Retriever im Gras. In der gemütlichen Küche backen wir Kekse und vor Weihnachten Plätzchen. Am Esstisch wird gemalt und gebastelt. Und die Zeit bis zur Einschulung wird wie im Flug vergehen.

So sitze ich da und träume von unserer Zukunft, bis hin zum Highschoolabschluss.

Lege die Hände auf meinen Bauch, streiche mit den Daumen darüber und seufze.

Ich liebe dich, Kleines.

Und wir beide werden ein unschlagbares Team.

*

»Ms. Montgomery, bitte!«

Ich springe auf, kralle die Finger um meine Handtasche und eile zu der Arzthelferin. Völliges Chaos in der Brust.

Sie lächelt. »Bitte, folgen Sie mir.«

»Danke.«

Hinter ihr marschiere ich am Empfang vorbei und durch einen Gang, von dem mehrere Türen abgehen. Eine davon steht offen und sie deutet hinein.

Mit einem Nicken laufe ich an ihr vorbei und in den Raum.

Die Ärztin erhebt sich hinter dem wuchtigen weißen Schreibtisch und deutet auf den Sessel davor, ein sanftes Lächeln auf dem dezent geschminkten Gesicht. »Guten Tag, Ms. Montgomery. Bitte, setzen Sie sich.«

»Vielen Dank.« Nervös bis in die letzten Nervenenden sinke ich auf den Sitzplatz, schlage die Beine übereinander. Lege die Tasche auf meinen Schoß und halte mich daran fest.

Gleich wird sie mir sagen, dass der venezolanische Schwangerschaftstest gelogen hat und ich definitiv schwanger bin. Fünfte Woche oder mehr.

Die Gynäkologin mit dem dunklen, kurzen Haar faltet die Hände auf dem Tisch. »Sie sind wegen eines Schwangerschaftstests hergekommen.«

»Ja.«

»Haben Sie Grund zu der Annahme, schwanger zu sein? Haben Sie die Pille abgesetzt und wünschen sich Nachwuchs?«

Ich zögere. »Nein, eigentlich nicht. Aber einige Dinge sprechen dafür.«

Kurz fasse ich ihr die Umstände zusammen.

Woraufhin sie nickt. »Nun, bei dem Stress, den Sie mir schildern, kommt es schon einmal vor, dass der Körper aus dem Takt gerät und die Blutung ausbleibt.«

»Das heißt, ich bin nicht ...«

»Nein. Der Test war negativ.«

Die Welt bleibt stehen und alles bis auf meinen Herzschlag verstummt.

»Oh.«

»Sie hatten sich darauf eingerichtet?«

Ich presse die Lippen aufeinander und nicke.

Kämpfe gegen die Tränen an, die in meinen Augen brennen und mir die Kehle zuschnüren.

Ein idyllisches Bild nach dem anderen zerplatzt in meinem Kopf. Und am Ende bleibt nur ein bitteres Gefühl von Kälte und Lehre zurück.

Ich sacke in mich zusammen, schließe die Augen und konzentriere mich auf meine Atmung. Zu Hause kann ich heulen, aber nicht jetzt. Nicht hier.

»Kann ich etwas für Sie tun? Brauchen Sie Hilfe? Jemanden zum Reden?«

Eilig reiße ich die Augen auf, starre Dr. Gibson an und schüttele den Kopf. »Nein, danke. Es geht schon.«

»Es tut mir sehr leid, dass ich Ihnen keine positiveren Nachrichten überbringen konnte.«

Ich winke ab, zwinge mich zu einem Lächeln. »Trotzdem danke, dass ich so kurzfristig vorbeikommen durfte.«
»Selbstverständlich. Brauchen Sie denn ein neues Rezept für die Antibabypille?«
»Ja, das wäre gut.«
Sie nickt, wendet sich ihrem Computer zu. Tippt und klickt, sieht mich schließlich an. »Das Rezept bekommen Sie vorn am Empfang. Und vergessen Sie nicht, den nächsten Vorsorgetermin zu vereinbaren.«
»Okay.«
»Alles Gute, Ms. Montgomery.«
»Danke.«
Ich erhebe mich, drehe mich um und verlasse den Behandlungsraum. Laufe blind zum Empfang, nehme das Rezept entgegen und vereinbare einen Termin. Den speichere ich in meinem Smartphone, stecke es zusammen mit dem Rezept in meine Handtasche und stakse mit durchgedrückten Knien aus der Praxis.

Auf dem Gehweg bleibe ich stehen und schaue mich um. Ratlos, antriebslos.

Was soll denn jetzt werden?

Schon schießen die nächsten Tränen in mir hoch und ich muss mich mit aller Kraft zusammenreißen.

Kann ich etwas für Sie tun? Brauchen Sie Hilfe? Jemanden zum Reden?

Reden. Ja.

Ich folge meinem Bauchgefühl, ziehe mein Handy hervor und rufe den Kontakt auf. Halte es mir ans Ohr und lausche.

Es dauert einige Freizeichen, doch dann nimmt sie das Gespräch endlich entgegen.

»Piper, mein Schatz, wie schön, dass du anrufst. Bist du schon aus Südamerika zurück?«

Ihre Stimme ist so voller Wärme, dass die ersten

Tränen aus meinen Augen quellen. »Ja, Mom, ich bin wieder da. Was machst du? Hast du Zeit?«

»Für dich habe ich immer Zeit. Wollen wir uns auf einen Kaffee treffen? Ich komme gerade aus dem Kinderheim.«

»Gern.«

»Alles okay? Du klingst so bedrückt.«

»Nein, Mom. Nichts ist okay.«

»Himmel, was ist denn los?«

»Erzähle ich dir gleich. Wo treffen wir uns? *Loeb Boathouse*?«

»Ja, ich rufe gleich an, damit sie mir meinen Lieblingstisch reservieren.«

»Gut, ich mache mich auf den Weg.«

»Bis gleich.«

Mit zitternden Fingern unterbreche ich die Verbindung, sperre das Display und schiebe das Smartphone in meine Handtasche. Laufe zum Bordstein und halte nach einem Yellow Cab Ausschau. Kurz darauf fahren wir Richtung Central Park und über den East Drive bis zu dem Restaurant am See.

Eine Servicekraft führt mich in den Außenbereich.

Die Glastüren sind an diesem Frühlingstag komplett aufgeschoben, eine sanfte Brise weht über die Terrasse und die Sonne glitzert auf dem Wasser.

Meine Mutter sitzt bereits an einem Zweiertisch, direkt an der Balustrade und ganz hinten. Lächelt mir entgegen, steht auf und schließt mich in die Arme.

Unvermittelt hüllt mich ihr vertrauter Duft ein und spendet mir zusammen mit ihrer Wärme so viel Trost, dass ich am liebsten sofort losheulen möchte.

Keine Ahnung, wie ich es schaffe, mich zusammenzureißen und abzuwarten, bis die Kellnerin sich mit der Bestellung entfernt hat.

Aber sobald Mom ihren Arm ausstreckt, meine Hand nimmt und mich fragt, was denn los ist, brechen sämtliche Dämme.

Tränen schießen mir aus den Augen, ich schluchze auf und schlage die freie Hand vors Gesicht. Stütze den Ellbogen auf den Tisch und weine um meine zerplatzten Wünsche.

Meine Mutter gibt mir die Zeit, die ich brauche, um meine Selbstbeherrschung wiederzuerlangen. Hält meine Hand, bis die Servicekraft uns Cappuccino, Wasser und Pralinen serviert.

Verlegen nehme ich meine Handtasche auf den Schoß, ziehe ein Papiertaschentuch hervor und trockne meine Tränen. Schnäuze mich und werfe ihr einen betretenen Blick zu. »Tut mir leid.«

»So ein Unsinn. Du weinst selten, und wenn du es nicht mehr zurückhalten kannst, wird es wohl begründet sein.« Sie nimmt etwas Zucker in ihre Kaffeespezialität, rührt um und sieht mich an. Ein liebevolles Lächeln auf den Lippen. »Was ist los, Piper? Was hat dich so sehr aus der Bahn geworfen?«

Ich schnaube verächtlich. »Die Grausamkeit der Realität.« Noch einmal putze ich mir die Nase, tupfe meine Augen trocken und stecke das Taschentuch weg. Schenke mir Wasser ein und leere das Glas in einem Zug.

»Möchtest du darüber reden?«

Ich nicke und erzähle ihr meine Geschichte. Angefangen von meinen ersten Teenager-Schwärmereien für Kayden bis hin zum heutigen Arztbesuch.

Am Ende schwimmen auch ihre Augen in Tränen, deshalb reiche ich ihr ein Papiertaschentuch. Und nach dem Trocknen steht sie auf, zieht mich auf die Füße und umarmt mich. Hält mich fest und wiegt mich.

»Mein armer Schatz, es tut mir so leid.«

Ich schließe die Lider und ein paar Tränen quellen darunter hervor. »Du kannst doch nichts dafür.«

»Doch. Irgendetwas haben dein Vater und ich falsch gemacht, dass Brooks ein solches Verhalten an den Tag legt.«

»Vielleicht muss ich ihm ja dankbar sein, dass er mich früh genug auf den Boden der Tatsachen zurückgebracht hat.«

Mom löst sich von mir, hält mich aber an den Oberarmen fest und schüttelt energisch den Kopf. »Mich würde es nicht wundern, wenn er Kayden vollkommen unter Druck gesetzt hat.«

»Was keine Entschuldigung ist.«

»Nein. Trotzdem werde ich mir deinen Bruder zur Brust nehmen. Bald.« Wir setzen uns wieder. »Jetzt verstehe ich auch das Gespräch an Ostern. Ehrlich gesagt haben mich seine Ansichten und sein Auftreten da bereits schockiert, aber das ...« Sie schüttelt den Kopf. »Himmel, wie konnten wir nur so blind sein?«

»Und ich habe nach Ostern gehofft, dass er mal ein bisschen nachdenkt. Ich bin schon lange kein Teenager mehr, der vor schlechten Erfahrungen beschützt werden muss.«

»Nein.«

»Im Nachhinein hat es auf mich wie eine Genugtuung für ihn gewirkt. Eine Bestätigung seiner jahrzehntelangen Warnungen und des Misstrauens gegen seine Freunde.«

»Aber was bringt ihm das?«

»Zumindest hat er damit seine Schwester verloren. Falls ich ihm je etwas wert war.«

»Oh, Piper!« Mom ergreift meine Hand. »Bitte, sag so etwas nicht.«

»Was soll ich denn sonst davon halten?«

»Da bin ich leider genauso überfragt wie du.«

»Siehst du.«

»Willst du versuchen, noch einmal mit Kayden zu reden?«

»Wozu?«

»Du liebst ihn.«

»Und er mich nicht, sonst hätte er sich doch wohl auf meine Seite geschlagen.«

»Hm.«

»Hör auf, Mom. Das mit uns hat keine Zukunft.«

»Trotzdem hättest du sein Kind behalten.«

Ich zucke mit den Schultern. »War leider falscher Alarm. Dabei habe ich uns schon eine wunderschöne Zukunft ausgemalt.«

»Erzähl mir davon.«

Auf meinem Mund breitet sich ein scheues Lächeln aus. »Das ist doch unwichtig geworden.«

»Nein. Alles, was in deinem Herzen vorgeht, besitzt Relevanz. Und diese Träume erst recht. Also. Wie hättest du dein oder euer Leben gestaltet?«

Bestärkt von ihren Worten schildere ich es ihr und leere am Ende meine Tasse.

Mom seufzt. »Klingt wunderschön.«

»Ja.« Endlich ist mir ein wenig leichter zumute.

»Und vielleicht musst du diesen Traum nur ein wenig aufschieben.«

Entschieden schüttele ich den Kopf. »Nein, Mom. Mein Herz hat genug Narben davongetragen, keine Männer mehr.«

»Es gibt andere Wege, ein Kind zu bekommen.«

»Keine Ahnung, ob ich das so dringend will.«

»Falls ja – mir blutet jedes Mal das Herz, wenn Babys oder kleine Kinder neu in das Heim kommen, in dem ich mich engagiere. Wie verzweifelt muss man sein, um sein eigen Fleisch und Blut aufzugeben?«

»Ich behalte das im Hinterkopf.«

»Versprochen?«

Ich lache leise. »Klingt fast so, als würdest du dich freuen, wenn ich bald alleinerziehende Mutter werde.«

»Du bist stark, selbstständig und rundum gefestigt. Ein Kind hätte es gut bei dir.«

»Und was würde die feine Gesellschaft New Yorks davon halten?«

»Pah!« Mom macht eine wegwerfende Handbewegung. »Die sollen alle den Mund nicht zu weit aufreißen. Außerdem war dir schon immer egal, was die Leute sagen. Also konzentriere dich lieber darauf, was du einem Kind zu bieten hast. Liebe.«

»Ja, stimmt.«

»Na, also.« Wieder ergreift sie meine Hand und drückt sie. »Einerlei, wie du dich mal entscheidest – dein Vater und ich stehen voll hinter dir, sind immer für dich da.«

»Danke, Mom. Das bedeutet mir echt viel.«

»Ich weiß.«

»Darum tut es mir auch sehr leid für euch, dass ihr allein zu Brooks' Hochzeit müsst.«

»Das wollen wir doch erst einmal sehen! Wenn er glaubt, dass er dafür ungeschoren davonkommt, hat er sich geschnitten.«

»Lass es gut sein, Mom. Das ist seine respektlose Sicht der Dinge und wird sich nie ändern. Ich habe damit abgeschlossen, mit den Konsequenzen muss er nun leben. Falls ihm das überhaupt etwas ausmacht.«

Da richtet meine Mutter sich auf und schüttelt vehement mit dem Kopf. »Oh, nein, Piper. Für mich ist diese Angelegenheit noch lange nicht abgeschlossen. Ganz im Gegenteil.«

*

»Hey, ihr beiden. Kommt herein!« Lächelnd trete ich mit der Tür zur Seite, umarme erst Lanie, dann April, sobald sie mein Apartment betreten.

Die wartet, bis ich die Tür geschlossen habe, und streckt mir ein großes flaches Paket mit Schleife entgegen. »Wir haben noch ein Geschenk für dich, zum Einzug.«

»Oh, das ist so lieb von euch!« Noch einmal ziehe ich beide in eine herzliche Umarmung, nehme das Paket entgegen und gehe zur Kücheninsel. Dort lege ich es ab, löse die Schleife und öffne vorsichtig die Klebestreifen. Dann entferne ich das Papier und schnappe nach Luft.

»Wow, ist das schön!« Begeistert betrachte ich das farbenfrohe Ölgemälde, das eine Pop-Art-Collage von New Yorker Motiven darstellt.

»Gefällt es dir?«

»Total! Und ich weiß auch schon den richtigen Ort dafür.« Ich deute auf die Wand zwischen Kücheninsel und Eingang zum Wintergarten. »Kleinen Moment.«

Schnell gehe ich zu der Abstellkammer hinüber, kehre mit Hammer sowie Nagel zurück und hänge das Gemälde auf. Danach trete ich ein paar Schritte nach hinten, betrachte es eingehend und nicke. »Perfekt.«

Ich bringe den Hammer weg, schließe die Tür und trete zu meinen Freundinnen, die noch immer an der Kücheninsel stehen. »Wollen wir mit einem Champagner starten?«

Lanie betrachtet mich aus zusammengekniffenen Augen. »Was ist los mit dir? Du wirkst so aufgedreht.«

»Alles super.« Ich wende mich ab, nehme Gläser aus dem Schrank und die Flasche aus dem Kühlschrank.

»Du weißt, dass du uns nicht verarschen kannst, oder?«

Mein Lächeln bröckelt, doch ich vermeide, sie anzusehen. »Wirklich. Es geht mir schon wieder besser.«

»Okay. Was ist in Südamerika passiert?«

»Nichts.« Ich löse den Drahtkorb vom Flaschenhals,

lockere den Korken und lasse ihn vorsichtig herausgleiten.

»Piper!« April zieht meinen Namen vorwurfsvoll in die Länge.

»Lasst uns erst anstoßen.« Ich schenke ein, reiche ihnen die Gläser und erhebe meins. »Auf das einzig wahre Lebensmodell. Auf das Single-Dasein.«

Meine Freundinnen halten inne, tauschen einen Blick.

Ich stoße mein Glas gegen ihre. »Cheers!« Nehme einen großen Schluck.

»Das ist nicht dein Ernst!« Aprils Augen sind weit aufgerissen. »Wer hat Schluss gemacht?«

Ich zucke mit den Schultern, zwinge mich zu einem Lächeln, doch es misslingt. »Hat sich so ergeben.«

»Ja, sicher!« Lanie schnaubt verärgert. »Sag schon, was ist passiert?«

Folglich berichte ich ausführlich von sämtlichen Begebenheiten seit unserem letzten Treffen und durchlebe es erneut so intensiv, dass ich am Ende in Tränen ausbreche.

Sofort sind sie für mich da, umarmen und trösten mich.

»Ach, verdammt, ich wollte doch nicht mehr heulen.« Energisch wische ich mir die Nässe aus den Augen und von den Wangen.

»Aber anscheinend brauchst du das noch, um alles zu verarbeiten.« April streicht mir übers Haar. »Komm, setz dich.«

Sie bringen mich zur Couch, holen unsere Gläser sowie die Flasche und schenken nach.

Diesmal hält Lanie das Glas hoch. »Auf dass du den beiden Pennern ordentlich die Fresse poliert hast.«

Ich lächele schief. »Eigentlich nur Brooks, Kayden hat ja schon von ihm zwei verpasst bekommen.«

»Du hättest ihn genauso verprügeln sollen.«

»Ja, vermutlich.«

»Nie und nimmer hätte ich ihm ein solches Verhalten zugetraut.« April nimmt einen großen Schluck, stößt die Luft aus. »Also dann. Hast du alles für deinen letzten melancholischen Abend im Haus?«

»Jede Menge Alkohol, Eis, Chips, Popcorn, Schokolade sind da. Pizza wollte ich bestellen.«

Sie winkt ab. »Scheiß auf die Pizza, wir legen direkt mit dem ungesunden Zeug los. Welchen Film wollen wir uns ansehen?«

»Ich habe ein paar Schnulzen auf meine Liste gepackt.«

»Wunderbar, dann lasst uns loslegen. Und ab morgen drehst du dem ganzen Mist den Rücken zu und siehst nach vorn.«

Ich nicke, seufze erleichtert und schaue von April zu Lanie. »So war der Plan. Danke, dass ihr mir dabei zur Seite steht.«

Die zuckt mit den Schultern. »Du hast dir eben genau die richtigen Freundinnen ausgesucht.«

Kapitel 18 – Kayden

Die Limousine biegt in die Zielstraße ab und beim Anblick der *Starbucks*-Filiale kochen die Erinnerungen an jenen Abend hoch.

Hastig wende ich den Kopf ab, verdränge die Bilder und Gefühle, denn gleich brauche ich meinen klaren Verstand.

Vor dem *Monroe Pearl* steige ich aus, blicke am Gebäude empor und atme noch einmal tief durch. Dann gehe ich hinein und fahre hinauf in die *Castell Rooftop Lounge*. Vielleicht zum letzten Mal.

Vier Wochen habe ich meine drei Freunde nicht gesehen. Oder sollte ich besser sagen, Brooks und meine beiden Freunde?

Zur Erholung und Heilung meiner Kieferverletzung habe ich mich nach der Singapur-Reise eine Woche aus dem Tagesgeschäft zurückgezogen.

Die Zeit genutzt, um eingehend über alles nachzudenken.

Daraus sind Listen entstanden.

Entscheidungen, deren Auswirkungen ich weitergesponnen, verworfen und erneut durchdacht habe. Um sie am Ende noch einmal zu reflektieren und meine Wahl zu treffen.

Oben verlasse ich die Kabine, werde langsamer.

Nein, da muss ich jetzt durch.

Auch wenn ich mich noch immer wie ein Verräter fühle.

Folglich straffe ich die Schultern, betrete die Bar und

begrüße das Serviceteam.

Schaue zu unserem Tisch und entdecke Hudson auf seinem üblichen Platz.

Sehr gut, dieser Teil meines Plans ist aufgegangen.

Mit einem angedeuteten Lächeln geselle ich mich zu ihm auf die Sitzbank. »Morgen, Hud. Du bist ja früh dran.«

Er verzieht das Gesicht. »Angesichts der Umstände, die heute vermutlich thematisiert werden, verspüre ich eine gewisse Unruhe. Weswegen Claire mich rausgeschmissen hat.«

»Hast du einen Pfad in den Wohnzimmerteppich getrampelt?«

»So ähnlich. Ich nehme an, River hat dir von unserem Treffen erzählt. Wegen neulich?«

Ich tippe vor den Steg meiner Brille. »Ja.«

»Und was sagst du dazu?«

»Ich bin parallel zum selben Ergebnis gekommen.«

Eine Kellnerin serviert uns den ersten Kaffee, wir bedanken uns und nippen daran.

»Wie geht es deinem Kiefer? Alles gut ausgeheilt?«

»Mein Zahnarzt ist zufrieden.«

»Hast du noch Schmerzen?«

»Nur bei Nüssen und ähnlich Hartem.«

»Brooks hat es schlimmer erwischt.«

Wir schauen uns an. Grinsen.

Doch dann sacken meine Mundwinkel wieder nach unten. »Er hat es verdient. Genauso wie ich.«

»Sein Auftritt war vollkommen überzogen und unnötig.«

»Warte mit deiner Argumentation, bis alle da sind.«

»Wie du meinst.«

»Erzähl mir lieber, wie es deinen Frauen geht.«

Sogleich breitet sich ein liebevolles Lächeln auf seinem Gesicht aus. Er berichtet von Claires Job, mit welcher

Leichtigkeit sie alles stemmt. Und natürlich von Isabellas Fortschritten beim Laufen und Plappern.

Kaum zu glauben, dass aus dem einstigen Power-Single in nicht einmal zwei Jahren ein so hingebungsvoller Ehemann und Vater geworden ist. Obwohl ...

Nein. So unglaublich ist das gar nicht.

Es kommt nur darauf an, mit dem richtigen Menschen zusammen zu sein.

Und einander aufrichtig zu lieben. Aus vollem Herzen, mit ganzer Seele.

Aus dem Augenwinkel nehme ich eine Bewegung wahr, sehe auf und meinen besten Freund zum Tisch kommen.

»Morgen, ihr beiden.« Er zieht den Stuhl heraus, nimmt Platz und hebt neugierig die Brauen. »Ist Brooks auch schon da?«

Ich schüttele den Kopf.

»Gut. Sollten wir uns irgendwie abstimmen, was das Gespräch angeht?«

»Vergiss es, das merkt er sofort.« Hudson winkt ab. »Am besten warten wir, ob sich etwas ergibt. Und falls nicht, können wir es am Ende immer noch aktiv angehen.«

»Klingt nach einem guten Plan. Oder was meinst du?«

Ich nicke. »Dito.«

Außerdem habe ich meine eigenen Vorstellungen, denn ich will die beiden auf keinen Fall in Schwierigkeiten bringen. Wenigstens ihre Dreier-Freundschaft soll bestehen bleiben. Demnach muss ich vermeiden, dass Brooks sie bezichtigt, von Piper und mir gewusst zu haben. Mit uns unter einer Decke zu stecken, ihn zu hintergehen.

Falls es ein *uns* überhaupt noch gibt.

Mein Herz zieht sich schmerzhaft zusammen und für einen Augenblick presse ich die Lider aufeinander.

Das muss es einfach.

»Alles okay?«

Rivers leise Stimme reißt mich in die Situation zurück.

Hastig öffne ich die Augen, zwinge mich zu einem Lächeln. »Ja, klar.«

»Hast du sie seitdem gesehen oder gesprochen?«

Mit zusammengebissenen Zähnen schüttele ich den Kopf.

»Fuck.«

Ja. Fuck.

Ich ergreife meine Tasse, leere sie und halte nach einer Servicekraft Ausschau.

Stattdessen entdecke ich Brooks, lässig wie immer und mit seinem Markenlächeln im Gesicht.

»Morgen, Leute.«

Wir erwidern seinen Gruß und ich beobachte, wie er Hudson gegenüber Platz nimmt.

Von der gebrochenen Nase ist nichts mehr zu sehen und auch der Rest erscheint wie immer. Bis auf die Tatsache, dass er meinem Blick ausweicht.

»Habt ihr schon bestellt?«

»Nein, aber wir wollten ohnehin gerade Kaffee ordern.«

River dreht sich um, winkt eine Servicekraft heran.

Sobald die wieder weg ist, eröffnet er das Gespräch mit seiner Meinung zu einer aktuellen Entscheidung der Stadtverwaltung. Hudson steigt darauf ein, liefert rechtliche Aspekte. Worüber wir zu politischen Themen gelangen, an denen ich mich nur unterschwellig beteilige, genauso wie Brooks.

Und sobald der Brunch serviert wird, verstummen alle.

Ich nutze die willkommene Unterbrechung, um in meinem Kopf erneut die vorbereiteten Punkte durchzugehen, River und Hudson tauschen einen ratlosen Blick.

Zuletzt erhalten wir frischgepressten Orangensaft und Champagner, doch entgegen unseren sonstigen Gewohnheiten bleiben die Gläser erst einmal unberührt.

Kein Trinkspruch oder Anlass, um darauf anzustoßen.

Brooks greift nach dem Rührei. »Was sagt ihr denn zu der allgemeinen wirtschaftlichen Entwicklung? Merkt ihr Auswirkungen wegen der weltpolitischen Lage?«

Erneut keimt Geplauder auf, doch auch diesmal kommt es kaum in Gang. Weil alle mit merklich angezogener Handbremse agieren.

Schließlich seufzt Hudson auf. »Lasst uns lieber über erfreulichere Dinge reden, dieser ganze Mist deprimiert doch nur noch.«

»Da gebe ich dir vollkommen recht.« Brooks lächelt. »Erzähl uns lieber von Prinzessin Isabella.«

Hudson lacht und kommt seinem Wunsch vermutlich allzu gern nach. »Ab wann steigt *ihr* denn voll in die Familienplanung ein?«

»Vermutlich im Herbst oder Winter.«

»Wenn du wieder auf Tour gehst? Und ihr oft getrennt seid?«

»Summer wird mich begleiten, soweit ihr Job das zulässt. Wir machen uns da keinen Stress. Wollt ihr denn noch ein zweites Kind?«

Meine Aufmerksamkeit richtet sich in die Vergangenheit, zu jenem Gespräch auf dem Spielplatz im Central Park, und ich wende den Blick Richtung Terrasse. Sehe vor mir, wie ich Piper beim Schaukeln anschubse, sie später auf meinem Schoß sitzt und wir am Ende verjagt werden.

»So genau haben wir noch gar nicht darüber gesprochen, aber ich hätte nichts dagegen. Jacky und ich haben uns immer gut verstanden.«

»Da wird es bei June und mir wohl schwieriger, sich auf die Anzahl zu einigen. Sie hat sich eine Schwester oder den Bruder gewünscht, der mir auf die Nerven gegangen ist. Aber erst einmal müssen wir heiraten.«

Brooks lacht. »Sollen wir uns den nächsten Sommer

schon einmal vormerken?«

»Wir werden sehen.«

Ob ich dann mit Piper dabei sein kann?

»Genau. Jetzt konzentrieren wir uns erst einmal auf *meine* Hochzeit. Ich habe euch ja bereits von der Location erzählt. Und die Probeessen waren richtig gut, ihr könnt euch auf einige kulinarische Genüsse freuen. Die Hochzeitsplanerin hat auch schon die Sträuße für die Brautjungfern sowie die Ansteckblumen für euch farblich auf die Dekoration abgestimmt.«

Ich blinzele, atme tief durch und sehe ihn an. »Sag ihr, sie soll eine Blume weniger einplanen.«

Er hebt eine Braue, sieht mich misstrauisch an. »Warum?«

»Weil ich nicht dabei sein werde.«

Aus dem Augenwinkel bemerke ich die Blicke von Hudson und River, doch ich halte meinen fest auf Pipers Bruder gerichtet.

»Vielleicht solltest du noch einmal darüber nachdenken.«

»Das habe ich. Mein Entschluss steht fest.«

Kurz presst Brooks die Lippen zusammen. »Du hast vor drei Wochen deine Entscheidung getroffen.«

»Nein, das hast *du* für mich getan. Ich war nur so paralysiert von der Situation, dass ich nicht reagieren konnte. Und habe zugelassen, dass es in einer Katastrophe endet.«

»Was willst du mir damit sagen?«

»Dass ich Piper liebe, wie nichts anderes auf dieser Welt. Schon seit der Highschool. Ich würde alles für sie aufgeben, auch unsere Freundschaft. Und genau das tue ich jetzt.«

Hudson räuspert sich. »Ich bin sicher, das ist unnötig.«

Ich ignoriere ihn, schaue nur auf Brooks' erstarrtes Gesicht und die Enttäuschung steigt immer höher.

Sein Verhalten ist ein Schlag unter die Gürtellinie.

Resigniert nicke ich. »Damit habe ich gerechnet. Trotzdem tut es verdammt weh, wie schlecht du von mir denkst.«

Keine Reaktion.

»Wenn ich so wäre, wie du vor Summer, könnte ich nachvollziehen, dass du mich nicht an Pipers Seite haben willst. Aber du kennst mich. Oder solltest es zumindest.«

Brooks schweigt, dafür räuspert River sich.

»Er hat recht, Mann. Was das angeht, ist Kayden der Beste von uns allen. Aufrichtig, straight, loyal. Und Piper ist auch der Grund dafür, dass er keine andere Frau je wirklich angesehen hat.«

Der Rockstar reißt die Augen auf. »Du wusstest davon?«

»Wir haben es *geahnt*«, wirft Hudson ein. »Damals schon. Auch wenn ich gehofft habe, es würde sich irgendwann erledigen. Wegen dir und deiner Ansichten diesbezüglich. Aber wie es aussieht ...« Er schaut mich an und lächelt verständnisvoll.

Wendet sich wieder Brooks zu, der seinen Blick erwidert. »River war schon immer einer ähnlichen Meinung, dass nämlich die Richtige irgendwo auf ihn wartet. Aber du und ich, wir mussten auf die harte Tour lernen, was Liebe bedeutet. Und wir hätten es beide beinahe versaut.«

In Brooks' Augen leuchtet etwas auf, das ich als Zustimmung deuten würde, gemischt mit einer ordentlichen Portion schlechtem Gewissen.

Woraufhin sich Hoffnung in mir ausbreitet.

»Und auch wenn ich bei der Sache verdammt schlecht wegkomme – ich bin froh über diese Erfahrung. Weil ich daraus gelernt und deswegen mein Verhalten sowie meine Ansichten reflektiert habe. Und das solltest du auch tun.«

Sogleich presst Brooks die Lippen aufeinander, reckt das Kinn.

»Als du deine Gefühle verstanden und akzeptiert hast, konnte dich doch auch nichts mehr von Summer fernhalten«, sagt River ihm auf den Kopf zu. »Und nun stell dir vor, einer von uns wäre vehement gegen eure Liebe gewesen. Was hättest du getan? Hättest du dich davon beeinflussen lassen?«

»Fallt ihr mir jetzt alle in den Rücken, oder was?« In Brooks' Augen funkelt es.

»Nein. Wir wollen nur an deine Vernunft appellieren. Auch bei mir hätte nicht viel gefehlt, um June zu verlieren. Ich hätte sie von Anfang an einweihen müssen. Wir drei haben also alle schon eine solche Scheißkrise durchgestanden. Bei Piper und Kayden allerdings war alles in Ordnung. Bis du kamst. Mit einer absolut sturköpfigen wie hirnrissigen Aktion. Komplett unverhältnismäßig und überflüssig. Niemand kann sich aussuchen, wen er liebt. Oder sich dagegen wehren. Deswegen darfst du ihn weder dafür bestrafen noch vor die Wahl stellen. Willst du wirklich alles kaputtmachen?«

In Pipers Bruder brodelt es sichtlich.

Meine Zuversicht erlischt und mein Verstand resigniert, doch mein Herz wehrt sich.

»Habe ich es nicht verdient, glücklich zu werden? Nach all den Jahren endlich mit der Liebe meines Lebens zusammen sein zu dürfen, so wie du mit Summer?«

Er sieht mich an und bläht die Nasenflügel. Spielt mit den Kiefermuskeln, sagt aber kein Wort.

Tja, das war's dann wohl.

Ich nehme die Serviette von meinem Schoß, lege sie neben den Teller. »Es ist sehr bedauernswert, dass du Piper, mir und unseren Gefühlen so radikal gegenüberstehst. Und weil ich deine Meinung respektiere, ziehe ich die einzig mögliche Konsequenz.«

Den Blick fest in Brooks' Augen gerichtet, atme ich tief durch. »Alles Gute für dich und Summer. Leb wohl.«

Damit schlängele ich mich hinter dem Tisch hervor und gehe davon, ohne zurückzublicken.

*

Zurück in meinem Penthouse schenke ich mir einen Whisky ein und gehe hinauf auf die Dachterrasse. Lehne mich an die Metallbrüstung, nehme einen Schluck und starre zum *One World Trade Center* hinüber.

Vielleicht schaut sie gerade aus dem Wintergarten ebenfalls zu dem Wolkenkratzer.

Oder sie verflucht dich, weil sie weiß, dass du dieselbe Aussicht hast.

Ja, vermutlich.

Ich stelle sie mir vor, wie sie mit Kopfhörern an ihrem Esstisch sitzt und komponiert. Wie sie ihre Gefühle in die Musik fließen lässt, die Wangen vielleicht nass vor Tränen.

Das Bild fährt mir wie ein Stich in die Brust und ich schließe gequält die Augen.

Verdammt, so darf es nicht weitergehen.

Ich muss mich schnellstmöglich entschuldigen, sie um Verzeihung bitten.

Ihr sagen, dass ich einen Schlussstrich unter die Freundschaft mit Brooks gezogen habe.

Für sie. Uns.

Du bist für sie gestorben, schon vergessen?

Nein.

Mir ist bewusst, dass es nicht einfach werden wird. Und es ist mir egal, wie lange es dauert. Hauptsache, sie vergibt mir.

Wenn ich nur wüsste, wie ich das Ganze anfangen soll!

Ist sie überhaupt zu Hause?

Die Südamerika-Tour ist beendet, am Sonntag war ihr Heimflug.

Und erst nächstes Wochenende hat sie wieder Engagements.

Nachdenklich nippe ich an meinem Whisky.

Stelle mir vor, ich würde zu ihr fahren, einfach klingeln.

In einer Version knallt sie mir wütend die Tür vor der Nase zu.

In der zweiten reicht es, dass wir uns ansehen, ich ihr meine Liebe versichere.

Fuck, nein, das ist unrealistisch.

Wenn, dann haut sie mir direkt eine rein. Dafür, dass ich es wage, bei ihr aufzutauchen.

Vielleicht beobachtet sie mich auch über die Videokamera und macht gar nichts.

Oder gibt mir die Gelegenheit, vor ihr auf die Knie zu fallen.

Keine Ahnung, was passiert, aber wenn ich hierbleibe, werde ich es nie erfahren.

Also dann. Es ist Zeit, ihr meine Gefühle zu beweisen.

Entschieden drehe ich mich um, gehe ins Haus und schließe die Tür hinter mir. Laufe die Treppe hinunter, stelle das Glas in der Küche ab.

Da ertönt der sanfte Gong, den ein Besucher über die Taste neben der Penthouse-Tür auslöst, der den Code für den Aufzug kennt.

Oder eine Besucherin.

Mein Herz galoppiert los und ich eile hinüber, reiße die Tür auf.

Im nächsten Moment durchzuckt mich Enttäuschung, gefolgt von Verwirrung.

Dort steht Brooks, mit verkrampften Schultern, die Hände in den Hosentaschen vergraben, und schaut mich mit einem Blick an, den ich nicht deuten kann.

»Ist sie hier?«

Mir entfährt ein Schnauben. »Schön wär's.«

Er nickt, presst kurz die Lippen aufeinander. »Darf ich reinkommen?«

Mir liegen zig Antworten auf der Zunge, von »Nein, verpiss dich« bis »Wozu?«. Stattdessen trete ich zur Seite. Schließe die Tür hinter ihm und sehe ihn an.

Mit dem Kinn deutet er auf meinen Whisky. »Ich könnte auch so einen gebrauchen.«

»Brooks, wenn du mir noch eine reinhauen willst, tu es. Von mir aus kannst du mich auch als miesen Verräter beschimpfen, aber das ändert nichts an meiner Entscheidung. Oder an meinen Gefühlen für Piper.«

Er schüttelt den Kopf. »Hast du nun einen Drink für mich, oder nicht?«

Ich stoße die Luft aus, marschiere an ihm vorbei ins Wohnzimmer und direkt zum Barschrank. Schenke großzügig ein, drehe mich um und halte ihm das Glas hin.

Da er mir gefolgt ist, trennen uns nur noch wenige Schritte, und ich gehe ihm entgegen.

»Hier.«

Brooks nimmt das Glas, stürzt den Inhalt in einem Zug herunter.

Verzieht das Gesicht, stellt es auf den nächsten Tisch und sieht mich an. »Es tut mir leid.«

Fassungslos starre ich ihn an. »Wie bitte?«

»Wir kennen uns seit einem Vierteljahrhundert, also weißt du, wie schwer mir das hier fällt.«

»Du willst mich verarschen.«

»Nein. Ich habe echt Scheiße gebaut und es tut mir leid.«

»Und das wird dir erst jetzt klar?«

Er fährt sich mit einer Hand durchs Haar, schüttelt den

Kopf und seufzt. »Nach jenem Abend, dem Besuch in der Notaufnahme ... du kannst dir sicher vorstellen, dass Summer mir ziemlich den Kopf gewaschen hat. Vor allem, weil sie schon an Ostern ein Gespräch mit mir führen musste, was mein Verhalten Piper gegenüber angeht.«

»Umso schlimmer, dass du trotzdem dermaßen ausgerastet bist.«

»Das ist es ja, ich war machtlos dagegen. Der Drang, Piper zu beschützen, hat mich praktisch überrannt. Ich wollte immer nur verhindern, dass man ihr wehtut.«

»Und hast es stattdessen selbst getan.«

»Ja.«

»So ein Schwachsinn! Hast du wirklich geglaubt, du bringst uns auseinander und danach ist alles wieder gut?«

»Vermutlich. Keine Ahnung. Ach, fuck, ich habe nur noch rotgesehen, mich hintergangen gefühlt. Und die Vorstellung, wie du Piper fickst ...« Er schüttelt sich.

In mir kocht all die Wut hoch, die sich über die Jahre langsam angestaut hat. »Du bist so ein blöder Wichser. Für dich haben immer nur deine Befindlichkeiten gezählt, scheiß auf andere Leute, ihre Charaktere und Gefühle. Ich habe echt gedacht, mit Summer hat sich das endlich geändert.«

»Das hat Piper auch gesagt.«

»Wundert dich das?«

Brooks spielt mit den Kiefermuskeln. »Ich habe das nicht ernst genug genommen und gedacht, sie beruhigt sich schon wieder. Wir haben bisher immer die Kurve gekriegt. Und nachdem sich keiner von euch noch einmal gerührt hat, bin ich davon ausgegangen, dass meine Aktion tatsächlich begründet war.«

»Hast du keinen einzigen Gedanken daran verschwendet, dass du im Unrecht sein könntest?«

»Doch. Und es hat mich fertiggemacht.«

»So siehst du aber nicht aus.«

»Mag sein. Ich behalte meine Gefühle nun mal am liebsten für mich.«

Ich verschränke genervt die Arme vor der Brust. »Und dass ich unsere Freundschaft aufgebe, hat dir jetzt die Augen geöffnet, oder was?«

»In etwa, ja. Nach dem Anschiss meiner Eltern.«

»Was haben die damit zu tun?«

»Piper hat ihnen erzählt, was passiert ist. Und verkündet, dass sie nie wieder etwas mit mir zu tun haben will.«

Ja, sie war schon immer konsequent.

Was meine Hoffnungen auf ihre Vergebung radikal dämpft.

»So wie du.«

»Hm. Und was soll ich jetzt dazu sagen? Soll ich mich darüber freuen, dass du endlich die Quittung für dein idiotisches Verhalten bekommst?«

»Ich bringe es wieder in Ordnung.«

»Viel Glück, du wirst es brauchen.«

»Wir machen das zusammen.«

Ich lache freudlos auf.

»Nein, wirklich. Ich habe dir Worte in den Mund gelegt, falsche Tatsachen geschaffen.«

»Und ich hätte mich wehren müssen.«

»Wie denn, wenn ich dich unter Druck setze? Du hattest gar keine Zeit für eine Reaktion, genau das wollte ich. Ein schnelles Ende, das Beste für uns alle.«

»Ziemlich mies von dir.«

Er verzieht das Gesicht. »Die Bestrafung hat Piper ja direkt übernommen.«

»Berechtigterweise.«

»Zweifellos, ja. Und was du vorhin gesagt hast ...«

»Hm?«

»Du hattest mit allem recht. Genauso wie River und Hudson. Du bist einer von den Guten. Den *wirklich* Guten. Und eigentlich kann ich mir keinen besseren Mann für meine Schwester vorstellen.«

Mich durchflutet Erleichterung und mein Herz rast los, doch mein Verstand spielt das sofort herunter. »Aber?«

»Kein Aber. Ich stehe zu meiner Aussage an Ostern. Wenn es ein anständiger Kerl ist, der sie wirklich liebt, akzeptiere ich das.«

»Davon hat sie mir erzählt.« Ich warte auf weitere Worte. Vergeblich.

Einen Moment sehen wir uns schweigend an, schließlich räuspert er sich. »Mom hat gemeint, dass Piper dich genauso lange liebt, wie du sie.«

»Ja.«

»Ich habe es befürchtet.«

Ich hebe eine Braue und er sofort die Hände.

»Geahnt, sorry. Sie hat dich immer mit so einem besonderen Glanz in den Augen angesehen. Daran hat sich all die Jahre nichts geändert.«

»Sieh an, sogar dir ist es aufgefallen.«

»Dir nicht?«

»Nein. Oder besser gesagt, ich habe mir eingeredet, ich würde mir nur etwas einbilden.«

»Weißt du, was ich daran nicht verstehe?«

»Nein?«

»Wie hast du das all die Jahre ausgehalten?«

»Keine Ahnung. Die Gefühle sind nie verschwunden, eher tiefer geworden. Also habe ich sie akzeptiert. Und versucht, damit zu leben.«

»Und ... hat River recht? Du hast nie etwas Ähnliches für eine andere Frau empfunden?«

»Wie soll das gehen, Brooks? Für mein Herz gab es immer nur Piper. Ich habe weiß Gott versucht, dagegen anzukommen, aber das war unmöglich.«

»Wie seid ihr zusammengekommen? Wann?«

Ich zucke mit den Schultern, schiebe die Hände in die Hosentaschen und erzähle ihm davon.

Am Ende schüttelt er den Kopf »Du hast Piper all die Jahre beobachtet!«

»Ich wollte ihr nah sein. Ein wenig an ihrem Leben teilhaben. Und die letzten Monate mit ihr waren die schönsten *meines* Lebens. Kannst du dir vorstellen, wie es sich anfühlt, wenn dein Traum endlich wahr wird?«

Auf seinem Gesicht breitet sich ein verständnisvolles Lächeln aus. »Wenn nicht ich, wer dann?«

Ich nicke. »Deswegen haben wir es erst einmal ausgekostet und waren unglaublich glücklich dabei, nur wir beide. Natürlich wollten wir es nicht ewig geheim halten, deswegen das Abendessen vor deiner Hochzeit. Und es war für uns beide verdammt unangenehm, dich sogar anlügen zu müssen.«

»Du meinst das Video aus Puerto Rico.«

»Unter anderem.«

Brooks verzieht das Gesicht und seufzt. »Ehrlich, Mann. Es tut mir leid. Das ist die größte Scheiße, die ich je abgezogen habe.«

»Das musst du auch Piper sagen.«

»Eins nach dem anderen. Erst einmal musst du mir verzeihen.«

Nachdenklich schaue ich ihn an, horche in mich hinein. Kann ich das?

Die Reaktion aus meinem Innern ist eindeutig.

Brooks ist einer meiner besten Freunde, trotz seines großkotzigen Rockstar-Gehabes. Und wenn ich das mit Piper wieder hinbekomme, wird es so sein, wie ich es mir immer gewünscht habe.

Unvermittelt streckt er mir die Hand hin, eine stumme

Bitte in den Augen.

Folglich atme ich tief durch und schlage ein.

Auf seinem Gesicht erstrahlt ein erleichtertes Lächeln und in der nächsten Sekunde zieht er mich in eine Umarmung, klopft mir auf die Schulter. »Willkommen in der Familie, Nerd.«

Überwältigt von meinen Gefühlen schließe ich die Augen.

Endlich ist auch mein letzter kleiner Wunsch in Erfüllung gegangen.

»Danke, Mann. Das bedeutet mir echt viel.«

Noch ein paar freundschaftliche Schläge auf die Schultern, dann lösen wir uns wieder voneinander.

»Mir auch, Nerd, mir auch.«

Ich nicke, tippe vor meinen Brillensteg.

»So, und jetzt fahren wir zu meiner Dumpfbacke und sehen zu, dass wir euch wieder vereinen.«

Kapitel 19 – Piper

Genervt schalte ich den Fernseher aus und damit das gerade begonnene Heimspiel der *New York City Skyliners*. Stemme mich von der Couch hoch und schlendere in den sonnendurchfluteten Wintergarten.

Seit gestern Vormittag, nach der Herzschmerznacht mit April und Lanie, bin ich unruhig und weiß nichts mit mir anzufangen. Ich habe es mit einem Spaziergang versucht, Shopping-Tour, Kino und Club-Besuch. Ich habe mir sogar ein paar farbenfrohe Blumenbouquets liefern lassen. Nichts davon konnte mich ablenken, aufheitern oder sonst wie beschäftigen.

Vor der Verglasung Richtung Süden bleibe ich stehen und schaue auf die Skyline, allem voran das *One World Trade Center*, das sämtliche Gebäude überragt.

Und das von Kaydens Zuhause aus nur eine halbe Meile entfernt ist.

Mein Ärger schlägt in Frustration um.

Wie lange werde ich diesen Mist noch ertragen müssen, bis die Erinnerungen verblassen? Ich will nicht ständig an die besten Wochen und Monate meines Lebens erinnert werden. Oder den Mann, der sich vor so vielen Jahren in meinem Herzen eingenistet und dort inzwischen kräftige Wurzeln geschlagen hat.

Was unternehmen eigentlich Gärtenpflegebetriebe gegen unkontrolliertes Wachstum von Baumwurzeln? Abschlagen und aus dem Boden reißen? Sie danach irgendwie eindämmen?

Gottverflucht noch einmal, zum Glück bin ich nächstes

Wochenende wieder unterwegs.

Aber was mache ich bis dahin?

Mein Blick richtet sich nach innen und in meinem Kopf erklingt leise diese zornige Melodie, die mir seit zwei oder drei Tagen im Kopf herumschwirrt.

Perfekt, komponieren geht in jeder Gefühlslage.

Folglich drehe ich mich um und laufe zum Küchenbereich. Schnappe mir meine Wasserflasche, gehe weiter in mein Arbeitszimmer und stelle sie auf meinem Schreibtisch ab.

Aus heiterem Himmel ertönt der Türsummer auf der Etage und ich runzele die Stirn.

Wer kann das sein?

Voller Misstrauen schleiche ich zur Tür, schaue durch den Türspion.

Und entdecke meine ältere Nachbarin aus dem Apartment links.

Ich öffne die beiden Sicherheitsschlösser und die Tür. »Mrs. Parker. Ist etwas passiert? Kann ich helfen?«

Die zierliche alte Dame lächelt. »Ach, wissen Sie, meine Einkäufe werden erst morgen geliefert und ich möchte mir so gern eine Limonade machen. Ideal bei dem schönen Wetter. Hätten Sie zufällig eine Zitrone?«

Ich lächele. »Ja, tatsächlich. Warten Sie, ich hole eine.«

»Das ist ganz reizend von Ihnen, meine Liebe.«

Eilig laufe ich in die Küche, öffne den Kühlschrank und greife nach einer Zitrone. Registriere die Minze daneben, drücke die Tür wieder zu und gehe zurück.

»Das mit der Limonade ist eine gute Idee, Mrs. Parker«, rufe ich, noch wenige Schritte entfernt. Erreiche die Tür, strecke den Arm aus, hebe den Kopf. »Ich denke, ich mache mir auch —«

In der nächsten Sekunde erstarre ich, Hitze und Zorn schießen in mir hoch.

»Vielen, vielen Dank für Ihre Hilfe, Mrs. Parker.« Brooks nimmt die Zitrone aus meiner Hand, reicht sie meiner Nachbarin.

»Gern geschehen, Mr. Montgomery.« Sie schaut von ihm zu mir. »Geben Sie ihm eine Chance, sich zu entschuldigen, meine Liebe.«

Damit dreht sie sich um und geht zu ihrem Apartment.

Ich sehe ihn an, mache einen Schritt zurück und taste nach der Tür, will sie zuwerfen.

Doch er tritt vor, hebt die Hand und hält sie auf. »Bitte, Piper, hör auf diese weise Lady und gib uns eine Chance.«

»Uns?« Wütend stemme ich mich gegen die Kante des Türblatts, funkele ihn an. »Das hast du zerstört.«

Er dreht den Kopf nach rechts, nickt.

Und im nächsten Augenblick ragt Kayden vor mir auf.

Gesicht und Augen voller Sehnsucht.

Mein Herz jault auf, stolpert und jagt weiter. Alles in mir drängt zu ihm.

Weshalb ich zwei Sekunden unaufmerksam bin.

Mein Bruder schafft es, die Tür weiter aufzudrücken.

Überrumpelt weiche ich zwei Schritte zurück, presse die Lippen aufeinander und zapfe meinen Schmerz an.

»Was, zur Hölle, wollt ihr Arschlöcher hier? Wir sind fertig miteinander.« Mit eisernem Willen starre ich Brooks an, was weniger wehtut.

Er schiebt Kayden vor sich in meine Wohnung, kommt selbst herein und schließt die Tür.

Automatisch bewege ich mich weiter rückwärts, allerdings geht Brooks um seinen Freund herum und auf mich zu.

»Ich bin hier, um mich zu entschuldigen. Das alles tut mir wirklich aus tiefstem Herzen leid.«

In meiner Brust keimt ein Funken Hoffnung auf, doch den trete ich energisch aus.

»Spar's dir, dafür ist es zu spät.«

»Ach, komm schon! Du weißt doch, dass ich Affenarsch nur langsam denke und Ewigkeiten brauche, um etwas zu verstehen. Vor allem mich selbst.«

»Du hattest 15 Jahre Zeit, dein Macho-Hirn zu korrigieren. Jetzt ist es zu spät.«

»Das sehe ich anders, aber ...« Er stößt die Luft aus. »Wenn du mir keine Chance geben willst, mir nicht glaubst oder nie verzeihen wirst, werde ich es akzeptieren. Auch wenn mein Leben ohne dich unvollständig ist. Aber dann vergib wenigstens Kayden. Er liebt dich und ihr gehört zusammen, das habe ich inzwischen verstanden.«

Ich schnaube, verschränke die Arme vor der Brust. »Ich glaube dir kein einziges Wort. Das klingt, als ob ihr euch diesen Scheiß in besoffenem Kopf ausgedacht habt. Vielleicht sogar zu viert.«

»Wir haben uns seit jenem Abend nicht mehr gesehen. Außerdem hast du uns so zugerichtet, dass sprechen ziemlich unmöglich war.«

»Mit Recht.«

Mein Bruder verzieht das Gesicht. »Da stimme ich dir vollkommen zu. An Ostern hatte ich schon einen Streit mit Summer, nach der Notaufnahme genauso. Und dann viel Zeit zum Nachdenken. Wie gesagt, du kennst mich, ich brauche immer sehr lange zum Reflektieren. Aber wenn ich es einmal verstanden habe, und sei es durch einen virtuellen Arschtritt, stehe ich auch zu meinen Fehlern. Und versuche, es wiedergutzumachen.«

Ich recke das Kinn, sehe Kayden an. »Und welche fadenscheinigen Ausreden hast *du* zu bieten?«

»Keine Ausreden. Ich war von der Situation total überfordert, wollte sie entschärfen.«

»Und hast dich stattdessen für meinen Bruder entschieden.«

»Nein, niemals! Ich hatte nur keine Gelegenheit mehr, ihm zu sagen, wie sehr ich dich liebe. Und dass ich dafür auch unsere Freundschaft aufgeben würde.«

»Was er vorhin beim Brunch nachgeholt hat.«

Ich funkele die beiden an. »Und jetzt steht ihr zusammen hier und ich soll euch die Geschichte abkaufen. Von wegen!«

Brooks zieht sein Smartphone hervor, hält es mir hin. »Ruf River oder Hudson an, sie werden es dir bestätigen. Moms Anschiss gestern hat mich schon geschockt, aber das Gespräch vorhin hat mich wachgerüttelt. Deshalb bin ich zu Kayden gefahren statt nach Hause. Um mich zu entschuldigen, mit ihm auszusprechen.«

»Glückwunsch, hat ja geklappt.«

»Und den Rest möchte ich auch aus der Welt schaffen.«

»Das wirst du niemals aus der Welt schaffen können. Du bist total eskaliert, ohne Grund, und hast alles kaputtgemacht.«

»Glaub mir, inzwischen habe ich begriffen, wie sehr ich es versaut habe. Und das tut mir unglaublich leid. Wenn ich könnte, würde ich es rückgängig machen.«

»Warum hast du es dann überhaupt getan?«

»Keine Ahnung, vermutlich sind bei mir ein paar Synapsen durchgebrannt. In meinem Kopf war Kayden nur noch der Verräter. Und du meine unschuldige Schwester, die er verletzt hat. Vielleicht war ich auch enttäuscht, dass ihr mir jedes Mal geschickt ausgewichen seid. Und dass eingetreten ist, was ich all die Jahre geahnt habe, verhindern wollte. Es ist alles zusammengekommen und dann habe ich rotgesehen.«

Er zuckt mit den Schultern, wirkt ratlos. »Dabei ist er der beste Kerl, den ich mir für dich wünschen kann. Möglicherweise sogar das absolute Gegenteil von mir. Er hat mir alles erzählt, eure ganze Geschichte. Wie sehr ihn seine

Gefühle für dich die ganzen Jahre beeinflusst haben. Umso schlimmer, in welche Lage ich ihn gebracht und was ich damit angerichtet habe. Glaub mir, Kayden trifft keine Schuld. Ich habe nur dafür gesorgt, dass du es so verstehst, wie ich es wollte.«

Für einen Moment presse ich die Lider zusammen und versuche, das Chaos in meiner Brust in den Griff zu bekommen. Tränen schießen mir in die Augen und ich kämpfe gegen den Kloß an, der mir die Kehle zuschnürt.

»Ich möchte es so gern glauben.«

»Dann tu' es, es ist die Wahrheit.«

Ich blinzele und die Tränen lösen sich, laufen über meine Wangen.

Sehe von Brooks zu Kayden.

»Ich liebe dich, Piper. Und das wird auch immer so bleiben.«

Kaydens Stimme klingt so warm, weich und aufrichtig, dass alles in mir nach ihm schreit. Ich möchte mich in seine Arme flüchten, diesen ganzen Scheiß vergessen und wieder glücklich sein.

»Warum kommst du dann erst jetzt? Und ausgerechnet mit ihm?«

Sichtlich verlegen verzieht er das Gesicht, stupst mit dem Zeigefinger gegen den Steg seiner hellgrauen Brille. »Er stand plötzlich vor meiner Tür, da wollte ich gerade zu dir fahren.«

»Sorry.« Brooks hebt beide Hände auf Schulterhöhe.

»Du hättest zu mir nach Südamerika kommen können, nach deinen Terminen in Singapur.«

»Keine gute Idee, mit der Kieferprellung, die er mir verpasst hat.« Er deutet mit dem Kopf auf meinen Bruder. »Ich musste so eine bescheuerte Maske tragen, um den Kiefer stillzuhalten, durfte nicht reden. Wie sollte ich mich da bei dir entschuldigen?«

»Ich hätte auch Zettel genommen.«

»Sicher?«

»Ach, keine Ahnung. Weißt du eigentlich, wie schlimm die letzten Wochen waren?«

»Und ob!«

Unvermittelt räuspert sich mein Bruder. »Ich lasse euch mal allein, damit ihr euch aussprechen und versöhnen könnt. Und wenn du mir ebenfalls verzeihen kannst, Schwesterherz, meldet euch bitte. Dann feiern wir das mit einem Essen, so wie ihr es eigentlich für die offizielle Verkündung geplant hattet, okay? Noch vor der Hochzeit, denn ich möchte euch beide dabei haben. An meiner Seite, wenn ich Summer das Ja-Wort gebe.«

Ich runzele die Stirn. »Du meinst, ich soll Summers Brautjungfer werden? Das ist ganz allein ihre Entscheidung.«

»Nein.« Er kommt zu mir, ergreift meine Hände. »Ich möchte, dass du meine Trauzeugin wirst. Die *best woman*, sozusagen.«

Verdutzt öffne ich den Mund, doch er winkt ab. »Denk einfach darüber nach, wir reden später. Aber jetzt seid ihr erst einmal dran.«

Brooks zwinkert mir zu und lässt meine Hände los. Klopft Kayden auf die Schulter. »Versau es nicht, Nerd.«

Der verdreht die Augen, schüttelt nur den Kopf.

Ein letzter Blick zu mir, dann dreht mein Bruder sich um und verlässt mein Apartment.

Ich seufze, sehe Kayden an. »Wo waren wir stehengeblieben?«

Da geht er vor mir auf die Knie, ergreift meine Hände. »Es tut mir so unsagbar leid, dass ich unfähig war, die Lage besser zu händeln. Ich hätte Brooks sofort die Stirn bieten und sagen sollen, dass wir uns lieben. Egal, ob er damit klarkommt oder nicht. Stattdessen hat mich das alles überrumpelt und ich habe unzählige Fehler begangen. Dir dadurch wahrscheinlich noch viel mehr wehgetan. Bitte, verzeih mir. Ich liebe dich, meine Schöne. Aus tiefstem Herzen.«

Die nächsten Tränen überfluten meine Wangen. »Du hast mir das Herz zerquetscht.«

Kurz schließt er die Augen und als er sie wieder öffnet, sehe ich dort ebenfalls Tränen. »Verzeih mir. Ich werde es mit meiner Liebe heilen, wenn du mich lässt.«

Ich beiße mir auf die Lippe, blinzele die Tränen fort.

»Du weißt, ich tue alles für dich.«

»Darum geht es gar nicht, Kayden.«

»Was dann?«

»Ich wünsche mir nur, dass du mich liebst. Mit allem, was du hast.«

»Das tue ich.«

»Ohne Einschränkungen, Geheimnisse oder Bedingungen?«

Verwirrt schaut er mich an. »Hattest du je einen Grund, daran zu zweifeln? Etwas an meinem Verhalten oder meinen Worten?«

»Erst nach der Eskalation. Da hat alles vollkommen anders gewirkt.«

»Das kann ich verstehen. Aber jetzt weißt du, wie es wirklich war.«

In meinem Hinterkopf keimt ein Zweifel auf. »Weiß ich das?«

»Ich werde es dir beweisen. Wie sehr ich dich liebe, dass ich immer ehrlich zu dir war. Du wirst für mich immer an erster Stelle stehen und wenn du Brooks nicht verzeihen kannst, werde auch ich den Kontakt abbrechen. Du musst mir nur eine Chance geben. Lass mich meinen Moment der Schwäche wiedergutmachen.«

Aus meinem Innern steigt ein Tornado aus Gefühlen

auf, wirbelt alles durcheinander, wühlt mich auf. Weshalb ich einen Moment brauche, um mich zu fangen.

Ich löse meine Hände aus seinen, wische mir die Feuchtigkeit aus dem Gesicht und sehe ihn wieder an.

Er wirkt verzweifelt, was mir einen Stich versetzt.

»Bitte, Pi. Wenn du das nicht kannst, jegliches Vertrauen und auch deine Liebe zu mir verloren hast, sag es. Dann gehe ich und du musst mich nie wiedersehen. Aber wenn da noch etwas ist, selbst das kleinste Fünkchen Hoffnung, werde ich um dich kämpfen. Jeden einzelnen Tag.«

Schon schießen die Tränen wieder hoch, mein Herz jammert.

Himmel, nun lass ihn doch nicht so lange schmoren!

Demnach atme ich zittrig tief durch, trockne meine Wangen. »Okay.«

»Okay?«

»Ja. Ich gebe dir diese Chance. Wie könnte ich nicht, wenn ich dich doch genauso sehr liebe.«

»Oh, mein Gott!« Er ergreift meine Hüften, zieht mich zu sich und vergräbt das Gesicht an meinem Bauch. »Danke.« Er schlingt die Arme um mich. »Danke.«

Ich streiche ihm mit den Fingern durchs Haar. Beuge mich vor und drücke einen Kuss darauf. »Wir gehören zusammen, das habe ich selbst in den letzten Wochen gespürt. Deswegen hat es mich ja so sehr gequält.«

Kayden hebt den Kopf, sieht mich an. »Das war der absolute Worst Case. Wenn Brooks nicht so ausgerastet wäre, hätten wir uns die ganzen Schmerzen und Zweifel sparen können.«

»Ich weiß.«

»Es tut mir leid, Piper. Ich verspreche dir, ich werde alles dafür tun, dass nichts Ähnliches mehr passiert.«

Mir entschlüpft ein Lachen. »Das wäre schön, ja.«

»Ich werde dich immer lieben und auf Händen tragen.«

»Mach keine Versprechen, die du nicht halten kannst.«

»Wart's nur ab!«

Zur Antwort verdrehe ich die Augen. »Und steh endlich auf.«

»Sehr wohl, Madame.« Er löst sich von mir, kommt wieder auf die Füße. Umfasst mein Gesicht sanft mit beiden Händen und betrachtet mich. »Darf ich dich küssen? Bitte?«

Da schlinge ich ihm die Arme um den Hals und stelle mich auf die Zehenspitzen. »Dafür hast du jetzt ganz schön lange gebraucht, Ward!«

»Ich wollte erst alles klären.«

»Typisch Nerd.«

»Hast du etwas dagegen?«

»Nur, wenn du mich nicht sofort küsst.«

»Tut mir leid, meine Schöne, wird nie wieder vorkommen.« Damit senkt er den Kopf, küsst mich.

Und meine Seele fühlt sich endlich wieder vollständig.

*

Das Streichquartett beginnt mit dem Hochzeitsmarsch und die drei Männer links neben mir nehmen in ihren Smokings Haltung an. Genauso wie der Bräutigam rechts von mir.

Ich werfe ihm einen Blick zu, doch seine Augen sind fest auf das Ende des Mittelgangs gerichtet und auf seinem Gesicht zeigen sich Liebe, Stolz und Sehnsucht.

Lächelnd schaue ich ebenfalls hinüber, falte die Hände vor meinem Schoß und genieße den Anblick.

Am Arm ihres Vaters schreitet Summer zwischen den Stuhlreihen hindurch auf uns zu, ein glückliches Lächeln auf den Lippen. Sie trägt die feuerroten Locken zu einer kunstvoll-lässigen Frisur hochgesteckt, aus dem am Hinterkopf ein rückenlanger feiner Schleier fließt. Ein fast schon unauffälliges Accessoire zu ihrem nudefarbenen Brautkleid im Meerjungfrauenstil, das mit einem Overlay aus Spitze versehen ist. Vom Carmen-Ausschnitt bis in die kurze Schleppe. Und in der freien Hand trägt sie einen Brautstrauß aus weißen Callas, Rosen, Freesien, eingerahmt von grünem Blattwerk.

Welch eine wunderschöne Braut.

Dahinter folgen ihre beiden Brautjungfern, beste Freundin und Schwester, in langen zartrosa Chiffonkleidern mit breiten verschlungenen Trägern, die ihre Schultern bedecken.

Zu gern hätte ich mich farblich angeschlossen, stattdessen habe ich das gleiche Kleid in Silber gewählt, um als *best woman* mit den Trauzeugen zu harmonieren. Und es passt hervorragend zu meinem Haar.

Der Vater übergibt die Braut an den Bräutigam, klopft ihm auf die Schulter und geht zu seinem Platz in der rechten vordersten Reihe.

Brooks küsst Summers Hand, ohne ihren Blick loszulassen, verschlingt seine Finger mit ihren. Dann wenden sie sich dem Pfarrer zu und die drei Männer, ich sowie die Brautjungfern drehen uns ebenfalls in diese Richtung.

Andächtig lausche ich der Traurede, den Worten über Liebe, Ehe und den gemeinsamen Weg. Versuche, mir vorzustellen, wie meine Hochzeit mit Kayden sein könnte. Aber bis dahin haben wir Zeit. Wer weiß schon, was noch alles passiert.

Dann sind endlich die persönlichen Liebesschwüre dran und Brooks' Worte treiben mir mit der ersten Zeile die Tränen in die Augen. Es ist eine Anlehnung an seinen Song »Lioness«, den er für Summer geschrieben und veröffentlicht hat, gespickt mit irrsinnig viel Liebe und

Hingabe. Etwas, das ich meinem Bruder vor dieser großartigen Frau niemals zugetraut hätte.

Eilig blinzele ich dagegen an, atme tief durch.

Ach, verdammt, ich darf jetzt nicht anfangen zu heulen, das ruiniert mir das gesamte Make-up. Und meine Handtasche habe ich vorhin in die Obhut meiner Mutter übergeben.

Unvermittelt berührt mich etwas an der Innenseite meines Handgelenks, wandert weiter bis in meine Handinnenfläche und ich greife automatisch zu.

Ein Papiertaschentuch.

Ich lächele.

Dieser Mann ist der Hammer. Und er gehört nur mir.

Möglichst unauffällig tupfe ich mir die Augenwinkel ab und verfolge Summers Versprechen, das mir genauso zu Herzen geht. Beruhige mich erst ein wenig, als der Pfarrer die Trauung vollzieht.

Natürlich sagen sie Ja zueinander, bis dass der Tod sie scheidet, und ich muss zwei weitere Tränen verdrücken. Gleich darauf habe ich meinen Einsatz, nehme das auf einer Säule bereitliegende Kissen und reiche meinem Bruder den Ring für seine Braut. Auf der anderen Seite verfährt Clarissa genauso und am Ende dürfen die beiden sich küssen.

Wir applaudieren, sie lösen sich strahlend voneinander und der Pfarrer spricht den letzten Segen. Dann setzen die Streicher mit einer sanften Version von »Start of Something Good« ein, die beiden wenden sich ab und gehen Hand in Hand los.

Dahinter reihen sich Hudson mit Clarissa und River mit Summers Schwester Kayla ein. Am Schluss folgen Kayden und ich ihnen durch den Mittelgang. Bis zu der Wiese zwischen den blühenden weißen Sommermagnolien, wo der Champagner-Empfang stattfindet. Dort stoßen wir alle auf das Brautpaar an, die Eltern gratulieren als Erste und anschließend die weitere Familie.

Ich schließe meinen Bruder fest in die Arme. »Ich wünsche euch ein wundervolles gemeinsames Leben, mit allen Höhen und Tiefen, die es zu bieten hat. Zeig Summer jeden Tag, wie sehr du sie liebst. Und geht abends nie schlafen, ohne euch zu vertragen, wenn ihr euch mal gestritten habt.«

»Das werde ich.«

Lächelnd löse ich mich so weit von Brooks, dass ich ihm ins Gesicht sehen kann. »Und hör auf deine Frau, sie ist schlauer als du.«

Er verdreht die Augen und lacht. »Versprochen.«

»Sehr gut.« Ich tätschele seinen Oberarm, trete zurück und gehe weiter zu Summer.

Die umarme ich ebenso beherzt. »Du bist die beste Frau, die mein Bruder sich wünschen konnte, und ich habe dich sehr lieb.«

»Danke, Piper, ich dich auch.« Ihre Stimme klingt belegt.

»Ich wünsche euch lebenslange Liebe, alles Glück dieser Erde. Und falls du doch mal Hilfe mit ihm brauchst, sag Bescheid. Ich komme und verpasse ihm eine Tracht Prügel.«

»Okay, ich behalte das im Hinterkopf.«

Wir tauschen einen Wangenkuss, lösen uns voneinander und ich trete zur Seite.

Beobachte Kayden, wie er nach einem Schulterklopfen mit Brooks zu Summer weitergeht und ihr ebenfalls alles Gute wünscht. Dann kommt er zu mir, ergreift meine Hand und führt mich ein Stück zur Seite, wo wir uns frischen Champagner von einem Tablett nehmen.

Wir stoßen an, nippen daran und schauen den unzähligen Menschen zu, wie sie in einer Reihe darauf warten, dem Brautpaar zu gratulieren. Wobei Hudson und Claire sowie River und June ziemlich weit vorn stehen.

Mit einem Seufzer schmiege ich mich an seinen Arm, lehne den Kopf an seine Schulter. »Kaum zu glauben, oder? Endlich ein Happy End. Für uns alle.«

»Oh, ja. Was das angeht, waren die letzten zwei Jahre beinahe überwältigend.«

Definitiv.

Und vor zwei Wochen war das noch Thema bei dem Abendessen, das Brooks bei unserer Versöhnung vorgeschlagen hat. Die überzeugten Singles und wir Frauen ihres Lebens.

»Nie im Leben hätte ich erwartet, dass ihr vier eines Tages so offen über eure Gefühle sprecht, schon gar nicht über Liebe.«

»Also, ich habe schon immer daran geglaubt.«

»Das weiß ich. Allerdings ist der Glaube daran etwas ganz anderes, als darüber zu sprechen und vor anderen Leuten dazu zu stehen. Da hatte ich die Hoffnung schon früh aufgegeben.«

Kayden lacht leise. »Als ich Brooks von uns erzählt habe, hat er ernsthaft gefragt, wie ich es so lange mit all den Gefühlen für dich aushalten konnte.«

»Dabei hat er es über ein Jahr nicht einmal verstanden, dass er der Richtigen begegnet ist.«

»Nein. Wer kann so etwas auch ahnen?«

»Für mich war es von Anfang an klar. Der Kuss zu meinem 18. Geburtstag hat es lediglich besiegelt.«

»Stimmt. Habe ich dir eigentlich erzählt, dass mir damals beinahe etwas herausgerutscht wäre?«

Ich hebe die Brauen, sehe zu ihm auf. »Nein? Was denn?«

Er schaut mich an, lächelt liebevoll. »Na, dass ich dich liebe. Und daran hat sich nie etwas geändert. Im Gegenteil, es ist mit jedem Jahr stärker geworden.«

»Ich liebe dich auch, Ward. Und jetzt küss mich endlich.«

»Mit dem größten Vergnügen.« Damit beugt er sich zu mir und gibt mir einen zärtlichen Kuss, der mich vor Glück erschauern lässt.

Leider ist wenige Sekunden später unsere Zweisamkeit schon wieder vorbei, denn seine anderen beiden besten Freunde gesellen sich mit ihren Frauen zu uns.

Nachdem sämtliche Gäste ihre Wünsche und Gratulationen losgeworden sind, verlagert sich das Beisammensein zu den Seerosenteichen vor dem Gewächshaus. Dort stehen diverse Möbel und Schirme bereit, um diesen herrlichen Sommernachmittag so angenehm wie möglich zu gestalten.

Bei Fingerfood und Getränken wird geplaudert und gelacht, mit Familie, alten Freunden und neuen. Dazu spielt das Streichquartett, Vögel zwitschern und eine stetige warme Brise weht uns den Duft der nahegelegenen Rosengärten unter die Nasen. Zwischendurch bittet der Hochzeitsfotograf zu den Aufnahmen mit Brautpaar, Brautjungfern, *best woman* und Trauzeugen, Eltern und Familie.

Später mischen er und sein Team sich unter die Gäste, dokumentieren die gesamte Location, das Hochzeitsmenü am Abend und die anschließende Party mit einer Band.

Bevor es jedoch richtig losgeht, nutzen Kayden und ich das Licht der untergehenden Sonne für einen Spaziergang zur Cherry Esplanade, den Mittelweg entlang.

Ich betrachte die Baumkronen der Kirschbäume zu beiden Seiten. »Hier muss es wunderschön sein, wenn sie blühen.«

»Kennst du die Kirschblüte in Japan?«

»Nein. Leider war ich bisher nur einmal in Tokyo, aber

vielleicht sollte ich Lia darauf ansetzen, mir nächstes Jahr zur besagten Zeit eine Japan-Tour zu organisieren.«

»Hervorragende Idee, ich bin dabei.«

»Und anschließend Australien.«

»Klar, warum nicht?«

Ich höre das Lächeln in seiner Stimme und schaue zu ihm auf. »Mit dir an meiner Seite wird es perfekt.«

»Interessant, dass du das sagst.«

»Warum?«

Er tippt sich vor den Brillensteg. »Na ja, wir könnten vorher heiraten. Oder danach. Überhaupt.«

Mein Herz galoppiert los, gleichzeitig wallt Enttäuschung in mir auf.

Verärgert bleibe ich stehen und zerre an seinem Arm, sodass er zurück stolpert und sich zu mir umdreht. »Dein Ernst, Ward?«

Überrascht hebt er die Brauen. »Warum? Das ist doch nur logisch, oder? Wir lieben uns, wollen zusammenbleiben ...«

Mit einem Ruck löse ich meine Hand aus seiner, weiche zwei Schritte zurück und schüttele den Kopf. »Du bist ein solcher Arsch! Du gibst dir doch sonst so viel Mühe, aber für einen Antrag muss die Logik herhalten? Damit kommst du nicht durch.«

»Okay.«

Er klingt so gleichgültig, dass ich die Stirn runzele. »Pass auf, dass ich dir nicht die gleichen Prügel zukommen lasse wie Brooks.«

Da lacht Kayden leise, greift in seine Hosentasche und sinkt vor mir auf ein Knie.

Mein Herz setzt einen Schlag aus, stolpert weiter und ich reiße die Augen auf.

Er öffnet die türkisfarbene Schachtel von *Tiffanys* und beim Anblick des silbern glitzernden Rings schnappe ich nach Luft. Ein schmales Band, das mit dem Unendlichkeitszeichen gekrönt ist. Darin eingelassen zwei Saphire, umgeben von unzähligen Diamanten.

»Oh, mein Gott.«

»Piper. Ich war 16, als du uns vier mit deinem Mädchenkram genervt hast. Und doch mochte ich dich, deshalb nannte ich dich Pi. Du wurdest zu einer Konstante in meinem Leben. Erst recht nach jenem Geburtstagskuss, der alles veränderte. Seitdem liebe ich dich und ich habe keinen Tag damit aufgehört. Du bist der bittersüße Sinn meines Daseins, meine Seelenverwandte, Frau meines Herzens. Nur mit dir bin ich vollständig und ich möchte nie wieder ohne dich sein. Lass uns besiegeln, was das Schicksal vor zwanzig Jahren begonnen hat. Lass uns keine Zeit mehr verschwenden und von nun an alles miteinander teilen, Gutes wie Schlechtes. Egal, was kommt, wir werden es meistern, gemeinsam. Weil wir zusammengehören. Deshalb frage ich dich – würdest du mir die Ehre erweisen und meine Frau werden?«

Mir schießen Tränen in die Augen, doch ich blinzele sie weg. Lache und nicke und kämpfe gegen den Kloß in meiner Kehle an. »Ja, ja, ja! Ich will und werde. Schnellstmöglich.«

Er lacht leise, nimmt den Ring aus der Schachtel und steckt sie wieder ein.

Ergreift meine linke Hand und schiebt mir den Verlobungsring auf den Finger. »Perfekt. So wie du.«

Überwältigt starre ich darauf, dann ihn an.

Ziehe ihn auf die Füße, falle ihm um den Hals und küsse ihn voller Leidenschaft.

Kayden streicht über meinen Rücken, drückt mich an sich, hebt mich hoch.

Dann setzt er mich wieder ab, schaut mir in die Augen und hinter den Brillengläsern sehe ich die gleiche

Ergriffenheit. »Ich liebe dich, meine Schöne. Du machst mich zum glücklichsten Menschen auf dieser Welt.«

»Was wohl auf Gegenseitigkeit beruht, Ward.« Lächelnd lege ich die Hände an seinen Wangen, streiche mit den Daumen über seinen Bart und seufze. »Endlich. Endlich geht mein größter Traum von allen in Erfüllung. Das letzte Puzzleteil liegt an seinem Platz, meine Seele ist komplett. Deswegen konnte ich auch nie einen anderen lieben.«

»Nein, das war unmöglich.«

»Lass uns gleich morgen in die Planung einsteigen. Hochzeit, Zukunft, Kinder, einfach alles.«

»Ich bin dabei.«

»Perfekt.«

»Ja. *Wir* sind perfekt.«

»Und wer das nicht begreift, hat Pech gehabt.«

»Oder bekommt es mit deiner Faust zu tun.«

Ich lache auf. »Ganz genau.«

»Wollen wir es gleich unseren Eltern sagen?«

»Eigentlich ist das hier Brooks' und Summers Tag.«

»Stimmt. Aber ich will mich keine einzige Sekunde mehr verstecken.«

In meiner Brust breitet sich das warme Glücksgefühl aus, das ich beim ersten Essen mit seinen Eltern verspürt habe. Oder als ich ihn nach der Aussprache mit meinen Eltern zusammengebracht habe, ganz offiziell. Die Erleichterung war unglaublich befreiend.

»Du hast recht.« Ich löse mich von ihm, ergreife seine Hand. »Keine Geheimnisse mehr. Lass sie uns suchen, zur Seite nehmen und die Neuigkeiten verkünden.«

»Das wollte ich hören.«

Noch ein Kuss, dann eilen wir zurück zur Party.

Und zur Eröffnung unseres neuen umwerfenden Lebens.

Epilog – Kayden
2 Jahre später

»Haben alle etwas zu trinken?« Ich hebe mein Glas, schaue in die Runde und in sieben erwartungsvolle Augenpaare. Bis auf die Kinder verstummen alle und für einen Moment sind nur die Vögel und die Wellen des Long Island Sound zu hören, die zwischen den Küstenfelsen sanft an unseren eigenen Strandabschnitt rollen.

»Herzlich willkommen in unserem neuen Zuhause. Es ist schön, euch mal wieder alle beisammen zu haben und mit euch zu feiern. Cheers!«

Wir trinken, stellen die Gläser ab, dann nehme ich an einem Kopfende Platz.

»Und jetzt greift zu, Helen und ihr Mann Thomas haben sich für euren Besuch richtig ins Zeug gelegt.« Ich deute auf die Platten und Schüsseln mit Leckereien, die sich auf der langen Tafel türmen. »Das Grillgut kommt auch gleich.«

Kaum habe ich den Satz beendet, trägt unsere Haushälterin zwei Platten vom Barbecue-Grill zum Tisch, den sie auf dem hinteren Rasen unseres Grundstücks in New Rochelle aufgebaut haben. Einen der großen ovalen Teller stellt sie am anderen Ende des Tisches ab, den zweiten zwischen meiner Frau und mir.

Piper, die rechts von mir sitzt, gibt sie direkt an Brooks weiter und legt ihr eine Hand auf den Arm. »Vielen Dank, Helen. Das sieht alles sehr köstlich aus.«

»Ich hoffe, es schmeckt auch so.«

»Bestimmt.« Ich lächele und sie macht sich strahlend

auf den Rückweg.

»Waren die beiden schon vorher in diesem Haus tätig?« River reicht June die Schale mit dem Tomatensalat und sie füllt sich eine ordentliche Portion auf.

Ich schmunzele und erwidere seinen Blick. Froh, dass mein bester Freund mir letzte Woche von den neuesten Gelüsten seiner Frau berichtet hat.

»Ja, tatsächlich. Die Witwe hat ihre Übernahme im Kaufvertrag festlegen lassen, aber nach dem ersten Kennenlernen wollte ich die beiden ohnehin anstellen. Sie wohnen nur zwei Meilen entfernt, kennen sich bestens aus und sind absolut verlässlich. Während der Renovierungsarbeiten waren sie mir bereits eine große Hilfe.«

June seufzt. »Ich kann so gut verstehen, dass ihr euch gleich in das Haus verliebt habt. Es ist wunderbar ruhig hier und der Blick aufs Wasser ... herrlich.«

»Das war bei mir der ausschlaggebende Punkt.« Piper nimmt sich Kartoffelspalten. »Der totale Kontrast zu meinem bisherigen Leben und ich habe mich sofort angekommen gefühlt.«

»Was ist mit *eurer* Haussuche? Seid ihr bereits fündig geworden?« Ich schaue von June zu River.

»Nein. Aber wir haben auf der Herfahrt eine Runde durch den Ort gedreht und nach diesem Ausblick ...« Er deutet über seine Schulter zum Wasser. »... haben wir beschlossen, uns auch in dieser Gegend mal nach einem Objekt umzusehen. Wie lange brauchst du morgens nach Manhattan?«

»Etwa eine Dreiviertelstunde, wenn ich früh genug unterwegs bin. Allerdings behalte ich das Penthouse, für die Wochentage und den Notfall.«

»Gute Idee.«

»Also, wir können uns noch nicht von der Stadt trennen«, klinkt Brooks sich ein.

Summer lacht. »Och, ich könnte mich auch an solch eine Umgebung gewöhnen. Aber ich weiß nicht, wie sich diese Ruhe auf *dich* auswirken würde.«

Der kleine Daniel neben ihr im Hochstuhl kräht, patscht mit beiden Händchen auf den Tisch und sie dreht sich wieder zu ihm um. »Nicht so ungeduldig, du kleiner Rockstar. Es geht gleich los.« Sie nimmt ihre vorherige Tätigkeit wieder auf und schneidet ihm das Essen klein.

Piper schnalzt mit der Zunge. »War ja klar, dass euer erstes Kind die liebenswertesten Eigenschaften meines Bruders bekommt.«

»Zum Glück profitiere ich von meinen Erfahrungen mit der Erwachsenenversion. Und Bethany hat mir auch ein paar Tipps gegeben.«

Brooks schüttelt den Kopf. »Nett, wie ihr über meinen Sohn und mich redet.«

»Stell dich nicht so an, du Affenarsch.«

Grummelnd nimmt er das Besteck auf und widmet sich seinem Essen.

Mein Blick wandert weiter zu Hudson, der mir am anderen Kopfende gegenübersitzt und sich zu seiner Linken um die fast vierjährige Isabella kümmert. Dabei wirkt er total entspannt und glücklich, beantwortet ihre neugierigen Fragen zum Essen und zur Umgebung.

Auf seiner anderen Seite füttert Claire ihr zweites Kind mit zerdrückten Kartoffeln und gedämpftem Gemüse. William ist auch erst sieben Monate alt, deshalb hat Helen diese Mahlzeit extra für ihn und Daniel zubereitet.

Ich seufze stumm, speichere diesen harmonischen Moment in meinem Kopf ab. Wer weiß, wann sich eine solche Zusammenkunft das nächste Mal ergibt.

»Hör auf zu träumen, Alter.«

Ich blinzele, nehme von River die andere Platte entgegen und lege mir ein Steak auf den Teller. Dann halte ich sie Piper hin, doch die winkt nur ab, verzieht das Gesicht.

Überrascht hebe ich die Brauen. »Alles okay?«

»Ja, klar. Ich habe nur gerade mehr Appetit auf die ganzen anderen leckeren Sachen.«

»Ich weiß gar nicht, wie ich es schaffen soll, von allem zu probieren.« Ich stelle den ovalen Teller beiseite.

»Siehst du? Man muss eben Prioritäten setzen.« Grinsend spießt sie etwas von dem Grillgemüse auf und schiebt es sich in den Mund.

So essen wir und plaudern über die Ereignisse der letzten Wochen, sowohl persönlich als auch im Allgemeinen.

Bei der *Monroe Hotels Inc.* stehen die nächsten beiden Expansionen in den Startlöchern, diesmal in Richtung Long Island, was von River aktuell viel Aufmerksamkeit erfordert. June hingegen schiebt im *Monroe Diamond* eine ruhige Babykugel, schließlich soll die kleine Miss Monroe noch vor Thanksgiving zur Welt kommen.

Trotzdem seufzt Claire bei ihren Anekdoten aus dem Hotelleben sehnsüchtig auf. »Himmel, was gäbe ich dafür, wieder arbeiten zu dürfen! Mir fehlt die intellektuelle Herausforderung. Mein Hirn braucht mehr als nur das Gebrabbel mit William oder Gespräche über Einkäufe.«

»Wo ist das Problem? Wenn Anne sich nicht adäquat um beide kümmern kann, engagieren wir noch eine jüngere Nanny. Und du sprichst mit deinem Chef, wann und in welchem Umfang du wieder einsteigen kannst.«

Sie strahlt Hudson an. »Wirklich? Ist das in Ordnung für dich?«

»Warum sollte es anders sein?«

»Na ja, ich ...« Sie beißt sich auf die Lippe. »Irgendwie habe ich ein schlechtes Gewissen. Ich bin ihre Mutter und sie brauchen mich, ich muss mich doch kümmern.«

»Was dich nicht ausfüllt, das habe ich schon nach Isabellas Geburt bemerkt. Du benötigst Inspiration zum

Ausgleich, eine andere Art von Gebrauchtwerden, sonst bist du unglücklich. Und das ist das Letzte, was ich will. Genauso wie unsere Kinder, denke ich.« Er ergreift ihre Hand. »Außerdem hat es beim letzten Mal bestens funktioniert, also gehen wir es nächste Woche direkt an, okay?«

»Du bist der Beste.«

Er lacht. »Ich gebe mir Mühe.«

»Wie seid ihr eigentlich zu Anne gekommen?«, fragt Brooks. »Hast du sie selbst gesucht?«

»Nein, wir haben eine Agentur eingeschaltet, die seit Jahrzehnten in diesem Bereich tätig ist. Sehr zuverlässig, die besten Referenzen. Ich gebe dir gern die Kontaktdaten.«

»Super, danke.«

Claire strahlt Summer an. »Willst du auch bald wieder arbeiten?«

Die lächelt verlegen. »Ja, ab Januar, zunächst ein paar halbe Tage die Woche. Dementsprechend will ich mich vorher langsam wieder ins Gespräch bringen. Mal sehen, wie es anläuft. Oder wie ich das alles hinbekomme.«

June winkt ab. »Du wirst dich bestimmt vor Aufträgen kaum retten können.«

»Das bezweifle ich. Die meisten Kunden verlangen eine ganztägige Betreuung. Oder besser noch, rund um die Uhr. Und das will ich nicht. Dafür habe ich mir kein Kind gewünscht.«

»Nein, aber du musst und sollst dich auch nicht selbst dafür aufgeben, Kätzchen. Du liebst deinen Job, es ist deine Berufung.«

Das Lächeln, mit dem sie Brooks ansieht, ist weich. »Ja, das tue ich.«

»Dann genieße, dass wir uns jede Form der Betreuung leisten können.«

Summer lacht, schüttelt den Kopf. »Wenn ich bedenke,

wie meine Pläne aussahen, bevor wir uns getroffen haben.«

June beugt sich vor. »Wie denn?«

»Na ja, ich hatte die Schnauze voll von Kerlen, die ein Problem mit meinem Wunsch nach einem Kind oder einer Familie hatten. Also habe ich durchgerechnet, wann ich mir eine künstliche Befruchtung leisten könnte. Und später eine Babypause.«

Sie reißt die Augen auf. »Wow! Das nenne ich konsequent.«

»Ja, es war mein Traum. Und ein Mann nicht unbedingt notwendig.«

»Respekt.« River schürzt die Lippen. »Ich schätze, auch heutzutage ist das kein leichtes Unterfangen.«

»Nicht wirklich. Von den schiefen und mitleidigen Blicken ganz zu schweigen.«

»Ach, die sollen sich mal alle selbst an die Nase packen.« Claire winkt ab.

»Kayden hat mir erzählt, dass du Hudson ganz oder gar nicht wolltest«, wirft Piper ein. »Und er erst einmal den Schwanz eingezogen hat.«

Hudson verzieht das Gesicht, seine Frau lacht. »Ja, und wie.«

»Und du wolltest es allein durchziehen.«

»Natürlich! Eine Abtreibung hätte ich nie übers Herz gebracht. Außerdem war ich nicht ganz allein. Meine beste Freundin Blayney, die auch Isabellas Patentante ist, hätte mir zur Seite gestanden.«

»Oh ja, beste Freundinnen sind wichtig. Meine beiden sind miteinander verheiratet und haben sich im Frühjahr für eine Adoption statt einer künstlichen Befruchtung entschieden. Es gibt so viele Kinder, die ein gutes, liebevolles Zuhause verdient haben.«

Brooks schaut sie an. »Hast du ihnen von der Einrichtung erzählt, in der ich mich engagiere?«

»Klar. Genauso wie Moms.«

»Und was ist mit euch? Keine Nachwuchspläne?« Er schaut von ihr zu mir.

Ich zucke mit den Schultern. »Wir haben alle Zeit der Welt.«

»Hey, ihr werdet auch nicht jünger.«

»Danke, Affenarsch.« Piper boxt ihm auf den Oberarm und er stöhnt auf.

»Ich meine doch nur.«

»Im Moment schauen wir uns die Welt an und ich bin sehr froh, dass Kayden sich so weit aus seiner Firma zurückziehen kann. Wer weiß, wie das mit einem Kind laufen würde. Oder zweien oder dreien.«

»Wir könnten sie mitnehmen.«

Sie sieht mich an, eine Braue hochgezogen. »Und die Nannys schleppen wir gleich mit, oder was?«

»Warum nicht?«

»Oh, Mann, immer eine Entourage im Gepäck. Ich weiß nicht, ob ich das will.«

»Man gewöhnt sich an alles, Dumpfbacke.«

»Du kennst es ja nicht anders, allerdings ohne Kinder.«

»Summer und Daniel werden im Herbst mit mir auf Tour gehen.«

»Dann bin ich mal gespannt, wie der Rockstar das verkraftet.«

»Andere Musiker schaffen das auch.«

Da lacht Piper auf. »Du warst noch nie wie andere Musiker, aber gut, wir werden sehen.«

»Genau.«

June lehnt sich zurück und seufzt. »Ich schaue mir total gern deine Videos an, Piper. Diese Locations sind der Hammer, da träume ich mich immer gleich davon, ist fast wie ein kleiner Urlaub. Und meine Stellvertreterin ist auch ein Fan von dir.«

»Oh, danke, richte ihr einen Gruß aus.«

»Gibt es eigentlich ein Land, in dem du noch nicht warst?«

»Wenige. Meist ärmere Staaten, in denen sich durch Kultur sowie wirtschaftliche Lage kein Lebensstil mit Clubs und EDM durchgesetzt hat.«

»Ich glaube, das vergisst man allzu oft, wenn man mit den Privilegien der westlichen Welt ausgestattet ist.«

Meine Frau sieht River an. »So weit musst du nicht einmal gehen. Nimm nur die amerikanische Arbeiterklasse oder die Schichten darunter, abgehängt von den wirtschaftlichen wie globalen Entwicklungen. Die Mehrheit von ihnen kennt kaum ihren eigenen Bundesstaat. Und trotzdem, oder gerade deshalb, lassen sie sich von den falschen Menschen vor den politischen Karren spannen, ausnutzen. Nur bleiben sie am Ende wieder auf der Strecke.«

Ich lege ihr eine Hand auf den Arm. »Auch wenn ich weiß, wie sehr dir das am Herzen liegt ... heute keine Politik, meine Schöne.«

Sie stößt die Luft aus, lächelt schief. »Du hast recht, sorry.« Dann sieht sie in die Runde. »Aber vielleicht könnten wir mehr Gutes tun und andere dazu anregen, es uns gleichzutun.«

Sie schildert einige Erlebnisse, die wir auf unseren Reisen hatten, vor allem mit Kindern. Armut, Gewalt, kein Zuhause oder ein Dach über dem Kopf. Unzureichende Chancen auf Bildung und damit einen Ausweg aus der Misere.

Das hat sie in den letzten Monaten so stark beschäftigt, erst recht, nachdem sie ihre Mutter einige Male zu ihren ehrenamtlichen Tätigkeiten begleitet hat, dass sie nun selbst aktiv werden will. Auch weil sie mit ihren Kollaborationen inzwischen einige Charthits gelandet hat und jedes

Mal erfolgreicher wird. Ihre Sichtbarkeit wächst und sie nutzt ihre Kanäle, um auf die Probleme dieser Welt aufmerksam zu machen. Gemeinnützige Organisationen und den Klimaschutz zu unterstützen, für Frieden und Frauenrechte einzutreten. Dafür schließt sie sich auch mit anderen Künstlerinnen und Künstlern zusammen.

Voller Stolz beobachte ich, wie leidenschaftlich sie über ihre Herzensprojekte redet und unsere Freunde damit ansteckt. Das und ihr inzwischen fundiertes Wissen weiß sie bestens einzusetzen.

Unvermittelt schüttelt Claire den Kopf. »Wow, du bist echt gut. So überzeugend und ehrlich und du selbst. Hast du schon mal überlegt, in die Politik zu gehen?«

Ich lache auf. »Das habe ich ihr letztens erst wieder vorgeschlagen.«

»Und?«

»Niemals. Ich bin Musikerin, keine von diesen Dummschwätzern.«

»Aber vielleicht brauchen wir genau das. Eine kreative Frau, die die Menschen erreicht und aufrüttelt. Taylor Swift nutzt ihre Reichweite genauso.«

»Etwas Ähnliches könnte ich mir auch vorstellen, aber mehr nicht.«

»Was ist mit einem lokalen Engagement?«, schlägt Hudson vor. »Vielleicht im Stadtrat. Ich habe Kontakte, ich könnte dich den richtigen Leuten vorstellen.«

»Nein, das ist nichts für mich. Ich bleibe lieber in meinem vertrauten Rahmen.«

»Und das ist absolut perfekt so.« Ich ergreife Pipers Hand, drücke sie. »Auf diese Weise kannst du ebenfalls eine Menge bewirken.«

»June liegt unsere Schulbildung sehr am Herzen und das mit dem lokalen Engagement habe ich ihr auch schon vorgeschlagen.«

Lächelnd streicht sie River über die Schulter. »Damals habe ich es rundheraus abgelehnt, weil mir die Zeit fehlt. Aber da wir bald selbst betroffen sind, sollte ich vielleicht doch in das Thema einsteigen.«

»Was immer dich glücklich macht, Baby.«

»Oh, ich wüsste da einiges.« Sie zwinkert ihm zu und wir brechen in Gelächter aus.

Worüber sich das Gespräch positiveren Themen zuwendet und die Zeit wie im Flug vergeht. Ein entspannter Samstagnachmittag im Garten oder am Strand, ein ausgedehntes Abendessen. Dann müssen die Kinder ins Bett und wir Erwachsenen setzen uns im oberen Wohnzimmer zusammen. Trinken, plaudern und genießen die gemeinsamen Stunden.

Mitten in der Nacht ziehen die drei Paare sich in ihre Gästezimmer in der unteren Etage zurück, die nach hinten zum Long Island Sound hinausgehen.

Piper und ich räumen ein wenig auf und Gläser sowie Flaschen in die Küche. Löschen schließlich die Lichter und schlendern in unser Schlafzimmer hinüber, das sich am anderen Ende der Etage befindet.

Ich betätige den Schalter für die Nachttischlampen, lasse ihr den Vortritt und schließe die Tür hinter mir.

»Setzen wir uns noch einen Moment auf die Terrasse?«

»Geh schon einmal vor, ich muss nur kurz ins Bad.«

»Okay.«

Sie biegt nach links ab, ich laufe geradeaus weiter. Wobei mein Blick auf unser Hochzeitsfoto fällt, das über der Kommode an der Wand hängt. Wir beide auf der Terrasse des Luxushotels in Palm Springs, vor dem Gebirgszug auf der anderen Seite des Coachella Valleys und im Licht der untergehenden Sonne.

Gemäß Pipers Wunsch haben wir in kleinem Rahmen geheiratet, mit unseren besten Freundinnen und Freunden sowie ihren Partnerinnen und Partnern, unseren und Rivers Eltern. Ein sehr romantisches, wunderschönes Wochenende.

Mit einem glücklichen Lächeln schiebe ich die Glastür ein Stück auf, schlüpfe hindurch und trete auf der anderen Seite der Holzterrasse an das Metallgeländer. Stütze die Hände darauf, lehne mich dagegen. Schließe die Augen, atme tief die leicht salzige Luft ein und konzentriere mich auf mein Gehör, stehe eine Weile da.

Himmel, wie sehr ich diese Stille liebe, nur durch leises Plätschern unterbrochen, mal ein nachtaktives Tier.

Schließlich öffne ich die Augen wieder, schaue umher.

Auf der anderen Seite des Sounds liegt Long Island, die Hempstead Bay, doch davon ist in der undurchdringlichen Dunkelheit nichts zu erkennen. Dafür der automatisierte Lichtfinger des Leuchtturms auf Execution Rocks, zwischen uns und North Hempstead. Ansonsten sehe ich nur die Lichter der felsigen Küste auf unserer Seite, nordöstlich und südwestlich von uns.

»Kayden?« Pipers Stimme klingt dünn, zittrig.

Beunruhigt drehe ich mich um, kneife die Augen zusammen und versuche, sie im Gegenlicht besser zu erkennen. »Alles in Ordnung?«

»Keine Ahnung?«

»Was?«

Langsam kommt sie zu mir, streckt mir die Hand entgegen. Darin liegt etwas Längliches, das ich nicht erkennen kann. »Sag du es mir.«

Adrenalin schießt in mein System. »Was ist das?«

»Schau selbst.« Nun klingt so etwas wie Freude in ihrer Stimme durch und sie hebt die Hand höher.

Verwirrt greife ich nach dem Gegenstand. Er ist aus Plastik, mit einer soften Oberfläche, mit einer schmalen Vertiefung in der Mitte, in die automatisch mein Daumen rutscht. »Du tust ja ziemlich geheimnisvoll.«

Ich drehe mich ein wenig und hebe ihn ins schwache Licht, das aus dem Schlafzimmer fällt.

Im ersten Moment starre ich nur auf das weiße Stäbchen, das schmale Feld mit zwei senkrechten Strichen darin und verstehe nichts.

Dann blinzele ich, alles fällt an seinen Platz und mein Herz galoppiert los.

»Oh, mein Gott!« Mein Kopf fährt zu Piper herum. »Ist es das, wofür ich es halte?«

Sie nickt und auf ihrem Gesicht zeigt sich das wunderschöne, glückliche Lächeln.

»Oh, Fuck!« Ich stoße die Luft aus und mein Mund verzieht sich zu einem verliebten Grinsen.

»Ja. Fuck. Es ist so weit.«

»Du bist schwanger.«

»Sieht ganz so aus.«

»Wir bekommen ein Baby.«

»Ja.«

»Oh, Gott!«

Da lacht sie leise, schüttelt den Kopf. »Freust du dich nun oder nicht, Ward?«

»Scheiße, ja! Und ob ich mich freue!« Ich schlinge ihr die Arme um die Taille, wirbele sie herum. Bleibe stehen, hebe sie hoch und schaue sie an, Tränen in den Augen. »Wir bekommen ein Baby.«

»Sagtest du bereits.« Piper fährt mir mit den Fingern durchs Haar, legt die Hände um mein Gesicht und küsst mich zärtlich.

»Wann hast du die Pille abgesetzt?«

»Vor ein paar Wochen.« Sie schlingt die Beine um meine Taille.

»Gleich nachdem wir darüber geredet haben?«

»Genau.«

»Du hast nichts gesagt.«

»Weil du eine Überraschung wolltest.«

»Die ist dir verdammt gut gelungen.«

»Ich denke, du hattest einen wichtigen Anteil daran. Etwa 50 Prozent.«

»Da könntest du recht haben.«

»Dafür habe ich jetzt neun Monate harte Arbeit vor mir.«

»Ich werde dich jeden Tag verwöhnen.«

»Das ist ja wohl das Mindeste.«

»Deine Wünsche sind mir Befehl.«

»Wie gut, dass du das sagst. Ich hätte tatsächlich schon einen.«

»Welchen, meine Schöne?«

Sie kreuzt die Arme in meinem Nacken und grinst. »Ich habe das dringende Bedürfnis, diese Neuigkeit zu feiern.«

»Ach, ja? Du darfst jetzt keinen Alkohol mehr trinken.«

»Nein, mir schwebt da etwas anderes vor. Höhenflüge, Glückshormone.«

»Mrs. Ward! Darfst du das überhaupt noch?«

»Oh, und wie ich das darf! Ich fordere es sogar ein, solange mein Körper dazu in der Lage ist.«

»Hm.«

»Du willst doch, dass es mir gut geht, oder?«

»Immer.«

»Also, bitte. Das ist Top 1 auf der Liste, die deine Frau glücklich und entspannt macht.«

»Okay, überredet.« Vorsichtig setze ich mich in Bewegung, halte sie fester.

»Tu' nicht so, als ob ich dich zu Sex überreden müsste! Du kriegst genauso wenig genug davon wie ich.«

»Da hast du allerdings recht.« Ich betrete das Schlafzimmer, löse einen Arm von ihr und schiebe die Glastür zu. »Aber vor allem bekomme ich nie genug von *dir*!«

»Tja, das beruht wohl auf Gegenseitigkeit.«

»Sehr praktisch.«

»Finde ich auch.« Ich trage sie zum Bett, knie mich auf die Matratze und lasse mich vorsichtig mit ihr darauf sinken.

Sie nimmt mir die Brille ab, legt sie zusammen und schiebt sie unter die Kopfkissen. Umfasst mein Gesicht und lächelt. »Unfassbar, oder? Unser nächster Traum wird wahr.«

»Ja, endlich. Und ich kann es kaum erwarten, sie alle zu erfüllen.«

»Wirklich alle?«

»Natürlich!« Ich hebe eine Braue, mustere sie eingehend. »Was heckst du schon wieder aus?«

»Darüber reden wir später. Oder morgen oder so. Aber jetzt wird erst einmal gefeiert.«

»Sehr gern, Madame.« Damit senke ich den Kopf und küsse sie.

Die einzige Frau, die ich je geliebt habe.

Die Frau, mit der ich eine Familie gründen und alt werde.

Und die Frau, mit der ich Nerd zum Träumer geworden bin.

ENDE

Danksagung

Mit diesem Buch schließt sich der Kreis, die vier besten Freunde haben ihr Happy End mit den Frauen ihres Lebens gefunden.

Und für mich endet folglich die Zeit in ihrem Universum. Leider.

Ich habe es geliebt, Hudson und Claire, Brooks und Summer, River und June, Kayden und Piper durch Höhen und Tiefen zu schicken. Ihre emotionalen Geschichten zu erzählen, mit ihnen zu lachen, weinen, streiten und vor allem zu fühlen. Alles.

Wie auch bei meinen anderen Büchern verdankt die Reihe »Fateful Nights« meiner Lektorin Franziska Schenker ihre endgültige Form. Den Brillantschliff, sozusagen. Ein riesengroßes Dankeschön dafür, sie ist einfach die Beste und ich gebe sie nie wieder her.

Außerdem Danke an alle meine Leser:innen, dass sie meine Romane lesen und lieben.

Mich macht das Schreiben glücklich, und ich hoffe, das gelingt mir auch bei euch.

Hat dir der Roman gefallen?
Und der Bonus-Epilog, der dir einen Einblick
in die Zukunft gegeben hat?
Möchtest du ab sofort nichts mehr verpassen?
Dann melde dich zu »Katies Herzenpost« an!

https://www.katie-mclane.de/
Katies-Herzenspost/

Oder direkt QR-Code Scannen

Deine Vorteile:
- Neuigkeiten vor allen anderen erfahren
- Viele Bonuskapitel lesen
- Exklusive Inhalte und Aktionen genießen

Meine Buchtipps

Perfect Fake Deal
(Perfect Fakes 1)

Zwei Millionen für eine Fake Ehe mit dem heißen CEO, der küssen kann wie ein Gott? Klingt nach dem perfekten Deal. Oder?

Gwen Hancock steht vor den Scherben ihrer Existenz, als sie sich in jener Nacht auf ein Trinkspiel einlässt und diesen faszinierend sexy Typen küsst. Dummerweise läuft ihr Taylor Fleming wenige Tage später erneut über den Weg. Als CEO der Firma, mit der sie zukünftig zusammenarbeiten will.
Zu allem Überfluss kennt er ihre finanziellen Probleme und macht ihr ein unwiderstehliches Angebot. Zwei Millionen dafür, dass sie ein halbes Jahr seine Frau spielt.
Wenn da bloß nicht dieses heftige Knistern zwischen ihnen wäre.

https://katie-mclane.de/Bücher/Perfect-Fakes/

→

Love Me, Mr. Millionaire
(San Francisco Millionaires 1)

Wenn das Schicksal alles auf den Kopf stellt, was du dir aufgebaut hast. Und es das Beste ist, was dir passieren konnte.

Ex-Footballstar Raphael »Rafe« Walker fällt aus allen Wolken, als er von seiner Tochter Hope erfährt. In einem Brief von seiner todkranken Uni-Affäre. Sofort fliegt er nach New York, um sie kennenzulernen, doch er kommt zu spät: Hope wurde bereits adoptiert. Von einer Frau, die ihm von der ersten Minute an unter die Haut geht.
Leslie Burke kennt und liebt die Kleine bereits seit ihrer Geburt, umso schwerer trifft sie das Auftauchen von Hopes leiblichem Vater. Weil da dieses verbotene Knistern zwischen ihnen ist, eine Anziehungskraft, der sie auf keinen Fall nachgeben darf. Sonst wird Rafe ihr nicht nur das Mädchen wegnehmen, sondern auch das verdammte Herz brechen.

https://katie-mclane.de/Buecher/San-Francisco-Millionaires/

→

Boss, it's cold outside

(Christmas in Love 1)

Eine Geschäftsreise mit dem Boss, ein Schneesturm, ein Schlafzimmer.

Eigentlich war ich mit meiner besten Freundin zu einem weihnachtlichen Mädelsabend verabredet.
Stattdessen sitze ich wegen eines Schneesturms im verträumten White River Springs fest.
Im letzten freien Apartment. Mit meinem Boss.
Leider ist Brandon Kentwood nicht nur ein arbeitswütiger, einschüchternder Weihnachtsgrinch, sondern auch mega heiß.
Doch als wäre diese Ausnahmesituation nicht herausfordernd genug, lässt die erzwungenen Nähe auch Raum für manche Überraschung. Und schon bald heftige Funken zwischen uns sprühen.

https://katie-mclane.de/Buecher/Christmas-in-Love/

→

Hier gibt's was Heißes auf die Ohren!

Erhältlich über alle gängigen Anbieter.

Aktuelle Liste unter

https://www.katie-mclane.de/Buecher/Hoerbuecher/

to be continued ...

Alle Informationen über mich und von mir findest du hier:

www.Katie-McLane.de

Hörbücher: https://katie-mclane.de/Hoerbuecher/

Meine Veröffentlichungen
(siehe auch www.katie-mclane.de/Buecher/)

Reihe »Fateful Nights«
  Fateful Night with my Boss
  Fateful Night with a Rockstar
  Fateful Night with CEO
  Fateful Night with a Billionaire

Reihe »Perfect Fakes«
  Perfect Fake Deal
  Perfect Fake Match
  Perfect Fake Daddy *(Dezember 2024)*

Reihe »Christmas in Love«
Boss, it's cold outside
Single Bell Rock *(Oktober 2024)*
Merry Penalty Christmas *(November 2024)*

Reihe »Burning Hearts«
Never Really Me
Bad Romeo & Broken Juliet *(Mai 2024)*

Reihe »San Francisco Millionaires«
Love Me, Mr. Millionaire
Kiss Me, Mr. Millionaire
Touch Me, Mr. Millionaire *(Juli 2024)*

Reihe »Personal Protections«
Personal Protections – Blackmailed
Personal Protections – Stalked
Personal Protections – Sammelband 1

Reihe »Table Companions«
Dancing With A Stranger
Hold Me, Master!
Would I Lie To You?
Hot Dates – Sammelband

Reihe »Mafia Clans of New York«
Black Luck
Close Revenge

Reihe »Black Orchid«
Black Orchid – Unlimited Sin
Black Orchid – Dark Needs
Black Orchid – Hidden Desire
Black Orchid – Secret Burlesque

Sammelbände Black Orchid – Session One, Session Three

Reihe »Hot Winter Quickies«
Wishes
Desire
Sammelband

Meine Beiträge zu »Frostmagie« (Kooperation mit 13 Autorinnen)
Frostmagie – Unbreak my Heart
Frostmagie – Zuckerkuss und Weihnachtswunsch
Winterzauber in Frost Creek (Sammelband inkl. Bonusgeschichte)

Meine Beiträge zu Kurzgeschichten-Sammlungen & Anthologien
Dear Santa (Hrsg. Margaux Navara)
Knisternde Kurzgeschichten: Sammelband 1 (Hrsg. Nora Heck)
Dark Masked Nights (Hrsg. Kate Dark; Charity-Projekt für die Kinderkrebshilfe Rostock)